KB095951

비 긴   어 계 인

긴 어게인

egin Again

헬리 액튼 지음

신승미 옮김

2013년 1월 8일에 다시 시작한
스물아홉 살의 나에게 이 책을 바친다.

차례

Take #1

세상에서 가장 어이없는 죽음

케밥을 밟고 넘어져서 죽은 프랭키

1

2023년 8월 31일 목요일

　프랭키 매켄지는 정확히 1시간 32분 후에 케밥 소스 웅덩이에서 죽을 줄 알았다면, 좋아하는 흰색 시폰 블라우스를 입지 않았을 것이다. 목둘레선을 따라 이어진 진주 구슬 장식이 그런 우아하지 못한 죽음에는 어울리지 않게 지나치게 섬세했다. 소중한 마지막 순간(그리고 생일)을 와인을 고르는 데 괴로울 정도로 오랜 시간이 걸리는 낯선 사람과 보내는 선택을 하지도 않았을 것이다. 지루해서 죽을 수도 있을까? 이런 속도라면, 와인을 고르기 전에 늙어 죽겠다. 프랭키는 앞으로 닥칠 일을 꿈에도 모르지만, 확실히 지루해서 죽는다는 게 빠르게 다가오고 있는 우아하지 못한 죽음보다는 더 그럴싸했다.

살 시간, 1시간 31분 남음.

　프랭키는 테이블 가장자리의 파란색 모자이크 타일 틈을 진한 빨간색 손톱으로 긁었다. 입술도 선명한 빨간색으로 바를 뻔했지만, 지저분하게 번질 위험이 너무 커서 살구색 립글로스를 선택했다. 입술을 다물 때마다 끈적거리는 립글로스에 곱슬곱슬한 금발 머리가 달라붙지 않게 신경 쓰며 다음에 무슨 말을 할지 머리를 쥐어짰다.

두 사람이 앉은 자리는 양 끝이 위로 올라간 팔자 콧수염을 기르고 검은 베레모를 머리 뒤쪽으로 눌러 쓴 피아노 연주자와 불편할 정도로 가까웠다. 연주자가 에드 시런의 「퍼펙트Perfect」를 느리게 연주하며 노래하는 동안 떨리는 입술에서 침방울이 튀어서 프랭키 앞 바닥 어딘가에 떨어졌다. 주위를 서성이는 여종업원이 눈을 감고 펜을 입에 문 채 음악에 맞춰 몸을 흔들었다.

프랭키는 테이블 밑에서 초조하게 한쪽 발을 실룩거렸다. 오른쪽 발 뒤꿈치에 생긴 물집에 시뻘겋게 달군 부지깽이로 지지는 듯한 날카로운 통증이 퍼지자, 프랭키는 조용히 헉 소리를 냈다. 새 인조 가죽 부츠를 다른 쪽 발로 밀어 벗겨내니 통증이 줄어들어 후련했다. 아침 8시부터 부츠 때문에 아파서 죽을 지경이었다.

프랭키는 빼먹지 않고 매일 아침 출근길에 화분에 물을 주고, 1호에 사는 노인 그레이엄 씨에게 「타임스The Times」를 가져다줬다. 화분은 프랭키가 처음 이사 왔을 때 아파트 건물에 두려고 몇 개 산 것이다. 오늘은 절뚝거리면서 걷느라 복도를 지나는 데 시간이 두 배나 걸렸다. 신발을 갈아 신으려고 위층에 올라가는 참에 그레이엄 씨가 자기 집 문가에 프랭키를 붙들어 놓고 자신이 꾼 기이한 꿈에 대해 긴 이야기를 늘어놓았다. 그때는 이미 회사에 지각하게 생긴 판이었다. 프랭키는 활짝 웃으며 참아야 했다.

이 데이트와 마찬가지지.

프랭키는 통증에서 관심을 돌릴 것을 찾아 식당을 슬쩍 훑어보다가 그들의 테이블 위 노출된 벽돌 벽으로 고개를 돌렸다. 번쩍이는 분홍색 네온사인이 **'사랑을 느껴요!'**라고 프랭키에게 명령했다.

이런 문구는 프랭키 같은 미혼에게 자신이 냉혹한 실패자 같다고 느끼게 했다. 프랭키는 **사랑을 느끼지** 않았다. 수년 동안 사랑을 느끼지 않았다. 사랑을 느끼는 것은 억지로 할 수 있는 일이 아니다. 이 지구상에 78억 명이 있는데, 어떻게 그 많은 사람을 걸러내고 '천생연분'을 찾아낸단 말인가? 천생연분은 존재하지 않는다. 프랭키는 천생연분을 찾았다고 주장하는 사람은 만족스럽지 않은 상대를 그냥 받아들인 것이라고 확신한다. 프랭키는 플러스 원*을 찾고 있다. 공연, 미술관, 공원 산책, 술집에서 파는 점심 식사에 함께 갈 보증된 동행자. 신나는 밤 외출과 집에서 느긋하게 보내는 시간을 같이할 플러스 원.

프랭키에게는 원래 그런 사람이 셋 있었지만, 이제 그 친구들에게 예전만큼 기댈 수 없었다. 그들은 아이를 키우거나 집을 사거나 사랑에 푹 빠진 집돌이 노릇을 하느라 너무 바빴다. 그들은 모든 파티에 참석할 수도, 프랭키랑 면세점에서 술 몇 병을 사서 덥고 물가가 저렴한 어딘가로 향하는 비행기에 올라탈 수도 없다. 물론 성인다운 선택을 했다고 해서 친구들을 원망하지는 않았다. 친구들은 행복하고, 프랭키도 친구들이 잘돼서 행복했다. 하지만 친구들이 (아기와 집과 애인과) 사랑에 빠질 때, 프랭키는 친구들의 기준에 미치지 못했다.

"미안해요!"

---

* 파트너를 동반하는 행사나 모임에 데리고 가는 사람

올리가 TV 스타처럼 하얀 치아 사이로 공기를 들이마셨다.

"걱정하지 말아요. 서두를 것 없어요!"

프랭키가 웃었다.

"난 여기 맨 앞줄에서 테드 슈런의 연주를 즐기고 있으니까요."

올리가 피아노 연주자를 흘낏 보고 한 손으로 얼굴을 가리며 찡그리고 활짝 웃었다.

겨우 다섯 종류 중에서 하나의 와인을 고르는 것 같은 단순한 일을 하느라 프랭키의 소중한 마지막 시간을 낭비하는 것 말고, 올리 사르퐁에게는 아무 문제가 없었다.

아직은.

하지만 프랭키가 이 첫 데이트를 시작한 지 겨우 10분이 지났다. 두 사람 사이에 놓인 안주 쟁반에 마지막 무화과밖에 남지 않을 때까지 올리의 결점을 상상의 쟁반에 배열해 놓을 시간이 차고 넘쳤다.

여종업원은 두 사람이 자리에 앉자마자 그들 앞에 샤퀴테리를 털썩 내려놓고 미소를 지으며 공짜라고 말했는데, 그 미소는 종업원이 휙 돌아설 때 순식간에 사라졌다. 늘 냉소적인 프랭키는 그 음식이 다른 테이블에서 퇴짜 맞은 것이라고 확신했다. 귀엽게 순진한 분위기를 풍기는 올리는 아주 기뻐 보였다.

"먼저 주문해요, 프랭키."

올리가 다정한 연녹색 눈으로 잠시 프랭키와 시선을 마주치며 말했다. 프랭키는 올리가 이름을 기억했다는 사실에 기분 좋게 놀랐다. 마지막 데이트 상대는 그날 밤 절반이 지나도록 프랭키를 애비라고 불렀다. 마침내 프랭키가 세 번째 와인을 마신 후 용기를 내서 이름이 틀렸다고 바로잡아 주었다. 그랬는데도 계속 이름을 잘못 불렀다.

"페일 에일 한 잔 주세요."

프랭키가 종업원을 올려다보며 재빨리 말했다. 주문을 받으러 다시 온 종업원이 메모장을 초조하게 두드렸다. 프랭키는 올리에게 시선을 돌리고 올리의 반응을 살폈다.

"저는 피노 누아 주세요."

올리가 와인 리스트를 돌려주면서 종업원에게 미소 지었다.

프랭키는 항상 첫 데이트를 맥주 한 잔으로 시작했다. 딱히 맥주를 좋아하지는 않았다. 하지만 맥주를 주문하는 것은 시험이다. 데이트 상대가 재수 없는 성차별주의자인지 파악하는 지름길이다. 상대의 눈썹이 아주 조금이라도 흔들리는 기색이 있으면 게임 끝이다.

하지만 올리 사르퐁은 움찔하지 않았다.

또한 올리는 종업원이 테이블에 두 사람의 술을 내려놓은 후, 프랭키가 묻지 않았는데도 불쑥 6년 동안 애인이 없었다고 말했을 때에도 움찔하지 않았다. 프랭키는 천편일률적인 반응에 대비했다. 눈이 접시처럼 휘둥그레지고, 털이 많은 손바닥 혹은 셔츠 밑에서 살랑거리는 꼬리나 니켈백* 목 문신 같은 특이한 흔적을 찾아 위아래로 빠르게 흘긋거리는 반응에.

하지만 올리는 그러는 대신 잔을 들고 큰 소리로 선언했다.

"만족스럽지 않은 상대를 받아들이지 않기 위해 건배!"

어라, 신선한 반응인걸.

프랭키는 올리가 그다지 움찔하지 않는 사람이라고 추측했다. 올리는

---

* 캐나다 록 밴드

차분하다. 아주 차분하다. 너무 차분한가? 프랭키는 귀엽게 순진한 태도가 연기일 수 있다고 생각하며 풀 먹인 흰 셔츠의 버튼 사이로 드러난 올리의 부드러운 피부를 힐끗 봤다. 이어서 프랭키는 쟁반 가운데에 놓인 카망베르 치즈를 와락 움켜쥐고 웨딩 케이크 조각처럼 통째로 입에 쑤셔 넣으면 올리가 움찔하기나 할까, 하고 생각했다.

프랭키는 오늘 점심을 못 먹었다. 목요일마다 그런다. 목요일은 사실상 진실을 왜곡하는 것이 전부이면서도 진실을 밝힌다고 주장하는 타블로이드 신문 「더 리크The Leak」의 지독히 '솔직한' 연예인 가십 칼럼 '프랭키 되기'의 마감일이다.

오늘은 힘들었다. 프랭키는 팝 스타 애나 관련 기사의 제목을 뽑느라 애먹었다. 애나는 런던의 한 카페에서 점심을 먹는 엄청나게 평범한 행동을 했는데, 우연히도 그곳은 전 남자 친구의 동네였다. 하지만 **'애나, 스리 빈 샐러드를 먹고 물을 마시다'**라는 제목으로는 클릭 수를 늘리지 못할 터였다. 그래서 프랭키는 **'현행범으로 잡히다! 애나, 진홍색 매니큐어를 바르고 전 남친의 관심을 구걸하다'**를 제목으로 골랐다.

프랭키는 「더 리크」에 13년 동안 다녔다. 예상했던 기간보다 10년이나 길어졌지만, 이제는 안주했다. 프랭키의 칼럼은 오래된 아늑한 소파에 생긴 움푹 들어간 자국과 마찬가지다. 새 소파에 커다랗게 움푹 들어간 자리를 만들려면 시간이 너무 오래 걸릴 터이고, 변화는 프랭키의 강점이 아니다. 변화에는 노력이 필요하고, 프랭키는 거의 평생 그 과목에서 낙제점을 받았다. 지금까지는 다른 차들이 추월하게 두면서 왼쪽 차선에서 안전하게 긴 운행을 해왔다. 프랭키는 그렇게 사는 것이 괜찮았다. 짧고 굵게 사는 것? 그것은 프랭키에게 맞지 않는다. 길고 가늘게 사는 것이 좌우명이다. 프랭키는 앞으로 닥칠 일을 꿈에도 몰랐다.

살 시간, 1시간 22분 남음.

프랭키는 맥주를 홀짝이며 자기 직업이나 어린 시절이나 일상에 대해 설명하는 올리의 말에 고개를 끄덕였다. 프랭키는 건성으로 흘려들었다. 배가 너무 고파 속이 쓰려서 정신이 산만했고, 어차피 이 데이트가 잘될 리도 없었다. 프랭키는 데이트를 망칠 방법을 찾아내고야 말 것이다. 남자들이 나가떨어지게 하는 것이 요즘 프랭키의 특기였다.

프랭키는 올리 앞에 놓인 캐슈너트 그릇을 빤히 쳐다보다가 안주 쟁반 너머로 손을 뻗었다.

아이고, 맙소사.

흰 소매에 달린 술이 토마토 처트니에 푹 빠지는 바람에 카망베르 치즈에 진득한 빨간 소스 자국이 길게 생겼다. 프랭키는 손가락 끝으로 캐슈너트를 1개만 집고 팔을 천천히 거두어들여서 입에 쏙 던져 넣고 오도독 씹었다.

제기랄.

프랭키가 조용히 입을 앙다물었다. 데이트 나이트라는 이름의 식당에서 누가 마늘장아찌를 내놓는단 말인가? 프랭키는 이 식당이 싫었다. 이 식당의 이름, 음식, 종업원, 티 나게 공들인 장식이 싫고, 특히 피아노 연주자가 싫다. 피아노 연주자가 돌리 파튼의 「아이 윌 올웨이즈 러브 유 I Will Always Love You」의 높은음을 내지르는 소리에 프랭키의 머리카락이 쭈뼛 서고 등골이 오싹했다.

무엇보다도 프랭키는 이런 기분이 드는 자신이 싫었다. 왜 프랭키는 한 번이라도 더 긍정적일 수 없을까?

다행히 올리는 와인의 표면을 살펴보느라 너무 바빠서 프랭키의 불편함을 알아차리지 못했다. 올리는 자기 이야기를 마치면서 한숨을 쉬었다. 프랭키에게 영원히 수수께끼로 남을 이야기였다.

"저엉말요?"

프랭키는 두루뭉술한 대꾸가 지난 몇 분 동안 올리의 말에 귀를 기울이지 않았다는 사실을 드러내지 않기를 바라며 말했다. 프랭키는 올리 뒤 창가 테이블에 앉은 남녀 한 쌍을 계속 응시하는 중이었다. 그들은 음식에 손도 대지 않았고, 얼굴은 틈이 5센티미터도 안 되게 딱 붙어 있었다. 꼬마전구 아래 젊고, 빛이 나고, 사랑의 열병으로 상기된 두 사람. 프랭키는 자신의 얼굴이 남자의 얼굴에 그렇게 가까이 붙어 있던 때가 마지막으로 언제인지 기억해 보려 했다.

톰은 빼야 한다.

프랭키는 대학 시절 애인인 토비와 헤어지고 며칠 후에 톰을 만났다. 톰은 프랭키의 이웃이자 가장 장난꾸러기인 친구이며, 프랭키의 방 하나짜리 셋집 여분 열쇠의 자랑스러운 새 임자다. 지난주 토요일, 톰이 아침 8시에 집에 몰래 들어와서 침실 커튼을 활짝 열어젖히고 침대 주위 원목 바닥을 가로질러 탭댄스를 추면서 〈사랑은 비를 타고Singing in the Rain〉의 삽입곡 「굿모닝! Good Morning」을 목청껏 부르는 바람에 프랭키는 놀라 벌떡 일어났다.

올리 뒤쪽 커플이 입을 맞추자 프랭키는 한숨을 쉬었다.

"이런, 빌어먹을!"

올리가 불쑥 말했다.

프랭키가 커플에게서 시선을 돌려보니 올리가 코를 찡그리고 있었다. 프랭키는 재빨리 금발 머리 한 줌을 움켜쥐고 입에 눌렀다. 프랭키가 마늘 냄새를 올리의 콧구멍에 푹푹 풍겨서 움찔하게 하는 데 드디어 성공했나? 올리가 음식을 극적으로 삼킨 후, 마늘장아찌 그릇을 집어 들고 냄새를 맡았다.

"도대체 누가 데이트 나이트라는 술집에서 마늘장아찌를 내놓는 게 좋은 아이디어라고 생각했을까요? 난 캐슈너트인 줄 알았어요!"

올리가 고개를 절레절레 저으며 소리 내어 웃었다.

프랭키는 얼굴에 미소가 스멀스멀 피어나는 것을 내버려두었다. 어쩌면 이 플러스 원 후보가 이번만은 제대로 된 도전자일지도 모른다.

"그래도 흥미로운 사실은 말이죠."

올리가 그릇을 돌려 안을 살펴보면서 덧붙였다.

"사실 마늘장아찌는 입냄새가 나게 하지 않아요. 식초의 산성이 냄새를 중화하고, 마늘을 분해해서 마늘이 무취의 수용성 물질이 돼요."

프랭키의 머릿속에 40년 후가 번쩍 떠올랐다. 그들 한 쌍이 거실에 앉아서 〈큐아이아이〉*를 보고 있고, 올리는 일반적인 영국인이 평생 차를 얼마나 많이 마시는지 한참 동안 곰곰이 생각하며 중얼거린다. 뒤편에서 시계가 째깍거리는 소리가 들린다. 프랭키는 비명을 지른다.

우롱차를 마실 시간? 살인자 아내가 남편 차에 독을 타다!

"아, 이런. 전혀 흥미롭지 않은 이야기였네요. 그렇죠?"

올리가 한숨을 쉬며 그릇을 내려놓고, 상냥하게 어깨를 으쓱했다.

---

* 〈Quite Interesting〉, 영국 BBC 채널에서 방송하는 퀴즈 쇼

"미안해요. 이런 걸 해본 지 꽤 오래돼서요. 이런 게 뭐냐면……."

올리가 두 사람 사이의 허공에 한 손을 흔들며 말했다.

"줌으로 화상 회의를 하는 로봇 대신에 다른 인간과 가까이에서 대화하는 거요. 물론 치킨이라면 그걸 아주 흥미롭게 여길 거예요. 걔는 내가 하는 걸 대부분 흥미로워하거든요. 특히 음식과 관련된 거요."

프랭키가 얼굴을 찡그리고 올리를 보며 고개를 갸웃거렸다.

"내 구조견 푸들, 치킨이요."

올리가 주머니에서 핸드폰을 꺼내 바탕화면을 보여줬다. 북슬북슬한 머리에 분홍색 나비 리본을 단 치킨의 사진이었다.

"사랑스러워요."

프랭키가 미소 지었다. 누군가 개나 아기 사진을 보여줄 때 그렇게 말하지 않으면 무례한 것 같아서다.

따지고 보면 치킨은 엄청나게 귀여웠고, 두 번째 데이트 기회가 있다면 다음에는 치킨과 같이 만나자고 고집을 부릴 터였다.

"아, 치킨도 그걸 알아요!"

올리가 소리 내어 웃으며 핸드폰을 주머니에 넣었다.

"데려올까 생각해 봤는데, 치킨이 관심을 독차지할 것 같아서 두고 왔어요."

두 사람이 동시에 올리브에 손을 뻗다가 서로 손이 부딪칠 뻔했다. 마지막 순간에 프랭키가 식초에 절인 작은 오이 그릇으로 손가락 방향을 바꾸고는 처음부터 오이를 집으려 한 척했다.

피클과 마늘. 그야말로 데이트가 끝나고 멀리 떨어져서 하이파이브로 작별 인사를 하게 하는 비결이 아니라면 이게 뭐람?

"진짜 기이한 게 뭔지 알아요?"

프랭키가 어색해지려는 짧은 침묵을 깨뜨리려고 말했다.

"나한테는 푸들이라는 이름의 구조 치킨이 있어요."

올리가 깜짝 놀라 음식을 씹다가 멈췄다.

"사실은 아니에요."

프랭키가 빙긋이 미소 지었다. 당황해서 목까지 벌게지고, 내면의 악마들이 왜 그렇게 멍청하게 구는지 알아야겠다며 요란하게 굴었다.

올리가 웃음을 터뜨리는 바람에 프랭키는 화들짝 놀랐다.

"당신은 아주 재미있어요!"

올리가 탄성을 지르며 입에 주먹을 대고 낄낄거렸다.

프랭키는 올리가 솔직한 것인지 비꼬는 것인지 판단할 수 없었다.

"난 정말 잘 속아 넘어가요. 당신이 말 안 했으면 계속 믿었을걸요."

올리가 와인을 홀짝이며 말했다.

"하지만 그러면 난 그 말대로 해야 할 거예요."

프랭키가 머리를 귀 뒤로 넘기며 대답했다.

"치킨을 구조해서 푸들이라고 불러야 할 거예요. 그럼 푸들한테 친구가 필요할 테니 '피그'라는 이름의 토끼를 입양하겠죠. 그런 다음에는 '호스'라는 이름의 돼지를 데려올 거고요. 그러다 보면 눈덩이처럼 계속 불어나지 않겠어요? 우리 집주인이 셋집에 생긴 동물 체험 농장을 탐탁하게 여길지 의문이네요."

"그래도 짭짤한 부업이겠는데요! 현관에서 5파운드씩 받고요?"

올리가 한 손가락으로 관자놀이를 두드리며 말했다. 프랭키는 올리의 관자놀이에 드문드문 난 새치 몇 가닥을 알아챘다. 그 새치 덕에 세련된 분위기가 풍겼다.

"그 줄 제일 앞에 설 여섯 살짜리 여자아이를 알아요!"

"딸이 있어요?"

프랭키가 높은 소리로 말했다. 가슴이 철렁 내려앉는 것을 느끼며 엄지손가락과 집게손가락 사이로 기름투성이 올리브를 빙글빙글 돌렸다. 어렸을 때부터의 버릇이다.

두 사람의 만남을 주선한 프랭키의 평생 친구이자 애정 생활에 간섭하기 좋아하는 앨리스는 올리에게 아이가 있다는 말을 하지 않았다. 프랭키는 아이들을 꺼리지는 않는다. 하지만 부모가 된다는 것만큼 공감가지 않는 것이 없었다. 프랭키는 아이들을 이해하지 못하고, 아이들도 프랭키를 이해하지 못한다. 앨리스의 두 살배기 딸 엘리를 처음이자 마지막으로 돌봐준 일은 완전한 실패로 돌아갔다. 프랭키는 자연 다큐멘터리가 교육적이라고 생각했는데, 이제 엘리는 호랑이만 보면 울음을 터뜨렸다.

"아, 아니에요. 조카 레미를 말하는 거예요."

올리가 대답했다.

"미안해요. 오해할 만했네요!"

"윌과 마커스라고 속이지 그랬어요."

프랭키가 빙그레 웃었다.

올리가 어리둥절한 표정으로 프랭키를 봤다.

"〈어바웃 어 보이About a Boy〉요?"

프랭키가 이해하기 쉽게 말했다. 농담을 설명하는 것이야말로 최악이다.

"아, 맞아요. 아주 좋은 영화죠!"

올리가 대답했다.

설명해야 하면 허접한 농담이 되는 거지.

올리가 조카 이야기를 활기차게 시작하자 프랭키는 올리의 얼굴을 유심히 살폈다.

올리는 잘생겼다. 깔끔하고 다정한 레지 예이츠* 느낌이 났다. 건강해 보이기도 했다. 프랭키와 달리 눈의 흰자위가 제대로 된 흰색이다. 프랭키의 흰자위는 핸드폰을 가슴에 떨군 채 잠들 때까지 SNS를 들여다보고, 수집광들이나 유쾌한 집 개조나 나이 들어 역변한 D급 아역 배우의 기사를 읽으며 잠 못 이루는 밤을 보내느라 허구한 날 누렇고 핏발이 서 있었다. 아마 올리는 매일 아침 헬스클럽에 가고, 하루에 여덟 잔씩 물을 마시고, 몸에 좋은 음식을 먹고, 「이코노미스트 The Economist」를 읽고 나서 (그리고 이해하고 나서) 현명하게 밤 10시가 되면 전등 스위치를 끌 것이다.

올리 사르퐁은 지극히 정상적인 사람으로 보였다. 올리는 IT 프로젝트 관리 회사에서 일하면서 요리도 하고, 어쩌면 평범한 가족이 있을 것이다.

프랭키는 그중 하나도 해당하지 않는다. 프랭키는 타블로이드지 기자이고, 몸에 안 좋은 탄수화물과 화이트 와인을 먹고 산다. 그리고 프랭키의 가족은…… 별나다. 엄마가 자신의 표어 '우리는 결함에 재미를 더한다!'를 아무리 자주 말해도, 그 표어가 결함 있는 가정을 재미있게 하지는 않았다.

만에 하나 올리가 혜택이 거의 없는 플러스 원 역할을 하게 된다면, 올리는 상당히 다루기 힘든 팀원들을 관리해야 할 것이다.

"한 잔 더?"

---

* 영국 배우 출신 작가이자 감독

올리가 프랭키의 잔이 빈 것을 알아채고 한 손을 들어 올려 종업원에게 신호를 보냈다.

"어, 좋죠. 난…… 그냥 하우스 와인으로 할래요. 화이트로요."

프랭키가 대답했다.

"난 좀 색다른 거로 골라볼까요."

올리가 메뉴를 집어 들며 말했다.

안 돼애애.

그때 올리가 고개를 들고 놀랍도록 섹시한 윙크를 날리며 말했다.

"농담이에요. 종업원이 펜으로 내 눈을 찌를걸요. 그리고 솔직히, 지금 난 눈에 보이는 모습을 즐기는 중이에요!"

올리가 빙그레 웃었다.

프랭키는 볼이 화끈거리는 것을 느끼며 미소를 지었다. 프랭키는 이렇게 직설적인 데이트 상대에 익숙하지 않았다. 데이트가 진짜로 잘 풀리고 있는 걸까?

"하우스 와인 화이트로 한 잔이랑 피노 누아 한 잔 주세요."

프랭키가 진득하게 눈이 마주치는 것을 피하려고 종업원을 올려다보며 말했다.

"자, 프랭키. 당신 가족에 대해 말해줘요."

올리가 말했다.

음, 다 함께 살 때는 좋았는데.

"좋아요."

프랭키는 종업원이 테이블에 와인을 내려놓자마자 한 모금 들이마시고 말을 시작했다.

"귀가 먹먹할 정도로 시끄러운 우리 엄마는 실패한 스카* 밴드의 리드 보컬이었고, 지금은 고아에 있는 히피 공동체에서 살아요. 극도로 말이 없는 우리 아빠는 퇴직한 의사인데, 사실상 서리의 당근 시민 농원**으로 이사를 갔어요. 아빠의 두 번째 부인은 치와와 세 마리에게 완전히 빠져 있고, 그 개들을 내 의붓남매라고 부르겠다고 고집을 부려요. 서른두 살인 남동생은 아빠네 차고에서 살아요. 걔는 예술가예요. 표현 수단은 빨간색 아크릴을 사용한 흑백 사진이에요. 최근 주제는 사귀다 헤어지길 반복하는 여자 친구 제이드죠. 그래서 걔의 그림은 〈미드소머 머더스 Midsomer Murders〉에 나오는 집착 강한 스토커의 작품 같아요."

올리는 30초 동안 눈을 깜박이지 않았다.

"맞아요, 너무 심하죠?"

프랭키는 눈을 굴리면서 소리 내어 웃었지만 속으로는 죽을 지경이었다.

"우린 매켄지 가족보다는 맥크레이지 가족이라는 이름이 더 어울려요. 우리는 결함에 '재미'를 더해요!"

다행스럽게도 올리가 이 말에 소리 내어 웃었다.

고마워요, 엄마.

"내 셔츠 밑에 살랑거리는 꼬리 같은 건 없어요. 약속해요!"

프랭키가 농담을 했다.

"하지만 분명히 물갈퀴는 있겠죠, 그쵸?"

올리가 대답했다.

프랭키가 소리 내어 웃었다. 인정하건대 더 지독한 반응을 본 적도 있

---

* 자메이카에서 기원한 음악
** 지방자치단체 등이 작은 면적의 농지를 시민에게 대여하는 농원

었다.

"난 수영을 끝내주게 잘해요."

프랭키가 쏘아붙였다.

"당신 가족은 우리 가족보다 훨씬 흥미로운 것 같네요."

올리가 대답했다.

"우리 부모님은 1960년대에 가나에서 여기로 온 후로 사우스엔드를 떠나지 않았을걸요. 두 분이 가본 가장 먼 곳은 셰피섬일 거예요."

"가나요? 흥미롭네요."

프랭키가 진심으로 말했다.

"거기 가봤어요?"

"어릴 때 두어 번요. 다시 가고 싶긴 해요. 내 조상의 뿌리를 찾는 거죠."

올리가 미소 지었다.

"내년 내 마흔 번째 생일에 가고 싶어요."

"그러죠. 좋아요. 내 일정표를 확인해 봐야겠지만 분명히 시간이 날 거예요."

프랭키가 분위기에 취해 대꾸하면서 그 말에 올리가 다시 소리 내어 웃기를 바랐다.

하지만 올리는 웃지 않았다.

올리가 힘없이 미소 짓고, 테이블은 지독하게 조용해졌다.

무슨 말 좀 해봐. 아무거나, 빨리.

"오늘 내 생일이에요."

프랭키가 화제를 바꾸려고 불쑥 말했다.

이 말은 정말로 하고 싶지 않았다. 우선, 올리는 프랭키가 생일날 친구와 보내는 대신 데이트를 할 정도로 절박하다고 생각할지 모른다. 둘째, 프랭키는 관심을 받는 것이 몹시 두렵다.

"넵. 거창한 서른여섯 살 생일이요!"

"더 일찍 말했어야죠!"

올리가 외쳤다.

"왜요?"

프랭키가 소리 내어 웃었다.

"난 생일을 중요하게 여기는 사람이 아니에요. 어떤 사람들은 한 달 내내 생일을 기념하잖아요? 난 딱 1분만 기념해요. 생일날 아침에 깨면 지금까지 내 인생에서 이룬 게 얼마나 적은지 60초 동안 생각해요. 60초요. 우울한 소리죠?"

"그냥 당신이 빠르게 생각하는 사람인가 보죠."

올리가 웃었다.

"너무 오래 생각하는 사람이라는 게 더 맞겠네요!"

프랭키가 농담을 건네며 자신에 대해 드러내지 않으면 좋았을 것이라고 생각했다.

프랭키는 단 2분 만에 올리에게 가족 이야기를 모두 쏟아냈고, 내년에 올리와 휴가를 보내겠다고 자청했고, 분위기를 망치는 불평쟁이이며 살면서 이룬 것이 거의 없다고 고백했다.

"누구나 다 너무 오래 생각하지 않나요?"

올리가 조용히 웃었다.

"이봐요, 자기 이름을 내건 칼럼을 쓰는「더 리크」기자라면 짧은 삶에서 많은 것을 이뤘을 거예요!"

"흠."

프랭키는 술을 한껏 들이마시고 대꾸했다.

이제 와서 멈출 이유가 없잖아?

"6년 동안 애인이 없었어요. 10년 동안 의욕 없이 습관적으로 일했어요. 친구들은 다 자기 집이 있는데, 내가 가진 거라곤 재산 포르노[*]의 핀터레스트 보드뿐이에요. 시내에 집을 살 형편이 안 되는데, 교외에서 살고 싶지 않아요. 아이를 갖고 싶은지 아니면 그냥 아이를 가져야 한다고 느끼는 건지 판단이 서지 않아요. 나한테 제대로 된 친구라고는 셋뿐인데, 다른 여자들한테는 꾸준히 어울리는 '여자 친구 무리'가 있는 것 같아요."

아이고, 맙소사. 그만해.

프랭키는 내면의 목소리를 무시하고 여러 첫 데이트에서 힘겹게 깨우친 규칙을 따라야 한다고 되새겼다. 자신에 대해 긍정적으로 이야기하기.

"그리고 최근에는 밴에서 살까 하고 진지하게 생각 중이에요. 틱톡에서 우연히 '#밴라이프'를 발견했는데, 그게 기본적으로 내 집 크기랑 같겠다 싶더라고요. 적어도 밴에서는 날마다 다른 경치를 즐기게 되잖아요. 지금 보이는 경치는 널빤지가 세워진 파운드랜드^{**} 뒤편이거든요."

"적어도 멋진 그라피티는 그려져 있겠죠?"

올리가 물었다.

"아, 네. 매일 아침 3미터짜리 남근이 나를 맞아주죠. 아마 거금의 가치가 있을 거예요."

---

[*] 전원의 멋진 집을 보여주는 TV 프로그램이나 잡지 기사
^{**} 저렴한 생활용품을 파는 상점

프랭키가 재빨리 한 대답에 올리가 코웃음을 쳤다.

"여전히 그라피티 이야기하는 거 맞죠?"

올리가 한쪽 눈썹을 추켜세우며 물었다.

프랭키가 소리 내어 웃었다. 진심으로 웃었다. 그 사실에 프랭키 자신도 놀랐다.

"아니요, 미안해요. 우리가 내 소중한 딜도 수집품으로 대화 주제를 바꾼 줄 알았는데요? 나중에 보여줄게요. 당신이 괜찮다면요?"

프랭키가 대답하고 자신만의 섹시한 윙크를 시도했다. 하지만 프랭키가 여전히 사용하고 있는 오래되고 뭉친 마스카라가 속눈썹에 달라붙어서 지금은 눈에 뭔가 들어간 것처럼 보일 뿐이다. 프랭키는 그 농담을 계속하지 말았어야 했다. 더는 아무것도 드러내지 않게 그냥 나이프로 혀를 찔렀어야 했다. 이 데이트는 빠르게 추락하고 있다. 문제는 올리가 아니라 프랭키다. 언제나 그렇다.

프랭키는 올리가 자세를 바꾸는 것을 알아차리고 와인을 다 들이킨 후, 종업원에게 손짓했다.

"한 잔 더?"

프랭키가 올리를 시험했다.

프랭키는 자신 탓에 비극적인 결말을 맞이하게 생겼다는 것을 알았다. 몇 분 전만 해도 프랭키는 이 데이트가 잘될 가능성이 있다고 생각했다. 하지만 괜찮은 데이트는 한심한 감정 분출로 시작해서 거대한 딜도에 대한 저속한 농담으로 이어지지 않는다. 다른 사람인 척하는 것은 의미가 없다. 그리고 두 사람이 이 데이트가 다음 기회로 이어질 것이라 여기는 척하는 것도 의미가 없다. 수년 동안 같은 대본이 반복됐다. 그들은 작별 인사로 볼에 살짝 입맞춤할 것이다. 프랭키는 올리에게 어떤 방향으로 가는지 물은 다음, 반대 방향으로 황급히 떠날 것이다. 자기 집이 그 방향이 아니고, 올리가 완전히 갔는지 확신이 들 때까지 그 주위를 빙돌아야 할지라도. 두 사람은 다음 날 유쾌한 감사 메시지를 교환할 것이고, 그 후에는…… 침묵이 이어질 것이다.

　프랭키가 모르는 것은 그날 밤 그 대본이 다시 작성됐고, 남은 시간이 많지 않다는 것이다.

살 시간, 1시간 1분 남음.

2

프랭키는 애초에 이 데이트를 하고 싶지 않았다. 앨리스는 여러 달 동안 두 사람을 이어주려 했는데, 프랭키가 데이트 앱을 지웠고 다섯 달 동안 한 번도 데이트하지 않았다는 사실을 알게 되자 마침내 억지로 프랭키를 이 자리에 나오게 했다.

프랭키는 마지막 데이트 후 휴식기를 가지는 중이었다. 마지막 데이트에서 프랭키는 데이트 상대의 여동생인 척하면서 섹시한 여종업원의 전화번호를 얻어내도록 상대를 도왔다.

"앨리스, 솔직히 IT 쪽에서 일하는 남자랑 내가 어울린다고 봐?"

프랭키가 말했다.

"구차한 변명 좀 그만해. 게다가 IT가 뭐 어때서? 저스틴도 IT 쪽에서 일해!"

앨리스가 외쳤다.

"그래, 알아. 네가 올리가 저스틴과 일한다고 말했으니 눈치챌 수밖에. IT에는 아무 문제가 없어. 그저 나랑 안 맞는 것뿐이지. 그렇잖아?"

"프랭키킨스, 넌 맨날 이래!"

앨리스가 소리쳤다.

"뭘?"

"마음을 열고 적극적으로 데이트하지 않으려고 자꾸 핑계를 대잖아. 대체 네가 찾고 있는 게 뭐야? '프랭크 되기'라는 제목의 경쟁 칼럼을 쓰는 남자?"

프랭키와 앨리스 사이에 점점 거리감이 생기고 있지만, 두 사람은 여전히 가까웠다. 하지만 앨리스가 날마다 SNS에 올리는 '#엄마의삶' 게시글은 프랭키에게 두 사람의 차이를 끊임없이 상기시켰다. 그들이 이십 대 때, 앨리스는 교외와 결혼과 아이들을 선택했다. 프랭키는 도시와 독신 생활과 아이 같은 남자들을 선택했다.

프랭키는 데이트가 형편없이 잘못되면 주말에 함께 스파에 가자는 앨리스의 어쩌면 헛된 약속에 결국 동의했다. 이 데이트에 나오지 않았다면 프랭키는 그저 집에서 연쇄 살인범에 대한 저예산 범죄 다큐멘터리나 보면서 인스타그램에서 학창 시절의 옛 친구들을 염탐했을 것이다. 그런 식으로는 플러스 원을 찾을 수 없지 않을까?

"괜찮아요, 생일을 맞은 아가씨?"

올리가 물었다.

"얼굴을 찌푸리네요……, 상당히 심하게."

올리는 한 잔 더 마시겠냐는 물음에 동의하지 않았어. 그건 거절한다는 뜻이지.

"미안해요."

프랭키가 찌푸린 눈썹을 펴고 자세를 바로 하면서 방긋 웃었다.

"물집이 생겼는데, 아파 죽겠어요. 화장실로 뛰어가서 어떻게 좀 해봐야겠어요. 음……, 절뚝거리면서 가서요."

"물론이죠."

올리가 프랭키를 다소 지나치게 빤히 보며 말했다.

프랭키는 절뚝거리며 모퉁이를 돌아 화장실로 가면서 자신이 재킷과 가방을 챙긴 것을 올리가 알아차리지 못했기를 바랐다. 프랭키는 문을 밀고 들어가 꽝 닫으며 재킷과 가방을 세면대에 던져놓고, 소매에 묻은 얼룩을 살펴봤다. 이 옷은 끝장났다. 순전히 약간 범생이 같지만 착한 남자와의 데이트 한 번 때문에. 그 남자는 아마 자기가 전생에 무슨 죄를 지었기에 여기 있어야 하는지 생각하고 있을 것이다. 프랭키는 세 번째 술을 주문하지 말았어야 했다. 그저 대화가 중단되는 것을 피하려고 술을 주문했다.

프랭키는 거울을 보다가 무거운 입김을 훅 내뿜어 이마에 흘러내린 구불구불한 머리 한 가닥을 날려 보냈다. 그리고 아이라이너로 바닥에 휘갈겨 쓴 섬세한 그라피티를 발견했다.

나는 나에게 일어난 일이 아니라,
내가 어떤 사람이 될지 선택한 결과로 이루어진 사람이다_융

프랭키는 몸을 앞으로 숙이고, 입술이 떨리기 시작하자 세게 깨물었다. 언제 이렇게 자신이 없어졌을까? 프랭키는 가방 속을 더듬어 핸드폰을 찾았고, 왓츠앱에서 '맨체스터' 그룹을 스크롤했다. 몇 년 전에 친구들과 맨체스터로 주말여행을 가기로 계획하면서 만든 이름이었다. 프리야

가 집 구매 계약을 해야 하고, 앨리스의 아이들이 다시 아프고, 톰이 여행 갈 형편이 안 된다고 해서 취소했지만.

프랭키는 스스로 선택하기가 불가능하다고 느꼈다. 여러 선택지를 혼자 저울질하고 결과를 예측하려니 진이 빠졌다. 그리고 프랭키의 삶이 지금까지 흘러온 방향을 보면, 자신이 올바른 선택을 하리라고 믿을 수 없었다.

> 화장실에서 보내는 소식. 딜도에 대한 농담과 괴상한 윙크로 완전히 망쳐버렸고, 지금 화장실에 숨어 있어. 더 망신당하기 전에 작별 인사 없이 그냥 가도 될까?

프리야가 즉시 답장을 입력하기 시작했다.

> 딜도? ㅎㅎㅎ 응, 괜찮아. 네 생일이야, 아가씨. 하고 싶은 대로 해.
> 즐겁지 않으면 당장 나와. 한 번뿐인 인생, 즐겨!

당연히 프리야가 할 만한 말이었다. 프랭키의 직장 동료인 프리야는 강력하고 신속한 결정의 여왕이고, 자신의 욕구를 최우선으로 여겼다. 연속으로 데이트를 반복하는 단호하고 자부심 강한 독신인 프리야는 자신의 시간이 소중한 상품이라고 믿었다. 그리고 마음에 들지 않는 사람이 자신의 시간을 앗아가는 것을 절대 용납하지 않을 것이다. 프리야는 자신의 삶을 개척하려고 열심히 노력했고, 죄책감이나 의무감에 좌지우지 당한다고 느끼기를 거부했다.

> 그렇게 얼간이처럼 굴지 마! 적어도 그 사람한테 작별 인사는 해줘야지.
>
> 와인 한 잔 더 마셔. 어쨌든 네 생일이잖아. 더 마시고, 말은 줄여.

항상 목표에 집중하는 톰이 보일 만한 전형적인 반응이다. 대부분 그 목표는 공짜 술이다.

> 프랭키, 안 돼! 너 자신을 파괴하는 짓을 그만두고 당장 돌아가!
>
> 네 괴상한 면을 사랑해 줄 누군가를 찾고 있잖아. 화장실에 그걸 숨기는 건 그만둬!

'파괴'라는 말이 다시 나왔다.

요즘 앨리스는 항상 프랭키가 5분 만에 일부러 데이트를 망치는 자기 파괴자라는 말을 한다. 그렇다. 사실이다. 하지만 앨리스가 그럴 때마다 프랭키의 속에서 억눌린 화가 부글부글 끓어올랐다.

프랭키를 가장 짜증스럽게 하는 점은 앨리스가 누군가와 제대로 사귀어 본 적이 없다는 것이다. 고등학교 마지막 해에 타일러와 극장 뒤에서 알코올이 약간 든 탄산음료를 두어 번 몰래 마신 것을 빼면, 앨리스의 첫 데이트와 마지막 데이트 모두 대학교에서 저스틴과 한 것이었고, 그 후로 두 사람은 늘 함께였다. 앨리스는 삼십 대의 데이트가 어떤지 이해하지 못한다. 앨리스가 어떻게 판단을 내릴 수 있단 말인가? 그것은 프랭키가 육아에 대해 앨리스에게 조언하는 것과 마찬가지일 것이다. 터무니없다. 앨리스는 운이 좋았다. 아니, 정말로 운이 좋았나? 물론 앨리스는 영원히 함께할 사람을 일찍 찾았지만, 그러느라 놓친 온갖 삶의 경험은 어떻게 하나? 앨리스는 평생 오직 한 사람과 잠자리를 했다. 앨리스에게는 데이트 사연이나 전 남자 친구들이나 염탐할 그들의 새 여자 친구들이 없다. 앨리스는 누가 문자를 먼저 보낼지 눈치 싸움을 하는 것이 어떤지 전혀 모르고, 받은 메시지를 분석하느라 골머리를 썩이거나 멋진 여자처럼 보이려면 어떻게 답장해야 할지 고민한 경험이 없다. 앨리스는 삶에서 결정적인 인격 형성기를 겪기 전에 저스틴을 발견했다. 새로운 음악 밴드, 이국적인 장소, 특이한 음식을 보여주는 누군가를 결코 만나지 못했다. 색다른 모험에서 배울 기회가 전혀 없었다. 해마다 거의 다를 게 없는 삶이었다.

입 밖에 꺼내지는 않지만, 앨리스는 대학 시절 남자 친구와 헤어졌다고 프랭키를 원망했다. 앨리스에게 저스틴이 있었다면, 프랭키에게는 토비가 있었다. 예전에 앨리스는 프랭키가 대학 시절에 사이좋게 지내던 '굉장한 4인조' 관계를 깨뜨렸고, 이비사섬 여행의 후반부를 망쳤고, 그날 이후로 생일 파티를 대단히 어색하게 만들었다고 장난스럽게 넌지시 말한 적이 있었다.

프랭키는 핸드폰을 치우고 재킷을 입은 다음, 축 처진 어깨에 가방을 멨다. 바로 이것이 프랭키가 다섯 달 전에 데이트를 그만둔 이유다. 스트레스가 너무 심하다. 너무 피상적이다. 그냥 다시 의자에 앉아서 가식적인 놀음을 30분 더 계속할 수도 있을 것이다. 감정을 분출한 후, 서서히 밀려드는 민망함에 움츠러든 채로. 아니면 자신의 시간을 되찾기로 하고 집에 있는 아늑한 소파로 돌아가서 오늘 밤 아무 일도 없었던 척할 수도 있을 것이다. 플러스 원을 찾는 것은 급한 일이 아니다. 집에 돌아가는 길에 케밥 팰리스에 들르는 것처럼 그저 자신에게 편안한 일상을 고수

해야 한다. 올리는 이 일을 금방 극복할 수 있을 것이다. 올리는 다른 누군가에게 좋은 짝이다. 프랭키는 올리가 남은 저녁 시간을 낭비하지 않도록 호의를 베푸는 것이다. 프랭키는 올리가 프랭키라는 최악의 상대를 피해서 안심할 것이라고 확신했다.

프랭키는 고개를 잔뜩 숙인 채 커플들의 미로를 헤치고 출구를 향해 갔다. 불로 지지는 것처럼 통증이 심해진 물집 때문에 발을 내디딜 때마다 움찔했다. 프랭키는 바에서 어슬렁거리고 있는 종업원을 발견하고 종업원에게 20파운드짜리 지폐를 건넸다. 프랭키는 무례할지 모르지만, 인색하지는 않았다.

"미안하지만, 제가 몸이 좋지 않아서 먼저 간다고 그 사람한테 전해줄래요?"

프랭키가 종업원에게 말했다.

종업원이 비난하듯 두 눈썹을 추켜세웠다.

'저럴 만도 하지.'

프랭키가 생각했다.

"저기요, 내가 못된 거 나도 알아요. 됐죠?"

프랭키가 한숨을 쉬었다.

"하지만 그래서 가는 거니까 믿어줘요. 난 그 사람이 삶의 한 시간을 낭비하지 않게 해주는 거예요. 마땅히 해야 하는 일이에요."

✴

"프랭키 팬츠, 넌 패배자가 아니야."

톰이 수화기 건너편에서 프랭키에게 장담했다.

"난 처트니 소스에 소매가 흠뻑 젖은 채 혼자서 클래펌 하이 스트리트를 절뚝거리며 걸어가고 있어. 내 생일에. 그게 패배자라는 증거가 아니라면 뭔지 모르겠어."

프랭키가 투덜거렸다.

"물웅덩이 옆에 서서 지나가는 차가 널 흠뻑 적셔주길 기다리지 그래? 그 안타까운 이야기가 잘 먹히게 하려면."

톰이 제안했다.

"그건 그렇고, 왜 절뚝거리는데? 발에 입병이라도 났어?"

"내 주먹만 한 물집이 생겼어."

프랭키가 우는소리를 했다.

"우와, 크네. 우리가 아무 이유 없이 네 뒤에서 프랭키 '햄 손' 매켄지라고 부르는 게 아니라니까."

"톰!"

"농담이야. 네 손은 귀여운 미니 돼지고기 파이 같아."

"새 부츠를 신지 말았어야 했는데. 난 이런 물집이 생겨도 싸. 그 사람을 차버리지 말았어야 했어. 난 나쁜 사람이야."

"최악이지. 근데 있잖아, 이제 끝난 일이야. 돌이킬 수 없으니까 그냥 잊어버려. 천천히 조심스럽게 발 디디고."

톰이 대답했다.

"아니면 그냥 평범한 사람처럼 택시를 잡아."

"택시 못 잡아. 집에서 10분 거리란 말이야. 기사가 내가 자기를 놀린다고 생각할 거야. 게다가 집에 가는 길에 들러야 할 아주 중요한 곳이 있어."

"케밥 팰리스?"

"내 생일날 밤 10시에 거기 아니면 어딜 가겠어?"

프랭키가 한숨을 쉬고는 케밥 가게 밖 인도에 떨어진 케밥을 넘어서서 눈을 가늘게 뜨고 가게의 밝은 흰색 불빛을 바라봤다.

"그 사람한테 사과하는 문자를 보내야 할까? 아니면 해명이라도?"

프랭키가 물었다.

"해명할 게 뭐 있어? 지금쯤이면 그 사람도 네 뜻을 알아챘을 게 분명해."

톰이 말했다.

"글쎄, 거짓말이라도 해야 할까 싶네. 속이 안 좋아서 개수대에 토했다거나 뭐 그런 거. 그러면 그 사람 기분이 나아지지 않을까?"

혼자 식당에 앉아 있을 올리를 생각하니 죄책감이 솟구쳤다.

"그 사람한테 문자를 보내는 건 대화의 물꼬를 틀 뿐이야. 아마 그건 네가 제일 하기 싫은 일일 테고."

"안녕, 에미르. 평소 먹던 거로 줄래요?"

프랭키가 계산대 뒤에 선 남자에게 말했다.

"케밥 가게 주인이랑 이름 부르는 사이라고? 멋진데! 그 사람은 이따가 뭐 하는데?"

톰이 물었다.

"칠리소스 추가죠, 프랭키?"

에미르가 웃으며 대답했다.

"오오오, 네. 부탁해요, 에미르. 오늘 밤은 내 입술로 당신의 굉장히 화끈한 고기를 감싸고 싶네요, 윙크."

톰이 프랭키의 오른쪽 귀에 앓는 소리를 냈다.

프랭키는 핸드폰을 얼굴로 휙 당겨서 스피커폰 통화가 아닌지 확인한 후, 에미르에게 고개를 끄덕이고 톰에게 속삭였다.

"할 말이 없네. 여긴 다 가족 같은 사이라고. 내 마지막 식사가 케밥 팰리스의 치킨 시시 케밥이라면 죽어서도 행복할 거야."

"좋아, 이제 확실해졌어. 넌 패배자야."

톰이 소리 내어 웃었다.

"어쨌든, 끊어야겠다. 조엘이 소파 건너편에서 「베갱스터Vegangsters*」를 일시 정지해 놓고 날 무섭게 쏘아보네."

"조엘한테 나 대신 키스 전해줘."

프랭키가 말했다.

"싫어! 조엘이 물어버릴까 봐 겁나."

톰이 소곤거렸다.

"생일 다음 날 침대에서 아침 먹는 거, 여전히 유효해?"

"7시 전에는 안 돼."

프랭키가 소리 내어 웃었다.

"포옹이랑 키스 보낸다, 햄 손!"

톰이 노래를 흥얼거렸다.

"돼지고기 파이라고!"

프랭키가 소리쳤지만, 톰은 이미 전화를 끊었다.

"돼지고기 파이 먹고 싶어요?"

에미르가 계산대 너머에서 어리둥절한 표정으로 물었다.

---

* 등장인물이 채소인 범죄 해결 온라인 게임

"아니요, 아니요, 그냥 케밥 먹고 싶어요."

프랭키가 얼굴을 붉히며 대답했다.

프랭키는 핸드폰을 귀에서 떼어내 에미르가 들고 있는 카드 단말기에 가져다 대고 흔든 다음, 가방에 넣었다. 프랭키의 특대형 가방은 항상 너무 무거웠다. 노트북, 여러 개의 충전기, 화장품, 빗 세 개, 공책 다섯 권, 일주일 지난 반쯤 빈 복숭아 아이스티 두 병이 잔뜩 들어 있었다.

"안녕, 에미르."

프랭키는 따뜻한 케밥을 집어서 갓난아이를 안듯이 애정을 담아 조심스럽게 가슴으로 끌어당겼다.

"또 봐요, 프랭키!"

에미르가 행주를 높이 들고 흔들며 대답했다.

프랭키는 부츠에서 오른쪽 발뒤꿈치를 빼내어 인조 가죽을 지르밟고 통증에서 벗어나 몇 걸음 내딛었다. 배가 고파 죽을 지경이라 케밥 포장지를 풀면서 다리를 절며 문을 향해 걸어갔다. 양파와 고수 향기에 입에 군침이 돌았다. 뜨거운 빵을 양손으로 잡고 입에 밀어 넣어 크게 한 입 베어 물었다. 평소라면 사람들이 없는 곳에서만 그렇게 크게 입을 벌렸을 것이다. 하지만 까놓고 말해서 누가 프랭키를 지켜보고 있겠나? 눈을 감은 채 첫입을 음미하며 문밖으로 나와 인도에 올라섰다. 케밥이 시야를 막아 길이 보이지 않는 상태에서 왼쪽 발이 계단에 걸려 비틀거렸다. 너무 세게 비틀거리는 바람에 가방이 어깨에서 내려와 팔꿈치로 툭 떨어졌다. 프랭키는 균형을 잃고 심하게 휘청거리면서 발 디딜 곳을 필사적으로 찾았다. 그렇게 허둥지둥하는 와중에 부츠 한 짝이 벗겨졌다. 왼쪽 굽이 끈적끈적한 것을 세게 밟으면서 다리가 콘크리트 인도를 가로질러 급속도로 미끄러졌다. 비명을 지르려고 했지만 커다란 치킨 덩어리가 폐로 들어갔고, 케밥은 맑게 갠 밤하늘에 흩날렸다. 몸과 가방의 무게가 프랭키를 빠르게 뒤로 끌어당겼고, 양팔이 뒤로 마구 흔들리는 와중에 프랭키는 똑바로 서려고 부질없이 안간힘을 썼다.

하지만 이미 늦었다.

프랭키는 놓친 케밥의 내용물이 자신의 위로 쏟아지는 것을 공포에 질린 눈으로 응시했다. 머리가 콘크리트에 부딪히며 우레 같은 소리가 울렸다가 뒤이어 귀가 먹먹한 정적이 흘렀다.

프랭키는 하늘을 향해 머리를 뒤로 젖힌 채 자신의 위로 우뚝 솟은 에미르를 봤다. 에미르의 대머리 뒤쪽이 환하게 빛났다.

"프랭키?"

에미르가 아주 깊고 느린 목소리로 소리쳤다. 마치 당밀 너머에서 말하는 소리 같았다.

반쯤 열린 눈꺼풀 틈으로 저 위의 별이 점점 커져 보이다가 온 하늘이 눈부시게 하얗게 변했다.

"에미르?"

프랭키가 속삭였다.

"프랭키! 내 말 들려요? 오늘 무슨 요일이에요?"

에미르가 소리쳤다.

"내 생일이에요."

3

프랭키는 눈을 번쩍 뜨고 시야에 가득 찬 하얀 공간을 바라보며 가쁜 숨을 내쉬다 폐가 터지지 않고 받아들일 수 있는 만큼 산소를 들이마셨다. 그리고 눈부신 빛이 닿지 않게 오른쪽 팔을 들어 두 눈을 가렸다.

"누가 조명 좀 약하게 해줄래요?"

프랭키는 텅 빈 곳을 향해 쉰 목소리로 말했다. 그러나 돌아오는 것이라고는 침묵뿐이었다. 팔을 치우고 팔꿈치에 지탱해 몸을 일으켰다. 눈을 가늘게 뜨고 밝은 빛을 보다가 초점을 맞추려고 미친 듯이 눈을 깜빡였다.

"여기요?"

프랭키는 소리치며 머리 뒤로 손을 뻗어 혹이나 피, 타박상이나 붕대가 있는지 더듬거렸다. 아무것도 없었다. 머리 전체에 감각이 없었다. 병원용 진통제를 칭찬해야겠다고 생각하며 몸을 앞으로 숙이고 주위를 둘러봤다. 텅 빈 거대한 공간을 바라보자 갑자기 현기증이 밀려들었다.

"여기요?"

프랭키가 소리 질렀다. 극심한 공포가 솟구쳤다. 무엇이든 좋으니 손에 닿는 뭔가를 느끼고 싶어서 두 팔을 앞으로 내밀고 허우적거렸다. 하지만 구부린 손가락에 잡히는 것은 허공의 공기뿐이고, 들리는 것은 메아리치는 프랭키의 울부짖음뿐이었다. 그 소리는 몇 차례 울려 퍼지다가 점점 희미해졌다.

"에미르?"

프랭키는 실눈을 뜨고 먼 곳을 보며 외쳤다. 작은 검은 점 하나가 하얀 눈 속 후추 열매처럼 시야에 나타났다. 점이 점점 커지는 걸 보며 시력이 회복 중이라는 사실에 잠시 안도감이 들었다.

하지만 점이 커지는 것이 아니었다. 터널을 향해 돌진하는 브레이크가 고장 난 고속 열차처럼, 점을 향해 날아가는 것은 프랭키였다. 두 팔로 얼굴을 감싸고 머리를 무릎에 묻어 충격에 대비하는 사이, 귀에서 들리는 획획 소리가 프랭키의 비명을 잠재웠다.

소음이 갑자기 멈췄다. 충돌이 일어나지 않았다. 쾅 소리도 나지 않았다. 금속이 바위에 부딪혀 긁히고 일그러지면서 갑자기 멈추는 끼익 소리도 들리지 않았다. 들리는 것이라고는 자신이 힘겹게 헐떡거리는 소리뿐이었다. 어깨를 부들부들 떨고 주먹을 꽉 쥔 채 머리를 조심히 들어 올려 앞에 무엇이 있는지 확인했다.

터널이라고 생각한 것은 전혀 터널이 아니었다. 스크린이다. 스크린에 부모님이 나와 있었다. 글자 한 줄이 짧게 깜빡였다.

2005년 8월

부모님이 각각 오래된 꽃무늬 소파 양쪽 끝에 앉아 프랭키를 똑바로 바라보고 있었다.

"엄마? 아빠?"

현재의 프랭키가 속삭였다.

두 사람 다 대답하지 않았다.

"빌어먹을, 대체 뭐 하는 거야, 제트?"

익숙한 새된 목소리가 외쳤다.

프랭키는 허둥지둥 뒤로 물러나 헉 소리를 냈다.

자신이다.

프랭키다. 스크린에서 프랭키는 열여덟 살이었다. 제니퍼 로페즈를 동경하던 시절의 프랭키가 금색 벨루어 운동복 차림으로 옛집 거실 저편의 안락의자에 앉아 있었다. 18년이 지난 지금도 벽장 안쪽 쓰레기봉투에 여전히 들어 있는 그 옷이다. 프랭키의 옆 바닥에 옹그리고 있는 사람은 왼손에 목탄을 들고 스케치북 위로 몸을 구부린 남동생 제트다. 제트는 열여섯 살 때의 모습이었다.

"말 가려서 해야지, 프랭키."

아빠가 중얼거렸다.

"아이고, 에릭. 애가 자신을 표현하게 둬요!"

엄마가 톡 쏘아붙이며 손가락으로 밝은 분홍색 머리카락을 빙글빙글 돌렸다. 손가락마다 다른 반지를 끼고 있었다.

프랭키는 과거의 크리스마스 유령처럼 허공을 맴돌며 그 장면을 지켜봤다. 프랭키가 머릿속으로 반복해서 재생했던 장면이지만, 이렇게 생생한 적은 없었다. 이 꿈은 터무니없다.

"뭘?"

제트가 스크린의 프랭키를 올려다보지도 않은 채 대답했다.

"지금까지 나한테 일어난 것 중에 제일 큰일이잖아. 이 순간을 포착하고 싶어."

제트가 아랫입술을 깨물고 A4 크기의 스케치북 위로 몸을 웅크렸다.

"스미시는 내가 이걸 과제로 내면 불쌍하다고 점수를 좀 받을 수 있을 거래."

제트가 웅얼거렸다.

"스미시가 어떻게 벌써 알지?"

프랭키의 아빠가 놀란 표정으로 말했다.

"내 친구들은 다 알아요."

제트가 구형 노키아 핸드폰을 높이 치켜들며 말했다.

"네 감정을 공유하다니, 참 자랑스럽구나, 아들."

특유의 진홍색 립스틱을 바른 프랭키의 엄마가 제트에게 키스를 날리며 말했다.

"우리 모두 마지막 가족사진을 찍게 포즈를 취하는 게 어때요?"

스크린의 프랭키가 말하며 벌떡 일어나더니 곧바로 다시 앉았다. 그당시 프랭키는 너무 불안정한 느낌이 들었다. 부모님이 집을 팔까? 방학 때 어디로 가야 하나? 그렇지 않아도 다음 날 대학 생활이 시작되는지라 신경이 곤두서서 줄곧 속이 울렁거렸는데, 이 상황은 도무지 도움이 되지 않았다.

"사진을 액자에 넣어서 새 기숙사 침대 위에 걸어놓을까 봐요."

스크린의 프랭키가 계속 말했다.

"밤마다 잠들기 전에 부모님이 이혼을 발표한 소중한 순간을 되새길 수 있겠죠. 하필 내가 대학으로 떠나기 바로 전날 밤에요. 참 따뜻한 추억이겠죠. 정말로 소중히 간직할 순간이요."

"사진은 우리 감정을 포착하지 못해."

제트가 목탄으로 종이를 북북 문지르며 태연하게 대답했다.

"그리고, 왜 행복한 사진만 찍어야 해? 현실은 만만하지 않아. 우리가 기쁨을 음미하려면 슬픔이 필요해. 하지만 누나는 그걸 이해하지 못하겠지. 감정이 메마른 사람이니까."

"야! 닥쳐, 이 허세덩어리 멍청아!"

스크린의 프랭키가 소리를 빽 내질렀다.

"넌 야후 홈페이지에서 일간 인용문란을 읽고 그게 네 말인 척 나불대는 대신에, 분위기 파악을 하는 데 시간을 더 들여야 해."

"그거야. 다 털어놔."

제트가 대답했다.

"누나가 화를 낼수록 내 스케치는 더 흥미로워질걸."

"프랭키, 제트가 이 일을 자기 나름의 방식으로 받아들이게 두렴."

엄마가 차분하게 말하고 길 아래편 커뮤니티 센터에서 요가를 발견하고 최근에 산 '킵 옴 앤드 카멜 온' 머그잔에 담긴 녹차를 한 모금 마셨다.

"프랭키, 넌 이제 성인이야."

아빠가 덧붙였다.

"넌 감당할 수 있어. 이게 그렇게 놀라운 일이냐? 우리 두 사람을 봐라. 우린 완전히 달라."

"당근과 포도주처럼 천양지차지."

엄마가 고개를 끄덕이며 말했고, 그 말에 아빠가 낄낄 웃었다.

프랭키는 두 사람에게 휙휙 눈길을 던졌다. 사실 프랭키는 두 사람의 공통점이 무엇인지 항상 궁금했다. 아빠에게 행복한 장소는 자신의 작은 채소밭이었다. 그곳에서 접의자에 혼자 조용히 앉아 오래된 캠핑용 보온병에 담긴 미지근한 밀크티를 마시는 것을 좋아했다. 엄마에게 행복한 장소는 소호에 있는 끈적끈적한 무허가 술집의 무대 위였다.

"우린 계속 친구로 지낼 거야."

엄마가 말했다.

"그저 우리가 가진 하나의 삶에서 원하는 게 서로 달랐을 뿐이야. 그리고 이제 넌 성인이니 예전만큼 우리가 옆에 있어야 할 필요가 없잖아. 우린 널 한 팀으로 키웠어. 네가 어른이 됐으니, 팀으로서의 우리 일은 끝났단다."

"제트는 겨우 열여섯 살이에요!"

"하지만 나이에 비해서 아주 현명해."

엄마가 대답했다.

"항상 그랬지."

아빠가 동의하며 중얼거렸다.

"맞아요."

제트가 현명한 척하며 고개를 끄덕였다.

"난 이제 대학 생활을 시작하잖아요. 이미 불안한 나를 더 불안하게 만들기 전에 조금 더 기다릴 순 없었나요? 세상에!"

스크린의 프랭키가 소리쳤다.

프랭키는 자신의 반응에 움찔했다. 프랭키가 더 친절해야 했을까? 더 이해해야 했을까? 부모님 중 한쪽이 어떤 식으로든 속상한 기색을 내비쳤다면, 프랭키가 더 친절하거나 더 이해심 있게 반응했을지 모른다. 하지만 두 사람은 짜증 날 정도로 그 일이 아무렇지도 않아 보였다. 프랭키가 그동안 보아온 두 사람의 모든 관계가 다 거짓이었을까?

제트가 스케치를 들어 올려 보여줬는데, 그려진 것이라고는 얼룩지고 구불구불한 검은색 선들뿐이었다.

"참 훌륭하구나, 아들! 정제되지 않은 감정이 아우성을 치네."

엄마가 감탄했다.

"그래. 흥미롭구나. 그 모든…… 구불구불한 선들이 마음에 든다."

아빠가 덧붙였다.

스크린의 프랭키가 제트의 그림을 잡아채서 두 조각으로 찢어 버리고는 쿵쾅대며 거실에서 뛰쳐나갔다.

프랭키는 다음 날 아침 6시에 대학교로 떠났다. 그들은 힘없이 포옹하며 작별 인사를 했고, 프랭키는 몇 달 동안 가족 중 누구와도 연락하지 않았다. 프랭키가 이혼 때문에 화가 난 것은 아니었다. 곰곰이 생각해 보니 이혼은 불가피했다. 하지만 부모님이 그 일을 다루는 방식 때문에 화가 났다. 부모님은 그저 프랭키가 고개를 끄덕이고 어깨를 으쓱한 다음, 핸드폰으로 스네이크 게임을 계속하리라고 기대했다. 프랭키가 기억하는 한, 부모님은 줄곧 프랭키가 뭔가를 할 '나이가 됐다'고 말했다. 프랭키는 여섯 살 때 자기 아침밥을 직접 만들었다. 열 살 때 자기 빨래를 직접 했다. 부모님은 프랭키에게 독립심을 주입했고, 가장 중요한 인생 교훈은 혼자 알아서 대처하는 방법이라고 주장했다. 하지만 프랭키가 간절히 바라는 것은 부모님의 관심과 보살핌뿐이었다.

그 비참한 기억으로 돌아간 여행은 프랭키 앞의 빠른 움직임에 의해 중단되었고, 프랭키는 방으로 돌아왔다. 여기가 방인지조차 모르겠지만. 이제 스크린에서 화면이 왼쪽으로 움직여 프랭키가 잘 아는 다른 장면으로 바뀌었다.

2008년 8월

익숙한 트롬본 선율이 주변에 울려 퍼졌다. 더 스페셜스의 「루디에게 보내는 메시지A Message To You Rudy」이다. 엄마가 좋아하는 노래다. 엄마가 낡은 연두색 복스홀 아스트라를 타고 프랭키를 등하교시키는 길에 이 노래를 최대 음량으로 반복 재생하는 바람에, 프랭키는 차라리 싱크홀에 빠지고 싶을 지경이었다.

프랭키는 스트레덤에 자리한 엄마의 원룸 아파트에서 코르덴 소파 구석에 몸을 웅크리고 있는 스물한 살의 자신을 봤다. 프랭키는 분홍색 벨벳 쿠션의 술을 잡아당기고 있고, 시선은 수상하게 생긴 리즐라* 꽁초가 가득한 재떨이에 고정돼 있었다. 프랭키의 위쪽 벽은 엄마의 스카 밴드인 스카렛 피버의 공연 포스터 액자로 어수선했다.

엄마가 이 빠진 머그잔에 담긴 차와 키친타월에 놓인 미스터 키플링 배튼버그 케이크 한 조각을 들고 들어왔다.

"얼마 동안이나 가 있을 건데요?"

스크린의 프랭키가 케이크를 집어 들고 마지팬을 엄지손가락과 집게손가락으로 뭉개 가루로 만들며 물었다.

"이런, 아가, 나도 잘 모르겠구나. 아무 말로는 공동체를 만드는 데 2달이 걸릴 거라는데, 난 그렇게 될까 싶어. 고아잖니! 거기 사람들은 매사

---

* 담배나 마리화나 혹은 혼합물을 마는 종이 관련 용품 브랜드

에 서두르지 않아. 그리고 그게 매력이지. 난 치열한 경쟁에 진저리가 나. 이번만은 느리게 살 거고, 그게 참 기대돼."

"네. 리즐라랑 카바*를 사러 동네 구멍가게에 가는 게 퍽이나 스트레스를 받는 일이겠네요."

스크린의 프랭키가 짓궂게 대꾸하며 깨지락거린 케이크를 커피 테이블에 놓았다.

"왜 넌 꼭 내 감정을 상하게 하니, 프랭키?"

엄마가 우스꽝스러운 고뇌의 표정을 지으며 말했다.

엄마의 상처받은 얼굴을 보니 프랭키의 마음에 죄책감이 일었다. 이제 더 나이를 먹고 현명해지고 어쩌면 약간 친절해졌기에, 당시에 엄마에게 너무 모질게 굴었나 하는 생각이 들었다.

"엄마가 고아로 무기한으로 떠난다는 말로 내 감정을 상하게 했으니까!"

스크린의 프랭키가 외쳤다.

"눈에는 눈 식의 보복을 고집한다면 온 세상이 눈멀게 될 거야."

엄마가 대답했다.

"간디가 한 말이란다."

"됐어요, 엄마! 난 방금 대학에서 돌아왔는데, 엄마는 떠나잖아요. 버림받을까 봐 두려워해서 참 미안하네요."

"난 널 버리는 게 아니야, 아가."

엄마가 대답했다.

"절대 널 버리지 않을 거야."

---

* 스페인산 스파클링 와인

"뭐, 글래스턴베리 축제 피라미드 무대에서 날 버렸을 때처럼요?"

스크린의 프랭키가 상체를 뒤로 젖히며 지적했다.

"너 자신을 위해 돌아다니고, 탐험하고, 뭔가 발견할 자유를 준 거야!"

"엄마는 「브라운 아이드 걸Brown Eyed Girl」이 나오는 동안 클라우드 서핑*을 했고, 난 억수같이 퍼붓는 빗속에서 텐트로 돌아가는 길을 찾느라 헤매야 했어요. 난 여덟 살이었다고요."

"음, 우리가 너 자신을 돌보는 방법을 가르친 게 기쁘지 않니?"

엄마가 말했다.

"아니나 다를까, 엄마는 요점에서 완전히 벗어났어요."

스크린의 프랭키가 눈을 굴렸다.

"신경이 아주 날카로워진 것 같구나, 프랭키. 나랑 같이 가는 게 어때? 실연당한 마음에 회복제가 될 거야."

"난 실연당하지 않았어요. **내가** 토비랑 헤어졌어요. 그 반대가 아니라."

"태어날 때 우리 마음은 백지상태란다. 그리고 우리가 살면서 만난 모든 사람이 지워지지 않는 자국을 남겨. 토비는 네 마음에 자국을 남겼고, 이제 넌 일어난 일을 받아들이고 새출발할 때가 됐어."

"내가 이별을 선언했지만, 그렇다고 더 수월해지는 건 아니에요."

스크린의 프랭키가 얼굴을 찌푸렸다.

"환경이 변하면 더 수월해질 거야."

엄마가 주장을 굽히지 않았다.

"치열한 경쟁에서 벗어나면 네게 도움이 될 거야. 넌 너무 열심히 일해."

"난 이제 막 런던에 왔어요! 그리고 술집에서 아르바이트 중이에요.

---

* 공연에서 누운 자세로 관중들의 손으로 옮겨지는 것

치열한 경쟁은 시작하지도 않았어요. 치열한 경쟁을 하면 그게 마음에 들지도 모르죠. 교외에서 달팽이처럼 사는 것보다 나아요."

"너한테도 교외가 어울릴 것 같진 않아. 넌 나와 같아. 탐험가지."

"난 엄마와 같지 않아요! 난 그냥 평범한 삶을 원해요. 보통 직장에 다니면서 새로운 사람들을 만나고 클럽에서 놀고 파티에 가고…… 휘청거리면서 집에 가는 길에 케밥을 먹어치우고 싶어요. 내 나이의 다른 사람들처럼. 게다가 지금은 여행할 형편이 안 돼요. 학자금 대출에 핸드폰 요금도 내야 해요. 난 돈이 필요해요."

"그래, 아가. 뭐든 너 좋을 대로 하렴. 난 너와 네 모든 결정을 응원한단다. 언제나 그랬고 앞으로도 그럴 거야. 난 전적으로 찬성이야."

프랭키는 테이블을 치우는 엄마의 뒤통수를 빤히 보는 스크린의 자신을 주시했다. 그 순간에 자신이 무슨 생각을 했는지 정확히 기억했다. 프랭키가 바란 것은 엄마의 찬성이 아니었다. 프랭키는 엄마가 신경 쓴다는 느낌을 받고 싶었다. 엄마가 돌아서서 프랭키를 안고 떠나지 않겠다고 말해주기를 바랐다. 프랭키에게 엄마가 필요할 때마다 곁에 있겠다고 말해주기를. 일터에서 일을 망칠 때마다, 일요일 밤 스파게티 볼로네즈로 위로받고 싶을 때마다. 그것을 바라는 게 이기적일까?

화면이 왼쪽으로 지나가고, 프랭키의 심장이 쿵쾅거리기 시작했다.

2010년 8월

토비다. 토비가 프랭키에게 청혼한 직후, 프랭키가 거절한 그 순간이었다.

4

토비의 얼굴이 충격으로 얼어붙고, 이비사섬의 토레 데스 사비나르* 위로 불타는 듯한 석양이 펼쳐졌다. 태양이 그들의 미래와 함께 가라앉고 있었다. 토비는 여전히 반지를 들어 올린 자세를 하고 있었다. 토비의 할머니 아그네스에게 물려받은 에메랄드 컷 다이아몬드다. 천사의 얼굴과 악마의 혀를 가진 여자 아그네스는 토비가 그들의 말이 들리지 않을 만큼 멀리 떨어져 있을 때마다 마땅찮은 기색으로 쉬익 소리를 내며 프랭키의 말을 막았다. 프랭키가 토비의 스물한 살 생일에 감자 구이를 만들겠다고 하자, 아그네스는 토비가 자기 요리만 좋아한다고 톡 쏘아붙였다. 그리고 그날 이후로 아그네스는 일요일 점심 식사 때마다 프랭키의 접시에 감자 구이 하나를 내놓았다. 아그네스는 프랭키를 경멸했고, 그건 피차일반이었다. 토비는 왜 아그네스의 반지로 청혼했을까? 온통 엉망이었다.

이번에 화면 속 화가 나 자리를 박차고 떠나는 사람은 토비였다.

하지만 언제나 착한 남자인 토비는 프랭키를 두고 가지 않았다. 토비

---

* 1750년대에 설치된 스페인의 해안 망루

는 산기슭에 세워둔 렌터카에서 조용히 기다렸고, 그들은 아무 말 없이 차를 타고 별장으로 돌아왔다.

화면이 다시 옆으로 지나갔다.

2012년 8월

앨리스와 스물다섯 살의 프랭키가 런던 중심부의 바에 있었다. 그들이 항상 금요일에 술을 마시러 가던 곳이다. 앨리스가 테이블에 도착하자 프랭키는 그들이 평소에 마시는 로제 와인을 앨리스의 잔에 따라 주고, 자기 잔을 들었다. 프랭키는 꿀떡꿀떡 마셨지만, 앨리스는 와인 잔 손잡이만 만지작거렸다.

"어디 아픈 거야?"

프랭키가 물었다.

"아직은."

앨리스가 수줍은 미소를 지으며 대답하고는 가방을 뒤적거렸다.

앨리스는 찾아낸 것을 슬그머니 테이블 위로 올리고 슬쩍 밀었다. 스크린의 프랭키는 앨리스의 손 밑에 있는 것을 보고 얼어붙었다.

"나 임신했어!"

앨리스가 외쳤다.

프랭키는 스크린 속 자신의 얼굴을 유심히 살폈다. 프랭키는 머릿속을 스쳐 지나갔던 부정적인 생각을 떠올렸다. 그때 프랭키는 두 가지 말 중 하나가 무심결에 튀어나올까 봐 곧바로 대답하고 싶지 않았다.

가장 친한 친구가 임신하는 실수를 저질러 우정을 망치다!

침묵 속에서 3초가 흐르고, 프랭키가 당황할 시간이 끝났다.

"뭐? 우와! 앨리스! 그것참…… 엄청난 일이다!"

젊은 프랭키가 소리를 지르며 의자에서 벌떡 일어났다. 서둘러 테이블을 돌아가서 앨리스를 껴안은 채 겉으로는 환호성을 지르고, 속으로는 눈물을 흘렸다.

프랭키는 쥐어짜듯 앨리스를 꽉 껴안은 것을 기억했다. 앨리스에게 쥐어짜듯 작별을 고하고, 그들의 관계에 쥐어짜듯 작별을 고한 것을. 이렇게 보내는 밤과 숙취에 시달리는 아침에 작별을. 퇴근 후 회사 이야기를 조잘대는 긴 통화에도 작별을. 물론 프랭키는 앨리스에게 크레인의 거대한 철구에 한 방 맞은 것 같은 이 느낌을 말할 수 없었다. 지금은 슬픔, 상실, 거부, 실패의 감정을 머릿속 가장 깊은 곳에 묻어 두고, 가장 친한 친구의 흥분과 기쁨에만 집중해야 했다. 앨리스의 몸 안 태아가 가장 중요했다. 앨리스는 이제 프랭키가 필요로 할 때마다 만나줄 수 없을 것이다. 앨리스에게 플러스 원이 생겼다는 건 이제 프랭키가 마이너스 원이 되었다는 의미였기에 프랭키는 그 어느 때보다 큰 외로움을 느꼈다.

"내가 이모가 된다니, 믿을 수가 없어!"

프랭키가 방긋 웃었다.

"에구! 나도 그래!"

앨리스가 활짝 웃고 양어깨를 목에 바짝 붙였다.

"이걸 테이블에 올려놓다니, 나도 믿을 수가 없어. 역겹잖아."

화면이 옆으로 지나갔다.

2017년 8월

이번에는 1990년대를 주제로 한 톰과 조엘의 결혼식이었다. 구체적

으로 말하면, 두 사람이 새비지 가든의 「트룰리, 매들리, 디플리$^{Truly, Madly,}$
^{Deeply}」에 맞춰 첫 번째 춤을 추는 장면이다. 나이 든 프랭키가 테이블을
둘러보는 서른 살의 자신을 지켜봤다.

프랭키의 맞은편에는 앨리스와 저스틴의 아이, 엘리와 매슈가 있었다.
두 아이는 앨리스와 저스틴의 무릎에 앉아 몸부림치고 몸싸움을 벌였다.
두 아이가 유아용 테이블에 가만히 앉아 있기를 종일 거부한지라, 프랭
키는 앨리스와 어른다운 대화를 나눌 수가 없었다. 기껏 대화하려고 하
면 1분도 지나지 않아 쉬와 응가와 빽빽거리는 괴성에 중단됐다. 프랭키
의 왼쪽에는 프리야가 앉아 있었다. 프리야는 프랭키에게 등을 돌린 채
술에 취해 이달의 남자 친구의 턱수염을 어루만졌다. 남자 친구는 2주
전에 투팅 소방서 밖에서 만난 소방관인데 덩치가 집채만 하고, 마찬가
지로 수다스러웠다. 프랭키의 오른쪽 의자는 비어 있었고, 지금은 핸드백
을 놓는 자리로 사용 중이었다. 원래 프랭키의 마지막 공식적인 남자 친
구인 캘럼이 앉을 자리였지만, 캘럼은 막판에 출장에 불려갔다. 또다시.

젊은 프랭키는 마지막 남은 와인을 쭉 들이켜고 앞에 있는 와인 병에
손을 뻗었다. 물론 프랭키는 톰과 조엘이 잘돼서 행복했다. 두 사람은 완
벽하게 어울리는 한 쌍이다. 조엘은 사랑스러움의 전형이었고, 톰이 조
엘과 만나자마자 프랭키를 차버린 것도 아니었다. 사실 정반대이다. 두
사람은 항상 자신들의 계획에 프랭키를 포함시켰다. 프랭키는 그것을 고
맙게 여겼지만, 예비 타이어 같은 느낌이 드는 것은 어쩔 수 없었다. 그
리고 두 사람이 삶의 다음 단계를 향한 배에 오르는 동안, 프랭키는 홀로
부두에 남겨진 기분이었다.

화면이 다시 한번 지나가고, 오늘 프랭키는 이 악몽 속에서 자신이 견

더야 할 후회의 순간을 상기시키는 화면이 얼마나 더 많이 나올지 궁금해지기 시작했다.

2022년 8월

이번에는 프랭키와 프리야가 브랙널에 있는 프리야의 방 2개짜리 새 집에 앉아 있는 모습이다. 두 사람은 싱글 의자 2개에 앉아서 프랭키가 축하주로 산 프레세코*를 플라스틱 컵에 따라 마시는 중이었다. 1년 전이다. 나이 든 프랭키는 서성이며 프리야가 어떻게 집 보증금을 모았는지 궁금해하는 자신을 지켜봤다. 월말에 자신에게 남은 것이라고는 작은 참치 통조림 한 캔과 프렌치 어니언 수프 믹스 한 봉지뿐인 것 같은데 말이다. 프랭키는 매달 찬장에 남은 음식을 길 끝에 있는 푸드 뱅크**에 가져다주려고 노력하는데, 지난달에는 빈약한 음식이 너무 부끄러워서 도중에 가게에 들러 음식을 더 샀다.

프랭키와 달리 프리야는 돈을 쓸 때 합리적이고, 성인다운 선택을 했다. 프리야는 신중하게 예산을 짜고 현명하게 투자했다. 항상 기차를 타고 절대 택시를 타지 않았다. 일요일에 일주일 치 도시락을 모두 만들어놓았다. 프랭키는 프레***에서 마음껏 먹는 점심, 4파운드짜리 커피 하루에 석 잔, 8개월 동안 사용하지 않은 헬스클럽 회원권을 사는 데 월급을 썼다. 한 번은 「버즈피드Buzzfeed」에서 기사를 본 뒤 비트코인을 샀다가 하락하기 시작하자마자 팔았다. 약 5초 만에 160파운드를 잃었고, 즉시 핸드폰에서 앱을 삭제했다.

---

* 이탈리아산 스파클링 와인
** 남는 음식을 기부받아 빈곤층에 나눠주는 단체
*** 영국의 샌드위치 체인점 '프레 타 망제'

프리야는 영리한 선택을 했고, 안전망을 만들었다. 프랭키에게는 안전망이 없었다. 프랭키가 가진 것이라고는 셋집의 살림뿐이었다. 살림을 판다고 해도 집세조차 나오지 않을 것이다.

화면이 다시 왼쪽으로 지나갔다.

2023년 8월

한밤중에 프랭키는 혼자 침대에 있었다. 올여름 코르푸로 휴가를 간 토비의 사진을 훔쳐보고 있는 프랭키의 얼굴이 핸드폰 화면의 불빛에 파랗게 빛났다. 토비의 아내는 친절해 보였다. 두 아이는 사랑스럽다. 앨리스는 프레야도 사랑스럽다고 말하는데, 프랭키는 그 말에 짜증이 났다. 토비의 아내 프레야는 토비가 지리 교사로 근무하는 학교의 음악 교사다. 프레야는 마라톤을 했다. 프레야는 단을 여러 개 쌓고 아이싱을 조금만 바른 케이크를 정성 들여 만들었다. 두 사람은 스물다섯 살에 결혼했고, 서른 살에 두 아이를 가졌다. 딱 앨리스와 저스틴처럼. 딱 프랭키가 원하지 않는 것이었다.

프랭키는 이 악몽에서 깨어나야 했다. 이번이 지금까지 중 최악인 것 같았다. 프랭키의 삶에서 최저점을 찍은 순간의 영화. 이것이 악몽인지조차 모르겠지만. 지금 혼수상태일까? 혼수상태가 지독히 불쾌한 환각을 일으키나?

프랭키의 악몽은 서른 살이 되면서 시작됐다. 일주일에 한 번 정도 악몽을 꿨다. 대체로 와인 몇 잔을 마시고 잠든 금요일에 그랬다. 한 번은 침대 발치에서 프랭키의 발가락을 빵칼로 잘라내려고 하는 노파를 본 적이 있었다. 악몽이 너무 소름 끼치면 잠에서 깨곤 하는데, 이 악몽에서는 좀처럼 벗어나지 못하는 것 같았다.

갑자기 불이 켜지고 프랭키는 자신이 뒷벽이 거울로 된 승강기 바닥에 앉아 있는 것을 깨달았다. 프랭키는 천천히 일어나서 자신의 모습이 비친 거울을 향해 휘청거리며 다가갔다. 프랭키는 머리카락에서 제물로 바쳐진 케밥의 흔적이 보이기를 기대했다. 관자놀이에 얼룩진 양파나 토마토 조각 자국이 보이기를. 하지만 프랭키의 머리카락은 완벽했다. 프랭키가 기억하는 평소의 모습보다 훨씬 나아 보였다. 프랭키는 가죽 재킷 소매를 쓱 밀어 올리고 얼굴을 찌푸렸다. 처트니 소스 얼룩이 없었다. 프랭키는 몸을 앞으로 숙여 화장을 살펴봤다. 최근에 프랭키는 자신의 외모에 무심했다. 늦게 잠드는 습관이 눈 밑에 축 처진 다크서클, 창백한 뺨, 헤어라인의 건선으로 여실히 드러났다. 하지만 이 악몽에서 프랭키는 14시간 동안 푹 자고 물 2.8리터를 마시고 1시간 동안 햇볕을 쬔 것처럼 보였다.

갑자기 승강기에서 핑 소리가 났고, 프랭키는 선 채로 빙글빙글 회전했다.

"스테이션에 온 걸 환영해요, 프랭키."

Take #2

스테이션에 온 걸 환영해요

‘죽여주는’ 부츠를 신은 프랭키,
죽음의 직행 열차에서 탈선하다

5

프랭키는 그 광경을 보기 전에 웅성거리는 소리를 먼저 들었다. 열린 승강기 문 사이로 빽빽이 들어찬 사람들이 보였다. 그들은 겁에 질려 어쩔 줄 몰라 갈팡질팡하며 각기 다른 방향으로 기차역 로비를 황급히 가로질렀다. 천장과 벽을 올려다보며 움직이다가 서로 부딪치는 그들은 필사적으로 그물을 피하려는 정어리처럼 보였다.

프랭키는 몸을 떨면서 그 혼란을 피해 조금씩 물러서다가 승강기 뒷벽에 부딪혔다. 나무 지팡이를 짚고 꽃무늬 접이식 쇼핑 카트를 미는 할머니가 발을 질질 끌며 걷다가 걸음을 멈추고 승강기를 향해 고개를 돌렸다. 프랭키는 공포에 질려 낮은 소리를 내뱉으며 닫힘 버튼을 찾아 승강기를 재빨리 둘러봤다. 버튼이 하나도 없었다. 노파가 승강기를 향해 비스듬히 돌아서서 승강기 안으로 움직이기 시작했다. 프랭키는 지팡이가 마체테고*, 쇼핑 카트가 시체 운반용 부대라고 지레짐작하고는 시선

---

* '정글도'라고도 부르는 날이 넓고 무거운 칼

을 마주치지 않고 노파를 지나쳐서 사람들 속으로 비집고 들어갔다. 프 랭키는 바깥의 벽에 기대 몇 발자국 게걸음을 치면서 연신 머리를 좌우 로 돌리고 가쁜 호흡을 내뱉었다. 그러는 사이, 가슴이 꽉 조여들었다. 이 것은 프랭키가 울면서 깨어나게 되는 그런 악몽이다.

창문이 없는 로비는 바닥부터 천장까지 카라라 대리석으로 되어 있었 다. 딱 캘럼의 메이페어 타운하우스* 주방의 조리대 같았다. 이것은 은유 가 틀림없다. 전 남자 친구가 오늘 밤 찬조 출연한다고 해도 프랭키는 놀 라지 않을 것이다. 단 하루도 전 남자 친구가 무엇을 하는지 혹은 누구와 있는지 같은 덧없는 생각을 하지 않은 날이 없었다. 전 남자 친구가 프랭 키에게 유령처럼 붙어 다니는 것이 아니다. 프랭키의 뇌리에 계속 떠오 르는 것이다. 프랭키는 군중이 쫙 갈라지고 그 사이로 캘럼이 새 여자 친 구의 팔짱을 끼고 우쭐대며 자신을 향해 걸어올 것이라고 예상했다. 어 쩌면 그 여자는 프리야처럼 프랭키가 아는 사람일지도 모른다. 프랭키는 자기 마음이 능히 자신에게 그런 잔인한 짓을 할 수 있다고 봤다.

프랭키는 왼쪽에서 어쩔 줄 모른 채 얼빠진 얼굴로 벽을 쳐다보는 한 무리의 사람들을 발견하고, 용기를 내어 몇 걸음 나아가면서 어깨 뒤를 슬쩍 돌아봤다. 벽에는 전광판이 있었다. 기차 출발 목록이 아니라 이름 의 목록이 나와 있었다. 수백 개의 이름이 알파벳순으로 배열돼 있고, 각 이름 옆에 방 번호가 있었다.

"움직여요, 거기 여자분!"

프랭키의 바로 뒤에서 내지르는 소리가 들렸다. 프랭키가 몸을 휙 돌 리니 상하가 붙은 작업복을 입고 전광판을 향해 굵은 목을 길게 빼고 있

---

* 런던 하이드파크 동쪽 고급 주택지

는 건장한 중년 남자가 보였다.

"당신 이름과 방을 찾고 나서 옆으로 비켜요! 세월아 네월아 하고 있을 여유 없잖아요?"

"어차피 더 늦지도 않나 본대요, 뭐."

그들 옆에 선 숱 많고 곱슬곱슬한 백발 머리의 여자가 덧붙이고는 히죽거렸다. 여자는 검은색 섹스 피스톨즈 티셔츠와 스팽글이 달린 은색 치마에 빨간색 닥터 마틴 신발 차림이었다. 여자는 프랭키의 엄마를 생각나게 했다.

"미안해요."

속삭이며 한쪽으로 움직이는 프랭키의 볼이 붉게 달아올랐다. 몇 초 후에 스키복을 입고 헬멧을 쓴 사람과 부딪쳤는데, 그 사람은 한쪽 어깨에 걸친 스키로 프랭키를 밀어내고 나아갔다. 왜 프랭키를 제외한 다른 모든 사람은 어디로 가야 할지 아는 것 같을까? 어쩌면 이는 프랭키의 삶을 빗댄 은유적 표현일지도 모른다.

"괜찮아요, 아가씨?"

여자가 눈을 전광판에 고정한 채 에식스 억양이 섞인 부드러운 목소리로 물었다.

"여기 봐요."

여자가 조금 더 가까이 다가와 전광판을 가리키며 말했다.

"당신 이름을 찾아야 해요. 그러면 이름 옆에 방 번호가 있을 거예요. 거기가 당신이 가야 할 곳이에요."

"고맙습니다."

프랭키가 부드럽게 대답했다.

"처음에는 좀 악몽 같죠. 나도 이해해요."

여자가 미소 지었다.

"그저 이 악몽이 언제 끝날지 알고 싶을 뿐이에요."

프랭키는 지금 몇 시인지, 잠에서 깨면 얼마나 피곤할지 생각했다.

내일은 금요일이고, 프랭키는 또다시 지각하면 안 된다. 지난 2주 동안 날마다 지각했다. 사무실 책상에 서둘러 도착하고 싶지 않다는 것 외에 다른 이유는 없었다. 거의 매일 기계적으로 출퇴근하는 공장 노동자 같다는 기분이 들었다. 화분에 물 주기, 그레이엄 씨에게 신문 가져다주기, 지하철역으로 걸어가 클래펌 커먼 앞 밴에서 커피를 사 재활용 컵에 받기, 쉬는 날이 하루도 없는 것 같은 리셉션 담당 졸리 재닌에게 로봇처럼 손 흔들기, 책상 앞 의자에 털썩 앉아 이메일을 열고 사람들이 보낸 연예인 최신 목격담 쭉 훑어보기. 그중 대부분은 미덥지 않았다. 지난주에 한 남자가 배터시의 붕가 붕가*에서 슬리퍼리 니플스**를 벌컥 들이켜고 콩가*** 줄에 합류하는 앤 공주를 봤다고 주장했다. 프랭키가 사진 같은 증거를 달라고 하자 남자는 화질이 좋지 않은 여자 사진을 보냈는데, 앤 공주가 20년 정도 나이를 거꾸로 먹거나 금발 붙임머리를 하거나 유방 확대 수술을 한 게 아닌 이상, 분명 그 여자는 앤 공주가 아니었다.

"어, 내가 도와줄게요. 이름이 뭐예요?"

여자가 프랭키의 팔을 잡으며 물었다.

"프랭키 매켄지예요."

프랭키는 곱슬머리 여자가 왜 이렇게 친절하게 구는지 의심하며 대답

---

* 이탈리아 분위기를 살린 술집

** 대체로 베일리스 아이리시 크림과 삼부카를 넣으며 재료가 여러 층으로 나뉘는 칵테일

*** 길게 줄을 서서 앞 사람을 잡고 빙글빙글 도는 빠른 춤

했다. 어차피 이건 악몽이다. 아마 여자는 모자에서 단검을 뽑아 들고 프랭키의 경정맥을 향해 비틀비틀 달려들 것이다. 하지만 여자는 그렇게 하지 않았고, 전광판을 차분히 훑어보면서 쾌활하게 콧노래를 불렀다.

"만나서 반가워요, 프랭키. 내 이름은 위니예요. 찾았다!"

마침내 여자가 소리쳤다.

"2171호네요, 아가씨. 그리고 녹색이군요!"

"녹색이 무슨 뜻이죠?"

프랭키가 물었다.

"녹색은 당신을 맞을 준비가 됐다는 뜻이에요. 저쪽이에요."

여자가 로비의 맨 왼쪽 구석을 가리키며 말했다.

"고맙습니다."

프랭키가 여자의 뒤로 점점 불어나는 사람들을 보고 숨을 깊이 들이마시며 말했다.

"빙 둘러서 가요. 더 오래 걸리겠지만 기를 쓰고 사람들을 헤치고 가는 것보다 나아요."

프랭키가 고마워하는 미소를 슬쩍 지었다.

"기운 내요, 귀염둥이!"

여자가 프랭키 뒤에서 소리쳤다.

"이렇게 두 번째 기회를 얻는 건 흔치 않아요!"

프랭키는 그 말이 무슨 뜻인지 물으려고 돌아섰지만, 여자는 미처 묻기도 전에 사람들 속에 휩쓸려 보이지 않았다.

프랭키는 망설이며 한 번에 한 걸음씩 천천히 빙 돌아서 걸었다. 함성의 불협화음이 프랭키가 견딜 수 없는 수준이 되자, 두 손으로 귀를 막고 속도를 높여 걷다가 다른 사람들처럼 뛰어갔다. 부츠가 대리석에 부딪혀 날카로운 소리가 났다. 평생처럼 느껴지는 시간이 흐른 후, 건너편 복도에 다다라서 다시 속도를 낮췄다. 불투명한 유리문이 늘어서 있고, 방 번호가 바깥의 놋쇠 명판에 양각되어 있었다.

2168호, 2169호, 2170호, 217……. 괴로움에 빠진 내면의 목소리가 방 번호를 읽었다. 프랭키는 걷는 속도를 늦추며 호흡을 가다듬고 몸을 숙여 무릎에 손을 얹고 한숨 돌렸다. ……**1호.**

똑바로 선 프랭키는 옆방 밖에서 대기하며 자신을 지켜보는 또래의 잘생긴 남자를 발견했다. 남자의 조각 같은 얼굴은 창백했고, 스키니 진 주머니에 넣은 손을 불안하게 움직여 달가닥 소리를 냈다.

"도대체 뭔 난리죠, 네?"

남자가 고개를 절레절레 저으며 초조하게 웃었다. 미국인, 텍사스 출신. 프랭키는 속으로 그렇게 생각했다. 프랭키는 언제나 카우보이 타입을 좋아했다. 실제로는 한 명도 만난 적이 없었지만. 아마도 악몽은 이 매력적인 남자의 등장으로 아주 즐거운 환상으로 바뀌려는 모양이다.

프랭키는 대답할 말을 찾느라 머리를 쥐어짜다가 명판에서 들리는 스피커 소리에 주춤했다. **프랭키 매켄지. 들어오세요.**

"곧 알게 되겠네요."

프랭키가 차가운 불투명 유리에 한 손을 올리며 말했다.

✦

끝이 뭉툭한 검은 단발머리에 앞머리가 눈썹 위까지 내려오는 키 큰 여자가 클립보드를 가슴 앞에 움켜쥐고 유리 책상 뒤에 서 있었다. 여자는 흰색 정장을 입고 특대형 빨간 테 안경을 쓴 채 오른손에 든 펜으로 턱을 가볍게 두드렸다.

"안녕하세요, 프랭키. 스테이션에 온 걸 환영해요. 앉아요."

여자가 책상 앞에 있는 사무용 의자를 펜으로 가리키며 자기 의자에 자리를 잡았다.

"난 메이블이에요. 여기서 당신의 안내인을 맡았죠. 당신의 여정이 다음 단계에 도달하도록 도울 거예요."

프랭키는 입을 굳게 다문 채 책상으로 다가가서 천천히 앉아 방을 샅샅이 훑어보고는 자신의 상상력이 다음에 무엇을 내던질지 실마리를 찾았다. 이 악몽은 너무 생생해서, 프랭키가 잠에서 깨면 꼭 적어놔야 했다. 「더 리크」에서 벗어날 돈줄이 될 수도 있다. 평행 우주에서 길을 잃은 여자를 다룬 초현대적인 공포 영화. 여자가 강제로 리얼리티 쇼에 갇힌 음울한 로맨틱 코미디. 어쩌면 옆방 카우보이가 주인공의 연인일지도 모른다. 프랭키의 마음은 순간적으로 그 이야기에 빠져들어 이야기가 어떻게 펼쳐질지 상상했다.

메이블의 의자 뒤에는 승강기가, 오른쪽 벽에는 거대한 스크린이 있었다. 그리고 책상 한쪽에 커다란 컴퓨터 모니터가 있어 메이블의 얼굴이 파랗게 빛났다. 메이블의 안경에 비친 스크롤 목록이 프랭키에게 보였다. 프랭키는 몸을 몇 센티미터 정도 숙이고 더 자세히 보려고 실눈을 떴다.

"혼란스럽죠?"

메이블이 갑자기 묻자 프랭키는 깜짝 놀라 의자로 물러났다.

"당연해요. 걱정하지 마요. 몇 분 후면 모든 것이 분명해질 거예요."

메이블이 마우스를 몇 번 클릭하며 말했다.

"오늘 밖에서 바빴죠?"

메이블은 프랭키의 대답을 기다리지 않고 계속 말했다.

"아, 잊어버리기 전에 말해야겠네요. 생일 축하해요, 프랭키."

메이블이 웃었다.

프랭키는 눈을 굴렸다.

"불행한 생일인가요?"

메이블이 마우스에서 손가락을 떼고 양손에 턱을 괴면서 말했다.

"뭐, 케이크랑 풍선은 안 보이네요. 그렇죠?"

프랭키가 말했다.

"케이크 먹고 싶어요? 당신이 원하면 내가 케이크를 가져다줄게요."

메이블이 대답했다.

"당근 케이크를 좋아하죠?"

프랭키는 고개를 젓고 얼굴을 찌푸렸다.

"잠깐요, 그걸 어떻게 아는……?"

하지만 메이블이 끼어들었다.

"당신은 생일을 지내지 않잖아요? 차라리 아무도 모르게 그냥 지나가
길 바라죠. 안 그래요?"

메이블이 다시 마우스 휠을 움직이며 물었다.

"가만, 당신이 그걸 뭐라고 하더라? 생일을 딱 1분만 기념하기. 당신
인생에서 이룬 걸 60초 동안 생각……."

프랭키는 두 눈을 꽉 감고 엄청난 비명을 질렀다. 너무 큰 소리라 자신

조차 무서울 정도였다. 잠에서 깨어나야 했다. 5초 후, 프랭키는 입을 꼭 다물고 눈을 번쩍 떴다.

메이블의 손이 키보드 위에서 멈췄고, 안경알 뒤 눈이 휘둥그레졌다.

"어머나. 더 크게 비명을 지르지 그래요? 지옥에서 당신 소리를 못 들은 것 같은데요."

"난 지옥에 있어요!"

프랭키가 소리쳤다.

"날 믿어요. 당신이 지옥에 있다면 모를 수가 없어요."

메이블이 키득거렸다.

"분명히 저 아래에서는 케이크를 제공하지 않아요. 허브차도요. 신경 좀 진정시키게 허브차 한잔할래요?"

"케이크도 허브차도 필요 없어요. 빌어먹을, 나한테 필요한 건 깨어나는 거예요."

프랭키가 무릎에 머리를 묻었다.

"아, 프랭키. 잠들지 않으면 깨어날 수 없어요!"

메이블이 말했다.

"하지만 난 잠들었어요."

"당신은 정말로 잠들지 않았어요."

"난 잠들었고, 이건 말 그대로 악몽이에요. 난 연예인 칼럼니스트예요. 날 여기서 내보내 줘요."

"아니요, 프랭키. 당신은 죽었어요."

6

메이블이 프랭키의 사인은 케밥 팰리스 계단에 머리를 세게 부딪치면서 빠르게 형성된 경막하 혈종이었다고 무미건조하게 설명했다. 기우뚱한 부츠 한쪽이 떨어진 케밥을 밟고 미끄러졌고, 프랭키는 균형을 잡지못하고 너무 세고 빠르게 넘어져 5분 만에 죽었다.

"고통은 없었어요. 그리고 에릭이라는 응급 구조사가 현장에서 당신의 사망을 선고했어요."

메이블이 결론을 내렸다.

"응급 구조사 에릭이라! TV쇼 스타 같군요."

메이블이 낄낄 웃었다.

"아, 시시 케밥! 케밥을 밟고 미끄러진 가망 없는 여자."

프랭키가 멍하니 앞을 응시한 채 거의 들리지 않는 소리로 대답했다.

"뭐라고요?"

메이블이 물었다.

"내 사망 기사 제목이에요."

프랭키가 중얼거렸다.

프랭키는「더 리크」에 너무 오래 근무하다 보니 자극적인 낚시성 제목으로 생각을 정리하는 버릇이 생겼다. 프랭키가 친구들의 아주 평범한 최근 소식에까지 제목을 달아 말하는 바람에 그들이 질색할 지경이었다. 지난주 금요일, 톰이 술을 마시러 올 수 없다고 프랭키에게 문자를 보냈다.

프랭키는 이렇게 답장을 보냈다.

> **퇴짜 맞은 여자, 10년간 침묵 치료를 맹세하다.**

톰은 '맙소사'라고 답장했다가 잠시 후 키스를 날리는 이모티콘을 보냈다.

"음, 기사를 낸다면 분명히 조금 더 친절하게 쓸 거예요."

메이블이 대답했다.

"날 믿어요. 더 친절하게 쓰지 않을 거예요."

프랭키가 의자에 등을 기대고 다리를 꼬았다. 하얀 가죽에서 찍 소리가 났다.

프랭키는 너무 아파서 참을 수 없을 때까지 10초 동안 왼쪽 손바닥을 꼬집었다. 프랭키는 죽지 않았다. 뇌진탕이나 혼수상태 같은 것으로 병원에 있는지 모른다. 악몽을 훨씬 허무맹랑하게 만드는 특효약에 취해 있는지도 모른다.

프랭키는 숨을 깊이 들이쉬고 산소를 폐에 담아둔 다음, 자기 뺨을 찰싹 때리고는 따끔해서 움찔했다.

"어이구! 그러지 말아요!"

메이블이 단호히 말했다.

"받아들이기 힘든 건 알지만, 이건 악몽이 아니에요. 뇌진탕이 아니에요. 혼수상태가 아니에요. 당신은 정말 죽었어요. 깨어나려는 헛된 노력을 해봤자 다음 단계로 나아가야 하는 당신의 여정을 지연시킬 뿐이에요."

메이블이 앞으로 몸을 숙여 프랭키의 뺨을 살펴봤다.

"그리고 당신 자신에게 끔찍한 자국이 남을 뿐이죠."

"잘 들어요, 메이블."

프랭키가 의자를 유리 책상 가까이 당기고 꼰 다리를 풀었다.

"난 내가 악몽을 꾸고 있을 때를 알아요. 수년 동안 악몽을 꿨어요. 밤에 내 발가락을 잘라내려고 하는 상냥한 할머니를 본 적도 있어요. 눈 대신 단추가 달리고 치아 대신 핀이 달린 성난 사제한테 쫓겨 계단을 내려오기도 했어요. 타란툴라 떼랑 승강기에 갇히기도 했어요. 추락하는 비행기, 침몰하는 배에도 있어 봤어요. 산 채로 땅에 묻히기도 했고, 레이스 끈 팬티 차림으로 내 침대 끝에서 몸을 구부리고 있는 보리스 존슨* 때문에 잠에서 깬 적도 있어요. 악몽에서 본 건 이것 말고도 많아요. 하지만 내 뇌에게 축하한다고 해야겠네요. 이 악몽이 지금까지 겪은 것 중에 제일 음울하니까요. 내가 스스로 잠에서 깰 수 없다면, 이 악몽이 끝나기를 기다릴 수밖에요. 그리 오래 지속될 리는 없어요. 잠을 너무 적게 자서 유일하게 좋은 점은 그거예요."

"알아요."

메이블이 말했다.

"그리고 건강에 좋지 않아요. 당신이 악몽을 꾸는 게 당연해요. 머리에 생각이 너무 가득 차 있어요."

---

* 영국 총리 출신 정치인

"그동안 날 지켜보기라도 한 거예요?"

프랭키가 물었다.

"네, 그랬어요. 당신의 평생을 지켜봤어요."

메이블이 대답했다.

"좋아요. 나에 대해서 아무도 모르는 걸 말해봐요."

"당신은 월요일에 와가마마*에서 3명이 먹어도 충분한 음식을 주문했어요."

메이블이 재빨리 말했다.

"당신은 돼지고기 교자 10개, 새우튀김 한 그릇, 라면, 가츠 카레, 데리야키 소스 연어밥, 바노피 푸딩 2개를 먹었어요. 그러고 나서 톰이 들르겠다고 하자, 냄새가 나지 않게 먹고 남은 용기를 랩에 싸서 친환경 가방에 모두 몰아넣고 쓰레기통에 넣어서 증거를 감췄어요. 그런 다음에는 집에 페브리즈를 뿌리고 파촐리 양초를 켰죠."

"음, 변명하자면, 톰에게 들키기 싫었어요. 톰이 다시 나를 걱정하는 걸 원치 않았어요."

프랭키가 대답했다.

"배고픈 건 부끄러운 일이 아니에요."

메이블이 의견을 밝혔다.

"알아요."

프랭키가 한숨을 쉬며 말했다.

"하지만 톰은 내가 다시 혼자 술을 마신다고 생각했을 거예요."

"그랬나요?"

---

* 일식을 바탕으로 아시아 음식을 파는 영국 식당 체인

"네."

프랭키가 중얼거렸다.

톰은 그 전날 프랭키가 걱정된다고 말했다. 행복하지 않은 것 같다고. 프랭키가 가족과 별로 연락하지 않는다며 엄마에게 더 자주 전화해야 한다고. 부모님을 용서하고 고아로 힐링 여행을 가야 한다고. 프랭키가 말한 것보다 훨씬 더 직장 생활이 불행해서 걱정된다고. 술을 마시면 예전처럼 마구 웃다가 우는 게 아니라 계속 운다고. 일주일에 몇 번씩 밤에 혼자 와인 한 병을 다 마시기 시작했다고. 이 상황에 대해 누군가와 전문적으로 이야기를 나누어야 한다고.

톰은 아픈 곳을 건드렸다. 톰이 옳았다. 프랭키는 행복하지 않았다. 프랭키를 짓누르는 것이 많았고, 프랭키의 기분을 북돋는 유일한 것은 와인 같았다. 그것이 다 잊어버리고 기분이 좋아질 수 있는 일시적인 해결책일지라도. 그때는 많은 일에 대해 마음을 편하게 먹기가 힘들었다. 하지만 프랭키는 톰에게 동정받고 싶지 않았다. 누군가 자신을 불쌍하게 여기는 것보다 불쾌한 일은 없다. 톰이 프랭키 뒤에서 다른 사람들에게 그런 이야기를 했을까? 프랭키는 톰이 저녁 식사를 하면서 조엘과 나누는 대화를 상상했다. **"불쌍한 프랭키!", "프랭키를 어째야 하지?", "프랭키는 이루려는 목표가 있을까?"** 그러다가 조엘이 **"프랭키 가라사대, 편히 쉬어"**라고 농담을 중얼거리고 나서 두 사람은 일요일 만찬용 로스트 비프를 먹으며 키득거릴 것이다. 아니, 그것은 억측이다. 프랭키는 톰이 자신을 비웃으며 키득거리는 일은 결코 없으리라는 것을 안다. 톰은 좋은 친구이다. 앨리스의 우정이 교외의 그림자 속으로 희미해진 후로 톰은 프랭키의 가장 친한 친구였다. 하지만 프랭키 내면의 악마는 때때로 어두운 가짜 그림을 그린다.

"이건 터무니없어요."

프랭키가 마침내 응수했다.

"당연히 당신은 나에 대해 다 알겠죠! 내가 당신을 만들었잖아요."

"음, 아니요. 그렇지 않아요."

메이블이 대답했다.

"하지만 설득하기 힘든 사람이 당신이 처음은 아니에요."

"그럼, 이게 다 현실이라면, 사실 그렇지 않지만, 하지만 그렇다면, 비록 그렇지 않긴 하지만……."

프랭키가 말을 멈추고 두서없는 생각을 정리했다.

"난 어디 있죠? 그러니까, 내 진짜 몸은 어디에 있죠?"

"투팅 병원에요."

메이블이 대답했다.

"나 혼자 있나요?"

프랭키가 물었다. 예기치 않게 목구멍에 덩어리가 생겨 목이 메었다.

"동생과 아버지가 당신과 있어요."

메이블이 말했다. 이전에는 딱딱하고 사무적이던 메이블의 얼굴에 부드러운 기색이 퍼졌다.

"정말로 허브차를 가져다주지 않아도 되겠어요?"

"꼭 우리 엄마처럼 말하네요."

프랭키가 대답했다.

"다음은 뭐죠? 징 명상이요?"

프랭키는 전화벨이 울리는 장면을 상상했다. 아빠와 레슬리의 집 현관에 있는 유선 전화가 울렸을 것이다. 아빠는 당근밭으로 곧장 갔을 것이고, 레슬리는 비프 부르기뇽을 만들었을 것이고, 그중 절반은 소위 프랭키의 의붓남매라는 개들 몫이 됐을 것이다. 레슬리는 좋은 소식이든 나쁜 소식이든 새로운 소식만 들리면 자동으로 요리를 했다. 제트는 목탄과 눈물로 혹은 부서뜨린 오레오와 잼으로 자화상을 그렸을 것이다. 최근에 사회적 낭비의 상징으로써 과감히 음식을 그림 도구로 사용하고 있기 때문이다. 프랭키가 그러는 것이 오히려 음식물 낭비라고 지적했지만 소용없었다. 프랭키의 엄마는 기도문을 읊조리는 발가벗은 낯선 사람들과 해변에서 불과 구슬과 깃털이 동원된 괴상한 의식을 벌였을 것이다.

"그들은 엄청나게 충격을 받았어요, 프랭키."

메이블이 프랭키의 생각을 읽기라도 한 것처럼 말했다.

"아버지와 제트는 당신 옆을 떠나지 않았어요. 어머니는 다음 비행기를 타고 와요. 당신 가족은 당신 생각보다 훨씬 더 당신을 사랑해요."

메이블이 말했다.

"당신은 그들이 전혀 신경 쓰지 않는다고 느끼지만요. 그들은 나름의 방식으로 신경 썼어요."

덩어리가 너무 날카롭게 커져서 목구멍을 찌르기 시작했다.

"프랭키, 당신이 왜 그렇게 불행했는지 말해봐요."

메이블이 물었다.

프랭키는 눈을 몇 번 깜박이다가 메이블의 책상 유리에 반사되는 빛을 부릅뜬 눈으로 응시했다. 프랭키가 **그렇게** 불행했나? 인정하건대 평상시에 가슴에서 끓어오르는 불안감을 느꼈지만, 사람 사는 것이 다 그렇지 않을까? 지나치게 고민하고 자기 삶에 회의를 느끼고 다른 사람의 삶과 자기 삶을 비교하는 것이 정상 아닐까?

프랭키의 내적 독백이 지난 몇 년 동안 특히 떠들썩해졌지만, 모든 것이 별로이지는 않았다. 프랭키에게는 친구, 직장, 거처할 집이 있었다. 그중 아무것도 없이 프랭키가 기증하는 푸드 뱅크에 의지해 하루하루 살아남으려고 안간힘을 쓰는 사람도 있다. 그레이엄 씨에게 찾아가는 사람은 프랭키뿐이다. 프랭키가 그토록 지독한 불만을 느끼는 것은 버릇없는 아이처럼 구는 것일지도 모른다. 더는 불안을 느끼지 않게 그것을 마음속 깊은 곳으로 밀어 넣을 수 있다고 느끼며 활기차고 긍정적인 기분으로 잠에서 깨는 아침도 아주 많았다.

"그게 무슨 소용이에요? 난 죽었는데. 안 그래요?"

프랭키가 코를 훌쩍였다.

"다 털어놓는다고 잃을 것도 없잖아요?"

메이블이 대답했다.

프랭키는 숨을 깊이 들이마셨다. 마음을 가라앉히려고 애쓰는데 입술이 떨렸다. 프랭키가 이 악몽에서 깨어날 수 없다면, 이것을 깊이 생각하는 기회로 삼아야 할 것이다. 프랭키에게 정말로 무엇이 잘못되고 있는지 생각할 기회. 반복되는 이 어두운 꿈의 진짜 이유를 알아낼 기회. 프랭키가 마침내 깨어날 때를 위한 모닝콜.

7

  프랭키는 의자에 등을 기대고 고개를 숙여 손톱을 유심히 살폈다. 눈을 마주치지 않으려고 뭐든 했다. 프랭키는 주목을 받는 것이 언제나 불편했고, 메이블의 어두운 갈색 눈은 프랭키의 이마에 구멍을 낼 것처럼 활활 타오르는 횃불 같았다.

"그냥 내가 삶에서 원하는 게 뭔지 잘 모르겠어요."

무거운 침묵이 흐른 후 프랭키가 말을 시작했다.

"요즘 들어 내가 다음에 무엇을 하고 싶은지 결정하기가 힘들어졌어요. 그래서 계속 미뤄왔어요. 어떤 방향으로든 매진하는 게 두려워요. 독신인 건 신경 쓰지 않는데, 아무래도 신경 써야 할 것 같은 느낌이 들어요. 누군가를 찾도록 돕겠다는 사람들과 메시지들에 둘러싸여 있는 느낌이에요. 만남을 주선하는 친구들, 내 게시물에 계속 뜨는 데이트 앱 광고. 하지만 연애한다고 해서 진짜로 더 행복해질까요? 독신 생활이 이런 불만의 근본적인 원인일까요? 그렇지는 않은 것 같아요. 아니면 적어도, 그렇게 생각하기는 싫어요. 물론 때로 조금 외로울 수 있어요. 특히 이제 친구들이 다른 사람들과 혹은 다른 장소에서 새출발을 했으니까요. 아이들, 동반자, 교외. 이따금씩 누군가와 내 삶을 함께하면 내가 더 불행해질 거라는 생각이 들어요. 얽매이고 감시당하는 기분이 들 것 같아요. 난 침실과 집을 혼자 쓰는 것에 익숙해져 있어요. 내 삶에서 몇 년을 형편없는 남자들과 하는 형편없는 데이트에 낭비했어요. 내가 이 이상 더 낭비하고 싶겠어요? 차라리 혼자 지내는 게 낫다는 핑계로 댈 만한 사소한 결점을 찾아서 거기에 집착할 거예요. 아니면 남자들이 나를 좋아하지 않을 것이라고 스스로를 설득하든가요. 그러니 노력하는 게 무슨 소용이 있어요? 하지만 내 불행을 독신 생활 탓으로 돌리기는 싫어요. 그 이상의 뭔가가 있을 거예요."

"바이올린 배울 생각을 해봤어요?"

메이블이 물었다.

"뭐라고요?"

"있잖아요, 진짜 작은 거."

메이블이 방긋 웃으며 아주 작은 바이올린을 연주하는 흉내를 냈다.

"좀 심하군요."

프랭키가 말했다.

"미안해요. 무례했네요. 내가 부적절한 농담을 하는 경향이 있어요."

프랭키도 그런 경향이 있었다.

"자, 계속해요."

메이블이 말했다.

"내 생활 상태가 딱히 이상적이진 않아요."

프랭키가 말을 계속했다.

"작은 아파트에 세 들어 사는데, 대학 시절 기숙사보다도 못한 것 같아요. 난방은 되다가 말다가 하고 침실 천장에 수상쩍은 얼룩이 있는데, 난 그게 검은 곰팡이고 내가 자는 동안 날 서서히 죽이고 있다고 확신해요. 그렇지만 그 집을 포기하기는 싫어요. 지하철역에서 가깝고 2구역*에 있고, 나한테 필요한 것이 다 몇 분 거리에 있어요. 그리고 거긴 톰과 만난 곳이에요. 그저 조금 더 넓은 공간을 위해 우리 추억을 남기고 떠난다는 생각만해도 못 견디겠어요. 게다가 그 위치치고는 월세가 싸고요. 그렇지만 봉급을 한 번만 못 받아도 다리 밑에서 살게 생겼다는 느낌이 여전히 신경을 갉아먹어요. 그 스트레스 때문에 위가 죄어드는 것 같아요. 그래서 기본적으로 늘 속이 울렁거려요. 프리야처럼 조금 더 넓고 벽이 깨끗한 곳으로 옮길 수도 있겠지만, 그러고 싶지 않아요. 사무실에서 너무 멀어질 거고, 내가 좋아하는 술집과 저렴하게 물건을 살 수 있는 가게에서 수 킬로미터는 떨어질 거예요. 다른 곳에서 사는 게 상상이 안 돼요. 교외로 이사 가면 더 고립감을 느낄 것 같아요. 나랑 아무런 공통점이 없는 젊은 부부들에게 둘러싸여서요.”

“더 젊었을 때의 당신은 세상을 탐험하고 싶어 했어요. 왜 마음이 바뀌었죠?”

메이블이 물었다.

프랭키는 토비에게 안 들키려고 맨 아래 서랍에 숨긴 자원봉사 전단지들을 떠올렸다. 대학 졸업 시험이 끝나고 몇 주 후, 프랭키는 해외에서 영어를 가르치는 일을 소개하는 박람회에 참석했다. 토비가 교사가 되기로 마음먹은지라 토비에게 그 일을 제안했지만, 단번에 거절했다. 토비는 교육 대학원 입학이 이미 확정됐고, 그 과정을 더 미루고 싶어 하지

---

* 런던 중심부부터 여섯 개로 나뉘는 구간 중 두 번째 구간

않았다. 토비는 정확히 무엇을 하고 싶은지 언제나 확신이 있었다. 빠르게 결정했고 자신의 결정을 확신했으며, 자신의 길에 자신감이 있었다. 그 방향을 의심하지 않았고, 다른 길을 헤맨다면 어떤 광경을 보게 될지 궁금해하지 않았다.

"현실에 부딪혔어요. 학자금 대출이 쌓여 있었죠. 당시에는 꿈을 이룰 형편이 안 된다고 느꼈어요."

프랭키가 그렇게 자신을 설득하던 토비를 기억하며 말했다.

"돈이 필요했어요. 형편이 더 넉넉해질 때까지 꿈을 조금만 미루자고 생각했어요. 하지만 런던의 높은 생활비를 감당하려니 저축을 할 수 없었고, 꿈은 그냥…… 사그라졌어요. 서른 살이 되니까 대학 생활을 시작하기 전에 여행하는 아이들과 자원봉사를 하기에는 내가 너무 나이가 많은 것 같더군요. 그래서 보류하기로 했어요. 영영."

"나이가 너무 많아서 할 수 없는 것은 슈퍼마켓 카트를 타고 달리는 것뿐이에요."

메이블이 말했다.

"뭐라고요?"

프랭키가 반문하다가 최근에 톰과 밤에 외출했을 때 크롬웰 로드의 테스코 슈퍼스토어에서 카트를 타고 돌아다니며 놀던 것을 기억했다.

"딱 한 번 그런 거예요! 우린 술을 마셨단 말이에요."

메이블이 눈썹을 추켜세웠다.

"일은 어때요?"

메이블이 물었다.

"난 내 직업보다 쓰레기를 내다 버리는 일에 더 열정적이에요."

프랭키가 한숨을 내쉬었다.

"하지만 너무 무서워서 그만두지 못해요. 거기 너무 오래 다녔거든요. 바닥부터 다시 시작하고 싶지 않아요. 그래서 지금 편안하게 불편하다고나 할까요. 난 결코 대단한 일을 해내지 못할 것이라는 사실을 받아들이게 됐어요. 예전에는 제2의 모이라 스튜어트*가 되는 상상을 했는데, 그 압박감을 상상하니 생각만으로도 겁나서 결국 그것도 보류하기로 했어요."

"여행하는 꿈 바로 옆에 보류해 뒀군요."

메이블이 손가락으로 펜을 돌리다가 펜으로 안경을 밀어 올렸다.

"그런 이야기를 누군가와 해본 적이 있나요?"

"누구하고요? 아니요. 그게 무슨 소용이 있어요? 이건 내 문제지 다른 누구의 문제도 아니에요. 징징거리기나 하는 짐 덩어리가 되는 거야말로 내가 가장 원하지 않는 거예요. 나 혼자 해결해야 해요. 우리 부모님은 그렇게 가르쳤어요. 내가 한 결정이지 팔자 소관이 아니에요. 불평해대는 패배자나 팔자 탓을 하죠. 난 독신으로 살기로 **선택**했어요. 도시에서 살기로 **선택**했고, 절약하는 게 아니라 쓰기로 **선택**했어요. 「더 리크」에서 설렁설렁 일하기로 **선택**했어요. 내가 다른 선택을 했다면 더 행복했을지 모르겠어요. 내가 결혼이나 담보 대출이나 아이들이나 신나는 직업을 갈망하며 빈둥거리는 건 아니에요. 모두가 자동으로 그곳으로 가는 것 같지만, 내 작은 집에 혼자 있는 것이 훨씬 덜 피곤한 것 같아요. 책임감이 훨씬 덜 하고요. 아마 나는 그냥 열여섯 살에 머물고 싶은가 봐요. 나도 모르겠어요."

프랭키가 어깨를 으쓱하고 끊어질 것 같은 느낌이 들 때까지 엄지손

---

* 영국의 방송 진행자

가락과 집게손가락을 꽉 붙여 힘을 줬다.

"열여섯 살 때는 삶이 더 나았나요?"

메이블이 물었다.

당연히 그랬다. 그때 프랭키는 저녁 데이트 약속, 침실 천장의 검은 곰 팡이, 공과금, 마이너스 통장, 클릭 수를 걱정할 필요가 없었다. 무엇보 다도 프랭키가 제구실하는 어엿한 성인이 되는 것에 이른바 실패했다는 사실을 날마다 상기시키는 SNS가 없었다.

"왜 내 친구 중에서 나만 어른이 되는 게 아주 거지 같다고 생각할까요?"

프랭키가 말을 이었다.

"놀지 않고 일만 하고, 내야 할 고지서가 넘쳐요. 왜 다들 서둘러 어 른이 되려고 하죠? 개인적인 생각으로는 성장한다는 것은 포기한다는 것과 마찬가지예요. 내 친구 앨리스는 스물다섯 살에 첫 딸을 낳았어요. 앨리스는 하룻밤 사이에 10년은 늙어버렸죠. 꼭 자기 삶의 10년을 건너 뛰기로 선택한 것 같아요. 우린 정말로 즐거운 10년을 보낼 수도 있었어 요. 왜 앨리스는 조금 더 기다리지 않았을까요? 우리가 함께한 삶이 싫 었을까요? 내가 걔에게 부족했을까요? 그리고 프리야는 또 어떻고요. 왜 브랙널로 이사 갔을까요? 그저 부동산 시장에 올라타려고? 왜 다들 더 큰 집으로 늘려 가는 걸 그렇게 중요하게 여기죠? 물론 집을 소유해 서 생기는 안정감을 느끼고 싶지만, 어떤 대가를 치르면서까지 그러고 싶지는 않아요. 내 삶을 다 희생해야 한다면 싫어요. 프리야네 집은 그 냥…… 빌어먹을, 수 킬로미터나 떨어져 있다고요! 이제 우리가 외출할 때마다 프리야는 1시간 일찍 돌아가야 해요. 그래야 마지막 기차를 탈 수 있으니까요. 그 말은 나도 집에 일찍 가야 한다는 뜻이에요. 짜증 나요."

"집에 가는 걸 좋아하지 않나요?"

메이블이 물었다.

"그런 말이 아니에요. 내 말은 우리가 밤 외출을 빨리 끝내야 한다고요. 집에 가면 즐거움을 도둑맞았다는 기분이 들어요."

프랭키가 대답했다.

사실 요즘 프랭키는 집에 가는 것을 좋아하지 않았다. 머릿속에서 빙빙 도는 생각과 SNS '친구들'을 벗 삼아 혼자 있는 것. 대부분의 경우 프랭키의 생각은 자신의 존재 자체에 의구심을 제기하는 위험한 영역으로 빠져들었다. 프랭키는 실패자 중 하나일까? 잊혀진 사람 중 하나일까? 사회에서 말하는 프랭키를 행복하게 만들어 주는 것, 그러니까 집, 남편, 아이들을 가질 시간이 얼마 남지 않았을까? 프랭키가 쓰는 형편없는 칼럼 때문에 프랭키는 재수없는 인간 중 하나인 걸까?

"당신을 이 삶으로 이끈 것이 당신의 선택이었다면, 왜 다른 선택을 하지 않죠?"

메이블이 물었다.

"그런 선택이 옳을지 어떻게 알죠? 그런 선택이 내 삶을 더 안 좋게 만들지 않을지 어떻게 알아요? 누군가와 삶을 함께하기로 선택했다가 결국 그 사람을 미워하게 될 수 있잖아요. 집을 사려고 저축하기를 선택했다가 외딴곳에 나 혼자 떨어져 있게 될 수도 있어요. 아니면 이직을 선택했다가 메일을 보낼 때마다 '저번 이메일에서 말한 대로……'로 시작하는 상사 혹은 그 못지않게 혐오스러운 상황과 만날 수도 있고요."

"넘어가죠."

메이블이 제안했다.

"다른 이야기해요."

프랭키가 덧붙였다.

"즐거운 금요일!"

메이블이 말을 이었다.

"즐거운 금요일 야호!"

두 사람 다 얼굴을 찌푸렸다.

"그럼 당신의 삶은 모래 늪과 같군요?"

메이블이 본론으로 돌아왔다.

"왜요?"

"갇혀 있다고 느끼지만, 움직이면 더 깊게 빠질까 봐 두려워하잖아요."

"그런 것 같네요."

프랭키가 동의했다.

"나는 늘 변화에 영 소질이 없었어요."

"대부분의 선택은 변화를 의미해요. 그리고 선택을 하는 것이 당신의 가장 큰 도전인 것 같군요. 어쩌면 결과를 너무 오래 생각하지 않는 게 비결일지도 모르겠네요. 결과에 집착하지 말아요. 미래를 계획하려는 것은 무의미하다는 만고의 진리를 받아들여요."

메이블이 어깨를 으쓱했다.

"음, 저기요……."

프랭키도 어깨를 으쓱했다.

"……긍정적인 점은, 난 다시는 미래를 걱정할 필요가 없어요. 알다시피 죽었으니까요."

"유감스럽게도 그 점은 당신이 틀렸네요."

메이블이 말했다.

"내가 안 죽었을 줄 알았어요!"

프랭키가 바로 앉으며 말했다.

"미안해요. 오해의 소지가 있었네요. 당신은 죽었어요. 음, 말하자면."

"에이, 그것참 엄청나게 도움이 되네요. 고마워요."

프랭키가 대답했다.

"당신은 죽었지만, 끝난 건 아니에요. 당신은 여정의 끝에 도달했어요. 사실상 당신은 시작점에 있어요. 프랭키, 당신은 다시 시작할 두 번째 기회를 받았으니까요."

8

프랭키의 부모님은 프랭키에게 아무런 예고도 없이 이혼한 지 6개월 후에 집을 팔았다. 아빠는 시민 농원에서 모퉁이만 돌면 나오는 작은 집으로 이사 갔다. '권력', 즉 은행, 정부, 당국에 속박당하기를 원치 않던 엄마는 원룸 아파트를 세냈다. 밤에 손님들이 자유롭게 공연할 수 있는 무대를 정기적으로 마련하는 술집 건너편에 자리한 집이었다. 화가 났다. 프랭키와 제트가 그렇게 작은 곳에서 어떻게 엄마와 지낸단 말인가? 부모님은 프랭키에게 두 곳 중 어디를 터전으로 삼고 싶은지 선택하라고 했다. 프랭키는 자신의 근거지를 직접 찾겠다고 말했다. 꼭 엄마와 아빠 중 누구를 더 사랑하는지 선택하라고 하는 것 같았고, 프랭키는 당시에 너무 슬퍼서 자신이 두 사람 중 누구라도 사랑하기는 하는지 확신이 없었다. 그것은 프랭키가 내리기를 거부한 수많은 결정 중 첫 번째였다.

프랭키는 어린 시절 침실에 놓아뒀던 물건들을 검트리*에 올려서 팔았다. 소중한 캥거루 인형 포테이토를 뺀 모든 것을. 그해 크리스마스에 프랭키는 고덜밍에서 토비의 가족과 연휴를 보냈다. 저녁마다 프랭키와

---

* 중고 매매 사이트

토비는 개조한 헛간에서 늙은 요크셔테리어 뱅거스와 매시를 무릎에 올려놓은 채 난로 앞에 옹송그리고 앉아 있었다. 가족들은 매시간 교대로 차를 끓였다. 프랭키는 그곳이 어느 곳보다도 집처럼 느껴졌다.

프랭키와 토비가 데이트한 지 3개월밖에 되지 않았지만, 그들의 관계는 캠퍼스 세탁실에서 처음 만난 날부터 빠르게 진전됐다. 영화의 한 장면처럼 낭만적인 첫 만남이었다. 프랭키가 실수로 빨랫감을 토비가 사용 중인 세탁기에 넣는 바람에 옷이 뒤섞였다. 다음 날 저녁에 토비가 프랭키의 방문을 두드리더니 빨래할 것이 있냐고 물었다. 맥주 몇 잔, 발티 믹스 과자 한 그릇, 이어서 셔츠를 가장 잘 개는 방법을 놓고 벌인 두 시간의 논쟁 끝에 프랭키는 토비에게 완전히 빠졌다. 예전에 프랭키는 토비가 셔츠를 개는 방법이 귀엽다고 느꼈다.

천천히 반듯하게 펴서 느릿한 동작으로 양쪽 팔을 접고, 완벽하게 일직선이 되도록 솔기 부분을 움직이는 방법. 4년 후, 프랭키는 그 모습을 지켜보는 것을 견딜 수 없었다.

"다시 시작한다는 게 무슨 뜻이에요?"

프랭키가 메이블에게 물었다.

"당신의 나머지 삶을 시작한다고요."

메이블이 빙긋 미소를 지었다.

"그럼 돌아가는 거네요!"

프랭키가 안도의 숨을 내쉬었다.

"당신이 알던 삶으로요? 아니요."

메이블이 대답했다.

"여기 스테이션에서 우리는 예정된 때보다 일찍 죽은 모든 사람을 평가해요. 늙든 젊든, 아프든 건강하든. 그녀가 그들을 저 위로 데려갈 준비가 되기 전에 잘못된 방향으로 들어서서 길을 잃고 죽은 사람들을요."

메이블이 천장을 향해 고개를 까딱했다.

"그녀가 누구죠?"

프랭키가 물었다.

"빅 도그*요. 물론 공식적인 이름은 아니고요."

"저 위는 뭔데요?"

"종착지예요."

"종착지가 뭔……."

프랭키가 말을 시작했다.

"그만요. 당신이 지금 알 필요가 없는 거예요."

메이블이 빠르게 말하며 프랭키의 입을 다물게 했다.

"당신 같은 사람들이 한 선택을 평가하는 것이 안내인으로서 우리가 하는 일이에요. 목숨을 단축한 선택을요. 그러면 우리는 그들을 현실 세계로 돌려보내서 다른 선택이 그들을 올바른 길로 가게 할지 확인해요. 어떤 경우는 간단해요. 오늘 오전에는 위험한 활동을 즐기는 사람을 평가했어요. 폭풍의 징조를 무시하고 '욜로, 잡것들아!'라고 소리치며 방파제에서 뛰어내리는 영상을 찍었죠."

"인생은 한 번뿐이라고요?"

프랭키가 말했다.

"그 사람은 잘 몰랐군요, 그렇죠?"

---

* 권력자나 월등한 존재를 일컫는 말

"그래요."

메이블이 고개를 끄덕였다.

"그 사람은 건조기 속 동전처럼 물속에서 빙글빙글 돌다가 쾅 하고 부딪쳐서 스테이션으로 내뱉어졌어요. 내가 할 일은 왜 무의식적으로 죽고 싶어 했는지 묻고, 다음번에는 신중하게 선택하라고 설득하는 것뿐이었죠."

"그러니까, 난 케밥을 밟고 미끄러졌어요. 그냥 나한테 발밑을 조심하라고 말하고 갈 길 가게 보내지 그래요?"

프랭키가 어깨를 으쓱했다.

"그래도 되죠. 하지만 방파제에서 뛰어내린 사람은 자기 선택에 만족했어요. 마지막 선택만 제외하고요. 차이점은 당신은 자기 선택에 만족하지 않는 것 같다는 점이죠. 사실, 당신은 선택을 전혀 하지 않는 것 같아요. 그리고 프랭키, 그런 건 돌아갈 삶이 아니에요. 그건 진짜 사는 게 아니에요. 어떤 현명한 여자가 '삶은 시간을 때우는 게 아니라, 만족스럽게 보내는 것이다'라고 말했죠."

프랭키는 토비와 나눈 마지막 대화를 떠올리며 눈썹을 추켜세웠다.

"당신은 다른 선택을 했다면 더 행복했을 거라고 확신했어요."

"음, 아마 그 생각이 맞겠죠?"

"바로 그게 당신이 여기에 온 이유예요. 그걸 알아내려고요."

"왜 내가 그때는 더 현명했다는 느낌이 들까요?"

프랭키가 과장되게 물었다.

"더 현명했던 게 아니라, 그저 젊은이의 용기가 있었던 거예요. 오래 살수록 실수가 늘어나고 자신감이 떨어지죠."

"하지만 모든 사람이 과거 경험을 바탕으로 결정을 내리지 않나요?"

"그런데 당신은 아예 결정을 내리지 않잖아요. 당신은 삶을 더 낫게 바꿀 선택을 하는 걸 너무 두려워해요. 결과가 무서우니까요. 당신은 만약에 이랬으면 어땠을까, 저랬으면 어땠을까 상상하며 소중한 시간을 낭비하고 있어요. 자신이 불행하다는 걸 알면서도 그 상황을 바꿀 어떤 행동도 하지 않으면서요. 난 당신이 계속 그렇게 하게 둘 수 없어요."

"난 운도 좋네요."

프랭키가 비웃었다.

"그래요. 당신은 운이 좋아요! 프랭키, 당신이 다른 선택을 했다면 삶이 어떻게 펼쳐졌을지 알아낼 기회가 생겼어요. 당신이 상상한 만약의 경우에 대한 모든 의문이 풀릴 거예요. 이렇게 했으면 삶이 더 나아졌을까? 거기에 갔으면 더 행복해졌을까? 등등……."

메이블이 말을 멈추고 미소 지었다.

"그런 다음에 그중 당신이 **가장 행복해질 것 같은 삶**으로 돌아가겠다고 선택하면 돼요."

메이블이 리모컨을 들고 벽에 달린 스크린을 향해 누르자 타임라인이 떠올랐다.

"당신 삶에는 다섯 개의 갈림길이 있어요. 삶에 중대한 선택을 해야 했던 전환점이죠."

"여기 오는 길에 나한테 선사해 준 거요?"

프랭키가 물었다.

메이블이 어리둥절한 표정으로 프랭키를 봤다.

"내가 승강기 바닥에 도착하기 전에 본 영상이요?"

프랭키가 분명히 말했다.

"아, 아니에요. 그건 갈림길이 아니었어요. 그저 당신의 삶에서 가장 가슴 아픈 순간들을 회상하는 장면이었죠."

"음, 따뜻하게 환영해 줘서 고맙네요."

프랭키가 비꼬는 투로 말했다.

"별말씀을요."

메이블이 말했다.

"그럼 이제 어떻게 되죠?"

프랭키가 물었다.

"난 당신을 서로 다른 다섯 가지 삶으로 돌려보낼 거예요. 각각은 당신이 갈림길에서 다른 결정을 내렸다면 삶이 어떻게 펼쳐졌을지 보여줄 거예요. 24시간 동안 각 삶을 살면서 다른 선택을 했다면 더 행복했을지 알아내는 거예요."

갑자기 귀청이 떨어질 것 같은 사이렌 소리가 그들 위에서 들려왔다. 프랭키가 꽥 비명을 지르고, 거대한 스크린에서 '코드 33'이라는 빨간색 메시지가 번쩍이기 시작했다.

"제기랄."

메이블이 벌떡 일어서며 말했다.

"무슨 일이에요?"

깜짝 놀란 프랭키가 사이렌 소리에 묻히지 않게 크게 소리쳤다.

"갔다 올게요."

사이렌 소리가 멈추자 메이블은 입술을 오므리고 리모컨을 책상에 올려놓으며 말했다. 이어서 차분하게 일어나 실례한다고 말하고는 프랭키를 혼자 남겨두고 사무실에서 급히 뛰쳐나갔다.

9

정신을 다른 데 팔 핸드폰 없이 혼자 있을 때 자주 그렇듯, 프랭키의 생각이 불안정한 영역으로 빠져들어 갔다.

"미치겠네."

프랭키가 고개를 저으며 한숨을 쉬었다.

프랭키는 자리에서 일어나서 승강기 문에 비친 자신의 모습을 응시했다.

"깨어나. 깨어나. **깨어나라고!**"

프랭키가 소리쳤다.

아무 일도 일어나지 않았다.

"좋아. 아마 혼수상태에 빠져서 깨어날 수 없나 봐."

프랭키는 사무실을 서성거리며 계속 혼잣말을 했다.

"어쩌면 이 혼수상태가 나에게 일어난 가장 좋은 일이 아닐까? 내가 리스 위더스푼처럼 될지도 몰라. 마크 러펄로를 괴롭히다가 사귀게 되는 거지.* 그럼 멋질 거야. 아니면 삶을 긍정적으로 보는 새로운 관점을 가지고 깨어날지도 모르지. 깨어나서 사이클을 타거나 마라톤 연습을 하기니

---

* 영화 〈저스트 라이크 헤븐Just Like Heaven〉에서 혼수상태에 빠진 리스 위더스푼의 영혼이 자신의 집으로 이사 온 남자 마크 러펄로와 옥신각신하다가 사랑에 빠진다.

자원봉사를 하거나「더 리크」를 그만두고 여행을 갈 수도 있잖아?"

프랭키는 해 질 녘에 멕시코 해변을 거니는 자신의 모습을 상상했다. 혹은 엄마한테 가서 맨발로 떠돌아다니는 사람들과 고아에서 사는 것이 뭐가 그리 멋진지 직접 확인해 볼 수도 있다. 아니면 집에 가만히 앉아서 데이트 앱을 다운받아 누군가에게 마음을 열 수도 있다.

이것이 혼수상태라면 깨어난 후 이탈리아어를 유창하게 말하게 되어 타블로이드지에서 읽은 것 같은 기적적인 이야기의 주인공이 될지도 모른다. 프랭키는 토스카나로 가서 현지 아이들에게 영어를 가르칠 것이다. 아이들은 아침에 광장을 걷는 프랭키를 보고 집 창가에서 큰 소리로 인사를 건넬 것이다. 프랭키는 자신의 삶에 대해 칼럼을 쓰고 칼럼 제목을…… '프랭키 시나트라 되기'라고 지을 것이다.

프랭키는 고개를 젓고 현실로 돌아왔다. 이렇게 왔다 갔다 걸으며 터무니없는 세상을 상상하는 방법으로는 깨어나지 않을 것이다. 프랭키는 서둘러 문으로 다가가서 무거운 금속 손잡이를 움켜잡았다. 손잡이는 움직이지 않았다. 프랭키는 안에 갇혔다. 손잡이를 당기고 밀고, 유리를 손바닥으로 쾅쾅 두드렸다.

"내보내 줘요!"

프랭키가 소리를 질렀다.

아무도 대답하지 않자 메이블의 책상으로 성큼성큼 걸어가서 전화기를 들고 999를 눌렀다.

"지금 거신 번호는 없는 번호입니다. 다시 확인하고 걸어주십시오."

프랭키는 전화를 끊고 앨리스의 전화번호를 눌렀다. 앨리스는 대학교 때부터 지금까지 같은 전화번호를 사용했다.

"지금 거신 번호는 없는 번호입니다. 다시 확인하고 걸어주십시오."

"맙소사, 제발!"

프랭키는 외치고 0을 눌렀다.

"스테이션입니다. 전화를 어디로 연결해 드릴까요?"

남자가 대답했다.

"여보세요?"

프랭키가 외쳤다.

"네, 안녕하세요. 제 이름은 프랭키 매켄지예요. 전 2171호에 있어요. 나가고 싶은데 문이 잠겨 있어요."

전화기 저편에서 잠시 침묵이 흘렀다.

"잠시만 기다려 주세요."

남자가 침착하게 대답하고 난 후, 사무실 문에서 철컥 소리가 들렸다.

"2171호가 지금 열렸습니다. 나가셔도 됩니다."

"정말요?"

프랭키는 너무 쉽게 일이 풀리자 놀라서 대답했다.

"여기서는 모든 게 선택입니다, 프랭키. 도와드릴 다른 일이 있을까요?"

남자가 말했다.

"아니요……. 고마워요."

프랭키가 얼굴을 찌푸리며 말하고 수화기를 제자리에 두었다.

✷

로비로 나온 프랭키는 한쪽에 서서 처음에 타고 온 승강기까지 돌아갈 가장 안전한 길을 찾았다. 승강기가 프랭키를 여기로 데려왔다면 돌려보낼 수도 있을 것이다. 숨을 깊게 들이마시고 첫걸음을 뗀 순간, 그 즉시 실험실 가운을 입고 고글을 쓴 여자와 부딪칠 뻔했다.

"미안해요!"

프랭키가 외치고 다시 앞으로 나아가다가 낯익은 누군가의 뒷모습을 발견했다.

아까 만난 제멋대로 뻗은 곱슬머리 여자 위니가 사람들 한가운데 가만히 서 있었다. 프랭키가 어깨를 두드리자 위니가 화들짝 놀라며 돌아섰다.

"미안해요, 아가씨. 정신이 딴 데 팔렸지 뭐예요!"

위니가 소리 내어 웃다가 기침을 했다.

"이봐요! 프랭키! 무슨 일이에요? 아직 방을 못 찾았어요?"

"아니요, 찾았어요."

프랭키가 말했다.

"그냥……, 그냥 거기 있기 싫었어요."

위니가 고개를 갸우뚱하며 웃자 눈가에 주름이 잡혔다.

"어떤 심정인지 나도 알아요. 자, 이리 와요. 이야기를 하면 좀 나아질 것 같네요. 난 커피를 마시면 나아질 것 같고요."

"여기 커피가 있어요?"

프랭키가 놀라며 말했다.

"음, 사람들은 그걸 커피라고 불러요. 난 미지근한 토사물이라고 부르고요."

위니가 낄낄거리며 웃다가 다시 기침하면서 프랭키의 팔에 자기 팔을 끼우고 뒤쪽 복도로 이끌었다.

"사실, 전 승강기로 돌아가려는 참이었어요."

프랭키가 말했다.

"집에 갈 수 있는지 보려고요."

"아, 이런."

위니가 프랭키의 팔에 자기 팔을 올리며 말했다.

"그건 안 돼요. 내가 이미 해봤으니 믿어도 좋아요. 그리고 다른 사람들이 시도하는 것도 봤어요. 승강기는 꿈쩍도 하지 않을 거예요."

커피숍은 바깥의 혼란스러운 북새통과 극명한 대조를 보이며 텅 비어 있었다. 차가운 느낌의 하얀 플라스틱 의자와 테이블이 놓인 그곳은 병원을 연상시켜 프랭키에게 전혀 위안을 주지 못했다. 프랭키는 마찬가지로 하얀 옷을 입은 무표정한 웨이터가 테이블에 커피 두 잔을 놓고 유령처럼 조용히 돌아가는 모습을 빤히 쳐다봤다.

"여기 오신 지 얼마나 됐어요?"

프랭키가 물었다.

"글쎄요. 스테이션에서 시간은 아무 의미 없어요."

위니가 컵에 황설탕 봉지를 세 개째 부으며 말했다.

"안내인들은 우리가 여기 얼마나 오래 있는지 신경 쓰지 않는 것 같아요. 사실 우리는 선택할 때까지 떠날 수 없어요."

"그래서 아직 여기 계신 거예요? 결정할 수가 없어서?"

프랭키가 물었다.

위니가 커피를 한 모금 마시고 얼굴을 찡그리자 이마에 주름이 잡혔다.

"바로 그거예요. 나아갈지 아니면 되돌아갈지. 결정을 못 할 것 같아요. 하지만 내가 이 난장판을 오래 견디지 못한다는 건 알아요. 이 사람들이 아주 짜증스러워지기 시작했어요. 난 매년 글래스턴베리 축제에 가는 사람인데도!"

"나아갈지 아니면 되돌아갈지? 그게 무슨 말이에요?"

프랭키가 물었다.

"종착지로 나아갈지 아니면 예전 그대로의 삶으로 되돌아갈지."

위니가 대답했다.

"안내인이 당신에게 제안한 게 그거 아닌가요?"

"아니요."

프랭키가 고개를 저었다.

"내게 서로 다른 여러 삶으로 돌아가는 선택지를 줬어요."

"무슨 뜻이죠?"

위니가 커피잔을 밀어내며 말했다.

"돌아가서 예전에 다른 결정을 내렸다면 내 삶이 어떻게 펼쳐졌을지 볼 수 있다고 하더군요. 내가 더 행복했을지 보라고요."

"그것참 멋지네요, 아가씨. 운이 좋군요!"

위니가 소리쳤다.

"제가요? 아직 여기 갇혀 있는걸요."

프랭키가 창밖을 내다보다가 로비로 시선을 돌렸다.

"이 악몽에요."

"아, 악몽이 아니에요, 아가씨. 나도 여기 처음 왔을 때 그렇게 생각했죠. 믿기 어렵겠지만 이건 실제 상황이에요."

"오, 그래요?"

프랭키가 미소 지으며 말했다.

"당신이 악몽의 일부가 아니라는 걸 내가 어떻게 알죠? 그러니까……
상상의 친구요."

위니가 소리 내어 웃었다.

"맞아요. 난 아무것도 증명할 수 없겠네요. 있잖아요, 이게 악몽일지라
도 그냥 흘러가는 대로 따라가요. 설령 다 당신 머릿속에서 벌어지는 일
이라고 해도 좀 궁금하지 않나요? 가장 중요한 조언은…… 나처럼 여기
서 몇 주 동안이나 오도 가도 못 하고 있지 말라는 거예요. 나한테 당신
같은 선택지가 있었다면, 난 내내 웃고 춤추며 내려갈 텐데."

"때로 선택지가 적은 게 더 쉬워요."

프랭키가 대답했다.

"꼭 그렇진 않은 것 같은데요."

위니가 대답했다.

"난 예전 삶으로 서둘러 돌아가지 않을 거예요. 도서관에서 일하는 걸
아주 좋아했는데, 강제로 퇴직했어요. 오빠는 불치병에 걸려 요양원에
있어요. 최근에 의사가 내 간이 더는 술을 감당하지 못한다고 하더군요.
그래도 난 친구들이 있어요. 그들은 나를 그리워할 거예요. 하지만 난 지
쳤어요, 프랭키. 난 알찬 삶을 살았어요. 어쩌면 이제 디스코를 그만 추고
흥미진진한 미지의 세계로 걸어가야 할 때인가 봐요."

위니가 턱을 들어 위쪽을 가리켰다.

"어떻게 된 일인지 여쭤봐도 될까요? 어떻게…… 여기 오셨어요?"

프랭키가 조심스럽게 말했다.

"올드 켄트 로드에서 453번 버스에 치였어요. 순전히 내 탓이었죠. 불

쌍한 버스 기사한테 평생 상처로 남을 거예요. 내가 한눈을 팔았어요. 이어폰을 꽂고 좋아하는 노래를 찾는 중이었죠. 앞을 보지 않고 도로에 발을 디뎠고, 순간 쾅 소리가 났어요. 그래도, 적어도 내가 마지막으로 들은 것은 〈스위트 드림스Sweet Dreams〉를 부르는 애니 레녹스의 목소리네요."

"안타깝네요."

프랭키가 의자에서 자세를 바꾸며 말했다. 프랭키에게 죽음은 익숙하거나 편한 대화 주제가 아니었다.

"뭐가요? 내 개인적인 생각으로는 세상을 떠나기에 최악의 방법은 아니었어요. 무심결에 〈스위트 캐럴라인Sweet Caroline〉을 눌렀을 수도 있었는데, 그랬으면 진짜 개떡 같았을 거예요!"

프랭키가 소리 내어 웃으며 긴장을 조금 풀었다.

"그럼, 종착지에 대해 뭐 좀 아는 게 있나요? 저 위에는 뭐가 있어요?"

프랭키가 몸을 앞으로 숙이며 조용히 물었다.

"전혀 모르겠어요!"

위니가 어깨를 으쓱했다.

"그래서 결정하기가 지독히 어려운 거죠. 하지만 난 늘 모험을 아주 좋아했어요. 그래서 내가 아는 삶으로 돌아가거나, 저 위에 뭐가 있는지 보거나 둘 중 하나를 선택할 거예요. 분명 여기에 영원히 머물고 싶지는 않아요. 당신도 그러면 안 돼요. 이해득실을 따져서 결정하느라 시간을 낭비하지 말아요. 용기를 내요. 일단 무턱대고 뛰어들고 결과는 나중에 처리해요. 그냥 가만히 멈춰 있으면…… 음, 아무 소용이 없어요. 안 그래요?"

프랭키는 로비를 향해 고개를 돌렸다. 위니가 옳다. 스테이션이 실제가 아니라고 해도, 이 놀이를 한다고 해서 자신이 잃을 것은 없다. 프랭키가 지금 깨어나는 데 성공한다면, 예전과 정확히 같은 자리에서 자신이 한 모든 것에 의문을 품을 것이다. 답을 우연히 발견할 수 있을지 알아보기 위해 재미 삼아 한번 해보는 것이 좋을지도 모른다.

"고마워요."

프랭키가 컵을 한쪽으로 밀며 말했다.

"뭐가요?"

위니가 대답했다.

"첫 번째 결정을 내리게 도와줘서요."

프랭키가 대답했다.

"행운을 빌어요, 아가씨. 우리가 다시 마주치지 않으면 좋겠는데."

위니가 방그레 웃었다.

✴

프랭키는 2171호의 유리문을 두드렸다. 버저가 울리고 입장 안내판 불빛이 녹색으로 바뀌었다. 프랭키는 숨을 들이마시고 문을 앞으로 밀었다.

"당신을 여기서 다시 보다니."

메이블이 스크린을 응시한 채 말했다.

"당신은 내가 돌아올 줄 알았을 것 같네요, 안 그래요?"

프랭키가 물었다.

"도대체 몇 번을 말해야 해요? 나는 다 안다니까요!"

메이블이 웃었다.

"좋아요. 그럼 내가 지금 무슨 생각을 하죠?"

프랭키가 의자에 앉으며 말했다.

"당신은 갈림길에 갈 준비가 됐죠?"

"그게 뭔지 말해주긴 할 거예요?"

프랭키가 자세를 바꾸며 물었다.

"이미 짐작했잖아요?"

메이블이 자신을 향해 고개를 돌렸다.

프랭키는 갈림길이 뭔지 상상하려고 머리를 쥐어짰다. 날마다 갈림길을 백만 개는 마주치지 않나? 프랭키는 직장에서 힘든 시간을 보낼 때면 지하철 정거장을 일부러 지나쳐서 공항으로 직행해 아무 데나 가는 비행기에 즉흥적으로 올라타는 상상을 했다. 아무 데나. 하지만 실행할 배짱을 낸 적은 한 번도 없었다. 온라인 데이트를 할 때 프랭키의 반사적인 반응은 '거절'을 클릭하는 것이었다. 그런 거절이 모두 갈림길일까? 프랭키가 크랩튼 온 시에 사는 마흔네 살 바너비와의 데이트에 수락을 클릭했다면, 정말로 삶이 (더 낫게) 달라졌을까?

"내가 도와줄게요."

메이블이 마우스를 클릭해 위쪽 스크린에 번호가 붙은 목록을 띄웠다.

프랭키는 더 잘 보려고 눈을 가늘게 떴다.

1. 편도 비행기

2. 청혼

3. 재산

4. 명성

5. 만약에

"당신에게 큰 의미가 있는 것인가요?"

메이블이 한쪽 눈썹을 치켜세우며 물었다.

"전혀요."

프랭키가 대답했다.

"이런, 너무 많은 정보를 주지는 않을 거예요. 난 당신이 거기 도착하기도 전에 **프랭키처럼 행동하기**를 원치 않으니까요."

메이블이 대꾸했다.

"그게 무슨 뜻이에요?"

"너무 오래 생각하는 거요."

메이블이 프랭키 쪽으로 고개를 돌렸다.

"뭐, 결국 감옥에 가는 것만 아니면 괜찮겠죠."

프랭키가 대꾸했다.

메이블이 이 사이로 공기를 들이마시며 프랭키를 빤히 바라봤다.

"세상에, 결국 감옥에 가게 되나요?"

프랭키가 소리를 질렀다.

"농담이에요."

메이블이 활짝 웃으며 말했다.

"내가 당신이 저 밑에 있을 때 하는 행동을 통제할 수는 없겠지만요."

"은행을 털지도 몰라요."

프랭키가 생각에 잠겨 말했다.

"각 삶에서 주어진 24시간을 참 현명하게 사용할 방법 같군요."

메이블이 대답하면서 자리에서 일어나 승강기 쪽으로 가자고 프랭키에게 손짓했다.

프랭키는 스크린에서 눈을 떼지 않은 채 천천히 다가서면서 편도 비행기가 자신을 어디로 데리고 갈지 생각했다.

"아디오스!"

메이블이 프랭키를 승강기로 부드럽게 떠밀고 닫히는 문 사이로 열렬히 손을 흔들며 외쳤다.

프랭키는 어둠 속에서 승강기가 내려가기 시작하는 것을 느꼈다. 처음에는 느리게 움직였지만, 이내 속도가 올라갔다. 곧이어 쉭쉭 빠르게 낙하하는 소리가 프랭키의 귀에 울렸다.

Take #3

첫 번째 시나리오, 자유의 편도 비행기

일상에 지친 프랭키,

후안행 비행기에 올라타 최고의 자유를 맛보다

10

승강기는 몇 분 동안 자유 낙하를 한 후 서서히 속도를 낮추다가 부드럽게 멈췄다. 귀에 들리는 쉭쉭 소리가 일정한 주기의 파장으로 왔다 갔다 했고, 프랭키는 몸이 좌우로 흔들리는 것을 느꼈다. 몸이 오른쪽으로 흔들릴 때마다 주황색 구체가 어둠을 밝히며 프랭키의 눈꺼풀 뒤에서 빛나고 뺨을 따뜻하게 했다. 프랭키는 눈을 뜨고 머리 위에 우뚝 솟은 거대한 야자수 잎과 해먹 위에서 내려다보는 몹시 뜨거운 태양에 놀라 이내 멍해졌다.

프랭키는 재빨리 고개를 들어 주위를 둘러보다가 순식간에 균형을 잃었다. 해먹이 마구 흔들리며 밑에 깔린 타월로 프랭키를 내동댕이쳤다. 프랭키는 허둥지둥 일어나서 흙먼지를 털었다. 발 옆에 타월 두 개가 놓여 있었다. 프랭키는 머리를 돌려 타월에 적힌 '난 멕시코를 사랑해'를 읽고 나서 눈에 달라붙은 소금기 있는 머리카락을 넘기다가 그 행동이 평소보다 훨씬 오래 걸린다는 것을 멍하니 알아챘다. 프랭키는 시선을 들어 경치를 보고는 기쁨이 차올라 헉 하고 숨을 들이마셨다. 프랭키는 발가락을 말아 부드럽고 뜨거운 모래 속으로 밀어 넣고 눈부신 청록색 바다를 응시했다. 프랭키는 낙원에 도착했다.

"결정했네요, 메이블!"

프랭키는 신나게 속삭이고 손을 들어 올려 눈부신 햇살을 가리고 자연 그대로의 열대 해변을 내려다봤다. 수영하는 사람 몇 명을 빼고는 프랭키 혼자였다. 혼자가 아닌가? 가벼운 뭔가가 발치에 떨어졌다. 고개를 숙이니 플라스틱 카드가 달린 끈이 있어서 집어 들어 자세히 들여다봤다.

프랭키 매켄지, TEFL[*]**, 산미겔국제관계스쿨**

프랭키는 멕시코 산미겔에 있다.

프랭키는 영어 교사이다.

프랭키는 편도 비행기를 탔다. 오래전에 타지 않기로 선택한 비행기였다.

프랭키는 카드를 내려놓고 바다를 향해 돌아서서 모래사장을 전력으로 질주해 물속으로 첨벙 뛰어들었다. 숨을 들이마시려고 수면 위로 올라와 목청껏 기쁨의 소리를 질렀다. 수면 아래로 잠수한 후 다시 올라와 뜨거운 피부 위로 흐르는 시원한 물을 느끼고, 활짝 웃는 입술에 묻은 그 짠물의 자유를 맛봤다. 이처럼 자유롭게 감정을 분출할 수 있다는 사실에 웃음이 새어 나왔다. 프랭키는 근처에서 함께 소리 내 웃으며 수영하

---

[*] 외국어로써의 영어 교육

고 있는 한 노인을 향해 손을 흔들었다. 그 낯선 노인은 흰머리를 목덜미에서 짧게 하나로 묶고, 햇볕에 탄 가죽 같은 두 팔로 물을 가로질렀다. 여기에서 오랜 시간을 보낸 것 같았다.

"미안해요!"

프랭키가 소리쳤다.

"저는 그저 여기 있어서 너무 행복해요!"

"씨, 시뇨라*!"

노인이 엄지손가락을 치켜들며 웃었다.

프랭키는 소리 내어 웃으며 태양을 향해 얼굴을 들고 눈을 감았다. 순수한 기쁨으로 가득한 이 완벽한 순간을 소중히 간직하기 위해 마음에 새겼다. 프랭키가 운이 좋다는 위니의 말이 옳았다. 프랭키는 눈을 뜨고 물속으로 몸을 낮췄다. 두 발을 앞으로 올려 부드러운 물결을 타고 이리저리 흔들리면서 해변에 줄지어 늘어선 야자수를 살펴봤다. 야자수 오른쪽에는 모래사장에 플라스틱 테이블과 바비큐 연기를 내뿜는 드럼통이 들쭉날쭉 놓인 소박한 카페가 있었다. 파인애플 마가리타와 매운 생선 타코 간판을 보니 금세 입에 침이 고였다. 프랭키는 몸을 앞으로 숙이고 해안가를 향해 헤엄쳐 가면서 해먹 아래로 보이는 밀짚 가방에 현금이 조금 들어 있기를 바랐다. 그리고 머릿속에 떠오르는 여러 질문에 대한 답도 들어 있기를 바랐다.

이를테면 이런 질문. 도대체 프랭키는 어디에 살까?

프랭키는 숨이 차는 것을 느끼며 가방을 뒤집어 모든 물건을 타월 위에 쏟았다. 자동차 키, 핸드폰 두 대, 지갑 2개, 주소가 달리지 않은 집 열

---

* 스페인어로 '네, 아가씨'라는 뜻

쇠 한 쌍. 프랭키는 익숙한 모양으로 가장자리가 닳은 오래된 분홍색 인조 가죽 지갑을 집어 들었다. 열여덟 살 생일에 엄마가 준 선물이었다. 낡았지만 프랭키는 다른 지갑을 원한 적이 없었다. 이 삶에서도 자신과 함께 있는 지갑을 보니 그 익숙함에 위안을 느꼈다.

프랭키는 자동차 키를 집어 들고 한숨을 내쉬었다. 어떻게 해야 할까? 해변에 주차된 모든 차에 키를 대고 눌러봐야 하나? 아마 자동차 GPS에 자신이 간 마지막 장소가 나올 것이다. 프랭키는 푸아로*처럼 추리하는 자신이 대견스러워서 순간적으로 기분이 좋아졌다. 프랭키는 두 번째 지갑을 천천히 줍고 주변을 둘러봤다. 분명히 누군가와 함께 여기에 왔다고 생각하며 지갑을 천천히 조심스럽게 열었다. 천으로 분리된 칸에서 카드를 꺼낼 때마다 이마에 주름이 짙어졌다. 마침내 '라파엘 로메로'의 멕시코 운전면허증을 발견했다.

프랭키는 열쇠와 지갑을 밀짚 가방에 던져 넣고 타월을 집어 몸을 닦았다. 모래가 햇볕에 탄 피부를 할퀸다. 타월로 몸을 세게 털다가 몸에 딱 달라붙는 흰색 수영복을 입고 바다에서 솟아오르는 남자를 발견했다. 남자는 모래사장에 멈춰 서서 빛나는 검은 머리에서 물을 짜내고는 고개를 좌우로 흔들어 사방으로 물을 뿌렸다. 프랭키는 웃음을 참고 남자를 지켜보다가 혹시 카메라가 있는지 확인하려고 주위를 훑어봤다. 분명히 샴푸 광고에 나올 만한 장면이다. 황금빛으로 그을린 체격이 우스꽝스럽게 크고, 턱선은 스테이크도 자를 수 있을 것 같고, 빤히 바라보는 눈이 너무 관능적…… 잠깐. 남자가 프랭키를 빤히 보고 있다. 프랭키는 뒤를 돌아보고 왼쪽에서 오른쪽으로 시선을 돌렸다. 남자가 모래사장을

---

* 영국 추리 작가 애거사 크리스티가 창조한 탐정 에르퀼 푸아로

가로질러 프랭키를 향해 걸어오면서 활짝 웃음 짓자, 깊게 팬 보조개 뒤로 기가 막히게 하얀 이가 드러났다.

프랭키는 재빨리 타월을 몸에 두르고 머리카락을 한쪽으로 휙 넘긴 뒤 자신에게 다가오는 남자에게 수줍게 미소 지었다. 남자가 강한 두 팔로 조용히 프랭키의 허리를 감싸 공중으로 들어 올리자 꺅 비명을 내질렀다. 남자가 목을 한쪽으로 기울여 프랭키에게 열정적으로 키스하는 동안 타월이 그들의 발 옆 모래에 떨어졌다. 깜짝 놀라서 휘둥그레진 프랭키의 눈과 달리 남자의 눈은 꽉 감겨 있었다.

"생일 축하해요, **미 아모르***."

남자가 매력적인 스페인어 억양으로 속삭이고 물러났다.

남자가 프랭키를 모래 위에 툭 내려놓고 가방으로 손을 뻗었다.

"그래요."

프랭키가 중얼거리며 자신 앞의 이 완벽한 표본을 응시했다. 프랭키는 남자가 자신과 사귄다는 것이 믿어지지 않고, 얼마나 오래 사귀었을지 궁금해졌다.

"가야 해요."

라파엘이 가방에 핸드폰을 넣으며 말했다.

"4시 15분이에요."

이곳에서 살 시간이 23시간 45분 남았다.

라파엘이 해먹으로 걸어가서 옷을 들어 올렸다. 라파엘은 프랭키에게 비치 드레스를 건네고 커다란 두 팔을 공중으로 쭉 뻗었다. 부드러운 가슴이 햇볕을 받아 갈색으로 빛나고 그 아래 근육이 불끈거렸다.

---

* 스페인어로 '내 사랑'이라는 뜻

"그래요."

프랭키가 같은 말을 반복하며 드레스를 훌렁 걸치고 가방과 타월을 집어 들었다. 그러면서 그들이 어디로 가는지, 시간이 무슨 상관이 있는지 생각했다.

"오토바이를 근처로 가져올게요."

라파엘이 말했다.

"그래요."

프랭키가 방긋 웃었다.

게다가 라파엘은 오토바이도 가지고 있었다.

"그래요, 그래요, 그래요."

라파엘이 껄껄 웃었다.

"당신은 내 영어 교사예요, 매켄지 선생님. 나한테 더 많은 단어를 가르쳐 줘야죠……, **그래요** 말고도요!"

"아, 미안해요. 네, 물론이죠."

프랭키가 '매켄지 선생님'이라는 말에 움찔하며 대답했다.

"날 프랭키라고 불러도 되는 단계가 된 것 같은데요."

프랭키가 말했다.

라파엘이 반바시 주머니에 손을 넣어 테가 두꺼운 안경을 꺼냈다.

"무울론이죠."

라파엘이 안경을 코 위로 쓱 밀어 올리면서 프랭키의 영어 억양을 흉내 내고 껄껄거렸다.

그 순간 프랭키는 라파엘에게 달려들어 온 얼굴에 키스하고 싶은 것을 참느라고 모든 자제력을 동원했다. 라파엘은 정말 기가 막히게 섹시했다.

프랭키가 모래사장을 성큼성큼 걸을 때마다 종아리 근육이 꽉 죄어드는 라파엘을 지켜보는 동안, 핸드폰에서 메시지 알림음이 들렸다. 프랭키는 가방 속으로 손을 뻗어 자신의 것으로 추정되는 핸드폰을 꺼내 메시지를 보고 어리둥절했다. 엄마한테 온 메시지라니 드문 일이다.

> 네가 걱정돼. 너 괜찮아? xxx*

나 괜찮냐고? 프랭키가 생각했다. **괜찮다는 말로는 부족하지. 끝내주게 좋은걸.** 프랭키는 그런 취지의 답장을 보내다가 잠시 멈추고 엄마가 보낸 메시지의 의미를 궁리했다. 엄마는 프랭키에게 메시지를 거의 보내지 않는다. 그리고 엄마가 왜 걱정하지? 여기서 무슨 일이 있었나?

속도를 올린 엔진 소리가 프랭키의 생각을 흐트러뜨렸다. 프랭키가 올려다보니 라파엘이 오토바이에서 프랭키에게 손을 흔들고 있었다. 프랭키는 모래사장을 가로지르며 반짝이는 가죽 안장에 올라탄 기사에게 미소 지었다. 프랭키는 올라타기 전에 잠시 망설였다. 전에 오토바이를 타본 적이 없었다. 어떻게 해야 할까? 프랭키는 다리를 들어 올리고 어설프게 뒷좌석으로 올라탔다.

프랭키는 양팔을 옆구리에 붙이고 두 손을 라파엘의 등에 올렸다.

"안 잡을 거예요?"

라파엘이 소리쳤다.

"네, 미안해요!"

---

* 편지, 이메일, 문자에서 키스라는 뜻으로 쓰인다.

프랭키가 재빨리 라파엘의 단단한 허리에 팔을 두르고 꽉 껴안자 오토바이가 해변을 따라 속도를 올렸다. 프랭키는 눈을 감았다. 처음에는 무서워서, 그다음에는 순수한 기쁨 때문에 눈을 계속 감은 채, 구릿빛 팔에 내리쬐는 지는 해를 느끼고 머리카락 사이로 스쳐 지나가는 따뜻한 공기를 즐겼다. 확실히 이 공기는 장기간의 무더위에 노던 라인* 창문으로 들어오는 끈적끈적한 공기보다 훨씬 나았다.

프랭키 매켄지는 마지막으로 이런 기쁨을 느낀 때가 언제였는지 기억도 나지 않았다.

---

* 런던 남북을 가로질러 운행되는 지하철 노선

11

산미겔의 먼지 가득한 거리 양옆으로 식민지 시대의 건물이 무지갯빛으로 늘어서 있었다. 건물의 라임색, 노란색, 자홍색, 하늘색 정면이 햇빛과 바람을 맞아 바래고 닳았지만, 여전히 활기 넘쳐 보였다. 끈적끈적하고 지글지글한 바비큐와 칠리 냄새에 더 덥게 느껴졌고, 사방팔방 라디오에서 댄스 음악이 흘러나왔다. 제멋대로 자란 풀들이 백악질로 이루어진 하얀 인도의 갈라진 틈 사이로, 어디든 마구잡이로 주차된 구형 자동차들의 닳아빠진 바퀴 아래로 뻗어 있었다. 프랭키는 타임머신에 들어간 기분이 들었고, 어떤 면에서는 실제로 그랬다. 프랭키가 이십 대 중반에 이곳의 교사 자리에 지원했을 때 꿈꾸던 모습이 바로 이것이었다.

그때 프랭키는 떠날 계획이라는 것을 친구나 가족에게 말하지 않았다. 중요한 결정을 내리기 전에 그 일자리를 얻을 수 있을지 먼저 확인하고 싶었다. 「더 리크」에 입사한 지 겨우 몇 주가 지났고 취직 축하 파티까지 열었다. 어떻게 모두에게 직장을 그만두고 여행을 가기로 결정했다고 말한단 말인가? 엄마는 **'그러게 내가 뭐랬어!'**라고 말할 것이다! 엄

117

마는 런던을 떠나서 시간을 보낼 필요가 있다고 프랭키를 설득하려 해 왔기 때문이다. 친구들은 프랭키가 신경 쇠약이라고 생각할 것이다. 앨리스는 프랭키가 토비와의 이별에서 도망치려 한다고 생각할 터였다. 사실 프랭키는 결코 인정할 수 없었지만, 아마도 프랭키는 앨리스의 어른다운 새 삶에서 도망치려는 것이었다. 프랭키의 의미가 점점 줄어드는 삶에서.

애초에 프랭키가 그 일자리에 지원한 이유는 또다시 직장에서 보낸 힘든 하루와 집으로 향하는 험난한 퇴근길 때문이었다. 폭우에 흠뻑 젖은 프랭키는 지연되는 노던 라인을 타고 가다가 터널에서 오도 가도 못한 채 술 취한 은행가 타입 남자의 입김 바로 아래 코를 대고 있는 상황에서, 멕시코에서 교사를 구한다는 지하철 광고를 발견했다. 광고에 나온 해변이 낙원처럼 보였다. 프랭키는 웹사이트 주소를 기억에 새겼다가 집에 도착하자마자 지원했다.

프랭키는 4월에 합격 통지서를 받았다. 바로 그날 9월에 출발하는 비행기를 예약했다. 그건 프랭키가 평생 한 것 중에 가장 즉흥적인 일이었다. 이제 비행기 출발일까지 겨우 3개월 남았다. 이사를 하겠다는 통보를 두 달 전에 해야 했고, 「더 리크」를 퇴사하겠다는 통보를 1달 전에 해야 했으며, 친구들에게는 곧 말해야 했다. 톰은 예전부터 10월에 베를린으로 여행 가자는 이야기를 계속했고, 어서 마음을 정하라고 프랭키를 재촉하는 중이었다.

프랭키가 비행기를 예약하고 몇 주 후, 런던의 분위기가 바뀌었다. 여름이 왔고, 프랭키는 직장에서 성공적인 기사를 몇 개 썼으며, 이에 따라 프랭키의 이름을 건 칼럼을 개설하고 봉급을 인상해 주겠다는 제안을 받았다. 엄청난 기회였다. 특히 오래도록 갚지 못한 학자금 대출까지 있는 마당에 그 기회를 거절한다는 것은 정신 나간 짓이었다.

멕시코 학교가 합격을 재확인하는 통지서를 보냈을 때, 프랭키는 톰과 아침밥을 먹고 있었다.

"무슨 일이야? 뭐가 문젠데?"

톰이 프랭키의 얼굴에 번지는 혼란스러운 기색을 보고 물었다.

프랭키는 통지서에서 시선을 들고는 더듬거리며 말했다.

"아니, 아무것도 아니야. 신용카드 청구서야!"

"윽, 끔찍하지."

톰이 베이컨을 프라이팬에서 프랭키의 접시로 덜어주며 대답했다.

"감당할 수 있겠어? 있잖아, 나도 돈이 많지는 않지만, 이번 달에는 조금 여유가 있거든. 스키 여행비도 내가 거들어줄 수 있는데?"

프랭키는 톰을 올려다보고 부드럽게 미소 지으며 애정이 솟구치는 것을 느꼈다. 산미겔에서 누가 톰을 대신할까? 프랭키는 왜 이런 짓을 하는 것일까? 무엇을 피해 도망치려는 것일까? 프랭키는 블러디 메리*를 내려놓고 통지서를 잘게 찢은 다음, 씩씩하게 부엌으로 가서 색종이 조각처럼 쓰레기통에 쏟아버렸다. 프랭키가 그 뒤에 제일 먼저 한 일은 비행기 표를 취소한 것이었다.

프랭키와 라파엘은 오라 데 로스 우에보스라는 허름하고 낡은 카페 밖에 오토바이를 세웠다. 젊은이 한 무리가 카페 앞 벤치에 맨발로 앉아 느긋하게 쉬면서 웃고 있었다.

---

* 보드카에 토마토 주스를 넣은 칵테일

"**올라***, 프랭키!"

그중 한 사람이 외쳤다. 프랭키는 손을 흔들어 답하며 라파엘의 오토바이 뒷자리에서 내려왔다.

"잠깐 올라올래요?"

프랭키는 자신이 이 아파트 몇 호에 사는지 모른다는 사실을 떠올리며 라파엘에게 물었다.

"**씨.**"

라파엘이 대답하고는 프랭키의 가방들을 받아들고 카페 앞 젊은이들에게 고개를 까딱했다.

프랭키는 라파엘을 따라 흰색 계단을 올라가다가 그들이 지나갈 때 벽 틈으로 허둥지둥 달아나는 도마뱀붙이 몇 마리를 발견했다. 두 사람은 열린 금속 문을 통과했고, 라파엘이 왼쪽 첫 번째 문 앞에 멈췄다. 프랭키는 열쇠 꾸러미를 꺼내 열쇠 구멍을 응시하면서 어떤 열쇠가 맞을지 최선의 추측을 했다. 달가닥거리며 열쇠가 돌아가자 문이 활짝 열리고, 발코니 창문으로 햇볕이 가득 쏟아지는 커다란 거실이 프랭키를 맞았다. 프랭키는 가방을 내려놓고 라파엘을 돌아봤다. 라파엘은 문틀에 기대 한 손에 든 자기 열쇠 꾸러미를 만지작거리고 있었다.

"나중에 봐요, **미 아모르.**"

라파엘이 말하며 몸을 숙여 프랭키의 볼에 부드럽게 입을 맞췄다.

라파엘이 돌아서서 갈 때 프랭키가 뒤에서 외쳤다.

"몇 시에요?"

라파엘이 고개를 돌리고 웃으면서 어깨를 으쓱했다.

---

* 스페인어로 '안녕'이라는 뜻

"10시, 어쩌면 11시?"

프랭키가 고개를 끄덕였다.

한밤중의 밀회. 전형적이다.

"소피한테 물어봐요. 예약한 사람이 소피니까요."

라파엘이 미소를 지으며 문틀을 두드리고 난 뒤, 프랭키에게 손을 흔들고 모퉁이를 돌아 사라졌다.

"도대체 그 여자가 누군지 알아야 물어보지."

프랭키가 아파트를 둘러보며 중얼거렸다.

"뭐라고요?"

라파엘이 갑자기 다시 나타나 말했다.

"물어보겠다고요!"

프랭키가 억지로 미소 지으며 손을 흔들어 인사했다.

"안녕, 안녕!"

라파엘이 외쳤다.

프랭키는 발코니 문을 연 후, 슬리퍼를 벗고 차가운 타일을 천천히 가로질렀다. 발코니 난간에 팔꿈치를 올려놓고 사람을 들뜨게 하는 뜨거운 공기를 다시 한번 깊이 들이마셨다. 휴가 때만 맛볼 수 있는 공기다. 그리고 밑에서 들려오는 스페인어 소리와 닭들이 꼬꼬댁거리는 소리에 귀를 기울였다. 그 소리는 부르릉거리며 살아나는 라파엘의 오토바이 소리에 묻혔다. 프랭키는 난간 가장자리에 기대 몸을 숙이고 라파엘을 지켜봤다. 라파엘은 모퉁이를 돌다가 연석 위아래로 펄쩍펄쩍 뛰는 작은 염소를 피하려고 재빨리 방향을 틀었다.

안으로 들어온 프랭키는 새로운 집을 탐험했다. 클래펌의 집과 비교

하면 이곳은 성이다. 천장이 높고 바람이 잘 통하며, 타일은 테라코타이고 시원했다. 발코니에 줄지어 서 있는 화분이 클래펌 집의 로비와 그레이엄 씨를 생각나게 했다. 프랭키는 발코니 탁자에 놓인 물뿌리개를 들어 화분에 물을 줬다.

프랭키는 자신이 꽃을 돌보는 것을 아주 좋아한다는 사실이 언제나 놀라웠다. 부엌 찬장 속 내용물에서 알 수 있듯이 프랭키는 제대로 밥을 먹고 물을 마시는 일도 간신히 해내는 지경이었기 때문이다.

프랭키가 오래된 나무 수납장을 열자 삐걱거리는 소리가 나면서 형편없는 물건들이 드러났다. 설탕이 든 어린이용 시리얼 같은 것 한 상자, 쌀 한 봉지, 먼지투성이 버터 콩 통조림. 프랭키는 아래층 카페가 자신에게 매끼 밥을 제공한다고 해도 별로 놀라지 않을 것이다.

냉장고 문에는 프랭키가 멕시코 여기저기에서 샀을 자석 수집품이 붙어 있었다. 툴룸의 마야 유적지, 치첸이트사의 엘 카스티요 피라미드, 코퍼 캐니언 철로. 프랭키는 자석을 쓰다듬으면서 한숨을 쉬었다. 그런 곳에 간 기억이 남아 있지 않다는 것이 섭섭했다. 프랭키가 이 삶을 선택한다면, 그 모든 곳을 다시 탐험해야 할 것이다. 냉장고 하단에 사진이 하나 있었다. 프랭키는 사진을 보고 활짝 웃었다. 스쿠버 다이빙 장비 옆에 있는 자신과 톰의 사진이었다. 프랭키는 자석을 떼고 사진을 뒤집었다. '카보풀모에서 스쿠버, 2012년 11월'

프랭키는 사진에 라벨을 붙여놓는 오래된 습관이 없어지지 않은 것을 보며 기뻤했다. 아빠에게 배운 습관이다. 아빠가 좋아하는 장난감은 1990년대 초반에 산 라벨 제조기였는데, 지금도 여전히 사용하고 있다. 아빠가 처음으로 라벨을 붙인 것은 바로 그 라벨 제조기였다.

프랭키가 이곳에 도착한 지 몇 달 후에 톰이 프랭키를 만나러 왔나 보다.

프랭키는 한 손으로 사진을 펄럭거리며 거실로 돌아와서 구석에 있는 책상으로 갔다. 그리고 나무로 된 천장 선풍기를 올려다봤다. 감히 천장 선풍기를 켜면 툭 떨어져서 자신의 목을 벨 것만 같았다. 곧 부서질 듯한 의자에 앉아 사진을 옆에 두고 너무 오래돼 보여 오히려 켜지면 놀라울 것 같은 노트북을 열었다. 하지만 놀랍게도 노트북이 켜지고 프랭키가 열여섯 살 때부터 사용한 비밀번호를 입력하자…… 작동이 됐다. 노트북 화면의 모래시계 아이콘이 휙휙 뒤집히는 동안 프랭키는 의자에 기대 기다렸다. 주머니 속 핸드폰에서 메시지 도착을 알리는 소리가 났다.

이야기할 시간 있니?

프랭키가 답장을 누르려는 순간, 노트북이 환해지고 화면에 받은 편지함이 나타났다. 프랭키는 핸드폰을 책상에 놓고 메시지를 스크롤했다. 두 개가 눈에 띄었다.

발신 : 앨리스 우즈
수신 : 프랭키 매켄지
제목 : 내일 생일 축하해!

뭐 할 건데? 발가벗은 라파엘이 너한테 부어준 마가리타 마시고 바다에서 알몸으로 수영? 세상에, 부럽다. 여기서 퍼붓는 건 비랑 눈물뿐이야. 맷이 바지를 입기 싫다고 죄다 화장실에 던졌어. 우리 삶을 서로 바꿔도 될까?

프랭키가 빙그레 웃었다. 프랭키는 너무 오랫동안 앨리스의 안정적인 삶을 갈망하며 보낸지라 이번만은 처지가 바뀌어 부러움을 받는 삶을 산다는 것이 심술궂게도 기분 좋았다.

발신 : 톰 커리
수신 : 프랭키 매켄지
제목 : 전화해

프랭키푸스! 어떻게 지내? 은행 문제를 잘 해결했기를 바란다. 내일 전화해. 해마다 그렇듯이 생일 축하 노래를 불러줄게. x

은행 문제? 그게 무슨 뜻일까? 그리고 그것을 어떻게 알아내지?
"메이블?"
프랭키가 소리쳤다.
"여기서 단서를 찾을 가능성이 있을까요?"
프랭키는 책상을 둘러보다가 서랍을 열려고 했지만 꿈쩍하지 않았다. 세게 잡아당기자 서랍이 확 열리면서 통째로 빠져나와 바닥에 부딪혔다. 맨 위에서 편지 몇 통이 타일에 쏟아졌다. 공적인 편지 같아 보였다. 그리고 불길해 보였다. 봉투에 온통 붉은 도장이 찍혀 있었다. 전화 요금 연체 고지서, 신용카드 대금 연체 고지서, 그중 최악은 집세를 내라는 아파트 집주인의 최종 경고장.

프랭키의 심장이 마구 두근거리기 시작했다.

무엇이 프랭키를 망가뜨렸나? 파산한 금발 머리, 멕시코에서 시체로 발견. 영양실조로 추정.

프랭키는 고향에서 무일푼이었을지언정 돈과 관련해서 이렇게 무책임한 적은 없었다. 아빠가 늘 프랭키에게 가르쳤듯이 매일 아침에 예금 잔액을 확인했고, 늘 같은 날에 고지서 요금을 냈고, 이틀 정도 라면만 먹고 살아야 할지라도 집세를 늦게 낸 적이 한 번도 없었다. 계좌에 접속해서 무슨 일인지 확인해야 했다. 몇 년 동안 같은 은행을 같은 비밀번호로 이용했으니 어렵지 않을 것이다.

프랭키가 막 계좌에 접속하려는 순간, 문을 쾅 치는 소리가 났다. 프랭키는 노트북을 닫고 편지를 서랍에 다 쑤셔 넣은 다음 책상 밑으로 밀쳤다. 이렇게 사는 것을 아무에게도 보이고 싶지 않았다. 수치스럽다. 이래서 엄마가 그렇게 간절하게 자신에게 연락하려고 했나 보다. 엄마는 빚에 관해 알고 있다.

프랭키는 문을 열다가 얼굴 바로 앞에서 거대한 은색 헬륨 풍선 다발이 반기자 움찔하며 뒤로 물러섰다.

"푸푸!"

풍선 뒤에서 누군가 소리를 질렀다.

고양이용 문 사이로 머리를 내민 고양이처럼 커다란 갈색 눈이 자리한 햇살 같은 얼굴이 쏙 나와 진한 분홍색 입술로 환한 미소를 띠며 프랭키를 반겼다.

"생일을 맞은 아가씨에게 특별 배달이요!"

그 낯선 사람이 아일랜드 억양으로 노래하고는 문 사이로 비집고 들어왔다. 그러고는 풍선을 천장으로 올려보내고 두 팔로 프랭키를 아주 꽉 끌어안았다.

프랭키는 활짝 웃었고, 볼이 그 낯선 사람의 볼에 맞닿아 뭉개졌다. 프랭키는 이 사람이 누군지 전혀 모르지만, 다정한 얼굴을 보니 행복했다.

"빌어먹을, 이 안은 펄펄 끓네요!"

아일랜드 여자가 손을 뻗어 천장 선풍기를 켜면서 외쳤다.

"안 돼요, 잠깐만요!"

프랭키가 소리쳤지만 이미 늦었다.

풍선이 위에서 산탄총처럼 터지기 시작하자 두 사람은 비명을 지르며 바닥에 주저앉았다. 마지막 풍선이 터지자 그들은 충격과 공포에 사로잡힌 얼굴로 서로를 응시했다. 순간 여자의 얼굴이 일그러지며 발작적인 웃음이 터졌다.

"이크, 난 이렇게 지독한 멍청이 짓을 언제쯤 그만둘까요?"

아일랜드 여자가 일어나서 옷에 묻은 먼지를 털었다.

"내 이름은 소피가 아니라 도! 피여야 해요!"

여자가 소리 내어 웃었다.

그럼 이 사람은 소피다. 그리고 톰과 처음 만났을 때와 마찬가지로, 이번에도 첫눈에 반한 만남이었다.

12

프랭키와 소피는 1시간 동안 발코니에서 해가 지는 것을 보면서 소피가 집에서 가져온 딸기 바질 마가리타를 홀짝거렸다. 소피가 바질을 더 가지러 집에 잠깐 다녀온다고 말하고는 30초 후에 돌아오자, 프랭키는 소피가 가까이 산다고 짐작했다. 알고 보니 소피네 집은 3층이었다.

프랭키는 돌아가면서 서로 태어난 해의 노래를 틀자고 제안해 소피의 나이도 조용히 계산해 냈다. 몹시 당황스럽게도 소피는 더 뱅글스를 들어본 적이 없었다. 그리고 소피가 넬리의 「핫 인 히어Hot in Herre」를 틀었을 때 프랭키는 움찔했다. 소피는 겨우 스물한 살이다. 프랭키는 그 노래가 2002년에 나왔다는 것을 안다. 토비가 기말고사 후 여름에 그 노래를 반복 재생해서 프랭키를 열받게 했기 때문이다.

프랭키는 자기 잔을 가득 채우면서 「파파 돈트 프리치Papa Don't Preach」를 따라 부르는 소피를 지켜봤다. 프랭키가 유일하게 아는 켈리 오즈번 버전이다. 그렇다고 해서 딱히 프랭키가 더 젊어진 느낌이 들게 하지는 않았다.

열다섯 살이라는 나이 차이에도 두 사람은 공통점이 많았다. 듣자 하니 그들은 같은 학교 교사이고 둘 다 언론학을 전공했으며 부모가 이혼했고, 입을 열 때마다 그들을 약 올리는 소리를 해대는 남동생이 있었다.

그들의 기력에는 공통점이 없었다.

친구 중 누군가를 따라잡으려고 애쓸 필요가 없었던 프랭키는 소피와 엇비슷하게 맞추기가 힘들다고 느꼈다. 소피는 얄궂게도 오늘이 세상에서 마지막 날인 것처럼 술을 마시고 있다. 게다가 뾰족구두를 신은 어린 양처럼 저녁 내내 주방과 화장실과 발코니를 깡충깡충 뛰어다녔다. 프랭키는 조용한 집고양이처럼 발을 의자 위로 웅크리고 술잔 둘레의 소금을 깨지락거리면서 소피를 지켜보는 것만으로도 기진맥진하다고 생각했다.

소피는 자유분방하지만 아주 재미있다. 반짝이는 눈과 탄력 있는 갈색 웨이브 머리, 전염성 있는 웃음과 모험심을 가진 소피 덕에 프랭키는 이 삶을 선택하는 것이 기대됐다. 그리고 소피가 유카탄반도 주변으로 떠나는 주말여행에 대해 빠른 속도로 말하는 동안, 프랭키는 재정적인 고민을 한쪽에 밀쳐두고 지금 가진 것을 즐기기로 작정했다. 집으로 찾아오는 재미있는 친구, 엄청나게 섹시한 남자 친구, 꿈에 그리던 해변 아파트, 긴 휴가처럼 느껴지는 삶.

프랭키는 런던에 살 때, 수요일마다 주말을 어떻게 보낼까 생각하고 기대되는 계획을 세우느라 머리를 짜내곤 했다. 앨리스는 실내 놀이방에 같이 가서 아이들과 놀자고 했지만, 프랭키는 그것에 너무 많이 데었다. 1시간 걸려 서리까지 갔는데, 엘리나 맷이 발가락을 찧거나 정글짐에서 떨어지거나 퍼지를 먹다가 이빨이 빠져서 겨우 30분 후에 돌아오는 것을 원치 않았다.

프리야는 항상 어딘가에 차려입고 가려고 했는데, 프랭키는 대체로 그럴 기분이 아니거나 그럴 형편이 안 됐다.

톰은 믿음직스러운 주말 친구였다. 하지만 최근에 톰과 조엘은 함께 첫 집을 사려고 절약 중이었다. '즐거운' 시간은 그냥 집에 있으면서 포장 음식을 사다 먹거나 TV로 경연 쇼를 본다는 의미가 됐다. 톰이 클래펌을 떠난다는 말을 들으면 힘들겠지만, 프랭키는 그런 생활 방식이 영원히 계속될 수 없다는 것을 알았다.

당연히 프랭키는 친구들을 사랑했지만, 얼마 전부터 친구들과 멀어지는 느낌이 점차 커졌다. 역설적이게도 멕시코에 있으면서 그들이 같이 보내는 시간이 줄어들었지만, 만날 때는 더 알찬 시간을 보내게 됐을지도 모르겠다. '잃고 나서야 자신이 가진 것이 얼마나 소중했는지 알게 된다'는 말대로.

물론 어쩌다가 서로 일정이 맞는 주말이 가끔 있었고, 그럴 때면 시골로 주말여행을 가자고 계획을 세우기도 했다. 하지만 마지막으로 그렇게 함께 놀러 간 것은 2년쯤 전이었는데, 저스틴이 혼자서 아이들을 돌보지 못하겠다고 SOS 메시지를 보내는 바람에 앨리스가 예정보다 일찍 돌아가야 했다. 앨리스가 아이들을 데리고 와서 같이 놀자고 저스틴에게 말하겠다고 했을 때, 나머지 세 사람은 만장일치로 "안 돼!"라고 외쳤다. 앨리스는 밤새 부루퉁해 있다가 일요일 아침 일찍 떠났다.

프랭키는 멕시코에 있다는 것이 자기 삶에서 굉장한 성과처럼 느껴졌다. 자신이 특별하고 용감하며 운명을 지배하고 있다는 느낌이 들었다. 앨리스에게는 아이들이 있다. 프리야에게는 집이 있다. 톰에게는 남자친구가 있다. 프랭키에게는 모험이 있다. 프랭키는 엄마가 고아에 도착했을 때 이런 느낌을 받았을까 생각했다.

소피가 다시 주방에서 나오며 작은 초가 각각 꽂혀 있는 자그마한 컵케이크 두 개가 담긴 접시를 가져왔다.

"아직 생일도 아닌걸요! 이렇게 고생할 필요 없었는데!"

소피가 '생일 축하합니다'를 노래하기 시작하자 프랭키가 소리 내어 웃었다. 소피는 접시를 프랭키 앞에 쿵 내려놓고 촛불을 끄라고 손짓하며 핸드폰으로 사진 찍을 자세를 취했다.

프랭키는 훅 불어 초를 끄고 짜잔 하는 몸짓을 했다.

"멋져요!"

소피가 외쳤다.

프랭키는 조심스럽게 컵케이크에서 종이를 벗기며 엄마가 매년 만들어 주던 초콜릿 케이크를 떠올렸다. 그다지 요리에 소질이 없는 엄마는 항상 엄청난 노력을 기울여 초콜릿 케이크를 만들었다. 프랭키는 감히 맛이 없다고 말할 용기가 없었다.

"우리 엄마는 매년 생일 케이크를 만들어 줬어요."

프랭키가 한 손으로 컵케이크를 돌리면서 말했다.

"케이크가 형편없었죠. 하지만 엄마는 항상 나한테 아침 식사로 케이크 한 조각을 먹이려고 전날 밤늦게까지 깨어 있었어요. 엄마는 케이크를 만들면서 와인 반병을 마셨죠. 그러니 늘 뭔가가 살짝 잘못될 수밖에 없었어요. 어느 해에는 분명히 소금과 설탕의 양을 바꿔서 넣었어요. 하지만 난 항상 게걸스럽게 먹었고, 엄마한테 맛있다고 말했어요. 난 엄마가 나를 위해 케이크를 굽고 얼마나 기뻐했는지 알았으니까요."

"와, 어머니를 빨리 만나고 싶어요."

소피가 말했다.

"끝내주는 록 스타 같아요."

"맞아요."

프랭키가 방긋 웃었다.

"음, 엄마는 정말로 록 스타가 되고 싶어 했는데 일이 잘 풀리지 않았나 봐요."

프랭키가 대답했다.

"결혼, 아이들, 그런 모든 게 걸림돌이 됐죠."

"뭐, 아직 늦지 않았어요."

소피가 말했다.

"셰어*는 백 살은 됐을 텐데 여전히 엄청 섹시한 전설이잖아요. 엄마랑 친구처럼 지내다니 운이 좋네요. 이해할지 모르겠지만, 우리 엄마는 그냥 딱 부모예요. 내가 여기에서 하는 것의 절반도 엄마한테 말 못 해요. 그래서 조언을 받기가 힘들어요. 알죠?"

프랭키는 이 말에 놀랐다. 수년 동안 엄마와 가까운 사이라는 느낌이 들지 않았다. 프랭키는 엄마가 너무 친구처럼 굴고 부모 역할은 부족하게 한다고 늘 불평했다. 또 프랭키는 가족 옆에서 지내는 삶을 버리고 고아의 삶을 선택한 엄마를 용서하려고 안간힘을 썼었다.

그런데 다시 생각해 보니, 프랭키도 여기서 똑같이 하지 않았나?

"아이를 갖고 싶어요, 소피?"

프랭키가 물었다.

"이 모든 것을 포기해야 한다는 걸 알면서?"

---

* 가수이자 영화배우

소피가 컵케이크를 한 입 베어 물고 콧노래를 불렀다.

"네, 그런 것 같아요."

소피가 말했다.

"아마 삼십 대쯤이요. 게다가 내가 여기 평생 있을 수 있을지 모르겠어요. 그렇게 오랫동안 여기 있었다니 대단해요. 얼마나 됐죠, 10년?"

"맞는 것 같네요."

프랭키가 고개를 끄덕였다. 여기에 그렇게 오래 있었다는 생각에 위가 뒤틀렸다. 사랑하는 사람들과 그토록 멀리 떨어져 있기에는 지독히 긴 시간이다.

"적어도 당신 친구들은 당신을 보러 오잖아요."

소피가 말했다.

"내 친구들과 달리. 걔네들은 형편없어요. 난 여기 거의 2년 동안 있었는데, 아무도 여행 이야기를 꺼내지 않아요. 당신을 사랑하는 사람들이 많은 것 같아요, 푸."

프랭키는 그들 모두가 얼마나 멀리 떨어져 있는지 생각하자 눈물이 차올랐다.

"하지만 여기에도 당신을 사랑하는 사람들이 있잖아요. 그 학생, 라프. 물론 나도 있고. 그리고 학교에서 당신에게 하는 짓은 범죄 같아요."

소피가 지적했다.

"당신은 그곳에서 단연 최고의 교사예요. 그리고 학생들에게 가장 인기 있고요."

프랭키의 귀가 쫑긋 섰다.

"무슨 말이에요?"

"당신의 수업을 너무 많이 없앴잖아요! 예전 봉급과 비교도 안 되는 쥐꼬리만 한 돈으로 어떻게 살라는 거죠? 그 사람들이 개발한 앱이 당신 일을 대신하는 건 불가능해요. 메시지를 보내는 건 말하는 것과 같지 않아요. 당신이 아직 사표를 제출하지 않았다는 게 놀라워요. 나라면 노발대발했을 거예요. 본토에서 다른 일자리를 찾아봤어요?"

갑자기 돈 문제가 이해됐다. 프랭키가 신중하지 못해서 생긴 문제가 아니다.

"아직 알아보지 못했어요."

프랭키가 대답했다.

"그렇지만 알아볼 거예요."

아니면, 런던에서 일자리를 찾아볼지도 모른다.

"라프에게 이 이야기를 했어요?"

"아뇨. 그렇진 않아요."

프랭키가 대답했다.

"그 사람도 알아야죠. 푸. 두 사람은 거의 6개월 동안 사귀었어요. 지금쯤이면 상당히 진지한 사이가 됐을 거예요. 라프는 당신에게 푹 빠져 있어요. 내 생각에는 둘 다 같은 감정인 것 같은데, 안 그래요?"

라파엘은 아름다운 낯선 사람이다. 프랭키가 라파엘과 보낸 시간이 1시간도 되지 않는데, 라파엘에게 어떤 감정을 느끼는지 어떻게 알겠는가?

"네, 라파엘은 괜찮은 사람 같아요."

프랭키가 웃었다.

"맙소사, 까다롭기도 해라! 나한테 라프 같은 사람이 있다면 내 시야에서 벗어나게 하지 않을 거예요. 라프는 내가 만난 사람 중에 가장 좋은 사람일 거예요. 빌어먹을, 라프는 어린이 자선 단체를 운영해요. 날마다 할리 데이비드슨으로 당신을 데리러 오고 데려다줘요. 항상 당신을 위해 요리해요. 그리고 제임스 본드처럼 생겼어요. 아니면 제임스 본드의 강적인 악당처럼 생겼다고 해야 하나. 잘 모르겠어요. 어느 쪽이 더 섹시하죠?"

"당연히 악당이죠."

프랭키가 말했다.

"뭐가 섹시한지 알아요? 테킬라!"

소피가 자리에서 벌떡 일어나며 말했다.

프랭키가 앓는 소리를 냈다.

"이제 슬슬 나갈 준비를 해야 하지 않나요?"

소피가 발코니 밖으로 머리를 불쑥 젖히고 눈을 가린 머리카락을 획 불어 날렸다.

"농담이죠?"

소피가 소리 내어 웃었다.

"8시밖에 안 됐다고요, 할머니! 코즈에 10시에 예약했단 말이에요!"

젠장.

프랭키는 2시간은커녕 2분이라도 더 버틸 수 없을 것 같았다. **하지만 멕시코에 있을 때는.** 프랭키는 그렇게 생각했다. 그러면서 똑바로 앉아 머리를 흔들고, 소피 수준의 기운을 내려고 노력하며 앞으로 펼쳐질 긴 밤을 위해 흥을 돋울 노래를 찾기 시작했다.

소피는 두 사람의 작은 유리잔에 두 번째 테킬라를 따르면서 절반을 테이블에 흘렸다. 프랭키는 재빨리 쭉 들이켜고 「트래지디Tragedy」가 울려 퍼지자 양팔을 공중에 쭉 뻗었다.

"제길, 대체 이 노래는 뭐예요?"

소피가 키득거렸다.

프랭키는 한숨을 쉬며 유리잔을 테이블에 쾅 내려놓았다.

"첫째, 어떻게 감히 그런 말을. 둘째, 배울 게 아주 많군요."

13

술집은 아파트에서 조금만 걸어가면 됐다. 아니, 프랭키와 소피의 경우에는 조금만 비틀거리면서 가면 된다. 밤 10시지만 공기는 여전히 따뜻했고 거리는 밤을 즐기러 파티에 가는 사람들로 북적였다. 코즈 밖에서는 바비큐용 그릴이 흥청거리는 사람들 쪽으로, 그리고 종업원들이 공중으로 번쩍 들어 옮기는 메스칼 쟁반 쪽으로 고기 냄새가 나는 연기를 뿜어냈다. 프랭키는 소피를 따라 떼 지어 모인 사람들 사이를 헤치고 술집 옆 흡연자들로 가득한 골목으로 내려가 십자 모양으로 교차하는 선에 달린 꼬마전구가 밝혀진 뒤쪽 작은 노천 탁자로 가면서 머리가 빙빙 돌았다. 낯선 사람들이 그들을 보고 단체로 다양한 인사를 외쳤고, 소피는 그 무리로 껑충거리며 다가가 한 명 한 명에게 입을 맞췄다. 한쪽에 서 있던 라파엘이 양팔을 활짝 벌리고 프랭키를 꽉 끌어안으며 관자놀이에 입을 맞췄다.

"당신 거예요."

라파엘이 테이블로 팔을 뻗어 모히토 한 잔을 들어 올렸다.

"고마워요."

프랭키가 빙긋이 웃었다. 프랭키는 라파엘의 겨드랑이 밑에서 목을 길게 빼 눈을 가늘게 뜨고 희부연 테킬라를 통해 라파엘의 목을 봤다. 라파엘의 피부가 너무 매끈하고 캐러멜 같아서 그 피부를 핥고 싶은 충동을 느꼈다. 대신에 프랭키는 모히토를 한 모금 마시고 독한 럼주 맛이 입술에 와닿자 움찔했다.

"이봐요, 여기 탄산수 있어요?"

프랭키가 라파엘에게 중얼거리며 코에 대고 술잔을 돌렸다.

"없을걸요. 우리는 멕시코에 있잖아요!"

라파엘이 껄껄거리며 웃었다.

"**올라,** 프랭키 선생님!"

다른 목소리가 외치는 소리가 들리고, 그 사람이 옆에서 프랭키를 붙잡고 볼에 입을 맞췄다. 달콤한 향수 향이 프랭키의 콧구멍에 와닿는 순간, 그 사람의 두 팔이 프랭키를 돌려세우자 이내 짧은 녹색 머리를 하고 양쪽 콧구멍에 피어싱을 단 여자와 얼굴을 마주 보게 됐다. 프랭키가 어렸을 때 엄마가 되고 싶은 모습일 것이라고 상상한 딱 그런 여자였다.

"안녀엉!"

프랭키가 활짝 웃으면서 대답하며 여자가 누구인지 정확히 아는 척했다.

"생일 축하해요! 줄 게 있어요. 별건 아니에요."

녹색 머리가 아주 작은 리본으로 예쁘게 포장한 자그마한 상자를 내밀며 설명했다.

"아, 고마워요!"

프랭키가 외치며 상자의 포장을 뜯을 수 있게 라파엘에게 모히토를 건넸다.

상자 안에는 작은 하트 모양 로켓*이 들어 있었다. 프랭키는 녹색 머리를 흘긋 보고 여자를 껴안기 위해 앞으로 가다가 녹색 머리가 "그거 열어 봐야죠!"라고 외치자 다시 홀쩍 물러섰다.

프랭키는 걸쇠를 잡느라 애쓰다가 마침내 열고는 다시 입이 딱 벌어졌다. 엄마의 옛날 사진이었다.

"당신이 여기서 내 공부를 정말 많이 도와줬잖아요. 보답으로 뭔가 주고 싶었어요."

"아름다워요."

프랭키가 사진을 더 자세히 보며 대답했다.

"이거 어디서 났어요?"

"불쾌해하지 않으면 좋겠네요. 당신 어머님의 페이스북으로 DM을 보냈어요."

녹색 머리가 방긋 웃었다.

"어머님이 저한테 사진을 보내 주셨어요. 이 사진을 찍을 때 서른여섯 살이셨대요. 그리고 당신이 멕시코에서 꿈을 이루며 살아서 자랑스럽지만, 아주 많이 보고 싶다고 하셨어요."

"고마워요."

프랭키가 속삭였다. 까딱하면 사람 앞에서 울음을 터뜨리게 생겼다.

프랭키는 울음을 참으며 로켓을 찰칵 닫은 후, 녹색 머리에게 목걸이를 차게 도와달라고 손짓하고 돌아서며 그것을 가슴에 대고 꽉 잡았다. 프랭키는 라파엘에게 모히토를 건네받고 목구멍으로 올라오는 불덩어리를 끄기 위해 벌컥벌컥 마셨다.

---

* 사진이나 머리카락 등을 넣어 목걸이에 다는 작은 갑

모히토 다섯 잔을 마시고 앞뒤가 안 맞는 많은 대화를 나눈 이후, 노천 탁자가 댄스 무대로 바뀌었다. 사람 크기의 스피커들이 머리 위에서 하우스 뮤직을 쏟아내서 이야기를 나누기가 거의 불가능했고, 가능한 소통의 유일한 형태는 '우-후'와 손가락으로 가리키기였다.

라파엘의 손길이 지겨워지기 시작한 프랭키는 라파엘의 손을 뿌리치고 사람들 사이를 헤치며 라파엘에게서 멀어졌다. 그들이 술집에 도착한 후로 라파엘은 단 1초도 쉬지 않고 프랭키의 몸 어딘가를 잡았고 끌어안았다. 라파엘은 아주 매력적이고 다정하지만, 라파엘의 보살핌과 관심이 밀실 공포증을 일으킬 정도로 위험하게 다가오고 있었다. 프랭키가 뒤돌아볼 때마다 라파엘은 프랭키에게 줄 새 음료를 들고 있었다. 프랭키가 춤을 추다가 쉴 때마다 라파엘은 프랭키의 주머니에 간식이 있고 자신이 잘 훈련된 강아지인 양 프랭키의 뒤를 따라왔다. 프랭키가 화장실에 가면 라파엘이 화장실 문 밑으로 화장지 뭉치를 건네지는 않을지 슬슬 걱정되기 시작했다.

"어디 가요?"

라파엘이 뒤에서 소리치며 살금살금 도망치는 프랭키의 허리에 팔을 뻗었다.

"그냥 화장실이요!"

프랭키가 외치고 나서 라파엘의 손을 피하려고 방향을 홱 틀었다.

"같이 갈게요."

라파엘이 말하며 프랭키를 따라오기 시작했다.

"아니요. 괜찮아요. 금방 갔다 올게요!"

프랭키가 소리치고 돌아서며 눈을 굴렸다.

프랭키는 석 잔을 더 마시기 전부터 소피를 보지 못했다. 프랭키는 소피를 잘 알지 못하지만, 여기에서 만난 사람 중에서는 가장 잘 아는 사람이다.

"소피?"

프랭키가 여자 화장실 앞 15명이 줄지어 서 있는 곳에 합류하며 외쳤다.

아무 대답이 없자 프랭키는 타일에 기대 주위를 둘러봤다. 이곳의 모든 사람이 프랭키보다 적어도 열 살은 어렸다. 대부분이 최소한 열 잔 이상은 덜 마신 것처럼 멀쩡해 보인다. 하지만 이십 대 때는 다 그런 것일지도 모른다. 어쩌면 마침내 프랭키가 서른여섯 살의 몸은 예전과 달리 이 정도 양의 술을 감당할 수 없다는 사실을 받아들여야 할 때가 됐나 보다. 갑자기 토할 것 같은 느낌이 들며 속이 울렁거렸다. 프랭키는 줄 앞으로 뛰어가 허둥지둥 문을 두드렸다.

"제발요, 서둘러요. 토할 것 같아요!"

앞에 선 여자들이 항의하는 말을 중얼거리는 가운데 프랭키가 소리쳤다. 문이 열리지 않자 프랭키는 화장실 칸들을 황급히 지나쳐 제일 끝에 있는 쓰레기통으로 뛰어가 머리를 숙이고 속에 든 것을 모두 와락 쏟아냈다. 안에 든 독을 제거했다는 생각에 어느 정도 안도감이 들었다. 프랭키는 어깨를 두드리는 손길을 느끼고 천천히 머리를 한쪽으로 들었다. 끈적끈적한 머리카락을 턱에서 쓸어내며 티슈 한 장을 들고 있는 천사의 얼굴을 마주 봤다. 날개가 달린 가장무도회 옷을 입은 말 그대로 천사다.

"고마워요."

프랭키가 기침하며 말했다.

"정말 창피하네요. 대학 때 이후로 이런 적이 없어요!"

"케.*"**

천사가 부드럽게 말했다. 천사의 더없이 깔끔한 눈썹에 주름이 잡혔다.

"그라시아스**."**

프랭키가 입을 닦으며 말하고 뒤에 늘어선 줄을 흘긋 쳐다봤다. 다행히 그들은 모두 핸드폰을 들여다보고 있었다.

천사가 사랑스럽게 미소 지으며 한쪽 팔을 프랭키의 어깨에 둘렀고, 이어서 자신의 핸드폰을 위로 들어 프랭키를 배경으로 셀카를 찍었다.

"괜찮아요, 프랭키 선생님. 월요일 수업에서 봐요."

이런, 망했다.

"푸?"

익숙한 목소리가 재잘거렸다.

소피가 화장실 칸에서 나왔고, 그 뒤로 카우보이모자를 쓰고 상의를 입지 않은 키 큰 남자가 따라 나왔다. 남자는 슬그머니 줄을 지나쳐 화장실 밖으로 나가 야유를 지르는 사람들 속으로 사라졌다.

소피는 입술에 양손을 댄 채 그들을 돌아봤다.

"아, 모두 조용히 해요. 다 이런 경험 있잖아요. 뭐, 자기들이 수녀라도 되나?"

프랭키는 태연하게 거울을 보며 화장을 다시 하고 아무 일도 없던 것처럼 진한 분홍색 입술을 맞부딪혀 쪽쪽 거리는 소피를 빤히 바라봤다.

"누구였어요?"

프랭키가 소리 내어 웃으면서도 한편으로는 역겨워하면서 물었다.

---

* 스페인어로 '뭐라고요?'라는 뜻

** 스페인어로 '고마워요'라는 뜻

"몰라요."

소피가 태연하게 어깨를 으쓱하며 대답했다.

"서로 한 마디도 안 했어요. 딱 내가 좋아하는 방식이죠! 가만, 무슨 일이에요? 꼭 키스 리처즈* 같아 보여요. 괜찮아요?"

"예, 괜찮아요."

프랭키가 거짓말을 했다.

"그냥 몸이 좀 안 좋아요. 그리고 라프가 좀 짜증 나게 해요. 항상 바로 옆에 붙어 있어요. 라프의 얼굴이 잘생긴 건 사실이지만, 내내 그 얼굴만 보고 싶지는 않아요."

"이해해요. 그 사람은 우리가 외출할 때마다 그러잖아요. 자, 밖으로 나가서 당신 배 속에 타코 좀 채워 넣으면서 잠시 라프의 얼굴에서 벗어나자고요."

소피가 프랭키의 손을 덥석 잡고 언짢은 얼굴로 줄지어 선 사람들을 지나쳐 끌고 갔다.

프랭키는 화장실 밖에서 기다리는 라파엘을 보고 가슴이 철렁 내려앉았다. 라파엘은 물 한 병을 들고 서서 걱정스러운 표정을 짓고 있었다.

"아, 이런, 정말 친절하네요, 라프."

소피가 말하고는 프랭키와 시선을 맞추며 싱긋 웃었다.

"괜찮아요, 프랭키?"

라파엘이 프랭키를 위해 물병 뚜껑을 열면서 말했다.

"괜찮아요. 고마워요, 라프."

프랭키가 말하고 물병을 받아 꿀꺽꿀꺽 마셨다. 왜 프랭키는 이런 표

---

* 롤링스톤스 소속의 영국 가수

현을 더 고마워하지 못할까? 런던에서 프랭키는 이렇게 자신을 돌봐주는 누군가가 생기기를 갈망했다. 토비가 예전에 그랬듯이. 이제 다 머나먼 옛일처럼 느껴지고 (프랭키의 감정이) 반복되고 있었다.

"라프, 난 우리 푸푸랑 여자들끼리 대화 좀 해야겠어요."

소피가 음악 소리에 묻히지 않게 크게 소리쳤다.

"이따가 봐요!"

"당신 생일에 일출 보러 해변에 가기로 한 건 그대로인 거죠, 네?"

라파엘이 걱정스러운 표정으로 물었다.

"네, 네, 금방 올 거라니까요."

소피가 고개를 돌려 외쳤다.

소피가 프랭키의 손을 잡고 씩씩하게 앞으로 나아가는 동안 프랭키는 라파엘을 돌아봤다. 라파엘은 안경을 벗어 셔츠로 닦고 실망한 미소를 지으며 프랭키에게 손을 흔들고 사람들 뒤로 사라졌다. 한순간 프랭키는 뛰어서 라파엘에게 돌아가 괜찮다고 말하고 싶었다. 하지만 그 이상으로 이 술집에서 (어쩌면 이곳 전체에서) 완전히 나가고 싶었다.

너무 지나친 것은 라파엘만이 아니다. 이 밤이 너무 지나치다. 프랭키는 녹은 치즈가 뚝뚝 떨어지는 비프 타코를 베어 물며 여기에서 자신을 안내해 줄 소피가 옆에 있는 것을 고맙게 여겼다. 하지만 그들은 밤에 외출하면 정말로 이런 식으로 시간을 보내는 것일까? 프랭키는 곧 다시 이렇게 한다는 생각만으로도 겁에 질렸다.

"끝내줘!"

소피가 종이 냅킨으로 입을 가볍게 두드리며 웃었다.

"타코는 매번 마법처럼 효과가 좋다니까요. 안 그래요?"

프랭키가 마지막 한 입을 삼키고 냅킨으로 손가락을 닦으며 고개를 끄덕였다.

"저쪽 화장실에서 나 때문에 불편했어요, 푸?"

소피가 프랭키에게 물었다.

프랭키는 너무 직설적인 소피의 말에 놀라 알아들을 수 없는 대답을 더듬거렸다.

"아, 미안해요. 불편했군요. 안 그래요?"

소피가 대답했다.

"내가 좀 외로웠나 봐요. 당신한테는 라프가 있고, 애나한테는 스테판이 있잖아요. 그저 이번만은 나한테도 누군가가 필요하다고 느꼈어요. 단 5분 동안이라도."

소피가 피식 웃었다.

"당신이 좀 충격받은 것 같더라고요!"

"음, 따지고 보면 난 쓰레기통에 속을 다 토해낸 참이었는걸요. 그리고 나한테 해명할 필요 없어요, 소피."

프랭키가 어깨를 으쓱하고 냅킨을 주머니에 쑤셔 넣었다.

"남이 가타부타할 일이 아니에요. 그리고 누군가가 이래라저래라하게 두면 안 돼요. 그냥 당신 마음 가는 대로 해요. 우리 엄마가 항상 나한테 그렇게 말했어요."

"어머니한테 다시 전화할 거예요?"

소피가 말했다.

프랭키가 어리둥절한 표정으로 소피를 봤다.

"어제 당신이 어머니 전화를 피하는 걸 봤어요."

소피가 말했다.

"당신이 있어서 그랬겠죠."

프랭키는 소피가 그 자리에 있었을 것으로 추측하며 대답했다.

"어쨌든 당신이 정말로 괜찮기만 하다면야 뭐."

소피가 프랭키에게 얼굴을 바짝 댔다.

"나한테는 뭐든 말해도 된다는 거 알죠, 네? 우린 거의 1년 동안 제일 친한 친구였잖아요. 당신을 위해 뭐든 할 거예요."

소피가 모르는 점은 프랭키가 소피를 안 지 10시간(그것도 내내 술 취한 상태로)밖에 안 됐다는 것이다.

"알아요."

프랭키가 조용히 대답했다.

"그냥 몸이 좀 안 좋아요. 이제 늙었다는 게 실감 나네요."

"프랭키 매켄지, 그런 말 하지 말아요. 맙소사, 서른여섯 살밖에 안 됐잖아요! 힘든 건 나이 때문이 아니라 테킬라 때문이에요. 내 잘못이에요. 나 때문에 우리가 너무 빨리 들이켰어요."

소피가 소리 내어 웃었다.

소피의 어깨 뒤에서 익숙한 얼굴이 나타났다. 라파엘이 프랭키의 가방을 치켜들고 있고, 그 뒤로 뒤뜰에 모여 있던 사람들이 따라 들어왔다.

"어이."

프랭키가 가방을 받으며 미소 지었다.

"이제 해변에 갈 거죠, 네?"

라파엘이 프랭키의 손을 잡으려고 팔을 뻗으며 말했다.

"그냥 집에 가면 날 싫어할 거예요?"

프랭키가 얼굴을 찌푸리며 물었다.

"괜찮아요?"

라파엘이 프랭키의 어깨를 쓰다듬으며 말했다.

"속이 좀 메스꺼워요. 그게 다예요."

프랭키가 말했다.

"'메스껍다'는 게 무슨 뜻이에요?"

라파엘이 어리둥절한 표정으로 물었다.

프랭키가 토하는 시늉을 했다.

"내가 같이 갈게요. 당신이 괜찮은지 확인해야죠."

라파엘이 걱정스러운 얼굴로 말했다.

"난 그냥 곧바로 잠자리에 들 것 같아요."

프랭키가 말했다.

"당신은 소피랑 가요. 아무래도 돌봐줄 사람이 필요할 것 같네요."

두 사람은 타코 부스러기를 인도에 던지며 지나가는 닭을 향해 구구 구구 소리를 내는 소피를 돌아봤다.

라파엘은 프랭키에게 다시 시선을 돌리고 볼에 부드럽게 입맞춤한 후, 손가락으로 프랭키의 머리카락을 쓸어내렸다.

"하지만 당신 생일에 당신과 함께 잠에서 깨고 싶어요."

"알아요. 미안해요. 그저 당신이 소피한테 더 필요한 것 같아서 그래요."

프랭키가 소피 쪽으로 고개를 돌리며 말했다.

"뭐든 필요하면 전화해요, 알겠죠?"

라파엘이 대답했다.

프랭키는 핸드폰을 흘끗 봤다. 거의 새벽 4시이다.

12시간 남았다.

✦

아파트로 돌아온 프랭키는 차를 홀짝이며 소파에 살그머니 앉아 상대적인 평화와 고요를 즐겼다. 밖에서 짖어대는 개 몇 마리가 정적을 깨고, 오토바이를 탄 패거리가 요란하게 부르릉 소리를 내며 지나갔다. 이곳에는 프랭키가 마땅히 사랑해야 하는 것이 아주 많았다. 태양, 바다, 색감, 활기 넘치는 거리. 어쩌면 삶에 보완이 조금 필요할지도 모른다. 우선 프랭키는 라파엘과 함께 있을 필요가 없다. 부족한 현금을 보충하기 위해 개인 과외 학생을 몇 명 받아도 된다. 다른 지방으로 옮겨 다시 시작해도 된다. 메이블이 알려줬듯이 프랭키가 일단 여기에 산다면, 삶을 바꾸는 것에 대한 규칙은 없었다.

프랭키는 SNS를 열고 게시물을 스크롤했다. 런던에 있는 모든 사람이 2주간 계속되는 폭우와 지하철 지연, 런던 커피의 평균 가격이 4파운드를 넘어섰다는 뉴스에 대해 불평하는 것 같다. 프랭키는 정말로 그곳으로 돌아가고 싶은가?

프랭키는 비관적인 게시물을 닫고 엄마에게 답장하려고 메시지를 클릭했다. 자신에게 엄마가 필요하다는 느낌이 이렇게 절실한 적이 없었다. 프랭키는 눈물을 흘리며 두 사람이 예전에 주고받은 메시지를 쭉 올려봤다. 메시지를 보면서 이마가 찌푸려졌다. 이곳 생활에 대한 진실이 고스란히 드러나 있다. 프랭키가 몇 주 전부터 느낀 듯한 감정이.

여기서 너무 외로워요.

여기 사람들은 다 여행자예요.

모두 내 나이의 절반이에요.

런던이 그리워요.

엄마랑 아빠가 보고 싶어요.

어쩌면 제트마저도. (절박할 때는)

내가 뭘 하고 사는지 모르겠어요.

집에 갈 돈이 없어요.

✴

프랭키는 다급하게 반복해서 울리는 초인종 소리에 깜짝 놀라 잠에서 깼다. 프랭키는 소파에 누운 몸을 일으켜 앉았고, 핸드폰이 무릎에서 떨어져 타일에 부딪히며 덜커덕 소리가 났다. 지끈거리는 머리를 움켜잡고 앓는 소리를 내는데 퀴퀴한 테킬라 냄새가 주위에 가득했다. 초인종이 다시 몇 번 울렸다.

"알았어요, 알았어!"

프랭키가 쉰 목소리로 말했다.

숙취가 워낙 심해서 이 삶을 맨 끝으로 빨리 감기하고 싶어졌다. 프랭키는 천천히 일어나서 문을 향해 비틀거리며 가다가 거울에 비친 모습을 흘긋 봤다.

"맙소사."

프랭키는 얼룩덜룩하고 부은 얼굴을 보고 나지막하게 내뱉으며 현관을 열어젖혔다.

프랭키는 문 앞에 서 있는 사람을 보고 비명을 질렀다.

엄마가 슈트 케이스를 바닥에 떨어뜨리고 두 팔로 프랭키를 잡아 품에 꽉 끌어안았다. 프랭키는 다시는 놓지 않을 것처럼 엄마의 허리를 와락 붙잡고 걷잡을 수 없이 흐느끼며 뜨거운 눈물을 엄마의 금색 스팽글 카디건에 쏟아냈다.

"생일 축하해, 우리 딸."

엄마가 속삭였다.

14

엄마가 샤워를 마친 후 자주색 물방울무늬 맥시스커트에 복슬복슬한 곰돌이 슬리퍼를 신고 나왔다. 프랭키가 어린 시절부터 엄마가 신어 온 슬리퍼다. 프랭키가 기억하기로는 슬리퍼 앞쪽이 닳아 구멍이 났고, 엄마 발이 쏙 나오는 바람에 꼼지락거리는 발가락 이빨을 가진 곰돌이처럼 보였다. 엄마는 발톱에 빨간색 매니큐어를 바르고 그것이 피인 척했고, 소리를 지르며 침대로 도망치는 프랭키와 제트를 쫓아가는 것을 항상 즐거워했다.

"아직도 그 슬리퍼를 가지고 있다니, 믿어지지 않아요!"

프랭키가 소리 내어 웃으며 엄마가 항상 마시는 대로 설탕 네 스푼을 탄 인스턴트커피를 건넸다.

"안 가지고 있을 이유가 없잖니?"

엄마가 발가락을 꼼지락대며 으르렁거렸다. 엄마가 거실에서 프랭키를 쫓아다닐 때면 프랭키는 기뻐서 꺅 소리를 지르곤 했다.

"난 더할 나위 없이 좋은 슬리퍼를 내던지지 않을 거란다. 패스트 패션*
산업이 국제 항공 운송과 해상 운송을 합한 것보다 더 많은 탄소를 배출
한다는 거 아니? 그들이 이 행성에 하는 짓은 범죄란다, 프랭키."

"그래요, 엄마."

프랭키가 기후 변화에 관한 대화를 피하려고 대답했다.

"이런 일을 아는 게 아주 중요해."

엄마가 대답했다.

"난 너한테 학교 공부를 가르치는 데는 영 소질이 없었지만, 올바른 인
간이 되는 법은 가르쳤다고 늘 생각했단다."

엄마는 진짜로 그렇게 가르쳤다. 그렇지만 프랭키는 자신이 그런 올
바른 인간이라고 느끼지 못한 적이 많았다. 주로 프랭키가 차로 데려다
주면서 곰돌이 슬리퍼를 신거나 학교 행사에 비요크** 같은 머리 모양으
로 오는 엄마에게 버릇없는 애처럼 굴 때 그랬다.

두 사람은 발코니로 나갔다. 프랭키는 라파엘과 소피와 애나라는 사
람이 보낸 메시지로 핸드폰이 반복해서 울리는 소리를 들은 후, 그들에
게 답장을 보내 엄마가 왔다는 기쁜 소식을 전하고 핸드폰을 꺼버렸다.
프랭키는 그들이 신경을 써줘서 고마웠지만, 그들에게서 벗어나 기뻤다.

"세상에, 여기 굉장히 멋지구나. 안 그래?"

엄마가 시원한 새벽 공기 속으로 입김을 불며 말했다.

"네가 왜 오래도록 여기서 지냈는지 알겠구나. 나도 여기서 쉽게 살 수
있겠어. 아주 평화로워."

---

* 소비자의 기호를 즉시 반영해 디자인부터 유통까지 빠르게 진행되는 저렴한 가격의 의류
** 아이슬란드 가수이자 배우

"언제나 그렇진 않아요."

프랭키가 빙긋 웃었다.

"아, 잘됐네."

엄마가 말했다.

"솔직히 여기가 좀 **너무** 조용해서 걱정되던 참이었어. 집 밖 작은 생명체의 소리를 듣는 건 언제나 위로가 된단다. 그래서 팔로렘*에서 닭을 샀어. 그게 말이지, 침묵 요가 수련이라는 건 알지만 몇 주 지나니까 그 고요가 너무 거슬려서 미칠 지경이더라! 이제는 매일 아침 이야기를 나눌 닭이 있단다. 다른 사람들은 자고 있으니 내가 규칙을 깨는 걸 듣지 못하지. 그리고 밤에는 너와 이야기를 나누고. 난 우리가 나누는 긴 대화가 정말 좋아, 프랭키. 내가 매일 잠에서 깨면서 가장 기대하는 게 그거란다."

엄마가 고아로 가겠다고 알렸을 때 프랭키는 충격을 받았다. 엄마가 그것이 침묵 요가 수련이라고 설명했을 때, 프랭키는 어안이 벙벙했다. 가족들은 엄마가 맛있는 차이 차를 맛보고 기뻐서 소리를 지르지 않거나 질주하는 차를 향해 항의하며 악을 쓰지 않고는 5분도 버티지 못할 것이라고 여겼다.

"나도요, 엄마."

프랭키는 런던에서 엄마에게 연락하지 않은 것이 부끄러웠고, 지금 엄마와 나눈 긴 대화를 기억할 수 없어서 슬펐다. 엄마는 몇 주 동안 프랭키와 통화를 하려고 했는데, 프랭키는 항상 핑계를 댔다. 외출할 것이다, 두통이 있다, 마감일이 닥쳤다. 왜 그때 프랭키는 엄마와 이야기하는 것이 그렇게 어려웠을까? 왜 지금은 그런 어려움이 없을까?

---

* 고아 북쪽에 있는 해변

"내가 우리 대화에서 가장 좋아하는 점은 우리가 얼마나 비슷한지 알게 되는 건가 봐. 똑 닮은 판박이지."

프랭키가 고개를 끄덕였다. 지금까지는 그것을 결코 몰랐다. 하지만 이제 프랭키는 멀리 떨어진 땅에서 모험하는 삶을 살고 있다.

"난 항상 제트가 엄마한테 가장 소중한 사람이라고 생각했어요."

프랭키가 짓궂은 웃음을 지으며 대답했다.

"내가 너와 네 동생을 똑같이 사랑한다는 걸 알잖니. 사실 네 동생은 아빠를 훨씬 더 닮았어. 물론 제트가 내 창조적인 열정을 물려받았지만, 밖에 나와 세계를 여행하거나 대담하게 색다른 시도를 하지 않아. 집에 있기를 좋아해. 반복되는 일상을 사랑하지. 물론 그것도 아주 좋아. 그게 그 애를 행복하게 하는 거니까."

"엄마를 행복하게 하는 건 뭐예요?"

"날마다 기대할 뭔가가 있는 거겠지."

엄마가 곰곰이 생각했다.

"그게 아주 사소한 것일 수도 있어. 아침에 아무것도 안 하고 침대에 누워서 천장 올려다보며 혼자 있는 소박한 즐거움을 만끽하는 것처럼."

프랭키는 런던의 삶을 돌아보며 자신이 날마다 기대하는 사소한 일을 떠올리려고 했다. 아침에 마시는 첫 커피 한 모금, 점심시간에 톰과 오래 주고받는 메시지, 복도 화분에 물을 주는 아침 의식.

"너와 날마다 하는 통화."

엄마가 계속 말했다.

"통화하려면 덤불에 숨어야 하지만. 말 나온 김에 산책하러 갈까? 내 폐가 끔찍한 비행기 공기로 가득한 숯 자루 한 쌍 같은 느낌이야. 냉방

장치에 넣는 게 뭔지 생각만 해도 무섭구나……."

프랭키는 소파에 앉아 쿠션에 몸을 기대고, 하는 말의 요점을 강조하려고 두 팔을 공중에 치켜든 엄마를 보며 미소 지었다. 프랭키가 눈을 감고 엄마의 장신구가 짤랑거리며 마음을 달래주는 소리를 듣는 동안 엄마의 목소리가 희미해졌다. 그러는 동안 평온감이 밀려들었다. 왜 프랭키는 십수 년 전에 엄마가 자신을 돌보지 않고 버렸다고 믿었을까? 엄마는 언제나 프랭키를 애지중지했다. 프랭키의 호흡이 점점 더 무거워지다가 엄마의 목소리가 서서히 사라졌다.

✳

프랭키가 눈을 뜨자 주방에서 익숙한 노래가 들렸고, 엄마가 가사를 따라 부르는 소리를 들으며 프랭키의 얼굴에 환한 미소가 퍼졌다.

프랭키는 느긋하게 주방으로 가서 적어도 식료품 열 봉지를 가스스토브 아래 텅 빈 찬장에 넣으며 음악에 맞춰 몸을 흔드는 엄마를 지켜봤다.

프랭키가 벽에 걸린 시계를 봤다.

2시간 남았다.

"엄마, 그만해요!"

프랭키가 외쳤다.

"프랭키!"

엄마가 목걸이를 움켜쥐며 외쳤다.

"우리 딸!"

"내가 잠들었다니, 믿을 수가 없네요."

프랭키는 따뜻한 눈물이 차오르기 시작하는 것을 느끼며 말했다.

시간을 낭비한 자신에게 화가 났다. 지금 프랭키가 원하는 것은 엄마와 해변을 걷는 것뿐이다. 그저 단둘이. 이야기를 나누고, 잃어버린 시간을 만회하면서.

"진정하렴, 아가. 우리한테는 시간이 아주 많아!"

엄마가 프랭키가 건넨 반짝이는 은색 슬리퍼를 신으며 말했다.

"우리한테 부족한 게 바로 그거예요, 엄마."

프랭키가 말했다.

✦

스팅레이 해변은 자전거를 타는 사람, 달리기를 하는 사람, 스노클링을 하는 사람들로 바글거렸다. 그들은 파도가 콘크리트에 철썩철썩 부딪히는 소리를 들으며 팔짱을 끼고 산책로를 걷는 프랭키와 엄마 사이를 이리저리 빠져나갔다.

"난 정말로 여기 살아도 되겠어."

엄마가 걸음을 멈추고 수평선 쪽을 바라보며 말했다.

"환경의 변화도 괜찮을 거야. 네 생각은 어때, 아가?"

"여기 더 오래 있을지 모르겠어요."

프랭키가 대답하며 비바람에 거칠어진 파란색 벤치에 앉자며 엄마의 팔을 잡아당겼다.

"너한테 무슨 일이 있었는지 이제 말해주는 거야?"

엄마가 만족스러운 한숨을 쉬면서 벤치에 앉았다.

"그걸 알아내려고 비행기를 타고 먼 길을 왔어, 프랭키. 그러니 당연히 들어야지. 여기 온 걸 후회하니? 네가 여기로 옮긴 게 토비와 헤어지고 도망친 건 아닌지 늘 걱정했단다. 넌 겨우 스물세 살이었고 힘든 일을 많이 겪었지. 새로운 도시, 청혼, 첫 번째 정규직. 그 모든 것에서 도망친 거야?"

"후회하지는 않는 것 같아요."

프랭키가 자신 없이 대답했다.

"그해는 다사다난했죠. 하지만 지금 당장은 주로 돈 때문에 스트레스를 받는 듯해요."

"왜 갑자기 돈 문제가 생긴 거야? 네가 딱히 절약하는 편은 아니지만 빚을 진 적은 없었잖아. 네가 여기서 무슨 범죄 조직에 얽혀 있는 상황이라면, 난 정말로 몹시 화가 날 거야. 넌 날 알잖아, 프랭키. 날 화나게 하려면 얼마나 힘든지."

"네, 엄마. 바로 그거예요. 두목한테 수백만 달러를 빚져서 도망가야 해요. 엄마 슈트 케이스에 코카인이 얼마나 들어갈까요? 5킬로그램? 10킬로그램?"

프랭키가 엄마를 위아래로 훑어봤다.

"그렇게는 안 되지!"

엄마가 소리 내어 웃었다.

"엄마가 날 사랑한다면 할걸요."

프랭키가 대답했다.

"내 딸을 위해 뭐든 하겠지만, 그건 안 할 거야."

엄마가 대답했다.

두 사람은 낄낄거리며 웃음을 터뜨렸다.

"사실은 학교가 내가 가르치는 수업 몇 개를 없앴어요. 새로운 앱을 만들었다는데, 학생들한테 그걸 사용하게 하려나 봐요. 그것 때문에 내가 좀 불필요해진 것 같아요."

"첨단 기술 기업."

엄마가 고개를 절레절레 흔들었다.

"삶을 파괴하고, 세금을 안 내고, 화성에 앞다투어 가고. 그냥 그들이 거기에 가서 머무르면 좋겠구나."

"코수멜섬 산미겔국제관계스쿨이 딱히 스페이스엑스*는 아니지 싶은데요."

프랭키가 지적했다.

"게다가 문제는 돈만이 아니에요, 엄마. 내가 문제예요. 요즘 정말 방황하고 있어요. 어떻게 살아야 할지 모르겠어요. 어디에서 살아야 할지, 누구랑 살아야 할지. 난 서른여섯 살인데, 이 나이에 이룬 게 너무 없는 것 같아요."

"뭐라고? 무슨 말을 하는 거야, 프랭키! 넌 이 모든 걸 다 이뤘어."

엄마가 해변 주위를 손짓하며 말했다.

"이런 곳에 와서 살려면 진정한 용기가 필요해. 난 네가 그런 용기를 나한테서 물려받았다고 생각하고 싶구나. 그나마 네 아빠가 했던 모험에 가장 비슷한 건 웸블리에 있는 이케아에 간 거야."

"왜 아빠와 결혼하기로 했어요? 음악과 여행을 추구하며 살 수도 있었는데, 왜 정착하고 아이를 낳았어요?"

프랭키가 물었다.

---

* 일론 머스크가 설립한 미국의 우주 수송 회사

"네가 아는 줄 알았는데?"

엄마가 물었다.

"뭘 알아요?"

프랭키가 대답했다.

"첫 데이트를 하고 몇 주 후에 널 임신했어."

엄마가 말했다.

"아, 그렇구나. 난 뜻밖의 선물이었네요."

프랭키가 소리 내어 웃었다.

"아가, 너한테 두고두고 알리지 말까 생각하기도 했어. 넌 정말 뜻밖의 선물이었어. 너랑 제트를 낳은 건 내가 한 일 중 최고로 잘한 거야. 내가 모험을 꽤 많이 한 걸 알지만, 엄마가 되는 여정이 가장 큰 모험이었어. 음악에서 얻는 기쁨은 너를 처음 내 품에 안았을 때 느낀 기쁨과 비교도 안 된단다."

"하지만 엄마는 아빠 곁에 머무를 필요가 없었어요."

프랭키가 대답했다.

"아빠 때문에 미칠 것 같지 않았어요?"

"아, 네 아빠 때문에 정말 미칠 것 같았지! 하지만 좋은 사람이야. 난 사소한 일에 짜증을 참는 법을 배웠어. 내가 찬장에서 비스킷을 꺼낼 때마다 네 아빠가 접시를 건네는 그런 거에."

토비는 프랭키가 그릇에 담긴 포도에서 손으로 알맹이 한 알을 떼어낼 때면 프랭키에게 주방 가위를 건넸다. 프랭키는 그럴 때마다 화가 치솟던 것을 기억한다.

"하지만 우리는 함께 좋은 팀이 됐어."

엄마가 말을 이었다.

"나는 식탁에 창의성을 가져왔어. 그 사람은 대화를 가져왔고."

"그리고 당근도요."

프랭키가 덧붙였다.

"그래, 빌어먹을 당근도. 있잖니, 난 늘 외국에서 살고 싶었고 자식들을 낳고도 그 갈망은 사라지지 않았어. 그래서 너희 둘이 그 사람과 내가 다른 방향으로 가는 것을 극복할 나이가 될 때까지 내 꿈을 잠시 미뤄뒀단다."

"아빠는 그래도 괜찮았나요? 아빠는 엄마가 떠날 계획이라는 걸 알았어요?"

프랭키가 물었다.

"난 항상 그 사람한테 말했단다. 그 사람이 집중해서 들었는지는 모르겠지만."

엄마가 대답했다.

"하지만 우리 이혼은 원만했어. 내가 보기에 네 아빠는 집 안을 활개 치고 돌아다니는 나와 19년을 보낸 후에 평화를 누리며 사는 걸 조금 고대했던 것 같아!"

"엄마는 운이 좋아요. 대부분의 이혼은 그렇지 않잖아요, 맞죠?"

프랭키가 확신하듯 물었다.

"그게 말이다, 우리가 항상 솔직했고 둘 다 자기가 원하는 것을 숨기지 않았기 때문에 원만히 헤어진 것 같아. 네 아빠는 평온하고 조용한 삶을 원했어. 규칙을 따르고 시키는 대로 하면서 사는 거. 그런 삶도 아주 괜찮지. 네 아빠를 행복하게 하는 거니까. 난 응원했어. 하지만 내가 그렇게 사는 건 싫었어. 난 내가 어떤 사람이 돼야 하는지, 어떻게 살아야 하는지, 어떤 목표를 가져야 하는지를 놓고 누군가 이래라저래라 간섭하게 두지 않을 거야. 어떤 면에서는 내 삶이 두 챕터로 나눠진 것이 행운이라고 생각해. 첫 번째는 내 가족이야. 두 번째는 나 자신이고. 네가 방황하고 있다면, 네가 원하는 것을 찾을 유일한 곳은 네 마음이야. 어떤 결정도 마지막일 필요는 없어. 네가 원한다면 네 삶은 열 개의 챕터로 나뉠 수도 있어."

"하지만 다른 사람들은 모두 삶에서 원하는 것을 정확히 알고 나아가서 그걸 붙잡는 것 같아요. 모두가 변하고 있어요. 모두가 성장하고 있어요. 그런데 난 이 모양이에요. 뒤처져서 갇힌 채 여전히 열여섯 살인 척하고 있어요."

프랭키가 대답했다.

"어떻게 네가 갇혀 있다는 말을 해? 주택 담보 대출이 있거나 그만두지 못하는 직장이 있을 때나 그렇게 말하는 거야. 그리고 내가 어딘가 갇혀 있다면 그게 여기면 좋겠구나. 프랭키, 여행에 돈을 쓴 건 절대 후회하지 마. 경험은 돈보다 더 풍요롭게 한단다. 내가 장담하는데, 런던에 있는 네 친구들은 낙원에서 찍은 네 사진을 보고 평범한 삶의 족쇄에서 벗어나고 싶어 할 거야."

"글쎄요. 그건 잘 모르겠어요."

프랭키는 소리 내어 웃었지만 속으로는 그 말이 어느 정도 사실이라고 생각했다.

"너 자신을 정말로 자랑스러워해야 해, 프랭키. 난 네가 정말 자랑스럽단다. 우리가 이렇게 멀리 떨어져 사는 건 싫지만, 난 네가 삶에는 카나리 워프*의 책상에 묶여 있는 것보다 더 많은 게 있다는 사실을 모두에게 증명하고 있어서 좋구나."

"글쎄요, 그놈의 돈 문제가 있으니 이 생활을 얼마나 더 이어갈 수 있을지 모르겠어요."

프랭키가 말했다.

"고아는 어때?"

엄마가 물었다.

"넌 여기에 오랫동안 있었어. 어쩌면 세상의 새로운 구석을 탐험할 때가 됐는지도 모르지. 내가 사는 곳에서 해변을 지나 조금 내려가면 되는 곳에 있는 TEFL 교사를 알아. 내가 소개해 줄까?"

"내가 런던으로 돌아가서…… 정착하거나 그럴 때가 된 것 같지 않나요? 내 가정을 꾸릴 생각을 하거나요?"

프랭키가 물었다.

"네가 원하는 게 그거야?"

엄마가 물었다.

"잘 모르겠어요."

프랭키가 대답했다.

"네 대답이 정답이야. 네가 모르겠다면 너에게 적당한 때가 아니란다. 제발, 프랭키, 넌 겨우 서른여섯 살이야. 남은 삶을 어떻게 살지 생각할 시간은 충분해. 그리고 고아에 정착하는 걸 막는 게 뭐야? 넌 그곳을 정말 좋아할 거야. 햇빛, 해변, 매일 아침 나체 요가……."

"아니요, 엄마. 그건 아니에요."

---
* 런던의 고층 건물 단지

프랭키가 엄마의 말을 막았다.

"굉장히 자유롭단다, 프랭키. 너한테 쌓인 스트레스를 푸는 데 도움이 될 거야."

"내 스트레스를 풀어줄 게 뭔지 알아요."

프랭키가 엄마를 흘긋 보며 대답했다.

엄마가 몸을 앞으로 구부려 속삭였다.

"아는 사람이 있어?"

"엄마! 마리화나를 말하는 게 아니에요."

프랭키가 쉿 소리를 내고 주위를 둘러봤다.

"음식을 말하는 거예요. 점심 먹으러 가요."

"아, 그럼 그러지 뭐."

엄마가 한숨을 쉬었다.

두 사람은 오라 데 로스 우에보스 밖 칠판에 적힌 메뉴를 살펴봤다.

"난 에그 치즈 부리토 먹을래."

엄마가 말했다.

"세상에, 진짜 치즈 맛을 본 지 참 오래됐구나. 매그두는 치즈 대신 영양 효모를 사용해. 그건…… 음, 솔직히 말해서, 역겨워. 하지만 공동체 사람들한테 그걸 인정할 엄두를 못 내겠어. 거기 사는 게 정말 좋지만, 때로는 그냥 흰 빵으로 만든 싸구려 햄 치즈 샌드위치를 먹고 싶어."

프랭키가 핸드폰을 흘긋 봤다. 오후 3시 56분이다. 프랭키는 크게 숨을 들이마시고 엄마를 품에 꼭 끌어안았다. 물론 영원히 작별하는 것은 아니다. 하지만 여기서 함께 있으면서 그 어느 때보다도 엄마가 가깝게 느껴졌다. 프랭키가 선택하게 될 삶이 무엇이든, 절대로 두 사람 사이가 다시 멀어지게 두지 않을 것이다.

"에그 치즈 부리토 하나 금방 사올게요."

프랭키가 카페로 걸어가면서 외쳤다.

프랭키는 카페 문 너머 엄마를 돌아봤다. 엄마는 벌써 밖에서 나이 든 현지인과의 대화에 빠져 있었다. 무슨 이야기를 하는지 알 수 없지만. 프랭키는 뒤편의 다채로운 건물들을 배경으로 산들바람에 자유롭게 흩날리는 엄마의 자주색 머리카락과 다리 주변에서 나풀대는 물방울무늬 치맛자락을 보면서 빙그레 미소 지었다. 엄마가 고개를 들고 프랭키를 향해 활짝 웃으며 손을 흔들었다. 프랭키도 손을 흔들 때 색깔들이 점점 흐려지기 시작하더니 주변에 하얀빛만 남았다.

15

"그러니까, 낙원에 문제가 있었군요?"

프랭키가 승강기에서 나오자 메이블이 말했다.

"낙원에서의 시간이 부족했다는 게 더 정확하겠네요."

프랭키가 대답하고 의자에 앉으며 눈가를 훔쳤다.

"뭐 할 시간이요?"

"여기저기 여행하고, 명소를 구경하고, 라프를 더 잘 알게 될 시간?"

프랭키가 대답했다.

"그 사람이 자금을 조성해서 가족이 사는 시골 마을에 무료 초등학교를 세운 거 알아요?"

메이블이 말했다.

"그리고 멕시코 음식 엔칠라다를 기막히게 잘 만들기도 하죠. 대체로 앞치마 말고는 아무것도 안 입고요. 게다가 그 섹시한 안경이라니."

"그러다가 그 사람이 세 발 달린 개라든가 그런 동물에게 신장을 기증했다는 말까지 하겠네요."

프랭키가 말했다.

"사실은 두 발 달린 고양이에요."

메이블이 중얼거리고 프랭키를 돌아봤다.

"알고 있겠지만, 당신은 거기 내려가 있을 때 선택을 했어요. 그 사람과 해변에 가는 대신에 집에 가기로 선택했죠."

"음, 그래서 다행이에요. 안 그랬으면 엄마와 함께 하는 시간을 놓쳤을 거예요."

프랭키가 대답했다.

"그건 그래요."

메이블이 어깨를 으쓱했다.

"난 거기에 있는 동안 연애에는 별로 집중하지 않았어요. 방랑벽을 따라갔다가 결국 런던에 있을 때보다 더 방황하고 있다는 사실에 집중했어요. 그리고 더 무일푼이 됐다는 사실이에요."

"이봐요, 프랭키. 다 나쁘진 않았잖아요, 그렇죠?"

메이블이 물었다.

"해방감을 느끼지 않았나요?"

프랭키는 라파엘의 오토바이 뒷자리에 있을 때 머리카락 사이로 지나가던 바람을 떠올렸다. 발가락에 흙먼지를 뒤집어쓰고 슬리퍼를 신은 채 산미겔 거리를 돌아다니고, 달아난 닭과 불쑥 나타난 염소를 피하던 일. 프랭키는 진짜로 해방감을 느꼈다. 그리고 프랭키가 낙원에서 부딪힌 문제는 해결될 수 있었다. 학생들로 가득 찬 술집에서 시간을 보낼 필요가 없었다. 그 직장에 계속 다닐 필요도 없었다. 멕시코에 머물 필요가 전혀 없었다. 엄마가 말한 대로 다른 곳을 여행할 자유가 있었다. 아무도 프랭키를 막지 않았다.

"맞아요. 상당히 자유로웠어요. 사실 엄청나게요. 어쩌면 삶을 바꾸는 경험이라고도 할 수 있겠네요. 아니면…… 죽음을 바꾸는 경험이라고 해야 하나요?"

프랭키가 대답했다.

메이블이 재미있다는 듯이 프랭키를 쳐다봤다.

"제일 좋은 건 엄마를 만난 거예요."

프랭키가 설명했다.

"엄마랑 몇 시간밖에 못 있었지만, 엄마와 그렇게 가까워진 기분을 느낀 건 정말 몇 년 만이에요. 난 우리가 다시는 그렇게 가깝게 지내지 못할 줄 알았어요. 이상한 일이지만 우리 사이의 거리가 오히려 우리를 가깝게 했나 봐요. 난 고아로 떠난 엄마한테 너무 오랫동안 화를 내며 지냈어요. 원망을 마음속에 품고 있었죠. 그러면 안 됐는데. 사실은 엄마를 원망하지 않으니까요. 전혀요. 이제 난 엄마가 왜 그랬어야 했는지 완전히 이해해요. 그리고 엄마가 그렇게 해서 자랑스러워요. 엄마는 나쁜 엄마가 아니에요. 엄마는 대단해요. 정말로 긍정적인 자극을 주죠."

"어머니와 같은 길을 가는 당신이 보이나요?"

메이블이 물었다.

프랭키가 고개를 끄덕였다. 정말로 보였다.

그렇다고 해도 고향에 있는 친구들을 그리워하는 마음은 어떻게 하나? 그들은 프랭키를 만나러 올 수 있고, 보아하니 실제로도 그랬던 것 같았다. 하지만 프랭키가 멀리 떨어져서 지내는 시간이 길어질수록 그들의 사이가 멀어질 가능성이 커진다. 그들을 하나로 뭉쳐주던 공통적인 버릇, 거주지, 취미가 결국 서서히 희미해질 것이다. 그들의 삶이 너무 달라질 텐데, 어떻게 서로에게 공감할 수 있을까? 그들의 우정이 그것을 이겨 낼 수 있을까? 프랭키는 그럴 수 있다고 생각하고 싶었다. 하지만 그렇게 되리라는 보장이 없다. 런던으로 이사한 지 얼마 안 돼서 멕시코에 가느라 그들과 함께하는 수년의 경험을 놓쳤다. 프랭키는 이십 대와 삼십 대에 톰과 함께 쌓은 온갖 추억을 생각했다. 위경련이 일어났다.

프랭키가 말을 계속했다.

"런던에서는 내가 버림받았다고 느꼈어요. 하지만 편도 비행기를 타면서 내가 그들을 버리고 떠난다고 느꼈어요. 런던에서는 내 의지와 상관없이 삶이 멋대로 흘러간다고 느꼈어요. 멕시코에서는 삶이 어떻게 흘러갈지는 내가 하기 나름이라고 느꼈어요."

"아마 멕시코가 당신이 있어야 할 곳인가 보네요."

메이블이 넌지시 말했다.

"아마도요."

프랭키가 대답했다.

"그걸 결정하기 전에 다른 갈림길도 가봐야 할 거예요."

메이블이 스크린을 향해 몸을 돌리며 말했다.

청혼

프랭키가 숨을 깊이 들이마셨다.

"청혼 장면을 뻔뻔하게 재생해 볼까요?"

메이블이 물었다.

"날 괴롭히는 게 즐겁나요?"

프랭키가 대답했다.

"정말 즐거워요."

메이블이 스크린을 향해 리모컨을 들며 말했다.

16

메이블 뒤 스크린에서 토레 데스 사비나르 위 하늘의 눈부신 분홍빛 석양이 펼쳐졌다. 프랭키가 머릿속으로 셀 수 없이 많이 재생한 것과 똑같은 모습이다. 프랭키와 토비는 로맨스 영화의 결말에서 바로 튀어나온 것 같은 장면에서 팔짱을 끼고 서 있었다. 그들은 아이들이다. 겨우 스물세 살이었다.

"어디서부터 석양이고 어디서부터 당신인지 분간하기 힘들군요."

메이블이 고개를 갸우뚱하며 말했다.

"모두가 첫날에는 햇볕에 타기 마련이에요."

프랭키가 방어적으로 대답했다.

"햇볕에 심하게 탄 연예인들의 화보 기사를 낸 적도 있어요."

"참 멋지네요."

메이블이 한마디 했다.

"아야! 햇볕에 심하게 탄 스타 10명, 당신을 즐겁게 하다!"

프랭키가 말했다.

"뭐라고요?"

메이블이 물었다.

"그게 제목이었어요."

프랭키가 대답했다.

"우와."

메이블이 말했다.

프랭키는 지겹도록 매고 다닌 소중한 보헤미안 스타일 벨트, 거기에 어울리는 카우보이 부츠와 밑단이 너덜너덜한 청치마를 보고 한숨을 내쉬었다. 프랭키는 여전히 그 벨트가 몹시 그리웠다. 그들이 이비사섬을 떠나 런던으로 돌아간 날, 프랭키는 청혼에 너무 당황해서 황급히 짐을 싸느라 벨트를 두고 왔다. 앨리스는 프랭키가 두고 온 벨트에 집착하는 것을 특히 짜증스러워했다.

"네가 누구보다 사랑한 사람이랑 막 헤어진 마당에 머리에 떠올리는 거라곤 그 망할 벨트뿐이라니!"

앨리스는 비행기에서 토비와 자리를 바꾸더니 프랭키의 귀에 대고 낮게 쏘아붙였다.

"내가 누구보다 사랑하는 사람이라는 말을 한 적이 있나? 난 겨우 스물세 살이야, 앨. 사랑을 찾을 시간이 차고 넘친다고."

프랭키가 대답했다.

"반면에 그 벨트는 하나밖에 없는 거야. 그런 벨트를 다시는 찾지 못할 거라고."

그것은 단순한 벨트가 아니었다. 프랭키의 정체성이자 독립성이었다. 프랭키가 그 벨트를 좋아한 이유는 토비가 그것을 좋아하지 않아서였다. 프랭키는 자신이 독립적으로 생각하고 행동하는 사람이라는 것을 토비에게 보여주기 위해 그 벨트를 했다. 이비사섬에 갈 즈음, 프랭키는 그들의 관계에 갇혀 숨이 막히는 기분이 들었다. 프랭키가 런던에서 무엇을 하든 어디를 가든 토비가 따라붙었다. 프랭키가 혼자 가고 싶다고 말하면 토비는 걱정스럽게 프랭키를 보며 "너 괜찮아?"라고 말했다. 문제가 있는 것이 프랭키라는 듯이. 왜 토비는 자기만의 공간을 갈망하지 않았을까? 좀 이상했다. 토비는 옆에 있지 않을 때조차 항상 그곳에 있었다. 아무도 프랭키에게 **"너 이번 주말에 뭐 해?"**라고 묻지 않았다. 언제나 **"너랑 토비랑 이번 주말에 뭐 해?"**라고 물었다. 결코 **"프랭키, 너 어떻게 지내?"**라고 묻지 않았다. 언제나 **"너랑 토비랑 어떻게 지내?"**라고 물었다. 왜 프랭키 자체로는 충분하지 않았을까?

감정을 감추는 데 능통하여 때로는 자신에게조차 감정을 숨기던 프랭키는 막판에 이르러서는 짜증을 참으려고 안간힘을 썼다. 짜증이 온몸의 모공에서 새어나가기 시작할 지경에 이르자 프랭키는 토비가 한 모든 사소한 행동을 물고 늘어지기 시작했다. 좀 옹졸해졌다. 프랭키는 토비가 개어놓은 셔츠 더미를 일부러 떨어뜨렸고, 냉장고 안 우유병을 딱 1밀리미터 왼쪽으로 옮겨 났다. 그러다가 유치해졌다. 이를테면 프랭키는 토비가 몇 분 전에 정리해 놓은 것을 고의로 흩트려 놓았다. 토비는 커피 테이블에 쌓아놓은 자기 잡지가 마구 펼쳐져 있는 것을 발견하곤 했다. 커피 머그잔이 컵 받침 위가 아니라 옆에 놓여 있기도 했다. 서랍 속 펜이 뚜껑 없이 어수선하게 섞여 있었고, 화장지가 비스듬하게 뜯어져 있었고, 수건이 동돌 뭉쳐 있었다. 프랭키는 정말 한심했다. 놀이켜 생각해 보면 프랭키는 자신이 한 짓이 자랑스럽지 않았다.

스크린에 나온 장면은 열정적으로 사랑에 빠진 한 쌍이라는 느낌을 풍겼다. 현실은 프랭키가 그곳에 있고 싶지 않았다는 것이다. 프랭키는 애초에 남자들이 따라온 것이 짜증 났다. 원래 여자들끼리 가기로 한 여행이었는데, 앨리스가 더 큰 숙소를 구할 수 있게 남자들도 같이 가자고 제안했다. 프랭키는 첫 번째 날 밤에 별장에서 자신을 데리고 나온 토비에게도 짜증이 났다. 휴가의 첫 번째 날 밤이 가장 즐겁다는 것은 누구나 알고 있다. 둘째 날 아침을 즐기기 위해 적당히 놀겠다고 비행기에서 공허한 약속을 한다. 하지만 현관문을 왈칵 여는 순간에 휴가를 왔다는 흥분이 솟구친다. 숙박 시설에서 환영의 의미로 제공하는 술을 딱 한 잔한다. 그러고 나서 한 잔 더, 또 한 잔 더 하다가 밤이 되어 춤을 추고 흥청망청 놀다가 그 주 내내 먹으려고 사온 술을 죄다 진탕 마신다. 그러나이번에는 다르다. 이번에는 토비가 단둘이 첫째 날 밤에 일몰을 보러 가자고 고집을 부렸다.

"이걸 다시 볼 자신이 없어요. 직접 겪은 것만으로도 아주 괴로웠어요."

프랭키가 메이블에게 말했다.

프랭키를 향해 돌아서는 토비의 얼굴이 빛났다. 토비는 잘생겼다. 프랭키가 온라인에서 본 결혼사진으로 짐작하건대, 여전히 잘생겼다. 구불거리는 엷은 갈색 머리카락, 갈색 눈, 황갈색 피부, 보조개를 가진 토비는 이비사섬 현지인이라고 해도 될 정도였다. 메이블의 사무실에 있는 프랭키는 얼굴을 구기며 고개를 숙였다.

"석양을 배경으로 네 사진 찍어도 돼?"

토비가 묻는 소리가 들렸다.

사진 찍는 것을 싫어하는 프랭키가 끙 앓는 소리를 냈다.

"세상에, 토비! 안 돼! 나 지금 완전히 새빨갛단 말이야! 차에서 내가 하는 말 안 들었어? 이렇게 햇볕에 타서 낯선 사람들에게 보이는 것만으로도 창피해 죽겠는데, 내가 뭐 하러 이 모습을 카메라에 박제해 놓겠어? 내일까지 기다려. 마음이 바뀔지도 모르니까."

프랭키는 소리 내 웃으면서 말했지만, 프랭키가 카메라를 얼마나 싫어하는지 알면서도 토비가 그런 제안을 했다는 것과 매번 이 대화를 반복한다는 것이 짜증스러웠다.

"넌 늘 멋져 보여, 프랭크스."

토비가 빙긋 웃었다.

"아니야……, 난 일광욕용 침대에 갇힌 퍼시 피그* 같아 보여."

프랭키가 말했다.

프랭키는 특히 막판에 좋은 여자 친구가 아니었다. 프랭키는 끔찍했다. 어쩌면 지금도 끔찍한지 모르겠다. 아마 프랭키는 토비의 사랑 같은 사랑을 받을 자격이 없었을 (혹은 지금도 없을) 것이다.

"제발, 프랭크스."

토비가 고집을 부렸다.

"몇 초면 돼. 그냥…… 거기 가만히 있어."

토비가 웃으며 프랭키에게서 몇 걸음 떨어져서 돌아서고는 무릎을 꿇고 두 손을 들어 올렸다. 한 손에는 일회용 카메라가 있고 다른 손에는 검은색 벨벳 반지 상자가 있었다. 열린 상자 속 에메랄드 컷 다이아몬드 반지가 보였다.

"세상에."

---

* 영국의 분홍색 돼지 모양 젤리 브랜드

프랭키가 나지막한 소리로 말하고 쩍 벌린 입으로 두 손을 올렸다.

토비가 당시 프랭키의 머릿속에 떠오른 생각을 전혀 눈치채지 못한 채 환하게 웃고 있었다.

살려줘.

"프랭키 매켄지, 나랑 결혼해 줄래?"

토비가 활짝 웃으며 말했다.

프랭키가 고개를 치켜들고 토비의 눈을 똑바로 바라보며 외쳤다.

"말도 안 돼!"

"말이 돼!"

토비가 프랭키의 말을 오해하고 덩달아 외쳤다.

"이거 실제 상황이야, 프랭크스!"

토비가 카메라를 딸각 누르고, 프랭키는 두 손을 홱 들어 올려 얼굴을 가렸다.

"멈춰, 토비. 내 말은 그런 뜻이 아니야."

프랭키가 이번에는 더 조용히 말했다.

"뭐라고?"

토비의 미소가 얼어붙었다.

프랭키가 부드럽게 말했다.

"미안해, 토비. 거절한다는 뜻이야. 너랑 결혼하고 싶지 않아."

프랭키가 고개를 저었다.

"뭐라고?"

같은 말을 반복한 토비의 미소가 싹 사라졌다.

"토비! 우린 결혼할 수 없어. 겨우 스물세 살이라고!"

프랭키가 외쳤다.

토비가 일어나 카메라를 주머니에 넣고 프랭키를 향해 천천히 걸어왔다. 반지 상자가 여전히 열린 채 총알을 장전한 총처럼 프랭키를 겨누고 있었다.

"프랭크스, 결혼을 언제 해야 한다는 규칙 같은 건 없어."

토비가 소리 내어 웃었다.

"이봐, 우리가 어리고 이게 좀 뜻밖의 일이라는 건 나도 알아. 난 우리가 언젠가 결혼할 거라고 생각했어. 어차피 할 건데 뭐 하러 기다려야 해? 나에게 넌 영원히 함께할 사람이야, 프랭크스. 너는…… 아름다워."

토비는 이어서 주머니에서 핸드폰을 꺼내 연 다음, 제임스 블런트의 「너는 아름다워You're Beautiful」를 재생하기 시작했다.

메이블의 사무실에 있는 프랭키가 마침내 고개를 들었다.

"난 토비에게 몹시 화가 났어요."

프랭키가 조용히 말했다.

"나라도 그랬을 거예요."

메이블이 말했다.

"제임스 블런트라니? 아이고, 토비."

"토비가 내 모든 미래를 멋대로 지배했고, 갑자기 나한테 아무 발언권도 없어진 것 같았어요. 그 반지가 사랑의 상징이 아니라 상실의 상징으로 보였어요. 자유, 내 시간, 내 공간, 나. 게다가 난 토비가 첫째 날에 청혼해서 나머지 휴가를 다 망쳐버린 것에 화가 났어요. 원래 토비가 같이 가기로 되어 있지도 않던 휴가였다고요."

"토비는 당신이 거절할 거라고 생각하지 않았겠죠."

메이블이 말했다.

"나도 알아요. 토비가 좀 건방졌죠, 네? 또 거슬렸던 건 거절하는 바람에 내가 냉정하고 무정한 사람처럼 보이게 됐다는 거예요. 하지만 토비가 그 순간이 오기 전 몇 달 동안 정말로 내 말에 귀를 기울였다면, 그렇게 멍청한 짓을 하면 안 된다는 걸 알았을 거예요. 토비는 내가 우리 부모님의 이혼에 여전히 민감하다는 걸 알았어요. 두 분이 이혼한 지 5년이 지났지만요. 그리고 난 지나치게 낭만적인 표현이 너무 거북하다고 입이 닳도록 말했어요. 차라리 토비가 포스트잇에 쪽지를 쓰고 하리보 반지로 청혼하는 게 나았을 거예요. 물론 난 거절했겠지만요."

"당신이 부모님의 이혼 때문에 얼마나 속상했는지에 대해 토비에게 말했나요?"

"아니요."

"당신은 모든 것을 병에 꾹꾹 담아놓는 걸 좋아하는군요? 감정을 드러내지 않고 혼자 속 끓이는 것을요."

메이블이 말했다.

"와인은 빼고요."

프랭키가 쓸데없는 대답을 했다.

두 사람은 외치는 소리를 듣고 스크린으로 고개를 돌렸다.

"진심이야, 프랭키?"

토비가 소리를 질렀다.

"넌 날 숨 막히게 해, 토비. 내 삶의 주도권을 잃어버린 기분이야. 내 삶은 이제 막 시작했는데 말이야! 여행은 어쩌고? 우린 아직 런던의 절반도 보지 못했어. 거기서 2년 동안 살았는데도! 난 컬럼비아 로드 꽃시장도 아직 안 가봤다고!"

"휴일에 가면 되잖아! 컬럼비아 로드 꽃시장도 가면 되고! 하지만 앨리스, 저스틴과 서리로 가는 건 어쩌고? 난 네가 원하는 게 그건 줄 알았는데? 바로 지난주에 다 같이 모여서 이야기했잖아? 킹스턴으로 이사가서 서로 이웃집을 얻어서 살고, 돌아가면서 아이들 등하교를 맡고, 울타리 너머 나무 위에 집을 지어 〈도슨의 청춘 일기Dawson's Creek〉에 나오는 로맨스를 경험할 수 있게 하자. 난 네가 〈도슨의 청춘 일기〉처럼 살고 싶어 하는 줄 알았는데?"

"아마 난 〈섹스 앤드 더 시티Sex and the City〉처럼 살고 싶나 봐."

프랭키가 대답했다.

"아니면…… 〈80일간의 세계 일주Around The World In 80 Days〉처럼. 모르겠어. 어쨌든 그건 아주 독한 삼부카를 마시고 새벽 3시에 한 이야기잖아. 진지하지 않았어. 우린 헛소리를 지껄였던 거라고. 토비, 우리는 정착하기 전에 즐길 게 엄청나게 많아. 그리고 휴가는 여행과 달라. 세상을 보고 싶지 않아? 왜 본격적으로 살아보지도 않고 정착하고 싶어 해? 킹스턴, 아이들, 통학 가능한 거리 같은 건 나중에 챙기며 살아도 돼. 우린 프랑스에 가서 포도를 딸 수도 있어. 아니면 오스트레일리아에서 소를 키울 수도 있어. 아니면…… 아니면……, 아니면 66번 국도에서 히치하이크하고 여행하면서 살인이 일어날 것 같은 모텔에서 묵을 수도 있어."

토비의 얼굴이 일그러졌다.

"난 살인이 일어날 것 같은 모텔에 묵고 싶지 않아. 그리고 수년을 기다리고 싶지도 않아. 난 지금 준비됐어. 런던에서 2년 동안 교사로 일했고, 솔직히 말해서 나한테는 그거면 충분해. 난 떠나서 새로운 삶을 시작할 준비가 됐어. 다음 단계로 넘어갈 준비가."

"음, 난 아니야."

프랭키가 한숨을 쉬었다.

"언제 준비가 될까?"

토비가 물었다.

"글쎄. 한 10년 후에?"

"우리가 10년을 어떻게 때우는데?"

토비가 얼빠진 표정으로 물었다.

"10년을 **때워?**"

프랭키가 소리 내어 웃었다.

"토비, 삶은 시간을 때우는 게 아니라, 만족스럽게 보내는 거야! 근사한 경험을 최대한 많이 하는 거야. 즉흥적이고 흥미진진하고 모험적이어야 해! 정말 네가 일흔 살이 돼서 삶을 되돌아보고 이 멋진 대작 소설의 단 몇 페이지만 읽고 말았다는 것을 깨닫고 싶어?"

그 순간에 프랭키는 두 사람이 얼마나 다른지 분명히 알게 됐다. 그리고 한때 두 사람이 함께 꾼 꿈이 얼마나 멀어졌는지 알게 됐다. 프랭키는 삶이 스물세 살짜리에게 선사하는 모든 것을 시도하고 싶어서 몸이 근질거렸다. 대도시에서 어려움을 참으며 견디고, 남아메리카에서 불편하게 살고. 향후 몇 년을 위한 프랭키의 계획은 토비의 계획과 완전히 달랐다. 어쩌면 그동안 프랭키가 토비에게 말할 때 의견을 강경하게 밝히지 않았나 보다.

"우리가 결혼해서 교외에 정착하고 스물다섯 살에 아이를 갖는다면, 그게 어떻게 삶을 경험하는 거야?"

프랭키가 물었다.

"새 생명을 만들어 내는 것이야말로 사람이 할 수 있는 가장 대단한 삶의 경험 아니야?"

토비가 쏘아붙였다.

프랭키가 대답하면서 얼굴이 일그러졌다.

"물론이지. 다른 걸 다 경험하고 난 다음이라면!"

"난 늙은 아빠가 되고 싶지 않아."

토비가 말했다.

"음, 난 어린 엄마가 되고 싶지 않아."

프랭키가 대답했다.

프랭키는 스크린에 뜬 자신이 고개를 돌려 일몰을 마주 보는 모습을 지켜봤다. 프랭키는 그때 이것이 청혼이 아니라 이별이라고 깨달았던 것을 기억한다.

토비가 반지 상자를 주머니에 넣고 돌아서서 스크린 밖으로 걸어갔고, 프랭키의 몸에서 긴장이 풀리면서 어깨가 쓱 내려갔다.

수년 후, 프랭키는 오스트레일리아나 66번 국도 근처에도 가보지 못한 채 홀로 침대에 누워 있을 것이다. 바로 이 순간이 머리에 끊임없이 떠오르고, 자신이 인생 최악의 실수를 저지른 것은 아닌가 하는 의문이 계속해서 들 터였다.

프랭키는 굳이 메이블이 스크린에 비춰주지 않아도 다음에 일어난 일을 생생히 기억했다. 이비사섬 휴가의 나머지 시간은 대참사였다. 두 사람이 별장 현관문에 들어선 순간, 앨리스와 저스틴이 샴페인을 터뜨리고 파티용 색 테이프를 그들에게 마구 뿌렸다. 앨리스는 종이 리본 사이로 프랭키의 냉랭한 얼굴을 보자 청혼이 계획대로 진행되지 않았다는 것을 깨닫고는 즉시 저스틴에게 주변을 치우라고 눈치를 줬다. 토비는 곧장 침실로 가서 그날 밤 내내 나오지 않았다. 토비는 닷새 동안 프랭키와 눈도 마주치지 않았다. 토비는 식사 시간에 아무 말 없이 앉아 있었다. 토비는 거실로 거처를 옮겼다. 토비는 온종일 반복해서 휴게실과 일광욕용 의자를 오락가락하며 침울하게 별장을 서성거렸다.

앨리스는 프랭키의 반응에 조금 당황했지만, 엄청나게 힘이 되어 주었다. 앨리스는 모두가 불행하고 어색하게 휴가를 보내는 상황을 피하기 위해서라도 프랭키가 청혼을 승낙해야 하지 않았나 생각하기는 했다. 하지만 앨리스는 프랭키와 함께 있기 위해서 저스틴에게 토비와 방을 함께 쓰라고 했다. 그리고 앨리스는 어느 날 밤 고주망태가 되게 술을 마신 후에 프랭키의 관점으로 상황을 보지 않는다며 토비에게 한바탕 퍼부었다. 부모님이 이혼한 사람에게 결혼이라는 주제가 얼마나 어려운지 이해하지 못했다고.

"자, 그럼, 중요한 질문을 하죠. 당신이 승낙했다면 어떻게 됐을 것 같아요?"

메이블이 물었다.

"우린 포옹을 했겠죠. 별장으로 돌아갔고요. 그리고 멋진 휴가를 보내겠죠. 내가 좋아하는 벨트를 여전히 가지고 있을 거고요."

프랭키가 대답했다.

"우와, 또 벨트 이야기네요. 마지막으로 누군가 그런 벨트를 찬 것은 2007년이었어요."

메이블이 말했다.

"빈티지 패션이 됐을 수도 있죠!"

프랭키가 어깨를 으쓱했다.

"당신은 과거에 집착하는 걸 정말 그만둬야 해요."

메이블이 대답했다.

"그리고 내가 그걸 묻는 게 아닌 걸 알잖아요. 당신이 승낙했다면 어떻게 됐을까요? 당신의 삶이 어떻게 됐을까요?"

"우리는 아마 두 아이와 킹스턴에서 살았을 거예요. 안전하고 안정되게. 난 외롭지 않을 거예요. 그 점은 확실하죠. 센터 팍으로 행복한 가족 휴가를 떠나고 일요일마다 대가족이 모여 고기를 구워 먹었을 거예요. 디즈니 영화에 나오는 꿈 같은 생활이죠."

"당신이 승낙했다면 어떤 삶이 펼쳐졌을지 알아볼까요?"

메이블이 일어서서 뒤쪽의 승강기를 향해 고갯짓하며 물었다.

프랭키가 끙 소리를 냈다.

"어서요. 좀 궁금하지 않아요?"

"가기 겁나요."

프랭키가 느릿느릿 일어나며 말했다.

"괜찮을 거예요."

메이블이 버튼을 누르며 말했다.

문이 열리자 프랭키가 승강기에 들어서서 떨리는 손가락을 꽉 쥐고 숨을 깊이 들이마셨다.

Take #4

두 번째 시나리오, 안정적인 가정

로맨티스트와 결혼한 프랭키,

이혼 상담을 받다

17

프랭키는 새가 부드럽게 지저귀는 소리와 말랑말랑한 베개에서 풍기는 신선한 섬유 유연제 냄새에 눈을 떴다. 눈을 깜박거리며 잠에서 깨면서 새로운 삶에 어떤 천국이 혹은 어떤 지옥이 기다리고 있을까 생각하다가, 자신이 누운 침대 머리맡 탁자 위 은색 액자에 들어 있는 흑백 사진을 발견했다. 눈을 비비고 팔을 뻗어 탁자에서 액자를 가까이 가져왔다. 결혼식 날 찍은 프랭키와 토비의 사진이었다.

프랭키는 레이스 소매가 달린 긴 빈티지 드레스를 입고 머리는 목 뒤에서 낮게 틀어 올려 핀으로 고정하여 구불거리는 몇 가닥을 얼굴 옆으로 늘어뜨렸다. 양손에는 단단히 묶인 작은 장미꽃 부케를 쥐고 있었다. 단순하고 차분하고 전통적인 장면이다. 마게이트 드림랜드 놀이공원에서 찍은 부모님의 결혼사진과 정반대다. 엄마는 분홍색 야회복을 입고 금색 바이커 부츠를 신고 가장무도회용 옷가게에서 산 가짜 루비를 박은 왕관을 쓰고 파란색 깃털 목도리로 만든 부케를 들었다.

프랭키는 베개에 기대앉아 코 바로 앞으로 사진을 가져와 눈을 가늘게 뜨고 자신의 얼굴을 자세히 살펴봤다. 자신이 당시에 무슨 생각을 하고 있었을지 궁금했다. 놀랍게도 프랭키는 순수한 기쁨의 화신처럼 보였다. 프랭키는 머리를 토비의 어깨에 기대고 키득키득 웃었다. 토비는 어찌나 활짝 웃는지 양 볼이 사과처럼 보일 지경이다. 토비의 눈은 프랭키의 미소에 고정되어 있고, 팔은 프랭키의 허리를 꽉 감고 있다. 프랭키는 그들이 나누는 농담이 무엇이었을지 궁금했다.

창문으로 쏟아져 들어온 햇살이 왼손의 무언가를 비췄다. 프랭키는 조용히 헉 소리를 내며 액자를 순백색 침대 커버에 떨어뜨렸다. 그 빌어먹을 다이아몬드 반지. 그 반지 옆에는 평범한 금반지가 끼워져 있었다. 프랭키는 오른손으로 왼손을 잡고 새 신부들이 그렇듯이 손가락을 비틀었다. 팔을 쭉 뻗어 멀리서 손을 살펴보면서 고개를 좌우로 갸웃거렸다. 프랭키는 반지가 그리 나쁘지 않다고 생각했다. 아그네스의 반지가 아니었다면 프랭키는 그것을 아주 마음에 들어 했을 것이다. 프랭키는 반지를 다른 것으로 바꾸자고 토비에게 부탁하지 않은 것이 놀라웠다. 나이든 프랭키라면 그렇게 했을 것이다. 아마 젊은 프랭키가 그때는 그렇게 대담하지 않았나 보다.

은색 액자에 2011년 7월 27일이라고 새겨져 있었다. 그들이 결혼한 지 12년 됐다. 지난 10여 년 동안 또 어떤 일이 있었을까 하는 의문이 머리를 스쳤다. 그들에게 아이가 있을까? 프랭키는 똑바로 앉아 액자에 든 사진이 더 있나 확인하려고 침실을 둘러보았지만, 아무것도 없었다. 프랭키는 안심했다. 엄마의 역할을 강요당한다면, 프랭키의 능력 이상으로 연기가 필요할 것이다. 그들은 어떤 휴가를 보냈을까? 그들은 어디에서 살까? 자신이 있는 곳이 어딘지는 모르겠지만, 소리로 봐서는 런던 같지 않다. 윙윙거리는 사이렌 소리도, 덜컹거리는 지하철 소리도, 부르릉 거리는 버스 소리도 들리지 않았다. 창문 쪽으로 흘낏 시선을 돌리니 바깥에 나뭇잎이 미풍에 흔들리는 떡갈나무가 보였다. 가장 그럴듯한 짐작은 이곳이 서리라는 것이다. 어쩌면 킹스턴일 수도 있다. 그 외에 그들이 살 만한 곳이 있을까? 그렇지만 완전히 다른 나라에 있을지도 모른다는 아주 희박한 가능성이 프랭키를 흥분의 도가니로 몰아넣었다. 다시 침대 옆 탁자로 고개를 돌려 충전 중인 핸드폰이 있나 찾아봤지만, 보이지 않았다.

프랭키는 몸을 떨고는 이불 안에 밀어 넣은 양손을 따뜻하게 하려고 힘차게 서로 문질렀다. 여름이지만 방 안에 한기가 돌았다. 뿌연 입김을 뿜으며 잠에서 깨어나자마자 토비에게 짜증 났던 기억이 떠올랐다. 토비는 중앙난방을 켜는 것에 대해 항상 거만하게 굴었다. 심지어 한겨울에도 그랬다. 마치 추위를 견디는 것이 존경할 만한 태도라는 듯이. 토비는 프랭키가 중앙난방 스위치에 손을 뻗으면 스웨터를 가져다주었고, 프랭키는 가운뎃손가락을 들어 올려 엿 먹으라는 손짓을 하고 나서 그 손가락으로 스위치를 켰다. 프랭키가 잠들면 토비는 살금살금 주방으로 가서 난방을 껐고, 다음 날 아침에 인간은 주변 공기가 차가울 때 더 숙면에 빠진다고 말했다. 스칸디나비아 부모들은 아기들을 바깥의 눈 속에서 낮잠을 자게 한다고도 말했다. 그렇게 하면 더 오래 더 깊이 잠들기 때문이란다. 매번 프랭키는 자신이 스칸디나비아인도 아기도 아니며, 물론 토비가 밖에서 자고 싶다면 얼마든지 그래도 좋다고 대답했다. 토비는 프랭키가 농담한다고 생각했다.

프랭키는 침실을 둘러보다가 벽지를 보고 미소 지었다. 벽지는 어두운 짙은 청색이고, 맨 밑부분에 흰색으로 도시의 스카이라인이 새겨져 있었다. 배터시 발전소, 웨스트민스터, 런던아이, 성바울 대성당. 프랭키는 천장으로 올라가는 그 윤곽선을 따라갔다. 그곳도 계속 짙은 청색이고, 별을 상징하는 작은 노란색 점이 여기저기 흩어져 있었다. 밤에 보는 런던이다. 프랭키가 진정으로 사랑하는 것이다.

왼쪽 벽에는 익숙한 초상화가 걸려 있었다. 프랭키가 열여섯 살 때 엄마가 그린 것이다. 프랭키가 머리를 뒤로 젖힌 채 웃고 있었고, 그 바람에 항상 남의 시선을 의식해 왔던 사각턱이 고스란히 드러났다. 프랭키는 모조 다이아몬드 십자가 펜던트가 달린 목에 꼭 끼는 검은색 벨벳 목걸이를 차고 반짝이는 은색 나비 머리핀을 양쪽 관자놀이 옆에 가지런히 꽂았다. 엄마는 프랭키가 좋아하는 사진을 보고 그 그림을 그렸다. 중학교 댄스 발표회 날 밤에 프랭키와 앨리스가 함께 찍은 사진이었다. 두 사람이 준비하던 중에 프랭키가 실수로 앨리스의 왼쪽 눈썹을 너무 많이 뽑아버렸고, 앨리스에게 용서받으려고 자기 눈썹도 지나치게 많이 뽑았다. 프랭키가 또다시 도를 넘어서 한쪽 눈썹이 살짝 올라간 모양이 됐고, 끝내 원래대로 다시 자라지 않았다.

"너 눈썹 때문에 되게 비판적인 사람으로 보여."

앨리스가 어깨를 부들부들 떨면서 키득거리느라 겨우 말을 끝맺었다.

"음, 그럼 정말 나한테 잘 어울리겠네."

프랭키가 한숨을 쉬며 대꾸하고는 미소를 짓고 눈썹을 더 높게 올렸다. 그 바람에 앨리스가 폭소를 터뜨리며 침대로 쓰러졌다.

프랭키는 한 손을 들어 눈썹을 따라 손가락을 쓱 움직이면서 그 순간에 얼마나 근심 없이 편했는지 기억하고 빙그레 웃었다. 프랭키가 내려야 했던 제일 중요한 결정은 머리를 올릴지 아니면 내릴지 같은 것이었다. 프랭키는 그렇게 거리낌 없이 앨리스와 소리 내어 웃던 때가 그리웠다.

밖에서 경적을 울리며 후진하는 트럭이 프랭키의 백일몽을 방해했다.

프랭키는 조용히 침대에서 내려와 대단히 부드럽고 털이 긴 카펫에 발가락을 밀어 넣었다. 프랭키는 어디에 있는지 모를 토비에게 들릴까 봐 불안하지 않았다면 우스꽝스럽게 커다란 '으아' 소리를 냈을 것이다. 프랭키는 아직 토비를 마주할 준비가 되지 않았다. 카펫을 내려다보다가 자신이 입고 있는 홀치기염색 티셔츠를 알아채고 마음이 편안해졌다. 프랭키가 열네 살 때 엄마가 스피탈필즈 마켓에서 여름 동안 '예술과 영혼'이라는 이름의 노점을 벌였다. 손님이 5파운드를 내고 홀치기염색 티셔츠를 사거나 그 자리에서 직접 노래를 들을 수 있는 곳이었다. 프랭키는 꾐에 넘어가 티셔츠 판매를 도왔고, 그동안 엄마는 돈을 받든 말든 상관없이 공연했다. 노점은 인기를 얻지 못했고, 결국 온 가족이 이후 5년 동안 크리스마스 양말 속에 들어 있는 홀치기염색 티셔츠를 크리스마스 선물로 받았다. 프랭키는 포옹하듯 티셔츠 위로 팔을 두른 채 침대 앞 벽 전체에 들어선 흰색 붙박이장으로 걸어가 매끄러운 무광 문을 한 손으로 쓱 만졌다. 프랭키는 늘 붙박이장을 가지고 싶었다. 침실 크기가 워낙 작다 보니 침대와 붙박이 중에서 하나를 선택해야 했다. 그리고 쿠션이나 깔개 같은 직물류 외에는 셋집을 장식하는 게 무슨 소용이 있나 싶었다. 셋집은 아주 일시적으로, 단기로 머무는 곳처럼 느껴진다. 셋집을 장식하는 데 투자했다면 그곳에 발목이 잡혔을 것이다. 프랭키는 10년 넘도록 자신에게 그렇게 말했다.

프랭키는 붙박이장의 제일 왼쪽 문을 열다가 꼭대기 선반에서 마구잡이로 섞인 옷 무더기가 떨어지자 화들짝 놀라서 뒤로 물러났다. 프랭키의 옆은 티케이 맥스 할인 매장처럼 보였다. 프랭키는 휘둥그레진 눈으로 어수선한 옷가지를 뒤지며 자신이 이 삶에서 왜 이럴까 생각했다. 지금 프랭키는 깔끔하다. 토비의 수준까지는 아니고 그저 평범한 사람의 수준으로. 프랭키는 옷을 닥치는 대로 끄집어내면서 이 결혼 생활이 자신의 취향에서 너무 벗어나지 않은 것 같아 기뻤다. 오늘 이 중에서 아무거나 입어도 되겠다. 프랭키는 무릎 부분이 섬세하게 찢어진 옅은 색 스키니 진을 찾아내서 토비가 돌아올 것에 대비해 재빨리 입었다. 그러고 나서 옷장에 두 팔을 뻗어 옷가지를 무더기로 끄집어내 뒤에 있는 침대에 쌓아 놓았다.

"어!"

프랭키가 벽장 바닥에 놓인 보헤미안 벨트를 보고 웃으며 말했다. 프랭키는 벨트를 집어 올려 손가락으로 쓱 쓰다듬고는 골반에 둘러 앞에 달린 걸쇠를 채우고 벨트를 토닥거렸다. 프랭키는 벽장을 열고 거울에 비친 자신을 보며 한숨을 내쉬었다. 벨트가 기억하는 것처럼 멋져 보이지 않았다. 어쩌면 머리에 꽂은 나비 머리핀만큼이나 형편없어 보이는 것 같다. 프랭키는 벨트를 확 풀어 침대 위로 던졌다.

프랭키는 봉과 선반이 텅 비자 왼쪽 문들을 닫고 오른쪽으로 걸어갔다. 토비의 옷장은 딱 예상대로다. 옷이 색깔별, 종류별로 가지런히 정리돼 있다. 토비는 언제나 아주 체계적이었다. 대학 시절에도 각기 다른 파스타를 라벨을 붙인 플라스틱 용기에 따로따로 넣는 그런 사람이었다. 프랭키는 노인 같다고 토비를 놀리곤 했다. 프랭키는 토비의 그런 면이 그들의 종말을 불러올 줄은 꿈에도 몰랐다.

프랭키의 눈이 새것처럼 깔끔하게 정리된 토비의 옷가지를 쭉 훑어보다가 피부가 따끔따끔한 느낌이 들게 하는 옷더미에 내려앉았다. 잘 개어놓은 토비의 티셔츠들이다. 프랭키는 화가 나서 눈을 찡그리며 꼭대기에 있는 티셔츠를 심술궂게 흐트러뜨리고 재빨리 문을 닫은 후 돌아섰다. 침대 옆 바닥에 놓인 무언가가 시선을 사로잡았고, 따끔거리는 느낌이 엄청나게 찌릿찌릿한 느낌으로 바뀌었다. 빌어먹을 소형 진공청소기 더스트버스터다. 혹은 토비가 괴롭게 윙윙거리는 소음 너머로 소리 높여 외치던 '믿음직한 더스티'이다. 토비는 아침마다 엎드려 진공청소기를 돌리며 카펫 실에 프랭키의 머리카락이 얼마나 많이 엉켜 있는지 큰 소리로 지적했다. 누구나 그렇겠지만, 프랭키는 미칠 것 같았다. 당시에는 그것을 그저 토비의 별난 점으로 받아들였다. 프랭키는 청소에 집착하는 것보다 훨씬 나쁜 것도 있다고 혼잣말을 하곤 했다. 프랭키가 저스틴처럼 가정 위생에 대한 개념이 아예 없는 사람과 사귀었을 수도 있었다. 저스틴은 밤에 외출했다가 돌아와서 침대에서 팟 누들즈 컵라면을 먹어치우고 용기를 며칠 동안이나 바닥에 내버려뒀다. 어느 해 크리스마스에는 앨리스가 잠에서 깨어 보니 저스틴이 퀄리티 스트리트 초콜릿 빈 통을 들여다보고 있었다고 한다. 너무 게을러서 화장실에 가는 것조차 귀찮아서였다. 그 결과로 두 사람은 하루 동안 헤어졌다.

프랭키는 밖에서 들리는 낮은 웃음소리에 깜짝 놀랐다. 프랭키는 창문 쪽으로 조금씩 움직여 그 아래 거리를 천천히 내다봤다. 흰 가운 차림으로 식료품 봉지를 들고 문가에서 테스코 배달 기사와 이야기하고 있는 토비를 보니 속이 울렁거렸다. 두 사람은 영국에 있는 것이 분명하다.

약간 맥이 빠졌다.

프랭키는 SNS에서 토비를 보는 것에 워낙 익숙해져서 이제는 현실에서 토비를 발견하는 것이 꼭 유명인을 보는 것 같았다. 직접 보니 토비는 더 잘생겼다. 관자놀이에 희끗희끗한 새치가 보이고, 조각 같은 턱선을 더 두드러지게 하는 꺼칠꺼칠한 수염이 자란 토비는 스물세 살 때보다도 더 잘생겼다. 토비가 돌아보자 프랭키는 창문에서 홀쩍 물러서서 토비가 자신을 보지 않았기를 바랐다.

프랭키는 현관문이 닫히는 소리와 식료품 꾸러미가 바닥에 놓이면서 바스락거리는 소리를 들었다.

"프랭키?"

토비가 외쳤다.

"제기랄!"

프랭키가 나지막이 중얼거렸다.

이어서 계단을 올라오는 소리가 들렸다.

"제기랄!"

프랭키가 다시 중얼거리며 겁에 질려서 눈길을 좌우로 돌렸다. 그리고 침실 문 손잡이가 돌아가기 시작한 순간, 침대 반대편에 딸린 욕실로 들어가서 문을 쾅 닫았다. 문에 등을 기댔고, 거친 숨결로 가슴이 들썩거렸다. 발소리가 부드러운 카펫에 묻혔다. 토비는 어디에나 있을 수 있다.

"생일 축하해, 프랭크스!"

토비가 문틈으로 큰 소리로 말했다.

"도대체 당신 옷장에 무슨 일이 생긴 거야?"

프랭키가 헉 소리를 내고 샤워실로 달려 들어가 물소리가 자신의 헐떡임을 들리지 않게 해주기를 바라며 물을 틀었다.

"안녕!"

프랭키가 소리쳤다.

"샤워 중이야!"

"서두르지 마! 당신 하고 싶은 대로 천천히 해!"

토비가 대답했다.

"음…… 그래?"

프랭키가 마치 평소에는 하고 싶은 대로 천천히 하지 않았던 것처럼 대답했다.

"샤워실 곰팡이 제거 티슈를 새로 샀어. 세면대 밑에 있어."

토비가 다시 외쳤다.

"내가 당신 옷을 개서 치워 놓을까?"

"괜찮아. 내가 나중에 할게!"

프랭키가 눈을 굴리며 세면대로 다가가다가 거울에 비친 모습을 보고 멈췄다. 프랭키는 완전히 똑같은 모습이었다. 그 모습을 보고 안심이 된 프랭키는 올라간 눈썹을 쓰다듬었다. 목에 닿는 머리카락이 묵직했다. 프랭키는 구불거리는 머리카락을 돌돌 말아서 머리 꼭대기에서 한데 모았다. 머리끈을 찾아 세면대 옆 욕실 장의 제일 위 서랍을 휙 열고는 곁에 처방전이 붙어 있는 개봉되지 않은 상자를 발견했다. 주소가 적혀 있다! 프랭키는 상자를 와락 잡아채서 킹스턴이라는 글자를 읽었다.

"당연히 우린 킹스턴에 사는군."

프랭키가 중얼거리며 상자를 앞으로 휙 돌렸다.

라벨을 보고 입이 떡 벌어졌다. 나파렐린. 시험관 아이 시술 약이다.

18

프랭키는 떨리는 손가락으로 티셔츠를 들어 올려 배를 봤다. 자기 몸 속을 차지한 생명체가 있을지도 모른다는 생각에 가슴이 두근거렸다. 티셔츠 자락을 떨어뜨리고 변기 뚜껑을 내리고 앉아 숨을 들이마시며 10초를 셌다. 결혼한 프랭키는 그것을 어떻게 받아들일까? 자신이 아는 프랭키는 질겁할 것이다. 프랭키가 아는 프랭키는 질겁하고 있었다.

한편으로, 아기는 10년이 넘는 결혼 생활에 반가운 변화일지도 모른 다. 서른여섯 살이면 삶의 절반을 토비와 함께 보낸 셈이다. 하지만 우선 아이를 **원해야** 한다. 앨리스가 엄마가 된 지 6개월이 됐을 때, 폭격을 맞 은 것 같은 주방에서 와인을 마시며 프랭키에게 설명했듯이 **정말로** 아 이를 원해야 한다. 몇 초 후, 앨리스는 느닷없이 격렬히 흐느끼며 자신이 완전히 기진맥진하고 지루하다고 털어놓았다. 엘리를 키우는 것이 예상 보다 엄청나게 힘들고 끝이 없고 보람이 없다고. 제대로 샤워하고 가꿀 시간조차 없어서 매일 자신이 지독히 더럽고 추하게 느껴진다고. 머리카 락이 기름지고 콧물과 토사물 범벅인 레깅스를 입는 것이 아주 신물이 나는데 편한 옷이 그것밖에 없다고. 단 하루라도 아침에 세상의 무게에

짓눌리는 것이 아니라 세상을 정복할 준비가 됐다는 기분을 느끼며 깨어나고 싶은 마음이 절실한데, 잠 못 이루는 밤 때문에 그것이 불가능하다고. 이런 마음 때문에 엄청난 죄책감을 느낀다고.

"물론 나는 엘리를 완전히 사랑해, 프랭크스."

앨리스가 코를 훌쩍였다.

"엘리가 방긋방긋 웃으면 심장이 따뜻해지고 말랑말랑하게 녹아내려. 하지만 아이가 잠에서 깨면 심장이 절망의 구렁텅이로 가라앉는 것 같아. 나에게 주어진 아주 적은 자유 시간이 끝났고, 혼자 있으면서 뭔가 생산적인 일을 다시 하려면 몇 시간은 시달려야 한다는 걸 아니까. 그리고 아이가 잠들면 난 생산적인 일을 하고 싶지 않아. 그냥 카펫에 엎드려서 만화가 아닌 뭔가를 보고 싶어. 집 꼴이 엉망진창이야. 내 꼴이 엉망진창이야. 유기농 병아리콩 시금치 머핀을 만드는 데 15분도 쓰지 않는 난 나쁜 엄마일까? 오전 내내 아이가 다시 낮잠 잘 시간을 손꼽아 기다리는 난 나쁜 엄마일까? 아이가 말을 배우도록 끊임없이 말을 걸어주지 않는 난 나쁜 엄마일까?"

"아니야, 그런 걱정을 하는 넌 **훌륭한** 엄마야, 앨리스."

프랭키가 말했다.

"네 어머니는 너처럼 그렇게 많이 걱정하지 않았을 거야. 우리 엄마가 그런 걱정을 안 한 건 확실하고. 아마 우리 엄마는 담배를 피우러 나간 사이에 날 세탁기 앞 빨래 바구니 속에 넣어놨을 거야. 넌 죄책감을 느낄 게 하나도 없어. 다 인터넷 탓이야. 너무 많은 정보가 돌아다녀. 너무 많이 읽지 마."

앨리스가 고개를 들고 와인 잔을 집어 막 한 모금 마시려는 순간, 베이비 모니터에서 엘리가 칭얼거리는 소리가 들리기 시작했다.

"내가 올라가 볼까?"

프랭키가 앨리스의 어깨를 꽉 쥐며 물었다. 앨리스가 고마워하며 고개를 끄덕였다.

프랭키는 박자에 맞춰 욕실 문을 두드리는 소리에 깜짝 놀라 백일몽에서 깨어났다. 프랭키는 대답하지 않았다. 토비는 프랭키가 샤워 중이라고 알고 있는데 왜 다시 문을 두드릴까?

"당신이 나오면 깜짝 선물이 있어!"

토비가 소리쳤다.

"알았어!"

프랭키가 대답하며 변기에서 일어나 티셔츠를 완전히 벗고 앞뒤로 돌면서 벌거벗은 몸을 거울에 비추어 변화가 있는지 살펴봤다. 여기서도 아무 변화가 없다. 하나만 제외하면······. 프랭키는 다시 휙 돌았다. 왼쪽 어깻죽지에 별 모양 문신이 있다. 문신이라니! 프랭키는 언제나 문신을 하고 싶다고 말했지만, 실행할 배짱은 결코 없었다. 자세히 보려고 목을 비트는 프랭키의 얼굴에 히죽히죽 웃음이 번졌다. 프랭키는 이 프랭키가 마음에 들었다. 결혼이 프랭키 내부의 반항심을 불러냈는지도 모른다. 아니면 프랭키의 엄마처럼 바뀌고 있는지도 모른다. 거울에 비친 프랭키의 얼굴이 그 생각에 얼어붙었다.

프랭키는 샤워하면서 자신에게 맹세했다. 결혼한, 어쩌면 임신한 삶을 완전히 받아들이기로. 결국 그 역할을 하는 것이 여기에 있는 목적이다. 프랭키가 중요한 선택을 할 수 있게 토비와의 결혼 생활이 어떤지 경험하고 이해하는 것. 프랭키는 완전히 몰두해서 최선을 다해야 했다. 프랭키는 샤워실에서 나와 재빨리 몸을 닦고 젖은 머리에 타월을 두른 다음 문 뒤에 걸린 흰색 가운을 입었다. 가운에 '매켄지 마르티네스 부인'이라고 새겨져 있다. 프랭키가 웃었다. 그 이름의 어감이 참 좋다. 프랭키는 욕실 문을 향해 자신만만하게 몇 걸음을 내딛었다. 그러고는 기대감으로 배가 뒤틀리는 것을 느끼며 손잡이를 잡은 후, 잠시 망설이다가 극적으로 확 열어젖혔다. 자욱한 수증기가 프랭키의 뒤에서 〈스타스 인 데어 아이즈Stars in Their Eyes〉*의 드라이아이스 연기처럼 확 뿜어져 나왔다.

✳

토비는 직접 이불 위에 흩뿌려 놓은 빨간 장미 꽃잎에 둘러싸여 침대에 누워 있었다. 침대 한가운데에는 드립 커피, 크루아상, 오렌지주스, 프랭키가 좋아하는 흰 장미가 꽂힌 꽃병, 작은 선물 상자가 놓인 나무 소반이 있었다. 프랭키는 로맨틱한 표현에 절망했고 관심이 집중되는 것을 피했음에도, 토비의 자상함은 항상 프랭키가 응석받이가 된 기분, 그리고 특별해진 기분이 들게 했다. 프랭키는 이렇게 긴 세월이 지난 후에도 토비의 그런 면이 없어지지 않은 것을 보니 기뻤다. 토비는 항상 프랭키를 여왕처럼 대했다. 프랭키가 그것을 그대로 되돌려주지 않을 때조차. 혹은 그런 대우를 받을 자격이 없을 때조차. 프랭키가 유일하게 그런 대우를 다시 받은 건 캘럼과 사귈 때였다. 캘럼도 굉장히 호사스러운 (소위 낭만적인) 표현을 했지만, 그것은 프랭키에게 아낌없이 준다기보다는 자

---

* 영국 텔레비전에서 방송된 경연 프로그램

신을 과시하는 데 더 집중돼 있었다.

"우와!"

프랭키가 숨을 내쉬고 불안한 마음을 감추려고 억지로 활짝 웃었다.

프랭키는 불과 몇 미터 떨어진 곳에 누워 있는 토비를 보고 즉각 몸이 떨렸고, 뭔가 더 말하면 목소리의 떨림을 토비가 알아차리지 않을까 걱정했다. 순간 이곳에 함께 있는 것이 간통처럼 금지된 일로 여겨졌다. 마치 토비가 현실의 아내인 프레야 몰래 바람을 피우는 것 같았다. 하지만 여기가 현실이다. 그리고 지금 앞에서 자신에게 커피를 따라주고 있는 토비는 이 현실에서 프레야를 만난 적도 없다. 정말 만난 적이 없겠지? 프랭키는 침대로 올라가면서 토비의 향기를 들이마셨다. 위안이 된다. 토비가 익숙하게 느껴졌다. 토비가 집처럼 느껴지고, 편하게 느껴졌다. 프랭키는 토비를 웃게 하던 자신의 행동을 떠올리며 예전 그대로 이불 속에서 머리를 꿈틀꿈틀 움직여 토비의 어깨에 기댔다. 이어서 프랭키는 자기 발을 비비며 귀뚜라미처럼 찌르르거렸다. 토비가 낄낄거리는 소리가 들렸다.

"워워!"

토비가 몇 초 후에 말했다.

프랭키가 이불 속에서 고개를 쏙 내밀었다.

"이러다가 내가 당신 커피를 쏟겠어!"

토비가 머그잔을 공중에 쳐들며 말했다.

"잠깐, 마셔도 될까?"

프랭키가 똑바로 앉으며 물었다. 프랭키가 커피를 받아 빤히 보는 사이에 아까 본 나파렐린 상자가 뇌리에 스쳤다. 개봉되지 않은 상자였다.

시술을 아직 시작하지 않았는지도 모른다.

"우리가 시험관 아기 시술을 하는 동안 당신은 하루에 카페인 200밀리그램만 마실 수 있어."

토비가 웃음을 지으며 자기 커피를 한 모금 마셨다.

그럼 임신한 게 아니구나. 아직은.

물론 토비는 그런 것을 다 알 것이다. 토비는 항상 믿음직한 공붓벌레였다. 토비는 시험관 아기 시술 책을 모두 읽었을 것이다. 프랭키는 몸을 숙여 토비의 볼에 입을 맞췄다. 토비가 볼을 돌려 프랭키의 입술에 키스하고 머리 뒤에 한 손을 대서 프랭키를 부드럽게 자기 품으로 당겼다. 프랭키가 토비의 이세이 미야케 애프터셰이브 로션 향을 들이마시자 그들이 사귀면서 아주 행복하던 때의 추억이 물밀 듯이 밀려들었다. 밤 외출, 낮에 집에서 보낸 시간, 편안한 주말, 함께 있음을 만끽하며 그냥 조용히 앉아 있기. 두 사람이 숨을 쉬려고 잠시 떨어지자 토비는 프랭키의 눈 사이를 이리저리 보다가 다시 볼에 입을 맞추고 아침 식사 소반 위 검은색 벨벳 상자를 향해 고개를 까딱했다.

"선물 열어보고 싶어?"

토비가 속삭이는 소리에 프랭키의 피부가 따끔거렸다.

프랭키가 하고 싶은 일은 다시 토비와 함께하는 이 두 번째 기회가 생긴 것을 행운이라고 여기면서 바로 옆에서 토비의 얼굴을 응시하는 것뿐이다.

"응, 그래."

프랭키가 방긋 웃으며 상자를 향해 손을 뻗었다.

"잠깐만, 카드 먼저!"

토비가 손을 뻗어 카드를 집어서 프랭키에게 건넸다.

프랭키는 조심스럽게 봉투를 열고 카드 앞면을 보며 웃었다. 두 사람의 첫 데이트 사진이다. 세탁실에서 맥주를 치켜든 채 눅눅한 콘크리트 벽 앞에서 찍은 셀카. 토비는 우스꽝스럽게 활짝 웃음을 짓고 프랭키는 맥주병 뒤로 커다란 미소를 감추고 있다. 프랭키가 언제나 제일 좋아하는 두 사람의 사진이었다.

토비는 늘 그렇듯이 수필 한 편을 써놓았다. 토비의 생일 카드는 늘 프랭키의 기분을 저조하게 했다. 토비는 항상 영화 〈노트북The Notebook〉에 나오는 것 같은 감동적인 메시지를 쓰는 재주가 있었다. 실제로 글을 쓰는 사람인 프랭키는 무엇을 써야 할지 결코 알 수 없었다. 프랭키의 메시지는 항상 간결했고 포괄적이었으며, 약간 강압적이었다. 프랭키는 천성적으로 감정을 거리낌 없이 표현하지 않는다. 토비는 감정을 솔직히 드러냈고, 프랭키는 감정을 속에 감추고 아무도 보지 못하게 팔짱을 꽉 꼈다.

생일 축하해, 프랭크스, 일명 누들, 일명 프랭키 행키 팬키.

당신은 내 사랑, 내 행운, 내 삶이야. 당신이 서른여섯 살이라니! 햇병아리지만 더 귀엽지.

지난 18년을 나와 함께해줘서 고마워. 우리는 최근에 힘든 시기를 몇 번 거쳤어.

하지만 난 우리 사이가 더 굳건해진 느낌이 들어.

날이 갈수록 당신을 사랑하는 마음이 커지고,

오늘 아침만큼 당신을 더 사랑한 적이 없어.

여기에 26가지 이유가 있어.

① 당신의 미소, ② 미소를 가리는 당신의 손, ③ 당신의 코 고는 소리

목록이 계속 이어졌지만, 프랭키는 한 부분에 집중하게 되는 것을 어쩔 수 없었다. **우리는 최근에 힘든 시기를 몇 번 거쳤어.** 그게 무슨 뜻일까?

"고마워."

프랭키가 침대 옆 탁자에 카드를 세워 놓으며 말했다.

프랭키는 상자를 가져와 뚜껑을 천천히 들어 올렸다. 상자 안 검은색 실크 위에 놓인 것은 은색 열쇠 한 개였다. 프랭키가 열쇠를 빼서 치켜들고 의아한 표정으로 토비를 봤다.

"자, 어서."

토비가 침대에서 뛰어내렸다.

"슬리퍼 신어."

침실 밖에는 작은 계단이 있었다. 액자에 든 흑백 사진들이 벽을 가로질러 두 줄로 가지런히 걸려 있다. 프랭키는 천천히 지나가면서 사진들을 응시했다. 프랭키가 어렴풋이 알아본 유일한 사진은 이비사섬에서 찍은 '굉장한 4인조'의 셀카이다. 프랭키는 걸음을 멈추고 가까이 몸을 기울였다. 프랭키와 토비가 갓 약혼해서 토레 데스 사비나르에서 돌아온 그 순간이다. 그들은 파티용 색 테이프로 뒤덮인 채 샴페인 잔을 들고 함박웃음을 짓고 있다. 같은 사람이던 프랭키는 당시에 분명히 같은 생각을 하고 있었을 것이다. 그토록 어린 나이에 약혼을 결정한 것에 대한 두려움, 의심, 절망. 하지만 프랭키는 이 사진에서 그런 감정을 잘 숨겼다. 결혼사진과 달리 이 사진에서는 숨겨진 걱정이 없는 듯했다.

"오는 거야?"

토비가 아래층 어딘가에서 소리쳤다.

"지금 가!"

프랭키가 소리쳐 대꾸했다.

토비가 짙은 청색 찬장이 있고 싱크대가 달린 목재 아일랜드 식탁 위로 황동 도금 조명이 달린 완벽한 주방으로 프랭키를 이끌었다. 모두가 성인에게 아주 딱 맞는 분위기라, 프랭키는 이것이 자신의 것이라는 사실을 도저히 믿을 수 없었다. 주방 한쪽은 소파와 발판, 대형 평면 스크린 TV가 있는 휴식 공간이었다. 건너편에는 접이식 문이 달린 벽이 있다. 토비가 한쪽 문을 열고 손을 잡으라고 프랭키에게 팔을 내밀었다. 프랭키는 문을 통과해 바깥에 있는 테라스로 나가서 어두운색 나무 탁자와 6인용 의자를 지나쳤다. 즉시 상쾌한 공기가 밀려와 뜨거운 볼을 식혔다. 토비는 프랭키의 손을 잡은 채 양옆으로 흰 장미가 두 줄로 늘어선 자그마하지만 완벽하게 손질된 잔디밭을 가로질렀다. 잔디밭 끄트머리 한쪽 벽에 유리문이 달린 작은 창고가 있었다. 프랭키가 토비를 슬쩍 쳐다봤고, 토비는 함께 걸으며 프랭키를 향해 방긋 웃었다. 차갑고 축축한 이슬이 프랭키의 슬리퍼로 스며들었다. 두 사람이 문 앞에 다다르자 토비는 옆으로 비켜서서 프랭키에게 문을 열라고 손짓했다. 프랭키는 관심이 집중되는 것이 당황스러워서 문을 열면서 소리 내어 웃기 시작했다.

프랭키가 안으로 들어가자 토비가 뒤에서 문을 닫았다. 토비는 뒤에서 프랭키를 껴안고 벽에 손을 뻗어 전등 스위치를 눌렀다. 프랭키는 헉 소리를 냈다.

"뭐야!"

프랭키가 돌아서서 토비를 바라봤다.

"여왕에게 어울리는 성이야."

토비가 대답하며 프랭키의 볼에 입을 맞췄다.

프랭키는 아늑하고 따뜻한 방으로 발을 내디뎌 몇 차례 빙글빙글 돌았다. 이 작업실은 프랭키의 핀터레스트 보드에서 뽑아내 마법처럼 현실로 가져온 것 같은 모습이었다. 한쪽 끝에는 커다란 유리 책상이 있고, 대형 컴퓨터 모니터를 마주 보고 편안해 보이는 흰색 가죽 의자가 놓여 있었다. 책상에는 액자에 든 사진, 문구류 수납함, 제대로 된 마우스 패드와 커피 머그잔 받침이, 책상 뒤에는 책이 색깔별로 정리된 책장이 있었다. 건너편에는 냉장고, 전기 주전자, 머그잔 걸이가 갖춰진 작은 주방이 있었다. 깔끔하게 정리된 담요가 덮여 있는 커다란 안락의자가 그들 뒤쪽 보조 테이블, 석유 난로, 푹신푹신한 흰색 깔개 옆에 있었다.

"토비!"

프랭키가 부드럽게 말했다.

"마음에 들어?"

"마음에 드는 정도가 아니라 엄청나게 좋아!"

"이것 때문에 요즘 내가 밤늦게까지 안 잔 거야."

토비가 말했다.

"진짜 당신한테 말하고 싶어서 입이 근질근질하더라. 특히 요전 날 밤 이후로. 하지만 정말로 깜짝 선물을 하고 싶었거든."

프랭키는 토비를 빤히 바라보며 토비가 무슨 말을 하고 있는 건지 생각했다.

"이건…… 대단해. 누군가가 나에게 준 선물 중에서 가장 멋져."

프랭키는 토비가 이전에 이보다 더 큰 선물을 하지 않았기를 바라며 말했다.

토비가 다가와 프랭키를 품에 안아 높이 들어 올리고 입을 맞췄다. 토비가 프랭키를 내려놓고 프랭키의 눈을 똑바로 보며 웃었다.

"여기 있어. 편하게 있어. 난 당신의 오늘 치 마지막 카페인을 만들어 올게. 당신은 그걸 해도 되고……."

토비가 말을 멈췄다.

"그게 뭔데?"

"음, 오늘이 당신 생일이라는 건 알지만, 부부 상담 과제를 오늘 밤까지 제출해야 해. 한번 훑어봐 줄래?"

프랭키는 놀라서 입이 떡 벌어지는 것을 느꼈다. 부부 상담이라고? 도대체 무슨 이유로 부부 상담을 받아야 하지?

토비가 고개를 세차게 젓기 시작했다.

"아니야, 하지 마. 미안해. 당신 생일이잖아. 이런 이야기를 꺼내지 말았어야 했는데."

"됐어."

프랭키는 그 소식에 숨쉬기가 힘들어지는 것을 느끼며 말했다.

"오늘 밤까지 해야 한다면 할게. 괜찮아."

토비가 프랭키를 향해 빙긋이 웃고는 고마움의 표시로 고개를 끄덕이고 잔디밭을 가로질러 갔다.

프랭키는 컴퓨터로 서서히 걸어가 의자에 앉아 꼼지락거리며 편한 자세를 잡았다. 주위를 둘러보자 가슴이 팔딱거렸고, 신나서 절로 터져 나오려는 소리를 지르지 않으려고 모든 자제력을 끌어모았다. 프랭키는 왜 이 삶을 거절했을까? 토비는 멋지고 다정하고 사려 깊다. 프랭키에게는 커다란 붙박이장과 자신의 아파트와 거의 크기가 같은 작업실이 있다.

프랭키는 마우스를 움직여 믿음직한 오래된 비밀번호를 입력했다.

화면이 켜지자 프랭키는 이메일 탭을 눌렀다. 첫 번째 이메일은 에드 슬레이터라는 사람이 보낸 것이다. 제목은 '인터뷰 : 오늘 오후 2시'이다. 이메일을 여니 내일까지 해야 하는 (혹은 끝냈어야 하는) 뭔가가 있다는 생각에 갑작스럽게 두려움이 프랭키를 관통했다.

매켄지,

그레이트 오크스 요양원 재스퍼 딕슨의 인터뷰가 2시로 확정됐어요. 백 살 넘은 사람을 또다시 인터뷰하는 게 퓰리처상 수상감은 아니란 걸 나도 알지만, 이 지역 구독자들은 이런 쓸모없는 이야기를 아주 좋아하거든요.
전국적으로 관심을 끌 대서특필을 곧 연결해 줄게요.

에드

P. S. 생일 축하해요!
다시 P. S. 딕슨이라는 이름으로 재치 있는 제목을 뽑을 수 있을까요? 딕스 센트? 디센트? 이제 입 닥칠게요.

「킹스턴 가제트」편집장

프랭키는 검색창을 열고 '그레이트 오크스 요양원'을 입력했다. 집에서 차로 약 5분 거리에 있는 노인 보호 기관이다. 프랭키는 한숨을 쉬고 의자에 기댔다. 프랭키는 노인들과 이야기하는 것을 좋아한다. 그레이엄 씨 같은 현명한 사람들. 프랭키는 매일 퇴근길에 터키쉬 딜라이트와 환타를 대신 사다 줄 때 그레이엄 씨의 상냥한 얼굴이 환해지던 모습을 떠올리며 빙그레 웃었다.

그러고 나서 화면으로 고개를 돌려 토비가 전달한 이메일을 봤다.

깜빡했을까 봐서 다시 보내. x

이메일 화면을 아래로 내리니 조피아 질린스키 박사가 보낸 다른 이
메일이 있었다.

프랭키와 토비에게,
저는 오늘 우리가 진전을 이루어 기쁩니다. 첨부 파일은 이번 주 과제입니다. 평소
처럼 두 분이 따로 작성하고 다음 주 목요일 상담 시간까지 서로 상의하지 마세요.
이만 줄입니다.

조피아 박사

실제 삶에서 프랭키는 프레야처럼 토비 곁에 있기를 꿈꿨다. 청혼을
거절하지 않았으면 좋았을 것이라고 후회하면서, 그랬다면 얼마나 편
했을지 상상했다. 토비가 확 바뀌지는 않았다. 청결에 대한 집착이 거슬
릴지 몰라도 토비는 대단히 너그럽고 자상하다. 대학 시절 여학생들은
토비가 비공식적인 캠퍼스 상담사라고 농담하곤 했다. 그리고 토비는
18년이 지난 후에도 아직 프랭키를 많이 사랑한다. 토비는 이야기를 아
주 잘 들어준다. 그리고 마음이 넓다. 프랭키가 수년 전에 토비에게 반한
모든 특성이 여전히 그대로이고, 거기에 프랭키의 마음을 녹이는 꿀 색
피부와 커다란 갈색 눈까지 더해졌다.
여기에서 문제는 토비가 아니다. 문제는 프랭키다. 항상 그렇다. 자기

파괴자인 프랭키는 어차피 떠나지도 못했으면서 모험하는 삶을 살겠답시고 이 모든 것을 버린 자신에게 몹시 화가 났다.

프랭키는 첨부 파일을 열어 첫 번째 질문을 읽고 충격을 받아 의자를 책상에서 거칠게 밀어냈다.

이혼하고 싶은 이유를 나열하시오.

19

프랭키가 주방으로 들어가 보니 토비가 아일랜드 식탁에서 케이크 반죽을 팬에 붓고 있었다.

"그거 당근 케이크야?"

프랭키가 물었다.

"당연하지! 생일에는 제일 좋아하는 케이크를 먹어야 하잖아? 기본적으로 그게 법이라고."

토비가 프랭키를 향해 활짝 웃으며 양손을 앞치마에 닦고 행주를 어깨로 휙 던졌다.

프랭키는 서둘러 토비에게 다가가 두 팔로 토비의 허리를 감싸 안고 머리를 가슴에 묻은 채 케이크 반죽, 민트 비누, 나무 느낌의 애프터셰이브 로션 향기를 들이마셨다. 그 포옹은 그토록 완벽하게 대해준 것에 대한 고마움의 표현이고, 프랭키가 토비에게 준 상처에 대한 사과였다. 프랭키가 두 사람의 관계를 영원히 파괴해 버리지 않았기를 간절히 바라며 필사적으로 매달리는 것이다.

"사랑해."

프랭키가 토비의 가슴에 대고 중얼거렸다. 너무나 오랜만에 소리 내어 그 말을 하니 기분이 이상했지만, 이 순간 프랭키는 진심으로 토비를 사랑했다. 프랭키는 영원히 이렇게 토비를 붙잡고 절대로 놓아주고 싶지 않았다.

토비가 몸을 숙여 프랭키의 정수리에 입을 맞췄다.

"나도 사랑해, 누들."

토비가 속삭이며 두 팔로 프랭키를 꽉 감싸안았다.

"정말 미안해."

프랭키가 말했다.

"괜찮아. 다 잘될 거야. 우린 그저 몇 가지만 바꾸면 돼. 조피아 박사가 말한 대로, 사람 간의 관계는 타협이 중요해. 아무도, 무엇도 완벽하지 않아. 난 완벽하지 않아. 당신도 완벽하지 않아. 그저 우린 결함이 있는 대로 살아가는 방법을, 어쩌면 사랑하는 방법까지도 배워야 해."

"당신은 나한테 완벽해."

프랭키가 속삭이며 대꾸했다.

"우린 상담이 필요 없어, 그렇지?"

"워워."

토비가 프랭키를 부드럽게 떼어내며 대답했다.

"그런 말 하지 마."

"왜? 우리한테는 아무 문제가 없어. 우린 괜찮아!"

프랭키가 토비의 가슴을 쓰다듬으며 올려다봤다. 분명 상황이 그리 좋은 건 아니지만, 프랭키는 차라리 알고 싶지 않았다. 프랭키는 지금 가진 것을 위험에 빠뜨리는 무엇도 원치 않는데, 상담에서는 온갖 이야기가 나올 수 있었다.

"프랭키, 애초에 우리가 그래서 상담을 받으러 간 거잖아. 지난주에 당신은 떠나고 싶다고 말했어. 그렇게 빨리 마음이 바뀌었을 리 없어. 우린 괜찮을 거야. 그냥 잘 극복하기만 하면 돼. 당신은 내 행동이 거슬리면서도 마음에 꾹꾹 담아뒀어. 이제 모든 것을 드러낼 때야. 다 털어놓자고."

"알겠어."

그렇게 털어놓고 이야기하는 것이야말로 딱 프랭키가 하고 싶지 않은 일이었지만 프랭키는 어쩔 수 없이 못마땅한 투로 대꾸했다.

"그리고 있잖아, 마음을 터놓고 몇 가지 말하는 게 나한테도 좋을 것 같아. 나도 거슬리는 게 몇 가지 있거든."

프랭키는 주방 스툴에 앉아 앞에 놓인 그릇에서 포도 한 알을 따서 반을 베어 물었다.

"어떤 건데?"

프랭키가 물었다.

"다음 상담 시간에 이야기하게 남겨두자."

토비가 대답했다.

"당신 생일에 할 이야기는 분명히 아니야."

프랭키는 아무 말도 하지 않고 포도알의 절반을 천천히 씹으면서 그것이 무엇일까 생각했다.

"딱 하나만."

프랭키가 말했다.

"나한테 거슬리는 게 뭔지 하나만 말하면 그 일을 당장 그만둘게."

"좋아."

토비가 말하고는 주방 서랍을 열며 한숨을 쉬었다. 돌아서는 토비는 포도 가위를 들고 있었다. 아주 오래전부터 가지고 있던 가위다.

"당신은 포도 가위를 안 써."

프랭키는 절반 남은 포도알을 보며 소리 내어 웃기 시작했다. 하지만 토비가 같은 반응을 보이지 않자 멈췄다.

"까맣게 잊어버렸네. 미안."

"당신한테 백만 번은 부탁했는데도 여전히 그러고 있어."

"미안해. 그냥 난 그게 무슨 대수라고 그러는지 모르겠어!"

프랭키가 외치고는 나머지 포도알 반을 입에 쏙 넣으면서 어깨를 으쓱했다.

"당신이 그걸 사소한 일이라고 생각하는 건 알지만, 그건 내가 특히 싫어하는 거야. 포도 줄기로 가득해서 우울해 보이는 그릇만 남잖아. 난 주방에 들어올 때 그걸 보는 게 싫어. 당신은 내가 거기에 얼마나 신경을 쓰는지 알고 내가 주변이 깔끔할 때 제일 행복하다는 것도 알잖아. 그런데도 당신은 계속 그런다고."

프랭키는 토비에게 가위를 받아 포도 줄기를 잘랐다.

"다음엔 기억할게. 약속해."

프랭키가 말했다.

토비는 타이머를 맞추고 아일랜드 식탁에 기대 프랭키의 관자놀이에 가볍게 입을 맞췄다.

"고마워."

토비가 속삭였다.

"정말 다행이야. 한시름 놓겠어."

이어서 토비는 냉장고로 가서 문에 붙여둔 할 일 목록을 살펴봤다. 토비는 그 옆에 있는 자석 내장 지우개를 떼서 목록 제일 위 활동을 지운 후, 지우개를 냉장고 문에 다시 붙이고는 1초 동안 시간을 들여 완벽하게 일렬로 맞췄다.

토비는 언제나 깔끔했지만, 깔끔한 정도가 어느 때보다도 심해졌다. 매우 불행한 사람이 할 법한 강박적인 행동이다. 어쩌면 그저 포도 때문이 아닐지도 모른다. 어쩌면 그들의 생활 자체 때문인지도 모른다.

프랭키는 주방을 둘러봤다. 처음 이곳에 들어왔을 때, 프랭키는 아름다움에 감탄했다. 이제는 정돈된 모습에 숨이 막힌다는 느낌만 들었다. 요리책이 요리별로 정리돼 있고, 한 번도 펼쳐지지 않은 것 같았다. 인조 화초 화분이 높이순으로 배열돼 있었다. 초는 한 번도 켜진 적이 없는 것처럼 보이고, 완벽하게 수평을 이뤘다. 소파는 한 번도 앉은 적이 없는 것처럼 보이고, 쿠션은 서로 정확한 각도를 이루며 좌우 대칭으로 놓여 완벽하게 부풀려져 있었다. 여기는 집이 아니다. 모델 하우스다. 보여주는 삶이다. 토비는 아장아장 걸어 다니며 벽마다 낙서하는 아이를 어떻게 감당할까? 아니면 토비가 사소한 것에 집착하는 것을 멈추는 데 아이가 도움이 될까?

프랭키는 엄지손가락과 집게손가락을 모아 힘을 꽉 줬다.

"또 있어."

토비가 돌아섰다.

"오늘이 당신 생일인 건 알지만, 위층에 그 옷들을 확실히 치우긴 할 거야? 저스틴에게 새 욕실을 보여주고 싶은데 지금 저 위가 좀 부끄러운 상태야. 내가 정말 기꺼이 당신 대신 치울게. 당신이 괜찮다면?"

"음, 당신이 옷 개는 걸 얼마나 좋아하는지 알지만, 내가 할게. 내가 한다고 말했잖아. 약속해."

프랭키가 모아 쥔 엄지손가락과 집게손가락에 더 세게 힘을 주며 말했다.

"날 잘 알잖아!"

토비가 미소를 지으며 말했다.

"아, 내 핸드폰 봤어?"

프랭키가 대화 주제를 바꾸려고 토비에게 물었다.

"늘 있는 자리에 있지."

토비가 태연하게 말했다.

"당신이 좀 가져다줄 수 있을까?"

프랭키가 물었다,

"난 커피를 한 잔 더 내리려고."

"디카페인 커피로 해."

토비가 대답하고 두 손을 앞치마에 닦으며 돌아섰다. 토비가 팔을 올려 자신의 뒤 찬장을 열고 프랭키의 손이 닿을 수 없는 높은 선반에서 핸드폰 두 개를 꺼냈다.

"있잖아, 사실상 우린 핸드폰을 꺼내면 안 돼. 아직 8시 45분밖에 안 됐으니까. 그래도 뭐, 당신 생일이니까. 15분 정도야 괜찮겠지. 당신이 조피아 박사한테 말 안 하면 나도 말 안 할게."

프랭키는 핸드폰을 내미는 토비를 보며 통제력을 잃는 것에 대한 익숙한 공포심이 솟아오르는 것을 느꼈다. 예전에 토비는 프랭키가 페이스북에 너무 많은 시간을 허비한다고 자주 불평했다. 이것이 토비가 결혼 생활에서 느끼는 불만 중 하나였을까?

"생일 축하 메시지가 왔는지만 확인하면 돼."

프랭키가 쉭쉭거리는 커피머신 소리 너머로 말했다.

"물론이지."

토비가 핸드폰을 건네며 간결하게 말했다.

핸드폰 화면을 보니 새 메시지 열 통과 엄마와 아빠에게서 부재중 통화 두 통이 와 있었다. 프랭키가 핸드폰을 머그잔 옆에 놓자, 토비가 손을 뻗어 화면이 아래로 향하게 뒤집어 놓았다.

프랭키는 토비를 빤히 바라봤다.

"우리는 함께 있는 순간에 집중하는 연습을 해야 하잖아, 프랭크스. 취침 시간에 핸드폰 사용을 금지하는 게 정말 도움이 되는 것 같아. 안 그래? 난 우리가 더 유대감을 느끼는 것 같아. 난 확실히 더 깊이 잠들어. 왜 진작 이렇게 하지 않았는지 모르겠어. 밤 10시부터 아침 9시 사이에 올 중요한 연락이 있는 것도 아니잖아."

"아침에 깨어났는데 우리 아빠가 심장마비를 일으켜서 병원에 입원했다거나 뭐 그런 일이 생길 때까지는."

프랭키가 대답했다.

"겨우 1달이잖아. 당신이 몇 시간 동안 환한 파란 화면을 보다가 잠들던 때로 돌아가고 싶다면 그건 당신 선택이야. 내가 그걸 말리진 못하지."

"당신이 아무리 노력해도."

프랭키가 중얼거렸다.

"난 그저 우리가 열심히 노력해 봐야 한다고 생각해. 하지만 화제를 바꾸자. 오늘 밤 음식은 뭐로 하면 좋겠어? 생일을 맞은 사람의 선택이야!

내가 당신이 좋아하는 거로 만들게. 앨리스가 디저트를 가지고 온다고 했으니 그건 해결됐어."

"흐음, 간단한 거로?"

프랭키가 말했다.

"모두 여기 있는데 당신 혼자 스토브 앞에 묶여 있는 건 싫어. 샤퀴테리 어때? 고기, 치즈, 피클 같은 걸 한곳에 담아서 내놓자."

"좋았어!"

토비가 말했다.

"그렇지만 수준을 좀 올려서 스테이크와 감자칩으로 하면 어떨까?"

"그럼…… 스테이크와 감자칩?"

프랭키가 미소 지으며 말했다.

"응."

토비가 소리 내어 웃었다.

이것은 프랭키가 굳이 걸 필요 없는 싸움이다.

"디카페인 캡슐 썼어?"

토비가 커피를 한 모금 들이마시는 프랭키를 보며 물었다.

"어."

프랭키가 딱딱하게 대답했다.

"내가 여기서 감시할 수 있어서 다행이야!"

토비가 소리 내어 웃었다.

"회사에 있어야 하지 않아?"

프랭키는 그랬으면 좋았겠다고 생각하며 물었다.

"하루 휴가 냈잖아. 기억나?"

토비가 대답했다.

"당신이 혼자 생일을 축하하게 두고 싶지 않았어! 지난번에 혼자 됐을 때 당신은 나한테 말도 없이 나가서 문신했잖아!"

토비가 소리 내어 웃었지만, 프랭키가 보기에 토비는 그것을 그렇게 재미있게 여기지 않는 것 같았다.

"음, 난 오후 2시에 요양원에서 인터뷰가 있어. 여기 온종일 있지는 않을 거야."

프랭키가 가시 돋친 말을 무시하며 대답했다.

✦

아침 식사 후, 프랭키는 옷장을 치워 주겠다는 토비의 제안을 마침내 받아들였다. 그러고는 혼자서 핸드폰 메시지를 읽으려고 정원에 있는 사무실로 향했다. 토비가 프랭키의 옷을 공들여 갠다는 생각만으로도 프랭키의 몸 구석구석이 오글거리지만, 이 세상에서 주어진 시간은 한정돼 있고 단 1분도 낭비하고 싶지 않았다.

> 생일 축하해, 섹시한 사람!
> 이따가 만날 게 기대돼.
> 엘리는 새로운 색 립스틱을 실험 중이야.
> 립스틱 이름은 킨더 서프라이즈야.

앨리스의 메시지에는 얼굴이 초콜릿 범벅인 엘리의 사진이 딸려 있었다.

근사하네! 여기 몇 시에 도착해?

토비가 7시에 오라더라.

완벽하네.

프랭키는 다른 메시지로 넘어갔다. 몇 개는 프랭키가 전혀 모르는 사람들에게 온 것이다. 프랭키는 모두에게 단체 메시지로 '고마워요! x'라고 답장을 보냈다.

프랭키는 페이스북에 자신이 처음 보는 장소에서 낯선 사람들과 찍은 사진들을 태그해 놓았다. 지난 몇 년 동안 자신의 생활을 짐작하는 데 도움이 될 실마리이다. 다행히 많은 의문을 일으키는 사진은 하나도 없었다. 프랭키가 토레 데스 사비나르에서 예상한 대로, 프랭키의 생활은 서리의 안전망을 중심으로 돌아가는 듯했다. 술집, 식당, 산책로 사진을 쭉 내려보니 자신은 행복해 보였다. 어쩌면 이 삶을 너무 두려워할 필요가 없었을지도 모른다. 하지만 SNS에서는 다 그렇지 않나? 겉으로는 웃으면서 속으로는 비명을 지르고. 핸드폰에서 다시 프리야에게서 온 메시지 알림음이 울렸다.

생일 축하해, 자기! 진짜 미안한데, 오늘 밤에 못 가겠어. 빌어먹을 마감일. 아무래도 늦게 끝날 것 같아.

괜찮아. 완전히 이해해.

대신 다음 주에 론더스에서 술 한잔? 우리 둘만?

당연히 좋지.

좋았어. 그 사람한테 말했어?

프랭키는 주춤했다. 누구한테 뭘 말해?

아니……

프랭키…… 마음이 바뀌었어?
마음이 바뀌어도 괜찮아.

잘 모르겠어.

그리고 물론, 프랭키는 전혀 모른다. 도대체 무슨 마음이 바뀌었을까?
상담? 프랭키는 컴퓨터에 사용자 이름과 비밀번호를 입력했다. 무슨 마
음이 바뀌었는지 혹은 바뀌지 않았는지에 관한 진실을 알아내고 싶다면
인터넷 사용 기록이 모든 것을 드러낼 것이다. 프랭키는 모두 보기를 클
릭하고 최근 검색 항목이 나오자 눈이 커졌다. 수임료가 싼 이혼 변호사,
링크드인 기자직, '아이가 결혼을 구할 수 있을까?'라는 기사에 대한 페
이지가 수없이 이어졌다.

음, 여전히 원한다면 11월까지 그 아파트를 네 집처럼 써도 돼. x

프랭키는 문을 두드리는 소리에 깜짝 놀라 재빨리 나가기 버튼을 눌렀다.

"괜찮아?"

토비가 얼굴을 찌푸리며 물었다.

"응, 괜찮아. 깜짝 놀랐네. 난…… 생각에 잠겨 있었어."

프랭키가 빙긋 웃었다.

"조짐이 좋은걸! 이봐, 일요일 점심에 할머니 집에서 로스트비프 먹는 거 괜찮지?"

토비가 한 손에 핸드폰을 든 채 물었다. 짐작건대 아그네스와 통화 중인가 보다.

"멋진 생각이야."

프랭키는 속으로 그보다 최악의 상황은 없다고 생각했지만 그렇게 대답했다. 적어도 그때 프랭키는 이곳에 없을 것이다.

22시간 남았다.

20

프랭키는 스물한 살 때 이후로 자동차를 운전하지 않았다. 런던에서는 자동차가 필요 없었다. 그것이 도시 생활의 장점이다. 가고 싶은 곳이 어디든 데려다주는 기차, 지하철, 버스 정류장이 엎어지면 코 닿을 데 있었다. 혹은 프랭키의 경우처럼 손만 흔들면 편한 택시를 탈 수도 있다.

프랭키는 운전대 바로 앞에 코를 대고 꼿꼿이 앉아 운전 교습생처럼 킹스턴 하이 스트리트를 운전했다. 그레이트 오크스 요양원까지 길을 안내하는 내비게이션을 향해 1초마다 눈길을 휙 던졌다. 백미러를 흘낏 보니 뒤에 따라오는 자동차의 행렬이 길었다. 심장 박동이 더 빨라지면서 손가락으로 운전대를 꽉 쥐었다.

왜 프랭키는 이 세상에 속하지 않은 것 같은 위화감이 들까? 서리에서 자랐으니 이곳이 익숙하게 느껴져야 마땅했다. 그리고 누가 집을 티끌 하나 없이 깔끔하게 유지하면서 침대로 아침 식사를 가져다주고 작업실을 지어주는, 잘생기고 든든한 남편이 있는 세상에서 살고 싶어 하지 않을까? 누가 길모퉁이만 돌면 친한 친구들이 있는 녹음이 우거지고 안전한 이 동네에서 살고 싶어 하지 않을까? 그리고 누가 지역 사회를 기쁘게 하는 직업을 원하지 않을까? 누가 단조로운 노인들의 하루하루에 약간의 흥취를 더해주는 것을 원하지 않을까? 그것은 매니큐어 선택을 잘못했다고 연예인을 조롱하는 것보다 훨씬 의미가 있다.

어쩌면 프랭키는 여기에 어울리는 법을 배울 수 있을 것이다. 익숙해질 시간이 필요할지도 모른다. 미혼의 도시 생활에 대한 기억이 여전히 생생하니 적응할 시간이 필요한 것이 지극히 당연하다. 프랭키가 이 삶을 선택한다면, 중요한 목표에 도달하느라 받는 모든 압박감이 사라질 수 있다. 음, 다른 압박감이 생기기 시작할 때까지는. 아이를 낳는 것 같은. 아니면 아이를 낳지 않는 것 같은. 앞으로 남은 삶 동안 이런 짓눌리는 느낌에 시달릴 것이다.

머리가 지끈거렸다.

프랭키가 그레이트 오크스 진입로로 들어서자 뒤에 오던 차들이 빠르게 지나쳐갔다. 요양원 앞 주차장 빈자리에 차를 세우고 엔진을 끈 다음, 운전대에 머리를 기대다가 실수로 경적을 크게 울렸다. 후다닥 똑바로 앉고 보니 휠체어에 탄 할머니 둘이 자동차 창으로 프랭키를 힐끔거렸다.

"죄송해요!"

그들이 프랭키의 소리를 들을 수 있기라도 하는 양 프랭키가 나지막한 목소리로 말했다.

프랭키는 노인들을 좋아하지만, 언젠가 자신의 몸이 말을 듣지 않게 된다는 생각은 견딜 수 없다. 마음속에서 프랭키는 여전히 열여섯 살이고, 다르게 느낀다는 것을 상상할 수조차 없었다.

프랭키는 메모지를 움켜잡고 자동차 문을 열었다.

현관 앞에 도착해서 초인종을 누르고 기다리는 동안 뒤에서 자갈길을 느릿하게 밟는 발소리가 점점 커지는 것이 들렸다. 고개를 돌리니 노인 한 쌍이 팔짱을 끼고 다른 손으로는 지팡이를 움켜쥔 채 건물 앞 잔디밭을 향해 발을 질질 끌며 걷고 있었다. 그들은 서로 속삭이며 낄낄 웃었다. 그 모습이 프랭키의 마음을 달래준다. 프랭키와 토비가 50년 후에 저런 모습일 수 있을까?

50년.

프랭키는 이마에 송골송골 땀이 맺히는 것을 느꼈다.

"그레이트 오크스입니다. 무엇을 도와드릴까요?"

인터컴에서 부드러운 목소리가 들렸다.

하지만 프랭키는 대답하지 않았다. 대신에 천천히 몇 걸음 물러났다.

"여보세요?"

목소리가 다시 들렸다.

프랭키는 돌아서서 계단을 내려가 자동차로 뛰어들었다. 운전대를 꽉 잡고 뒤통수를 가죽 머리 받침대에 세게 눌렀다. 마음이 불편하다. 사실 지독히 불편하다. 프랭키는 취재는 물론이고 마감 시간을 어긴 적이 한 번도 없다. 불쌍한 재스퍼 딕슨은 아마 이 만남을 기대하고 있을 것이다. 프랭키는 방에 혼자 앉아 손님을 기다리는 재스퍼의 모습을 상상했다. 한숨을 쉬고 몸을 일으켜 세워 문을 다시 열려고 했다. 하지만 다시 멈췄다.

메이블은 여기에서 시간을 현명하게 쓰라고 조언했다. 그리고 프랭키는 이 세상에 정말로 존재하는 것도 아니지 않은가? 프랭키가 여기 다시 돌아오기로 한다면, 잊지 않고 재스퍼와 생애 최고의 인터뷰를 할 것이다. 그리고 프랭키는 축하하기 위해 꽃과 초콜릿을 가지고 갈 것이다.

프랭키는 너무 이기적으로 군다고 못마땅하게 쯧쯧거리는 내면의 소리를 무시한 채 시동을 걸고 자동차 시계를 힐끗 쳐다봤다.

오후 2시 5분이다.

친구들이 도착할 때까지 5시간 남았다. 그리고 이 삶이 프랭키가 원하는 삶인지 알아낼 시간이 18시간 남았다. 프랭키는 라디오를 켜고 진입로에서 빠르게 빠져나갔다.

21

프랭키는 클래펌 커먼 사우스 사이드에 있는 사랑하는 빅토리아 시대 아파트 건물에서 12년 넘게 살았다. 프랭키는 자동차 뒷좌석에서 발견한 두툼한 회색 카디건을 걸치고 차가운 계단에 웅크리고 앉아 플랫 화이트를 홀짝였다. 콕 폰드* 맞은편 도로변에 있는 자신이 좋아하는 작은 커피숍에서 사 온 것이다. 플랫 화이트를 홀짝였다.

자신의 옆 콘크리트 바닥에 한 손을 얹고 이 계단을 얼마나 많이 봤는지 떠올렸다.

이곳에 이사 온 첫 주 어느 밤, 회사 크리스마스 파티를 끝내고 돌아온 프랭키는 열쇠를 찾지 못해 핸드백 속 모든 물건을 현관에 쏟았다.

그러다가 톰을 만났다.

"저, 안녕, 실수쟁이! 도와줄까요?"

톰이 짙은 청색 플란넬 가운 차림으로 레드와인 잔을 들고 현관문 앞에 서서 피식 웃었다.

"정말 미안해요!"

---

* 런던에 있는 연못

프랭키가 숨을 헐떡이며 여기저기 흩어진 화장품, 펜, 빗, 구두, 찌그러진 말보로 라이트 갑, 유럽 도시 여행에서 산 망가진 라이터들을 재빨리 그러모으는 동안 머리카락이 흘러내려 얼굴을 가렸다.

"열쇠를 못 찾겠어요. 전 새로 이사 왔어요. 프랭키예요."

"안녕."

톰이 웃으며 손을 흔들었다.

"톰이에요. 그리고…… 이거 당신 거 같은데요?"

톰이 열쇠 구멍을 가리켰다. 프랭키의 열쇠가 자물쇠에 매달려 있었다.

"세상에."

프랭키의 두 팔이 옆으로 툭 떨어졌다. 절반 정도 먹은 몬스터 먼치 봉지가 가방에서 떨어져 계단에 흩어졌다.

"미안해요."

프랭키가 얼굴을 찌푸렸다.

"통화 중이었거든요. 열쇠를 꽂은 걸 완전히 잊어버렸나 봐요. 크리스마스 파티에 갔다가 오는 길이라……."

"고주망태가 됐군요. 설명할 필요 없어요. 나도 다 겪어봤고, 다음에 또 겪을 거예요."

톰이 소리 내어 웃으며 말했다.

"비밀번호 누르는 걸로 바꿀 때도 됐는데. 이제 2010년이잖아요. 어쨌든, 담배 한 대랑 술 한 잔 교환하기 어때요?"

다음 날 아침, 프랭키가 톰의 파란색 벨벳 소파에서 플란넬 가운을 담요처럼 덮은 채 잠에서 깨어나니 베이컨 냄새가 났고, 톰이 케이티 페리의 「파이어워크Firework」를 가성으로 부르는 소리가 들렸다.

거의 13년이 지난 지금, 마치 이곳에 처음 온 것 같은 기분이 들었다. 4층에 있는 자신의 집 창문 쪽으로 목을 쭉 빼고 보니 창문이 살짝 열려 있었다. 프랭키는 지금 저기에서 어떤 삶이 펼쳐지고 있는지, 그리고 자신이 토요일 오후마다 그랬듯이 그 집 사람들이 창턱에 앉아 공원을 내려다보는지 궁금했다.

그 오래 전 12월에 이곳에 처음 도착했을 때, 프랭키는 남자 친구와 갓 이별한 미혼이었고 희망으로 가득 차 있었다. 프랭키는 엄마의 낡아 빠지고 오래된 여행 가방을 발 옆에 내려놓았고, 캥거루 인형 포테이토를 친구 삼아 주머니에 넣어놓았다. 여기에서 어떤 이야기가 펼쳐질지, 이 계단이 자신을 어디로 데리고 갈지, 누가 환영을 받으며 돌아올지에 대한 기대감에 흥분돼서 가슴이 터질 것 같았다. 다음 해 여름, 프랭키는 입구 분위기를 밝게 하려고 현관문 옆에 화분 몇 개를 갖다두어 이웃을 기쁘게 했다.

하지만 지금 이곳에는 그 화분이 없다.

프랭키의 뒤에서 현관문이 벌컥 열리고, 젊은 여자가 프랭키 옆 계단을 황급히 내려가 주차장을 가로질러 뛰어갔다. 여자가 멈추지 않은 채 프랭키 쪽을 흘낏 돌아봤다. 한 손으로 핸드폰에 뭔가를 입력하고 있었고, 다른 한 손에는 컵을 들고 있었다. 프랭키가 그 모습을 보고 웃으며 저 여자가 저렇게 서둘러 시작할 모험이 무엇일까 생각했다.

어쩌면 쇼어디치의 술집에서 하는 첫 데이트 혹은 더 나은 두 번째 데이트일지도 모른다. 프랭키는 꽤 오랫동안 두 번째 데이트를 하지 않은 것 같지만, 두 번째 데이트는 어색한 잡담을 하지 않아도 돼서 훨씬 수월한 법이다.

여자가 사우스 사이드를 급히 가로질러 자동차들 사이로 쏜살같이 달려가는 동안 프랭키는 여자의 자유를 부러워하는 마음이 솟구치는 것을 느꼈다. 여자는 자신이 원하는 곳으로 원하는 때에 가고, 책임져야 할 사람이 자기 자신 말고는 없을 것이다. 그리고 언제든 마음 내킬 때 집에 돌아올 것이다. 다음 날 아침까지 돌아오지 않을지도 모른다. 이 계단은 여자의 것이고 마음대로 왔다 갔다 할 수 있다. 프랭키는 이 계단이 자신의 것이면 좋겠다고 생각했다.

핸드폰에서 메시지 알림음이 울렸다.

> 인터뷰는 어떻게 되고 있어? 몇 시에 올 거야?

프랭키는 일어난 후 무릎에서 상상의 먼지를 털어냈다. 프랭키는 마지못해 느릿느릿 움직이는 발로 자신이 살던 건물 앞 계단을 내려와 길을 건넌 후, 오리들을 보려고 롱 폰드 벤치*로 향했다.

프랭키는 이전 삶에서 오리들에게 먹이를 줬다. 자신의 비밀을 지켜준 대가였다. 그리고 자신이 힘든 시기를 겪을 때 친구가 돼준 대가이기도 했다. 캘럼이 연락하지 않아서 자신이 쓸모없는 사람처럼 느껴질 때. 친구들이 자신을 만날 시간이 없어서 외로울 때. 주변의 모든 것과 모든 사람이 변하고 있는데 자신은 처음 런던에 도착했을 때와 여전히 똑같은 프랭키라서 어찌할 바를 모르겠을 때. 프랭키는 그 아파트 건물과 똑같았다. 매주 새로운 가게가 문을 열면서 클래펌 커먼이 수년에 걸쳐 완전히 달라지는 동안, 그 건물은 내내 변하지 않았다. 하지만 어쩌면 변할

---

* 런던 그리니치에 있는 연못

필요가 없었기 때문인지도 모르겠다. 아마도 그 건물은 그대로도 완벽하게 괜찮았나 보다. 망가지지 않으면 고치지 마라. 그리고 망가지면······ 음, 무시하기가 더 쉽다.

프랭키는 1시간 동안 운전해서 킹스턴으로 돌아가고 싶지 않았다. 프랭키는 톰의 집 문을 두드리고 윈드밀로 끌고 가서 5시간 연속으로 와인을 마시고 싶었다. 웨지 감자와 사워크림을 게걸스럽게 먹고 두 사람이 좋아하는 가죽 소파에 함께 앉아 있고 싶었다. 그러고 나서 서로 팔짱을 끼고 케이티 페리의 노래를 부르며 아파트 건물로 비틀비틀 돌아가고 싶었다.

그리고 다음 날 아침에는 일어나고 싶은 시간에 혼자 일어나 슬렁슬렁 잔디밭을 가로지르고 싶었다. 그리고 조지프스에 가서 플랫 화이트 한 잔과 시나몬롤 2개(1개는 자신의 것이고 다른 1개는 톰의 것)를 산 후, 일부러 공원을 빙 두르는 먼 길을 걸어 집으로 가면서 늘 보이는 조깅하는 사람들이 스쳐 지나가는 것을 구경하고 싶었다. 그들 중 몇몇은 일요일 아침마다 같은 길을 지나가는 프랭키를 알아보고 숨을 헐떡이며 잽싸게 미소를 보낼지도 모른다.

토비의 메시지는 프랭키의 마음을 훈훈하고 몽글몽글하게 해야 마땅하다. 이전 삶에서 프랭키가 원한 것이 이것이었다. 혹은 적어도 그렇다고 생각했다. 포테이토 대신 집에서 기다리는 사람, 식사를 같이하는 사람, 자신을 위해 생일 케이크를 구워주는 사람. 하지만 그것을 갖게 되니(그것을 위해 자유를 희생해야 한다는 것을 알게 되니) 그저 예전 생활로 돌아가고 싶었다. 프랭키는 토비에게 답장했다.

6시까지 집에 도착. 탄산수 얼음에 올려놔! :/

프랭키는 이 생일 만찬을 왜 기대하지 않는 걸까? 프랭키는 앨리스를 세상 무엇보다 사랑한다.

에이, 걱정하지 마. 너무 맛있어서 놀라 자빠질 목테일*을 만들어 줄게!

프랭키가 토비의 마지막 메시지를 보고 미소 지었다. 토비는 아주 열심히 노력하고 있었고, 프랭키는 거의 아무 노력도 하지 않았다. 프랭키는 언제나 사랑은 강요할 수 없다고 믿었다. 하지만 부부 상담도 받고 충분한 시간도 있으면 프랭키는 토비를 예전처럼 사랑할 수 있을까?

뒤에서 들리는 익숙한 낄낄거리는 웃음소리에 프랭키는 상념에서 빠져나와 벤치에서 몸을 획 돌렸다.

톰이다. 톰이 핸드폰으로 누군가와 통화하면서 프랭키 쪽으로 빠르게 걸어왔다. 톰이 이야기하면서 세인트 조지프스 상자를 흔들었다. 프랭키는 톰이 어젯밤의 모험담을 풀어놓고 있다고 짐작했다.

"스피닝? 미쳤어? 당연히 안 갔지. 그 독한 삼부카 때문에 아직도 머리가 빙빙 도는데. 아냐, 조엘은 얌전하게 집에 있었어. 언제 돌아와? 알았어. 이따가 영화 볼래? 그래, 그래, 네 빌어먹을 소포는 내가 받아서 서명할게. 걱정 좀 그만해. 좀 이따 보자, 이 바보야."

네 빌어먹을 소포는 내가 받아서 서명할게.

톰은 이웃과 통화 중인 것이 분명했다. 원래는 프랭키였어야 할 이웃.

---

* 알코올이 들어가지 않은 칵테일

톰이 프랭키의 시선을 알아차리자 프랭키는 재빨리 다른 방향으로 고개를 돌렸다. 톰이 다가오는 소리에 프랭키의 가슴이 쿵쿵거렸다. 톰이 한쪽 끝에 앉자 벤치가 약간 내려앉았다. 프랭키는 슬금슬금 움직여 떨어져 앉았다. 프랭키는 정면을 향해 머리를 고정한 채 호수 가장자리에 있는 오리들에게 시선을 집중했다.

"이런, 미안해요!"

톰이 말하자 프랭키가 재빨리 톰을 흘끗 쳐다봤다.

"내가 아니라 이 페이스트리 때문이에요. 이 상자는 적어도 5킬로그램은 돼요!"

프랭키는 부드럽게 웃으며 10분 전에 다 마신 플랫 화이트를 한 모금 마시는 척했다. 톰은 그대로였다. 커다란 푸른 눈과 통통한 장밋빛 뺨, 그 위에 자리 잡은 가늘고 곱슬곱슬한 노란 머리카락. 그 머리카락 때문에 스펀지톰 스퀘어팬츠라는 별명이 생겼다. 프랭키가 톰을 처음 만나고 몇 주 후에 지어준 별명이었다. 사람들은 두 사람의 머리카락 때문에 그들이 남매라고 종종 오해하곤 했다.

"조지프스가 최고 아닌가요?"

톰이 프랭키의 커피 컵을 가리키며 말했다.

"이 시나몬롤 먹어봤어요? 너무 맛있어서 커먼을 떠나고 싶지 않을 거예요."

프랭키는 목이 메었다. 프랭키는 톰이 눈에 맺힌 눈물을 보지 못하게 반대 방향으로 고개를 돌렸다.

"이봐요, 괜찮아요?"

톰이 가까이 움직이며 물었다.

"누가 당신한테 이런 짓을 한 거예요?"

프랭키는 뚝뚝 떨어지는 눈물을 훔치고 억지로 미소를 지으며 톰에게 시선을 돌렸다.

"미안해요."

프랭키가 깊게 숨을 들이마시며 말했다.

"아무도 아니에요. 난 괜찮아요. 그냥 문제가 좀 있어서요. 갈 테니까 편하게 먹어요……, 그 시나몬롤."

"잠깐만요."

톰이 걱정으로 눈이 휘둥그레지며 말했다.

"이거 가져가요. 장담컨대 기분이 나아질 거예요."

톰이 시나몬롤 하나를 꺼내 상자를 닫은 다음, 프랭키에게 건넸다.

"어쨌든 내 남자 친구는 이 맛을 잘 몰라요."

톰이 빙긋이 웃었다.

"그래서 이 맛있는 걸 먹을 자격이 없죠."

프랭키는 일어나 커피 컵을 재활용 수거함에 넣으면서 톰을 포옹하지 않으려고 안간힘을 썼다.

"난 괜찮아요."

프랭키가 말했다.

"정말이에요. 아무튼 고마워요."

"자책하지 말아요, 아가씨."

톰이 프랭키에게 고개를 끄덕하며 말했다. 프랭키는 킹스턴으로 돌아가기 전에 찾아가고 싶은 마지막 장소를 향해 걸어가면서 톰의 시선을 느꼈다.

＊

프랭키는 케밥 팰리스에 감정적으로 애착을 느끼는 것이 그다지 자랑
스럽지는 않았지만, 그곳에서는 집과 같은 냄새가 났다. 프랭키는 일주
일에 적어도 한 번, 항상 밤늦은 시간에 그곳에 들렀고, 그 안의 달콤하
고 끈적끈적한 공기에 마음이 따뜻하고 편해졌다.

톰은 그런 프랭키를 끊임없이 놀렸다. 하지만 톰은 그런 말을 할 자격
이 없었다. 톰은 핫도그 소시지 통조림에 은밀한 애착이 강했고, 싱크대
아래 찬장에 한 무더기를 숨겨뒀다.

"안녕하세요. 어서 오십시오!"

프랭키가 들어가자 에미르가 초인종 소리 너머로 명랑하게 외쳤다.

"안녕."

프랭키가 방긋 웃으며 이미 다 외우고 있는 메뉴를 올려다봤다.

"뭐 드릴까요?"

에미르가 물었다.

"음⋯⋯."

프랭키가 조용히 중얼거렸다.

"손님이 뭘 먹고 싶은지 알아요."

에미르가 웃었다.

"내 마술이죠. 난 마음을 읽을 수 있어요."

"아, 그래요?"

프랭키가 소리 내어 웃었다.

에미르가 프랭키를 빤히 보면서 자신의 매끄러운 턱을 과장되게 쓰다

듣었다.

"칠리소스를 추가한 치킨 시시 케밥이요."

에미르가 눈썹을 추켜세우며 프랭키를 가리켰다.

"짜잔!"

프랭키가 키득거렸다.

"처음 온 손님에게는 음료를 무료로 제공합니다. 뭐로 할래요?"

에미르가 평소처럼 아찔하게 빠른 속도로 케밥을 만들면서 말했다.

"음, 사실 난 처음 온 손님이 아니라 그건 반칙일 것 같은데요."

프랭키가 대답했다.

에미르가 움직임을 멈추고 올려다봤다.

"정말요? 손님을 본 기억이 없는데요. 난 모든 손님을 기억하거든요. 좋아요. 그럼 사과의 의미로 다이어트 콜라를 무료로 드릴게요. 다이어트 콜라 좋아하죠?"

"고마워요, 에미르."

프랭키가 미소 지었다.

"내 이름까지 알다니! 정말 미안해요. 창피하네요."

에미르가 고개를 흔들며 말했다.

"이름이 뭐예요? 다음에는 꼭 기억할게요."

"프랭키예요."

프랭키가 말했다.

"그래요, 그래, 프랭키, 프랭키, 프랭키. 절대 안 잊어버릴게요, 프랭키!"

에미르가 외치며 시시 케밥을 포일에 단단히 싸서 계산대 너머로 건넸다. 그러고는 진열장에서 다이어트 콜라를 꺼내 쓱 밀었다.

프랭키는 케밥 값을 내고 문으로 가다가 계단을 보고는 저번에 여기에 왔을 때를 떠올리며 움찔했다.

"어이, 프랭키!"

에미르가 외쳤다.

프랭키가 돌아봤다.

"거기 계단 조심해요."

에미르가 빙긋이 웃었다.

22

오후 6시 55분, 프랭키가 현관문을 여니 앞에 앨리스가 있었다.

"저스틴은 방금 맥주 가지러 차고에 갔어."

앨리스가 활짝 웃으며 말했다.

"생일 축하해!"

앨리스의 믿음직한 얼굴을 보고 가슴이 벅차오른 프랭키는 앨리스에게 달려들어 두 팔로 힘을 다해 꽉 껴안았다. 익숙한 샤넬 알뤼르 향이 앨리스의 귀 뒤에서 풍겼다. 앨리스가 키득거리며 목이 졸리는 시늉을 했다. 프랭키가 숨을 쉬려고 고개를 들었을 때 앨리스는 프랭키의 눈에 글썽이는 눈물을 보고 꽃을 떨어뜨렸고, 프랭키를 품에 안아 두 번째 포옹을 했다.

"다 잘될 거야, 프랭클스. 약속해."

앨리스가 프랭키의 귀에 속삭였다.

"네가 어떻게 알아."

프랭키가 중얼중얼 대꾸했다.

"당연히 알지. 난 모든 걸 알아. 기억 안 나?"

앨리스가 대답했다.

프랭키는 앨리스가 모든 것을 알면 좋겠다고 생각했다. 앨리스에게 비밀로 하는 것은 하나도 없는데, 이 일을 숨기려니 꼭 고문 같았다. 그렇지만 프랭키가 무슨 일이 벌어졌는지 말한다면, 앨리스는 아마 프랭키를 정신과에 보내 검사를 받게 할 것이다.

"앨리!"

토비가 맨발을 복도 원목 바닥에 자신 있게 내디디며 외쳤다. 토비가 몸을 숙여 앨리스의 양 볼에 입맞춤했다. 놀랍게도 토비가 그러는 동안 앨리스의 몸이 뻣뻣해지는 것 같았다. 하지만 프랭키만이 제일 오랜 친구의 보디랭귀지에 일어난 미세한 변화를 알아차릴 것이다.

"토브스."

앨리스가 토비에게 꽃을 건네며 대답했다.

"주방에서 바빴나 보네?"

"날 알잖아."

토비가 미소 지었다.

"어떻게 하는지 말 안 해도 되겠지. 신발은 입구에서 벗어!"

토비가 복도에 있는 빈 신발장을 가리키며 말했다. 프랭키는 그것이 손님용이라고 짐작했다.

토비가 선물을 들고 주방으로 돌아가자 앨리스가 토비를 향해 혀를 쭉 내밀고는 코트와 가방을 벗어 황동 코트 걸이에 걸다가 프랭키와 눈이 마주쳤다. 두 사람은 장난스럽게 키득거렸다.

"프리야는 못 온대."

두 사람이 주방으로 걸어가는 동안 프랭키가 말했고, 이어서 앨리스는 아일랜드 식탁 스툴에 앉았다.

"하, 놀랍지도 않다! 프리야가 마지막으로 온 게 도대체 언제야?"

앨리스가 비웃었다.

"때가 되면 두 사람은 프리야가 절대 이 먼 데까지 오지 않으리라는 걸 받아들이게 될 거야."

토비가 프레스코 와인병을 따서 앨리스를 위해 적당한 크기의 잔에 따르며 말했다.

"나는?"

프랭키가 물었다.

"당신은 마시면 안 돼!"

토비가 소리 내어 웃었다.

"아, 응. 앗싸."

프랭키가 중얼거렸다.

"프리야가 그 정도 수고는 좀 할 수 있는 거잖아."

앨리스가 말했다.

"우린 시베리아가 아니라 교외에 산다고!"

"그렇지. 하지만 북런던에서 여기까지 1시간 반이나 걸려."

토비가 대답했다.

"우리가 저녁을 먹으러…… 브라이튼에 가는 거나 마찬가지지. 난 프리야를 탓하지 않아."

"우리가 적당히 타협해서 시내 식당에 예약했으면 됐을 텐데?"

프랭키가 물었다.

마치 프랭키가 말도 안 되는 소리라도 한 것처럼 앨리스와 토비가 프랭키를 돌아봤다.

"너희 두 사람은 아이가 생기면 얼마나 힘든지 곧 알게 될 거야."

앨리스가 대답했다.

"늘 어서 시간이 가기를 기다리며 베이비시터랑 시계만 쳐다보고 있는 기분이야. 게다가 밤에 한 번 외출하려면 100파운드가 추가돼. 프리야한테는 그런 문제가 없잖아."

"하지만 우리가 한 선택에 프리야가 대가를 치러야 할 필요도 없지."

프랭키는 앨리스의 태도에 개인적으로 모욕감을 느끼며 대답했다.

현실에서 프랭키는 프리야와 마찬가지였다. 앨리스가 프랭키에게 킹스턴으로 오라고 할 때마다 프랭키는 언짢았다. 프랭키가 너무 멀다고 말하면 앨리스는 하룻밤 자고 가라고 했다. 하지만 프랭키는 유아용 침대에서 자다가 옆에 서서 같이 놀자고 조르는 다섯 살짜리 때문에 새벽에 깨고 싶지 않았다.

왜 앨리스는 그것을 이해하지 못할까? 아이들에게 좌지우지되는 삶을 살기로 선택한 것은 앨리스인데, 도대체 왜 프랭키와 프리야까지 그런 독재 아래에서 살아야 하나?

"어쨌든 프리야는 이사 가는 줄 알았는데? 프리야가 핀칠리에 있는 아파트를 세놓고 브랙널에 집을 산다고 당신이 말하지 않았어?"

토비가 물었다.

"뭐, 비슷해."

프랭키는 그들이 아까 주고받은 문자를 떠올리고 죄책감을 느끼며 대답했다.

✦

"초록색*이야!"

저스틴이 맥주병을 탁자에 쾅 내려놓으며 외쳤다. 저스틴은 벌써 세 병이나 마셨는데 토비는 전채 요리로 스터프드 아보카도를 이제 막 내놓았다. 프랭키는 아보카도를 좋아하려고 노력해 봤다. 적어도 토비는 프랭키가 아보카도를 좋아하게 하려고 몇 년 동안 노력했다. 프랭키가 토요일 아침마다 벌어지는 똑같은 말다툼에 신물이 나고 빤히 들여다보이는 수작을 피하려고 결국 아보카도를 좋아하는 척할 때까지. 프랭키는 아보카도의 식감에서 왠지 썩은 음식의 느낌을 받았다. 그리고 억지로 아보카도를 먹이려고 하는 토비 때문에 심드렁해지기도 했다.

"사실은 검은색**이야."

해리가 소리 내어 웃으며 말했다.

저스틴이 맥주를 가지고 도착한 몇 분 후, 다시 초인종이 울렸다. 프랭키가 문을 열자 한 번도 본 적 없는 남녀 한 쌍이 기쁘게 소리를 지르며 프랭키에게 가족처럼 인사했다. 나중에 이름을 알게 된 해리와 그레이스 부부는 길 아래에 사는 가까운 친구였다.

분명했다. 그리고 그들의 아이들은 엘리, 매슈와 같은 학교에 다녔다.

"미안해. 이건 나도 토비랑 같은 생각이야. 분명히 검은색이야."

앨리스가 논쟁에 끼어들었다.

5명 모두 조언을 기대하며 프랭키를 돌아봤다.

---

*　재활용품을 담는 초록색 쓰레기통
**　일반 쓰레기를 담는 검은색 쓰레기통

"흐음……."

프랭키가 중얼거리며 아보카도 가운데에 있는 토마토 살사에 숟가락을 집어넣었다. 프랭키는 살짝 갈색을 띠는 과육을 자세히 살피며 토하고 싶어졌다.

"내가 보기에는…… 녹색이야."

"당신은 당연히 그렇게 말하겠지."

토비가 눈을 굴렸다.

프랭키는 아보카도 덩어리를 입에 넣고 이 사이로 뭉개지는 것을 느끼며 얼굴을 찡그리지 않으려고 안간힘을 썼다. 프랭키는 토비를 보며 어깨를 으쓱했다.

"내가 무슨 생각을 하든, 당신은 늘 반대로 생각하려 하잖아!"

토비가 설명했다.

"해시태그 결혼 생활, 내 말이 맞지?"

해리가 말했다.

"이 문제를 해결할 쉬운 방법이 없을까?"

프랭키가 말했다.

"그냥…… 밖을 내다보면 되잖아?"

"검은색이라는 데 10파운드 걸게!"

토비가 외쳤다.

"좋았어!"

저스틴이 대답하고 거친 붉은색 턱수염을 쓰다듬어 5분 전부터 그 자리에 묻어 있던 아보카도 얼룩을 지웠다. 프랭키는 저스틴이 수년 동안 럭비를 해서 근육질이 된 다부진 맨다리로 현관문을 향해 성큼성큼 걸어가는 것을 지켜봤다. 저스틴이 밖을 힐끗 보고 주먹을 치켜들었다.

"이럴 줄 알았어!"

"틀림없이 내일이 쓰레기 수거일이라고 생각했는데."

앨리스가 외쳤다.

"애들이 열한 살과 여덟 살이어도 내가 임신 건망증이라는 핑계를 댈 수 있을까?"

프랭키는 남은 아보카도를 숟가락으로 퍼서 재빨리 입에 넣고 통째로 삼킨 다음, 비누 맛이 나는 알코올 맥주를 벌컥벌컥 마셔 씻어냈다.

"이봐요, 다들."

그레이스가 프랭키를 힐끗 보며 말했다.

"내일 어떤 쓰레기를 수거하는지 내기하는 건 딱히 생일날 하기에 흥미로운 대화는 아니야. 분명히 이보다 나은 대화를 할 수 있잖아? 우리가 그렇게 늙고 지루한 사람들은 아니지 않나?"

"어이, 그거야 그쪽 생각이고."

저스틴이 대답했다.

"난 막 10파운드를 땄다고. 내일 우리가 먹을 해피밀이 조금 더 행복해졌어."

토비가 주머니에 손을 넣어 10파운드 지폐를 꺼내 건넸다.

"괜찮아. 난 내가 틀렸을 때는 그걸 인정하는 대범한 남자라고."

사실 토비는 어떤 일에도 자기가 틀렸다고 인정하기를 싫어했다. 아보카도의 경우처럼. **"내가 장담하는데 언젠가 당신은 아보카도를 아주 좋아하게 될 거야!"**

"맛있었어. 고마워, 토브스."

프랭키가 숟가락을 접시에 내려놓으며 말했다.

"난 당신이 아보카도에 관한 생각을 바꿀 줄 알았어."

토비가 빙긋 웃었다.

"다른 내기는 어때?"

저스틴이 히죽히죽 웃으며 말했다.

"숟가락으로 이 아보카도를 통째로 파서 내 입에 넣을 수 있다는 데 걸게."

"저스틴, 그만해. 처음에 우리는 여든 살 먹은 노인들처럼 쓰레기 수거 일을 놓고 토론했어. 그리고 이제는 여덟 살짜리 아이들처럼 당신이 얼마나 많은 음식을 수염 사이로 밀어 넣는지 토론하고 있다고."

"그리고 이 깔개는 산 지 한 달밖에 안 됐으니까 엉망으로 만들지 말……."

토비가 말을 시작했다.

"실패한다는 데 10파운드 걸게."

프랭키가 토비의 말에 끼어들었다. 이 유치한 토론이 이전 것보다 훨씬 더 재미있었다.

"좋았어!"

저스틴이 외치고는 과장되게 팔꿈치를 올리고 아보카도를 코에 가까이 들어서 숟가락으로 과육을 천천히 조심스럽게 파냈다. 모두가 입을 다물고 지켜보는 가운데, 저스틴이 숟가락을 위로 들고 입을 쩍 벌렸다. 입을 워낙 크게 벌려서 저스틴의 치아 뒤쪽이 프랭키에게 보일 지경이었다. 곧이어 과육 덩어리가 저스틴의 하얀 반바지 가랑이에 떨어졌다.

"젠장!"

저스틴이 소리를 지르며 숟가락을 접시에 떨어뜨렸다.

"여덟 살짜리 내 남편이랍니다, 여러분. 우리가 런던 중심부 고급 식당에 가지 않는 이유를 알겠지?"

앨리스가 고개를 절레절레 저으며 웃었다.

"실패할 줄 알았어."

프랭키가 소리 내어 웃으며 말했다.

"아보카도를 통째로 입에 넣는 게 불가능하다는 건 톰이 여러 번 증명했거든."

식탁 위로 정적이 내려앉았다.

"톰이 누구지?"

토비가 물었다.

프랭키가 앨리스와 저스틴을 보니 두 사람은 이맛살을 찌푸린 채 프랭키를 빤히 보고 있었다.

프랭키가 얼어붙었다. 당연히 그들은 톰을 모른다. 톰은 이곳에서 프랭키의 삶에 존재하지 않는다.

이 삶을 선택한다는 것은 톰을 다시 볼 수 없다는 뜻이다.

프랭키는 밤 외출을 하기 전 오후 5시에 다시는 패션쇼를 할 수 없을 것이다. 새벽 2시에 톰이 팔을 축 늘어뜨리고 특유의 춤을 추면서 태평하게 와인을 깔개에 흘리는 동안 프랭키가 커피 테이블 위에서 「돈트 스톱 무빙Don't Stop Movin」에 맞춰 춤을 추다가 발작적으로 웃으며 소파에 털썩 주저앉는 것도 다시는 할 수 없을 것이다. 다음 날 고요를 즐기며 커다란 선글라스를 끼고 샤크슈카* 달걀을 입에 퍼넣는 것도 다시는 할 수 없을 것이다. 잠자리에 들 때까지 〈베벌리힐스의 진짜 주부들Real

---

* 매운 토마토소스에 달걀을 넣어 익힌 음식으로 중동 지역, 튀니지, 이집트 등에서 주로 먹는다.

Housewives of Beverly)*을 보면서 톰과 느긋하게 시간을 보내는 것도 다시는 할 수 없을 것이다.

대신에 프랭키는 15년 동안 함께 있던 똑같은 사람들과 이 완벽한 주방 식탁에 앉아 싫어하는 음식을 먹고 쓰레기 수거일을 토론하며, 저스틴이 입에 음식을 욱여넣는 것을 저녁 식사 자리의 최고 화제로 평가할 것이다.

"아차!"

프랭키가 이마를 가볍게 치며 말했다.

"직장 동료야. 그 사람 이야기를 예전에 한 줄 알았지 뭐야. 톰은 항상 그런 바보 같은 짓을 해."

"톰 씨가 자네 여자를 훔쳐 가지 않게 조심하는 게 좋겠어, 토브스."

해리가 낄낄거리며 웃었다.

"아, 그 사람은 동성애자야."

프랭키가 말했다.

"그러니까 그럴 일은 없어."

"이봐, 그렇지 않아도 자네들한테 묻고 싶은 게 있었는데 말이야."

토비가 화제를 바꿨다.

사람들이 쳐다봤다.

"보험 어디 거 가입했어? 집을 새로 단장했으니 보험사를 바꿔야 할 것 같아서."

"아!"

그레이스가 외쳤다.

---

* 미국 리얼리티 쇼

"사실 우린 막 바꿨어. 재미있는 이야기인데 말이야……."

재미있는 이야기라고? 정말로, 그레이스?

프랭키가 아보카도 껍질을 접시 주위로 밀어내는 동안 그레이스의 목소리가 배경음처럼 희미해졌다.

프랭키는 톰이 그리웠다. 초라한 집이 그리웠다. 진짜 현실의 삶이 그리웠다.

지독히 지루한 아내, 생일 축하 저녁 식사에서 사람들을 다 죽인 후 밤새 술을 진탕 마시다.

물론 앨리스를 제외한 모든 사람들.

✳

1시간 후, 프랭키는 싱크대에서 접시를 헹귀 식기세척기에 넣으며 뒤에서 나누는 새 학교 정책에 관한 대화를 건성으로 들었다. 토비는 생일의 주인공이 설거지하면 안 된다고 반대했지만, 프랭키가 직접 하겠다고 고집을 부렸다. 프랭키는 식탁에서 벗어나야 했다. 프랭키가 알아야 마땅하지만, 사실은 조금도 모르는 사람들에 대해 험담하는 것에서. 세인트 조지프의 고기 없는 월요일 점심의 배후 정치에 관심 있는 척하는 것에서. 앨리스와 그레이스는 학교가 아이들에게 건강상의 이익과 지구에 끼치는 해를 알리는 것이 훌륭하다고 생각했다. 해리와 저스틴은 그 나이의 아이들에게 그런 믿음을 강요하는 것은 얼토당토않다고 생각했다. 프랭키는 두 사람의 얼굴을 이 프라이팬으로 세게 치고 싶었다.

프랭키는 양어깨에 와닿는 두 손을 느끼고 움찔했다. 대화 내내 거의 입을 다물고 있던 토비가 프랭키의 뒤통수에 입을 맞췄다. 그것이 위안이 된다는 것을 부정할 수 없었다. 프랭키는 나머지 학부모 무리에게 소외감을 느끼면서 저녁 시간을 보냈을지 모르지만, 적어도 두 사람 다 아이들이 가득한 이 삶에서 아이가 없었다. 적어도 프랭키에게는 이 자리에 같이 참석할 동행이 있다.

프랭키는 동작을 멈춘 채 프라이팬을 거꾸로 치켜들고 싱크대로 천천히 떨어지는 물방울을 지켜봤다. 프랭키는 두 사람이 얼마나 오랫동안 노력해 왔는지 궁금했다. 몇 년, 몇 달? 프랭키는 임신하려는 노력(그리고 실패)의 압박감이 결혼 생활에 영향을 주지는 않았는지 궁금했다.

토비는 언제나 아빠가 되기를 간절히 바랐다. 심지어 이십 대 초반부터 이름 짓기 놀이를 했다. 몇 년 후, 프랭키는 토비가 엘리와 매슈의 사진을 보고 작은 옷을 입은 아이들이 얼마나 귀여운지 감탄하는 것을 알아챘다.

프랭키는 아이를 갖고 싶은 마음이 간절하지 않았다. 호기심이 생기기는 했지만, 자신의 삶에 아이가 없어서 서운할 것이라고는 생각지 않았다. 아이가 있다면 아주 좋을 것이다. 아이가 없다면 그냥 잊고 살아갈 것이다. 더 걱정스러운 점은 그들이 파탄 난 결혼 생활에서 아이를 가지려고 노력한다는 것이다. 실 한 가닥에 매달린 것처럼 위태위태한 결혼 생활을 되살리려고 아이를 갖는 것은 완전히 미친 짓이다. 거기에 새로 태어난 아기까지 더해지면 분명히 실이 탁 끊어질 것이다.

저녁 9시밖에 안 됐지만, 손님들은 와인을 더 마시자는 토비의 제안을 거절했다. 앨리스는 아침 8시에 엘리와 수영 강습을 받고 아이를 학교에 데려다준다. 저스틴은 아침 9시에 매슈와 스케이트보드를 타러 가기로 약속했다. 그레이스와 해리는 내일 오후에 아이들 생일 파티를 열어야 하니 숙취에 시달리고 싶지 않다고 했다.

"오오오오, 잠깐, 토비! 새 음악 교사에 관해 물어보려고 했거든!"

그레이스가 현관에서 가죽 구두를 신으며 소리쳤다.

"매기가 합창단에 들어가고 싶어 해서 그레이스가 내부 정보를 얻으려고 안달이 났어."

해리가 낄낄거렸다.

"솔직히 말해서 난 그 선생을 잘 몰라."

토비가 대답했다.

"지리 교사와 음악 교사가 어울릴 기회는 별로 없거든. 아주 좋은 분 같아."

"그리고 그 여자는 **쩌는** 가수야."

해리가 중얼거렸다.

"해리!"

그레이스가 해리에게 스카프를 던졌다.

"내가 그런 게 아니라 와인 때문이라고!"

해리가 낄낄거렸다.

"두 잔밖에 안 마셨잖아."

프랭키가 한 마디 했다.

"난 요즘 완전 금방 취해."

해리가 대답했다.

"아이가 생기면 그렇게 된다고!"

그리고 다른 많은 것도 바뀌지.

"그 여자 이름이 뭐라고 했지?"

그레이스가 일어나며 물었다.

"톰킨스 선생."

토비가 대답했다.

"프레야 톰킨스."

프랭키가 토비를 향해 고개를 획 돌렸다.

"왜 그래?"

토비가 프랭키에게 물었다.

"미안. 아무것도 아니야."

프랭키가 고개를 저으며 말했다.

"물을 틀어놓고 온 것 같네."

✳

토비가 가운 차림으로 돌아왔을 때 프랭키는 깊은 생각에 빠져 조리대를 10분째 닦는 중이었다.

"벌써 잘 시간이야?"

프랭키가 물으며 핸드폰을 힐끗 보고는 아까 토비가 부탁한 대로 토비 옆 주방 선반에 올려놓았다.

밤 10시.

10시간 남았다.

"아직 아니야."

토비가 웃으며 프랭키에게 손을 뻗었다.

프랭키는 부드럽고 따뜻한 손을 잡고 토비를 따라 위층으로 올라갔다.

"이제 눈 감아봐."

토비가 침실 문 앞에서 멈추며 말했다.

"정말?"

프랭키가 방긋 웃었다. 앞으로 몇 분 후에 벌어질 일을 생각하니 가슴이 빠르게 뛰었다. 마지막으로 누군가의 앞에서 발가벗은 때가 언제인지 기억도 나지 않았고, 생각만으로도 마음이 아주 불편해졌다. 하지만 누군가 그런 프랭키를 보게 된다면, 적어도 그 사람은 토비다. 15년이 지났지만 토비는 여전히 아주 익숙했다. 꼭 두 사람이 헤어진 적이 없는 것 같았다.

프랭키는 눈을 감고 토비가 침실을 가로질러 모퉁이를 지나 욕실로 이끄는 것을 느꼈다.

"자, 이제 눈 떠도 돼."

토비가 속삭였다.

프랭키는 눈을 뜬 즉시 눈물이 차오르는 걸 느꼈다. 거품 욕조 주변에 100개나 되어 보이는 작은 양초가 늘어서 있어서도, 라벤더 향이 섞인 따뜻한 수증기 때문도 아니다. 프랭키가 기억하기로 누군가 자신을 위해 이렇게 해준 것이 처음이기 때문이었다. 오래전에 토비가 해준 후로. 지난 15년 동안 프랭키가 놓친 거품 목욕이 얼마나 될까?

"왜 그래?"

토비가 걱정스러운 표정으로 물었다.

"아무것도 아니야. 그냥…… 나한테 잘해줘서 정말 고마워."

프랭키가 말했다.

"난 당신을 가질 자격이 없는 것 같아."

토비는 대체로 모범적인 인간이지만, 프랭키는 토비가 자신의 가장 나쁜 점을 끄집어내는 것 같은 느낌을 지울 수 없었다. 토비의 친절은 프랭키를 심술궂게 만든다. 토비의 성숙함은 프랭키를 유치하게 행동하게 한다. 토비의 엄격한 규칙 준수는 프랭키의 반항심을 끌어낸다. 왜 토비가 프랭키를 이런 식으로 행동하게 만드는지 설명할 수 없다. 하지만 프랭키는 자신을 더 좋은 사람으로 만드는 사람과 함께해야 하지 않을까?

"상관없어, 스팽크스. 난 세상 무엇보다 당신을 더 사랑해."

프랭키는 같은 말을 해주고 싶었다. 같은 느낌을 느끼고 싶었다. 하지만 토비의 친절, 관대함, 관심, 사랑의 무게를 견디기가 너무 버거웠다.

어쩌면 프랭키는 토비를 다시 사랑하는 법을, 더 강렬하게 사랑하는 법을 배울 수 있을지도 모른다. 부부 상담이 효과가 있을 수 있다. 시험관 아이 시술이 효과가 있을 수 있다. 아마 그들이 마흔 살이 될 즈음에는 두 아이를 갖게 될 수도 있다.

그러다가 프랭키는 토비가 한 말을 기억했다.

난 늙은 아빠가 되고 싶지 않아.

마흔 살은 늙은 나이가 아니다. 하지만 행복을 기다리기에 15년은 토비에게 긴 시간이다. 토비가 프레야와 함께하는 다른 세계에서 가진 행복. 프랭키가 프레야의 자리에 있게 되니, 그 자리를 주인에게 돌려주고 미래의 죄책감에서 벗어나 프랭키가 토비에게 한 것 중에 가장 친절한 행동을 해야 하지 않나 생각하게 된다.

23

"당신, 속상하군요."

메이블이 몸을 앞으로 숙여 꽉 쥔 손에 턱을 괴면서 말했다.

"이유를 말해봐요."

"난 이러지도 저러지도 못해요."

스테이션으로 돌아온 프랭키가 풀이 죽어 한숨을 쉬었다.

"왜요?"

메이블이 물었다.

"내가 그대로 머문다면, 토비가 프레야와 함께하며 젊고 행복한 아빠가 될 기회를 잠재적으로 부정하는 거예요. 난 평생 죄책감에 사로잡혀 살 거예요. 하지만 내가 떠난다면 그 삶을 즐길 기회를 놓칠 거예요. 그건 내가 사랑하게 될 수 있는 삶인 것 같아요. 때가 되면요. 익숙해지는데 시간이 좀 걸릴지 몰라도 사소한 짜증을 극복하고 토비의 결점을 받아들일 수 있었을 거예요. 완벽한 사람은 없지만, 남편으로서 토비는 아내에게 그나마 완벽에 가까운 사람일 거예요."

"그 삶을 즐길 기회를 놓친다고요? 이 위에서 보기에 당신이 그 삶을 즐기는 것 같지 않던데요."

메이블이 어리둥절한 표정으로 말했다.

"난 당신이 새 삶에서 주어진 소중한 시간을 예전 삶으로 돌아가서 쓴 것도 대단히 흥미롭다고 봐요."

"그레이트 오크스에서 그 노인들을 보고 기겁했어요."

프랭키가 설명했다.

"난 토비와 내가 그 부부라고 상상했어요. 50년 동안 반복되는 아이 이야기, 옷 개기, 핸드폰 사용 규칙들이 머리에 번뜩 떠오르는 바람에 당황해서 어쩔 줄 몰랐어요. 내가 옛 이웃에게 어떻게 반응할지 알아보는 게 합리적이라고 생각했어요."

"있잖아요, 프랭키."

메이블이 프랭키의 생각을 방해하며 말했다.

"이것의 목적은 당신의 삶 전체를 선택하는 거예요. 그저 누구와 함께 하는지만을 선택하는 게 아니라요. 당신의 삶이 완전히 관계를 중심으로 돌아갈 필요는 없어요. 애정 관계는 삶이라는 커다란 파이의 한 조각일 뿐이에요. 모든 조각을 맛봐야 해요. 당신이 어디에 사는지, 당신의 친구가 누구인지, 당신의 일이 무엇인지, 무엇보다도…… 당신이 어떤 사람인지. 욕실 거울에 비친 프랭키를 보고 무슨 생각을 했나요?"

프랭키는 등에 새긴 별 문신을 발견했을 때 전신을 스치던 짜릿한 전율을 기억했다. 관습적인 표면 아래를 들여다보면, 결국 그 프랭키는 그다지 관습적이지 않았다. 프랭키가 토비 몰래 문신을 했다는 사실에 두번째 전율이 흘렀다. 이 일은 프랭키가 여전히 주체적인 존재라는 것을 보여줬다. 프랭키는 자신이 토비의 프랭크스가 되는 것을 용납하지 않았다. 프랭키는 프랭키의 프랭키였고, 자신이 좋아하는 것은 무엇이든 할 수 있었다.

"그 여자가 아주 마음에 들었어요."

프랭키가 대답했다.

"강하고 반항적이고, 주체적이에요. 나는 조종당하는 것을 가장 두려워하는데, 그게 내가 토비와의 관계에서 가장 걱정한 점이에요. 나 자신을 잃고 내 삶을 버리고 내 계획을 취소하는 게 두려웠어요. 하지만 토비가 문신을 얼마나 싫어하는지 알면서도 몰래 문신을 한 나 자신이 정말로 자랑스러워요. 난 토비가 내 가장 나쁜 점을 끄집어낸다고 생각했어요. 하지만 사실은 토비가 내 가장 좋은 점을 끌어낸 건 아닐까요?"

프랭키는 바보 같다는 기분이 들었다. 문신을 새긴 것은 대단한 일이 아니다. 하지만 그것은 프랭키에게 하나의 상징이었다. 프랭키가 절대 조종당하지 않을 것을 알게 되니 마음이 놓였다. 딱 프랭키의 엄마처럼.

프랭키는 말을 멈추고 학부모 상담에 파란색 가발과 중산모를 벗고 오라고 엄마에게 얼마나 간청했는지 떠올렸다. 종업원으로 일하는 프랭키를 지켜보면서 상상의 무대 위 라이브 밴드 앞에서 몸을 흔들기 위해 더 도그 앤드 덕에 오는 것 좀 그만두라고 엄마에게 얼마나 애원했는지 떠올렸다. 여자 교장이 짧은 치마를 입은 프랭키를 집에 돌려보냈다고 엄마가 학교 주차장에서 그 교장에게 욕을 퍼붓는 바람에 프랭키가 사흘 동안 얼마나 부루퉁해 있었는지 떠올렸다.

프랭키의 엄마도 정체성을 잃지 않으려고 애썼을 뿐이었다. 아무것도 혹은 아무도 있는 그대로의 엄마 지신을 바꾸게 하지 못하려고. 엄마는 강했고 도전적이었고 주체적이었다. 프랭키는 20년 동안 엄마가 자신에게 가르친 게 없고, 능력껏 자신을 돌보라며 내버려뒀다고 느끼면서 살았다. 어쩌면 교훈은 내내 바로 앞에 있었는지도 모르겠다. 아마 프랭키는 생각보다 훨씬 더 엄마랑 비슷한지도 모른다. 그건 좋은 점일 것이다.

"당신 자신을 사랑하는 것이 꽤 중요하다고 봐요. 안 그래요?"

메이블이 말했다.

지난 몇 년 동안 프랭키가 해온 행동을 보면 프랭키가 자신을 싫어한다고 여겨질 것이다. 프랭키는 끊임없이 자신을 비하하는 못된 버릇이 있다. 내면의 목소리는 자주 프랭키를 실패자, 멍청이, 완전 바보라고 불렀다. 독신이라서, 데이트를 망쳐서, 그 나이에 셋집에 살아서, 그 칼럼을 써서, 토요일마다 숙취에 시달려서, 성장하는 데 실패해서.

"내 실제 삶에서 나를 사랑하고 싶어요."

프랭키가 조용히 대답했다.

"하지만 내가 하는 모든 것이 자기혐오에 빠지게 하는데 어떻게 나를 사랑할 수 있겠어요? 내가 정말로 나를 사랑한다면, 그런 일을 하지 않겠죠. 다음 날 죄책감을 느낄 줄 알면서도 기름진 음식을 잔뜩 먹지 않을 거예요. 완벽하게 괜찮은 데이트를 망치지 않을 거예요. 너무 쓰레기 같은 내용이라 나 자신도 읽기 힘든 형편없는 칼럼을 쓰지 않을 거예요. 월말에 인스턴트 프렌치 어니언 수프만 먹고 살아야 한다는 걸 알면서도 술과 택시와 사용하지도 않는 헬스장 회원권에 돈을 낭비하지 않을 거예요. 내가 나를 사랑한다면 나를 돌보겠죠. 난 킹스턴의 프랭키를 사랑했어요. 클래펌의 프랭키가 아니라."

"내가 보기에 당신은 그 프랭키예요. 당신은 강하고 도전적이고 주체적이에요. 당신은 자립적이기 때문에 강해요. 결혼, 담보 대출, 아이들을 기대하는 삶에 휘말리지 않았기 때문에 도전적이죠. 그리고 무엇이든 원하는 선택을 할 힘을 가졌기 때문에 주체적이에요. 당신은 삶을 개척했고, 그 삶을 자랑스러워해야 해요. 그리고 당신은 그 모든 것을 혼자 해냈어요."

"왜 갑자기 나한테 다정해요?"

프랭키가 눈을 가늘게 뜨며 말했다.

"작은 바이올린을 연주하라고 말하던 메이블은 어디 갔죠?"

"이봐요, 나도 다정하게 굴 수 있다고요."

메이블이 대답했다.

"있잖아요, 클래펌의 프랭키는 토비와 함께하는 삶을 미화한 것 같아요. 당신은 토비와 결혼했다면 집, 아이들, 정서적인 안정을 가졌을 것이라고 상상하며 수년을 보냈어요. 확실히 집이 있죠. 하지만 아이가 없고, 정서적 안정도 없어요."

"내 직업도 마음에 들지 않았어요."

프랭키가 덧붙였다.

"다음 취재는 뭐였을까요? 찰스 왕처럼 생긴 감자칩을 찾아낸 사람? 지역 여성 단체 중심부의 부패에 대한 대대적인 폭로? 엄청나게 큰 호박을 키운 사람 인터뷰?"

"호박, 대회를 박살 내다!"

메이블이 자신이 한 말에 만족한 표정으로 웃었다.

두 사람은 함께 킥킥거렸다.

프랭키가 한숨을 쉬었다.

"그저 난 의미 있는 일을 하고 싶어요. 뭔가를 차리고 싶어요. 뭔가를 운영하고 싶어요. 내 업계에서 이름을 날리고 싶어요."

프랭키가 곰곰이 생각했다.

"당신의 칼럼 제목이 '프랭키 되기' 아닌가요?"

메이블이 물었다.

"맞아요. 하지만 차라리 내 이름이 제목에 안 들어가면 좋겠어요."

프랭키가 대답했다.

"난 사람들이 내 일을 불쾌해하는 게 아니라 존중해 주길 바란다고요."

"토비와 함께 살면 그 일을 못 하게 되나요? 직업은 언제든지 바꿀 수 있어요."

메이블이 제안했다.

프랭키가 모든 것을 가질 수 있을까? 다정한 남자와 결혼하기, 아이 갖기, 잘나가는 회사 운영하기. 킹스턴에서 여름을 보내고 코수멜섬에서 겨울을 보내기.

"성급하게 결정하지 않아도 돼요."

메이블의 말이 프랭키의 공상을 깼다.

"아직 살아볼 다른 삶들이 있어요."

메이블이 스크린을 클릭했다.

재산

"세상에."

프랭키는 스크린에 나온 사람을 보자 앓는 소리를 내며 의자에 몸을 푹 파묻고 한 손으로 얼굴을 가렸다.

캘럼의 담청색 눈을 보자 등줄기를 타고 전율이 흘렀다. 프랭키가 캘럼을 처음 만났을 때, 캘럼의 시선은 자석처럼 프랭키를 끌어당겼다. 그리고 캘럼을 마지막으로 만났을 때 캘럼의 시선은 고기를 저미는 칼처럼 프랭키를 베어냈다.

"당신은 기분 좋게 놀랄 거예요."

메이블이 말했다.

"정말요?"

"유명해지는 걸 어떻게 생각해요?"

메이블이 물었다.

"뭐로 유명해지느냐에 달렸죠."

프랭키가 말했다.

"섹스 테이프로요."

메이블이 대답했다

"뭐라고요?!"

프랭키가 외쳤다.

"농담이에요."

메이블이 낄낄거렸다.

"연쇄 살인으로요."

프랭키가 진지한 표정으로 메이블을 빤히 쳐다봤다.

"당신 질문에 답하자면, 싫어요. 난 유명해지는 것이 아주 거지 같다고 생각해요."

프랭키가 자신이 낸 기사에서 사진 기자를 피해 도망치는 연예인들의 사진을 떠올리며 말했다.

"아."

메이블이 얼굴을 찌푸리며 대꾸했다.

"음, 그럼 좀 문제가 되겠는데요."

Take #5

세 번째 시나리오, 재벌 애인

바람둥이 재벌의 인형이 되기 위해

모든 것을 버린 프랭키?

24

프랭키가 눈을 뜬 순간, 위에서 부드럽게 흔들리며 낭랑한 소리를 내면서 빛나는 금빛 유리 샹들리에를 보고 입이 떡 벌어졌다. 프랭키는 20명이 앉고도 남을 만큼 커다란 U자 모양의 흰색 가죽 소파에 앉은 채 자세를 바로 했다. 소파 앞에는 흰 장미가 가득한 커다란 화병이 놓인 유리로 된 커피 테이블이 있었다. 집 안에 불어오는 시원한 바람은 바닥에서 천장까지 이어진 열린 유리문에서 들어왔다. 그 유리문으로는 테니스장 크기의 발코니가 내려다보였다. 유리문 너머로 끝없이 펼쳐진 짙푸른 바다가 고스란히 보였다.

프랭키는 다리를 움직여 바닥에 내딛다가 발에서 느껴지는 묵직함에 균형을 잃었다.

프랭키는 움찔 놀라며 발목을 내려다봤다. 말도 안 되게 굽이 높은 빨간색 에나멜 가죽 구두가 구릿빛 발에 매달려 있었다. 자신이 왜 실내에서 구두를 신고 있는지 의문이었다. 더 큰 의문은 왜 자신이 뾰족구두를 신고 있는지다. 프랭키는 몇 년 동안 굽이 높은 구두를 신지 않았다. 프랭키는 쯧 소리를 내며 구두를 벗어 던졌고, 구두가 거대한 카라라 대리석 타일에 흩어지면서 내는 달그락 소리에 귀를 기울였다. 프랭키는 멋진 선탠이라고 생각하며 다리를 쓰다듬고 자신의 피부에 감탄했다. 다리가 황갈색으로 그을렸을 뿐만 아니라 감촉이 아주 부드러웠다. 다리털을 깎는 것은 대개 두더지 잡기 게임 같다. 면도기로 얼마나 오래, 열심히, 자주 깎든지 간에 순식간에 털이 다시 나온다.

프랭키는 꼬물꼬물 일어나서 몸을 비틀고 꼼지락거려 엉덩이에 꼭 낀 옷을 빼냈다. 프랭키는 끝이 너덜너덜하고 짧은 데님 반바지를 입고 있었는데, 짐작컨대 점심 식사 후 낮잠을 자는 동안에 반바지 절반이 팬티 속으로 말려 들어간 모양이었다. 몸에 꽉 조이는 흰색 민소매 티를 끌어내리며 소파 뒤쪽 벽 전체를 차지한 나체 사진으로 눈길을 돌렸다. 곧은 금발이 폭포처럼 흘러내리는 여자가 도발적으로 빨간 사과를 베어 물고 있는 사진이었다. 분홍색 과즙이 손가락 사이를 지나서 가슴까지 흘러내렸다. 은밀한 부분은 꼰 다리 사이를 뱀처럼 누비듯이 지나가는 호피 무늬 스카프로 가려져 있었다. 프랭키는 사진 앞을 지나갈 때 눈썹이 절로 올라갔다. 프랭키는 자신이 그렇게 자신감이 있으면 얼마나 좋을까 생각했다. 손님들에게 거대한 나체 사진을 보여주다니, 상당히 노골적이다.

프랭키는 열린 문들을 지나 발코니로 걸어가면서 꼭 〈셀링 선셋Selling Sunset〉*에 나오는 집 같다고 생각했다. 바람에 머리카락이 매력적으로 휘날렸고, 눈부신 햇살에 눈을 뜨기가 어려웠다. 발코니 벽 가장자리를 슬쩍 내다보니 밑에 인피니티 풀이 달린 두 번째 발코니가 있었다. 수영장

---

* 로스앤젤레스 부촌 부동산 중개업자들의 이야기를 다룬 미국 리얼리티 쇼

물이 집 측면을 따라 폭포처럼 쏟아져 내리고, 그 아래 바위로 된 계단이 파도치는 바다를 향해 선베드 두 개가 놓인 작은 모래사장으로 가파르게 내려갔다. 프랭키는 갑작스러운 현기증에 위가 꼬이는 느낌이 나서 뒤로 물러섰다.

뜨거운 공기, 밝은 햇살, 파란 하늘, 하얀 해변. 이곳이 클래펌이 아니라는 느낌이 들었다. 그리고 지금까지 본 바로는 그래도 좋았다.

프랭키는 안으로 돌아와 주위를 둘러봤다.

"여기요?"

프랭키는 이곳에 자신이 혼자 있는지 궁금해하며 외쳤다.

아무 대답이 없었다. 프랭키의 시선이 앞에 있는 꽃으로 쏠렸고, 이파리 사이에 삐죽 나와 있는 하트 모양 카드를 발견했다. 몸을 수그리고 카드로 팔을 뻗어 뒤집어 보니 타이핑된 짧은 메시지가 보였다.

생일 축하해, 프랭키.

옆에서 축하해 주지 못해서 미안해.

내가 못 간 걸 선물이 보상하길 바랄게.

사랑해.

_CM

프랭키는 눈을 굴렸다. 캘럼은 데이트를 한 지 몇 달이 지나서도 항상 메시지를 'CM'으로 끝맺었다. 그것 때문에 자신이 캘럼의 부하 직원 같은 느낌이 들었다.

캘럼은 거대 미디어 기업의 유일한 상속자다. 프랭키가 캘럼을 만났을 때, 캘럼은 늙은 아버지에게 경영권을 물려받아 「더 리크」를 인수한 지 얼마 되지 않은 참이었다. 캘럼이 회사를 여기저기 둘러보던 중에 승강기에서 두 사람의 시선이 마주쳤다. 캘럼은 담당 업무가 뭐냐고 물은 뒤에 미소를 지으며 내렸고, 승강기 문이 닫힐 때 돌아서서 프랭키에게 오래 시선을 보냈다. 며칠 뒤, 칼럼의 미래를 의논하자고 제안하는 이메일이 수신함에 도착했다. 프랭키는 이제 해고당하게 생겼구나 싶었는데, 정신을 차리고 보니 5시간 후, 벨그레이비어에 있는 호화로운 호텔 바에서 캘럼과 네그로니 칵테일을 마시고 있었다. 캘럼은 '회의'를 하는 동안 칼럼을 한 번도 언급하지 않았다.

그 뒤로 몇 달 동안 애정 공세가 이어졌다. 캘럼은 프랭키에게 선물(속옷, 옷, 샴페인, 주말여행)을 퍼부었다. 그중 몇 번은 막판에 급한 회의가 열려서 프랭키 혼자 여행을 갔다. 캘럼은 전 세계의 다양한 호텔 방에서 찍은 셀카와 함께 밤낮으로 메시지를 보내면서 프랭키를 사랑하고 보고 싶어 하며, 어서 프랭키와 함께 있고 싶다고 말했다.

캘럼의 활동 본거지는 뉴욕이었고, 런던에는 며칠 동안만 머물렀다. 세상에, 그리고 캘럼은 개인 제트기를 가지고 있었다. 프랭키 내면의 환경 운동가는 그 점을 싫어하고 싶어 했지만, 캘럼이 프랭키를 제트기에 태워 카리브해 별장으로 데려가겠다고 말할 때 짜릿한 전율이 흐르는 것을 어쩔 수 없었다.

캘럼은 토비와 정반대였고, 그것이 당시에 프랭키가 갈망한 것이었다. 캘럼은 세련됐고 여행 경험이 많았으며 교양이 있으면서 흥미진진하고 색달랐다. 프랭키는 어느새 그 매력에 빠졌고, 꽤 자주 시궁창에 내던져졌다. 프랭키는 항상 기대감을 안고 캘럼에게 돌아가는 것이 싫었다. 프랭키는 보상이 위험을 감수할 가치가 있을 테니 캘럼에게 한 번 더 기회를 주겠다고 혼잣말을 하곤 했다. 캘럼은 옆에 있을 때면 믿어지지 않을 정도로 멋진 사람이었다. 세심하고 재미있고 너그러우며 사람을 휘어잡는 매력이 있었다. 물론 강렬했다. 캘럼은 느리게 삐딱한 미소를 지으며 뚫어질 것 같은 시선으로 프랭키의 옷을 벗겼고, 프랭키는 식당 한가운데에서 그 무언의 명령을 따르지 않으려고 안간힘을 썼다.

캘럼이 등장하는 동화는 2012년 여름, 파리에서 수치스러운 결말을 맞이했다. 프랭키는 유로스타 새벽 표를 산 후, 말도 안 되게 비싼 돈을 들여 머리를 자르고 염색을 하고 스프레이 선탠과 몸 전체 왁싱을 하고 〈티파니에서 아침을Breakfast At Tiffany's〉의 오드리 헵번과 비슷해 보이는 주말용 옷을 사느라고 마이너스 통장을 과하게 사용했다. 캘럼이 평소에 슈퍼 모델들과 이야기를 나누는 사이이니, 프랭키는 완벽하게 몸치장을 하려고 노력해야 했다.

프랭키는 리츠 호텔 로비에서 2시간 동안 캘럼을 기다렸다. 객실이 캘럼의 이름으로 예약돼 있어서 캘럼이 도착할 때까지 체크인을 할 수 없었다. 그러다가 캘럼에게 오지 못한다는 무뚝뚝한 문자를 받았다. 캘럼은 중요한 계약이 결렬되기 직전이라 오슬로로 가는 길이었다. 캘럼은 정말 미안하다면서 다음에 보상하겠다고 했다. 어쨌든 프랭키라도 호텔에 머물고 자신에게 계산서를 보내라고 했다.

하지만 프랭키는 유럽에서 가장 비싼 호텔의 스위트룸은 고사하고 커피 한 잔 값을 낼 돈도 없었다. 프랭키는 예정보다 빨리 집에 돌아갈 기차표 값을 보내달라고 하기 위해 아빠에게 전화해야 했다. 그것만으로도 차고 넘치게 창피했는데, 프랭키가 우는 이유까지 설명해야 했다.

프랭키는 아빠 앞에서 우는 것을 싫어했다. 아빠는 눈물을 아주 많이 불편해했다. 프랭키는 아빠가 자신의 등을 토닥거리며 "기운 내라!"라고 말하는 상상을 했다.

설상가상으로 구할 수 있는 기차표는 밤늦게 출발하는 것뿐이었다. 프랭키는 온종일 파리 북역에서 새로 산 자그마한 샘소나이트 슈트 케이스 위에 앉아 배터리가 떨어지지 않게 핸드폰을 꺼놓은 채 지나가는 사람들을 구경하며 시간을 보내야 했다.

프랭키는 캘럼를 탓하고 싶었다. 하지만 캘럼의 헛소리에 휩쓸린 자신을 탓할 수밖에 없었다. 캘럼은 절대로 프랭키가 원하는 방식대로 프랭키와 함께하지 않을 것이다. 프랭키는 캘럼에게 너무 작았다. 몸집이 아니라 인생이. 캘럼은 맥스티드 가문 사람이고, 캘럼의 아버지는 총리들에게 영향을 미친다. 프랭키는 매켄지 가문 사람이고, 프랭키의 아빠는 채소밭 담당자들에게 영향을 미친다. 분명 그것에 문제는 없다. 하지만 신랄한 유머 감각과 비싼 칵테일에 관한 관심을 제외하면, 그들에게 얼마나 많은 공통점이 있을까? 프랭키는 방 하나짜리 아파트에 사는 거의 알려지지 않은 가십 칼럼니스트였다. 캘럼은 캘리포니아 펜트하우스에서 플레이보이 버니*와 있어야 마땅했다.

프랭키는 집에 돌아오는 기차에서 캘럼을 차단하고 전화번호를 지웠다. 몇 주 후, 프랭키는 와인 몇 잔을 마시고 나서 캘럼이 용서를 비는 메시지를 보냈기를 바라며 차단을 풀었다.

하지만 메시지는 하나도 오지 않았다. 캘럼은 아예 프랭키에게 연락하지도 않았다.

---

* 토끼 의상을 입은 미국 플레이보이 클럽의 웨이트리스

캘럼과의 마지막 접촉은 꼬박 1년이 지나서야 이루어졌다. 마침 캘럼이 사무실에 방문한 때였다. 캘럼을 보니 토하고 싶어졌다. 최악은 프랭키의 책상이 앞면이 유리로 된 중역 회의실과 마주 보고 있었다는 것이다. 하필 캘럼은 온종일 그 회의실에서 시간을 보냈다. 캘럼은 그 시간 중 대부분을 대니얼 클리버*처럼 유혹하는 눈으로 프랭키를 응시했다. 그날 밤, 캘럼은 프랭키에게 이메일을 보냈다.

우리 다시 시작할 수 있을까?

오늘 당신을 보니 내가 얼마나 많이 당신을 그리워했는지 깨닫게 됐어.

당신은 내가 현실이라는 땅에 발을 디디게 해.

당신이 필요해.

CM

프랭키는 뜬눈으로 밤을 새우면서 답장해야 할지 고민했다. 하지만 캘럼의 행동이 프랭키에게 일으킨 자기혐오를 잊을 수 없었다. 프랭키는 그토록 가치 없고 어리석다고 느낀 적이 없었다. 프랭키는 언제나 직장과 삶에서 캘럼의 아랫사람이라는 것에 열등감을 느꼈는데, '당신은 내가 현실이라는 땅에 발을 디디게 해'라는 말은 이런 불안을 부채질할 뿐이었다. 캘럼은 저 위에 있었고, 프랭키는 이 아래에 있었다. 프랭키는 잠에서 깨자 캘럼의 이메일을 삭제했다. 다음에 캘럼이 사무실에 올 일정이 잡혔을 때, 프랭키는 하루 휴가를 냈다.

---

* 영화 〈브리짓 존스의 일기Bridget Jones's Baby〉에서 휴 그랜트가 맡은 역할

프랭키는 손에 쥔 카드를 만지작거리면서 캘럼이 이랬다저랬다 변덕을 부리던 암울한 시절을 잊을 수 있을지 생각했다. 그리고 캘럼이 여기로 돌아오면 과연 캘럼을 받아들일 수 있을까? 캘럼이 변했다는 것을 인정할 수 있을까? 아무도 진정으로 변하지 않는다, 그렇지?

프랭키는 거실을 가로질러 아래층으로 이어지는 또 다른 유리 계단으로 갔다. 계단을 반쯤 내려가니 금테를 두른 거울이 프랭키를 맞이했고, 프랭키는 거울에 비친 모습을 보고 소리를 지르며 물러나다가 뒤에 놓인 계단으로 넘어지기 직전에 얼른 난간을 붙잡았다.

프랭키는 천천히 앞으로 가서 볼을 좌우로 돌리며 자신을 빤히 보는 낯선 사람을 살펴봤다. 금빛으로 빛나는 피부, 다른 코, 딱 들러붙은 소시지 두 개 같은 입술을 가진 낯선 사람. 머리카락은 곧게 펴진 백금발이었지만, 모두 진짜 머리카락은 아니었다. 머리카락이 바짝 마른 어깨 위로 비단 양탄자처럼 무겁게 드리워져 있었다. 프랭키는 〈베벌리힐스의 진짜 주부들〉 촬영장에 있어야 할 것처럼 보였다. 프랭키는 다시 천천히 앞으로 갔다. 비판하듯 살짝 올라간 한쪽 눈썹이 없어졌다.

프랭키는 어깨 위 고양이라도 되는 것처럼 머리카락을 쓰다듬고 부푼 입술을 꾹 눌렀다. 입술이 매끄럽고 팽팽해서 지나치게 빵빵한 풍선 같은 느낌이었다. 그러다가 문득 깨달았다. 지금 프랭키를 마주 보고 있는 여자는 나체 사진 속 여자다. 프랭키는 그렇게 자신감이 있었다. 하지만 이런 모습은 프랭키가 아니다. 프랭키는 한 번도 이런 적이 없었다. 프랭키가 날마다 이런 모습으로 보이려면 얼마나 많은 시간이 필요할까? 초창기에 프랭키는 이따금 생기는 데이트를 준비할 비용과 시간을 감당할 여유도 없었다. 프랭키는 이 삶에서 항상 완벽하게 아름다워야 할까? 이곳에 머무는 시간이 24시간뿐이라는 사실에 안도감이 밀려왔다. 붙임머리를 한 채로 자나? 입체감을 주는 윤곽 화장은 다 어떻게 지우지? 도무지 모르겠다.

프랭키는 유리 계단을 계속 내려가서 어마어마하게 넓고 구리로 장식된 흰색 주방으로 들어가 아일랜드 식탁에 높게 쌓인 신문 더미를 발견했다. 마침내 자신이 있는 곳이 어디인지 알아낼 실마리가 보였다.

프랭키는 제일 위에 있는 신문을 들어 올렸다. 「LA 타임스^{LA Times}」! 프랭키가 로스앤젤레스에 입성했다니! 프랭키는 캘럼이 자신을 할리우드로 데려가기를 간절히 바랐다. 프랭키는 신나서 생긋거리며 1면을 훑어봤다. 그러다가 눈길이 아래쪽 기사에 머물면서 미소가 사라졌다.

"제길, 이게 뭐야?"

프랭키가 속삭였다.

프랭키가 가는 세로줄 무늬가 있는 중성적인 느낌의 정장 차림으로 1면에 실려 있었다.

25

남자 친구를 변함없이 지지 : 프랭키 매켄지 독점 인터뷰

프랭키 매켄지가 소문, 싸움, 브랜드 쇄신에 대해 애덤 섀넌과 이야기하다.

프랭키는 신문을 내리고 앞을 응시했다. 프랭키는 얼마나 유명할까? 집 밖에는 파파라치들이 숨어 있을까?

프랭키는 멀리 있는 1.8미터 높이의 강철문을 주방 창으로 내다봤다. 드론 소리가 나는지 잘 들어봐야 할까? 프랭키의 눈이 푸른 하늘을 올려다봤다. 핸드폰이 도움이 될 것이다. 구글에서 자신을 검색해 봐야 한다.

프랭키가 예전 집에서 '프랭키 매켄지'를 검색할 때 나오는 결과라고는 「더 리크」 사이트의 약력, 오래된 칼럼 몇 개, 코번트리에 사는 체스터빌이라는 남자가 페이스북에 올린 프랭키를 혐오하는 게시물 몇 개뿐이었다. 그 남자는 그저 33명의 팔로워에게 프랭키가 인간쓰레기라는 것을 알리려고 매주 프랭키의 칼럼을 공유했다. 어느 주에 프랭키는 기생충 같은 인간이었다. 다음 주에는 그저 똥 이모티콘이었다. 요즘에는 재미있을 지경이었다.

프랭키는 이 프랭키 매켄지가 어떤 반응을 받는지 궁금해하며 인터뷰로 시선을 돌렸다.

35세의 영국 출신 LA 주민 프랭키 매켄지는 출판계 악동 캘럼 맥스티드의 오랜 (누군가에게는 참을성 있는) 동반자이다. 매켄지는 수년 동안 세간의 이목을 피하다가 주문 제작한 카사데이 블레이드를 신고 마침내 맥스티드의 그늘에서 벗어나고 있다. 출판 계약, 토크 쇼, 리얼리티 쇼에 대한 소문이 할리우드에 자자하다. 이 독점 인터뷰에서 매켄지는 스타일 비결, 연애에 대한 조언, 거의 10년에 달하는 두 사람의 동반자 관계를 괴롭혀 온 불륜 소문을 무시하는 이유를 밝힌다.

자, 프랭키. 먼저, 새로 바뀐 외모가 환상적이군요. 비결이 뭐죠?
고마워요, 애덤. 하지만 아무 비결도 없어요. 얼굴 관리를 위해서는 멜로즈의 엘런 박사를 만나요. 머리는 웨스트할리우드의 앤디 레콤트에게 가서 하고요. 제니 헤르만 박사는 베벌리힐스에서 내 피부를 지켜준 천사였어요. 우리 개인 셰프 니나 덕분에 수월하게 쓰레기 같은 음식을 피하고 속에서부터 빛나게 돼요.

속에서부터 빛난다고? 프랭키가 비웃었다. 프랭키는 속에서부터 빛나기 위해 개인 셰프가 필요하지 않았다. 노스코트 로드의 싸구려 식당에서 5파운드짜리 기름진 프라이업*을 먹으면 됐다.

---

* 기름에 지진 달걀, 소시지, 베이컨, 토마토, 버섯, 빵 등으로 구성된 영국식 아침 식사

참신할 정도로 솔직한 대답이군요!

날 아는 사람들은 내가 세상을 흑백논리로 본다는 걸 알아요. 캘럼은 열심히 일했고, 큰 성공을 거뒀죠. 내가 우리가 가진 걸 무시한다면 어리석은 짓이죠. 시간과 돈이 있으면 환상적으로 보이기가 훨씬 쉬워요. 난 정말로 복 받았어요.

정말로 복 받았다고? 프랭키는 이 버전의 프랭키가 싫었다. 프랭키는 고향에서 이 기사를 읽을 친구와 가족을 생각하니 민망했다. 그리고 캘럼은 살면서 열심히 일한 적이 단 하루도 없었다. 캘럼은 열여덟 살 이후로 아버지 덕분에 출세했다.

돈이 많으면 많은 문제가 따른다는 말이 있는데요. 동의하나요?

돈이 많으면 다른 문제가 따르죠. 난 커다란 집, 주방에 쌓인 고급 음식, 귀한 와인이 가득한 비싼 와인 저장실, 카리브해의 호화로운 별장을 가졌어요. 방 하나짜리 아파트에 살면서 봉지에 든 프렌치 양파 수프를 먹으며 목숨을 부지하고, 가게에서 2달러짜리 싸구려 와인을 사서 들이켜던 때가 있었죠. 물론 부유한 사람들한테는 그들 나름의 문제가 있지만, 거짓말은 하지 말자고요. 우리 삶은 그다지 힘들지 않아요. 그래요, 사생활이 없기는 해요. 커피 한 잔을 사도 사진을 찍히고, 내 애정 관계에 대한 소문을 매일 읽어야 해요. 하지만 그건 맥스티드 가문 사람과 만나면 어쩔 수 없는 일이죠. 난 어떤 상황에 빠질지 알면서도 그냥 함께 어울리기로 선택했어요. 지금까지는 상당히 신났어요.

경직된 윗입술로 힘든 내색 하지 않기. 전형적인 영국인이네요.

이 입술은 딱히 경직되지 않았어요. 최근에 이 입술을 본 적 있나요? 스펀지 같답니다.

하! LA에서는 그렇겠죠.

맞아요. 고향 친구들은 이제 나를 잘 알아보지 못해요. 그들은 내가 좀 지나치다고 생각해요. 하지만 난 여기서 내가 원하는 대로 살고 있어요. 누구에게 피해를 주는 것도 아닌데 왜 내가 좋아하는 걸 하면 안 되죠? 그게 나를 행복하게 하는데?

행복해요, 프랭키?

당연히 행복하죠. 잠깐만요, 내 심리 치료사와 이야기를 나눴나요? 아, 그 여자는 이제 끝이에요. 그냥 농담이에요, 애덤. 하지만 당신이 심리 치료사 말을 인용하겠다면 내가 새로운 사람을 찾아볼게요.

캘럼이 당신에게 반한 게 유머 감각 때문이라고 생각하나요?

그러니까 당신 말은 내가 웃기는 사람이라는 뜻인가요?

전혀요. 다른 주제로 빨리 넘어가죠.

빨리빨리.

당신과 캘럼은 어떻게 만났나요?

내 예전 직장에서요. 난 거기에서 칼럼을 썼고, 맥스티드 주식회사가 그 직

장을 인수했죠. 캘럼이 회의에 참석하려고 왔다가 승강기에서 나와 마주
치고 눈길을 주고받았어요. 다음 날 캘럼이 만나자고 이메일을 보냈어요.

그럼 전형적인 사무실 동화 같은 로맨스네요.

그런 것 같네요. 우린 2년 동안 사귀고 헤어지기를 반복했어요. 당시에 캘
럼은 진행 중이던 인수 때문에 아주 바빴죠. 하지만 결국 다시 서로를 찾
았어요. 우리 둘 모두에게 적절한 때였죠. 얼마 지나지 않아서 캘럼이 나를
LA로 초대했어요. 난 다음 날 사직했고, 한 달 후에 내 개인 해변이 있는 이
곳 말리부로 왔죠.

서리의 평범한 주택가 출신 여자 프랭키 매켄지가 이제 캘리포니아
말리부의 개인 해변에서 산다니. 프랭키는 믿을 수 없다는 듯이 눈을 깜
박이며 인피니티 풀 발코니를 내다봤다. 험준한 바위 사이로 수평선이
보였다.

런던이 그립나요?

내 친구들과 가족이 그리워요. 때론 가슴이 너무 아프죠. 하지만 우린 서로
연락을 하면서 지내고, 내가 원할 때 언제든 갈 수 있어요. 그걸 위안으로
삼아요.

그들을 보러 갈 계획인가요?

책과 쇼 때문에 바빴어요. 하지만 곧 그곳에 갈 거예요. 확실해요. 엄마는
인도 고아에 살면서 침묵 요가 수련을 해요. 엄마를 못 본 지 3년이나 됐어

요. 아빠는 여전히 고향에 살아요. 우린 작년에 아빠를 여기로 모셔왔죠. 아빠는 이곳을 싫어해요. 화려한 걸 불편해하죠. 아빠는 내내 정원에서 채소를 키울 수 있는 최적의 장소를 샅샅이 살피며 시간을 보냈어요. 그리고 이제 내 친구들은 다 각자의 삶이 있어요. 아이들, 학교, 경력. 난 언젠가 여기서 그들을 만나길 바란답니다.

프랭키는 한숨을 쉬었다. 사랑하는 사람들과 함께할 수 없는데 이런 돈과 공간을 가진 것이 무슨 소용이 있을까? 프랭키의 친구들과 가족은 휴가 때마다 이곳으로 날아와야 한다. 톰, 프리야, 앨리스가 여기 온다면 그들 인생 최고의 시간을 보낼 것이다. 그리고 엄마가 이곳에 오면 좋겠다. 엄마는 바다를 사랑하고, 이곳은 아주 고요하다. 물론 엄마는 미니멀리스트 장식을 둘러보자마자 당장 바꾸라고 프랭키를 들들 볶겠지만. **"분명히 어마어마하게 넓구나. 하지만 창조성이 메말랐어, 프랭키! 영혼이 전혀 없어!"** 프랭키는 엄마의 목소리가 여기저기에 쩌렁쩌렁 울리는 상상을 하며 웃었다.

최근의 소문을 믿나요?

어떤 소문이요? 너무 많아서요. 지난번에 내 대리 엉덩이가 되어달라며 어떤 여자에게 돈을 줬다는 기사를 읽었어요. 듣자 하니 의사들이 그 여자 엉덩이에서 지방을 빼서 내 엉덩이에 넣었다더군요. 아, 정말 말도 안 돼. 그러니까, 그런 수술이 있기는 해요? 아니, 진짜, 말해줘요. 그 사람들 전화번호 좀 줘요. 내 엉덩이는 만화에서 증기 롤러가 지나간 장면처럼 납작하다고요.

하! 캘럼에 대한 최근 소문은 맥스티드 지사마다 여자 친구가 있다는 건데요.

헛소문이에요.

그럼 당신은 그 여자들이 지어낸 이야기라고 생각하나요?

이봐요, 캘럼은 쉬운 목표예요. 우린 이런 소문에 수년 동안 시달렸어요. 그 사람들이 지어낸 이야기라는 건 아니지만, 그들이 진실을 말한다는 것도 아니에요. 캘럼은 언제나 엄청난 바람둥이였고, 그것 때문에 여러 번 곤경에 빠졌어요. 나와 달리 사람들은 캘럼을 이해하지 못해요. 게다가, 그런 말이 있잖아요. 나쁜 홍보란 없다? 캘럼이 대서특필될 때마다 우리 신문의 판매 부수가 늘어나요. 그러니까 나는, 불평하는 게 아니에요. 난 공개되지 않은 진실이 뭔지 알아요.

흑백논리로 본다는 사람치고는 회색처럼 상당히 어정쩡한 대답이군요.

뭐, 그게 유일한 대답인걸요. 원한다면 이 기사를 인쇄할 때 글자 색을 바꾸시든가.

이 프랭키는 까칠했다. 그런데 왜 그렇게 잘 속아 넘어갈까? 당연히 캘럼은 바람을 피웠다. 캘럼은 그런 사람이고, 항상 그래왔다. 프랭키는 이 사실을 모를 리 없다. 프랭키가 캘럼의 행동을 알면서도 모른 척하는 것이 틀림없다. 그런데 왜 속아주는 것일까? 프랭키는 절대 유명하고 부유한 삶을 좇는 부류가 아니었다. 하지만 아마도 이 프랭키는 그런 부류인가 보다.

뉴욕에서 찍힌 캘럼의 사진은요?

어떤 사진이요?

아, 진짜, 프랭키. 테이블 너머로 키스하는 사진 있잖아요?

요즘은 포토샵으로 뭐든 할 수 있죠.

센트럴 파크의 란제리 모델은요?

그녀는 그냥 친구예요. 나도 몇 번 만났는걸요.

텍사스 골목의 웨이트리스는요?

캘럼의 잘못은 웨이트리스에게 담배를 달라고 한 것뿐이에요. 담배를 끊겠다고 나한테 말했거든요. 난 몹시 화가 났어요.

그럼, 앞으로의 계획은 뭔가요?

내년에 리얼리티 쇼에 출연하는 것을 협의 중이에요. 제목은 〈프랭키 할리우드에 가다〉이고, 기본적으로 여러 카메라가 나를 따라다니면서 LA에서의 내 삶을 보여주는 거죠. 난 그 쇼가 내가 단순한 액세서리가 아니라는 것을 세상에 증명해 주기를 기대해요. 알다시피 난 여기서 많은 일을 해요. 그저 인피니티 풀에서 둥둥 떠다니면서 입주 가정부에게 이런저런 심부름이나 시키는 게 아니라고요. 그렇게 시간을 보내는 건 하루에 2시간 정도죠. 농담이에요! 내가 책 쓰는 거 알았나요? 무일푼에서 벼락부자가 된 내 여정에 대한 회고록이에요. 또 베니스 비치에 있는 집을 두어 채 사서 개조해 되팔려고요. 내가 실내 장식을 다 직접 해요. 그리고 멕시코 코수멜섬에서 영감을 받은 수영복 브랜드 제작도 이야기 중이에요.

왜 코수멜섬이죠?

몇 년 전, 그러니까 캘럼을 만나기 전에 거기에서 영어를 가르치려고 했어요. 편도 비행기를 예약했는데 사정이 생겨서 못 갔죠. 작년에 그곳에 가보니 그 섬은 내가 꿈꾸던 모습 그대로였어요. 색깔, 거리, 직물. 믿을 수 없을 정도로 멋지더군요. 실제로는 이루어지지 않은 삶, 하지만 내가 아주 좋아했을 삶에 경의를 표하는 거예요. 당신은 내가 생활 속의 사소한 것들을 좋아한다는 것을 알면 놀랄 거예요, 애덤.

그건 생각도 못 했네요.

시간을 내주고 솔직히 말해줘서 고마워요, 프랭키. 우리 독자들에게 마지막으로 하고 싶은 말이 있나요?

신문에서 읽은 걸 다 믿지는 마세요.

프랭키는 신문을 내려놓고 조리대에 기댔다. 이 삶은, 이 버전의 프랭키는 익숙해지는 데 큰 노력이 필요하겠다. 그리고 프랭키는 이 버전의 프랭키가 좋은지 아니면 싫은지 잘 모르겠다. 적어도 어떤 면에서는 솔직했다. 하지만 이 프랭키는 입에서 쏟아져 나오는 특권 의식 때문에 나쁜 인상을 남긴다. 적어도 프랭키는 여전히 그것에 대해 유머 감각을 지니고 있다. 프랭키가 이해할 수 없는 점은 캘럼이 몰래 바람을 피운다는 것을 알면서도 오랜 세월 동안 남아 있었다는 것이다. 상류 사회의 생활 방식에 너무 익숙해져서 캘럼의 천한 행동을 기꺼이 무시하는 것일까?

초인종이 울리자 프랭키는 숨을 깊이 들이마셨다. 현실을 마주할 때가 됐다. 아니면 파파라치인가? 혹시 다른 인터뷰가 있나? 프랭키는 자신감 넘치게 인터뷰하던 그 프랭키 매켄지가 돼야 한다. 프랭키는 계단을 올라가는 도중에 거울을 보며 머리를 매만졌다. 그리고 떡갈나무 쌍여닫이문에 다다라 잠시 멈춘 후, 떨리는 손으로 커다란 손잡이를 움켜잡았다. 가슴이 쿵쿵 뛰었다.

왼쪽에서 깜박거리는 화면에 시선이 갔다.

"말도 안 돼!"

프랭키가 소리쳤다.

26

프랭키가 문을 열고 주인이 집에 오는 것을 보고 기뻐하는 개처럼 톰의 품으로 훌쩍 뛰어올랐다.

"너희들이 여긴 웬일이야?"

프랭키가 앨리스와 프리야를 껴안으며 외쳤다.

"음, 너야말로 여긴 웬일이야?"

프리야가 포옹에서 빠져나와 복도로 성큼성큼 걸어가며 말했다.

"톰, 넌 여기가 멋지다고만 했잖아."

프리야가 톰을 돌아봤다.

"〈셀링 선셋〉에 나오는 집 같단 말은 안 했어!"

"아, 사실 말도 안 되지."

프랭키가 이 부유함에 갑자기 당혹감을 느끼며 말했다.

"정말 멋있다, 프랭클스."

앨리스가 거실을 자세히 들여다보며 말했다.

"우와, 저 샹들리에 좀 봐. 꼭 유람선에 탄 것 같아!"

앨리스의 말이 맞는다. 하지만 약간 비아냥거리는 칭찬처럼 느껴졌다.

"잠깐만."

톰이 나체 사진 앞에 서서 말했다.

"근데 이게 대체 누구고, 프랭키 매켄지한테 뭔 짓을 한 거야?"

"아, 그러게. 나도 좀 당황스러워. 캘럼이 이래 놔서 놀랐다니까."

프랭키가 재빨리 핑곗거리를 지어냈다.

"이런 걸 만들려면 포즈를 취해야 하는 거 아니야?"

앨리스가 한쪽 눈썹을 치켜세우며 물었다.

"아냐. 캘럼이 날 찍은 사진으로 만든 거야."

프랭키가 관자놀이를 문지르며 설명했다.

"저 사과를 치킨 케밥으로 바꾼다면 더 그럴싸하겠는데."

톰이 빈정거렸다.

"여기서 너희를 보니까 정말 반가워!"

프랭키가 소리를 지르며 그들을 그러모아 다시 얼싸안고, 친구들의 가슴에 자신의 몸을 묻었다.

절대 그들을 보내고 싶지 않다.

✦

친구들에게 맨션을 구경시켜 주기가 쉽지 않았다. 프랭키도 이 맨션을 돌아보는 것이 처음이다. 톰이 주말 동안 머물 욕실이 딸린 침실이라고 말하며 문을 활짝 열었는데 화장실이었다. 톰은 그 화장실에 침실이 달려 있냐고 물었다. 프랭키는 개조 공사를 해서 헷갈렸다면서 위치를 이리저리 옮겼다고 설명했다. 그들은 의심하지 않았다. 적어도 프랭키 앞에서는. 하지만 프랭키는 주방으로 돌아가는 길을 기억하지 못했을 때, 복도 거울로 앨리스가 톰에게 곁눈질하는 모습을 봤다.

프랭키의 생일에 친구들을 부른 것은 딱 캘럼다운 방식이었다. 최소한의 노력을 들여서 거창하게 생색낼 수 있는 표현. 캘럼의 비서가 날짜를 조율해 비행기를 예약하고, 캘럼은 비용만 부담했을 것이다. 그래도 프랭키는 친구들이 여기 와서 마냥 행복했다. 친구들을 비행기에 태워 데려오는 것 자체가 친절한 행위였다. 아니면 눈가림용이었을까? 프랭키는 캘럼이 어디에 있고 무엇을 하고 있는지 전혀 모른다. 하지만 어떤 면에서는 캘럼이 여기에 없어서 기뻤다. 캘럼과 프랭키의 친구들은 그다지 가깝지 않았다. 캘럼이 없으면 프랭키는 완전히 자연스럽게 행동할 수 있다. 프랭키가 캘럼과 사귀기 시작한 지 몇 주가 지났을 때, 캘럼이 처음 약속 장소에 나타나지 않은 후로 캘럼과 앨리스 사이는 언제나 냉랭했다. 그들의 관계가 끝을 향해 갈 무렵, 매주 프랭키가 캘럼에 대해서 넋두리를 늘어놓을 때마다 앨리스는 서슴없이 문자로 의견을 피력했다.

비열하고, 게으르고, 멍청한 부잣집 도련님.

거짓말하고, 바람피우는 두 얼굴의 얼간이.

토즈 로퍼 속 똥덩어리.

프랭키가 앨리스에게 헤어지느냐 다시 사귀느냐가 달린 캘럼의 이메일을 전달하자, 앨리스는 양쪽 가운뎃손가락을 들어 올린 사진과 함께 들어 올릴 가운뎃손가락이 더 있으면 좋겠다는 메시지를 보냈다. 그러고 나서 마찬가지로 가운뎃손가락을 들어 올린 엘리와 맷의 사진과 함께 저스틴에게 절대 말하지 말라고 부탁하는 메시지를 보냈다.

프랭키는 (무려 천장 높이의 샴페인 냉장고에서 깨낸) 샴페인을 네 잔 따르면서 팔짱을 끼고 수영장 발코니로 나가는 앨리스를 지켜봤다. 프랭키는 이 삶에서 자신이 캘럼에게 다시 돌아갔을 때 앨리스가 어떤 반응을 보였을지 궁금했다. 두 사람이 그 일로 싸웠을까? 프랭키의 결정으로 갈등이 생긴 그들의 관계가 완전히 회복됐을까? 앨리스가 이 집에 발을 들여놓았을 때부터 거리감이 느껴졌지만, 지난 일을 모르니 도무지 상황을 알 수 없었다.

톰이 몸에 딱 붙는 작은 검은색 수영복을 입고 금목걸이를 차고 커다란 조종사 선글라스를 낀 채 주방으로 휙 들어왔다. 그 뒤로 반짝이는 금색 기모노와 거기에 어울리는 비키니를 입고 커다란 샤넬 밀짚모자로 가린 짧은 검은색 머리를 얼룩무늬 집게 핀으로 목덜미에 단정하게 고정한 프리야가 들어왔다.

"수영장에 갈 준비 끝냈어?"

프랭키가 길쭉한 샴페인 잔을 그들에게 건네며 말했다.

"항상 만반의 준비가 돼 있지."

톰이 샴페인을 쭉 들이켜며 한숨을 쉬고는 빙 돌아 뒤쪽 아일랜드 식탁에 팔꿈치를 대고 바다 풍경을 마주 봤다. 톰이 고개를 절레절레 흔들었다.

"세상에, 프랭키. 너 가짜 엉덩이로 팔자가 폈구나? 운도 좋아. 나한테 유명한 친구가 있다니 믿어지지 않는다. 게다가 젬마 콜린스* 정도가 아니라…… 필 콜린스**만큼 유명하잖아."

"그렇지 않아."

---

* 영국 리얼리티 쇼 출연자
** 영국 가수

프랭키가 눈을 굴렸다.

"난 여전히 같은 사람이야. 엉덩이도 그대로고."

프랭키가 샴페인을 한 모금 마시는데 샴페인잔이 새 입술을 완전히 빗나갔다.

"젠장!"

프랭키가 턱에 흐르는 샴페인을 닦으며 말했다.

"기분 나빠지라고 하는 말은 아닌데. 프랭크스, 대체 어떻게 그 입술을 빗나갈 수 있어?"

톰이 피식 웃었다.

"야!"

프랭키가 말했다.

프리야가 핸드폰에서 고개를 들고 낄낄거렸다.

"어, 그래. 뭐가 그렇게 웃겨?"

프랭키가 장난스럽게 말했다.

"음, 거울 봤어?"

프리야가 핸드폰을 아일랜드 식탁에 내려놓았다.

"저 거울을 봤냐고? 저 거울 하나만으로도 족히 10만 파운드는 하겠어. 저거 진짜 다이아몬드야? 사실은 알고 싶지 않아. 토할 것 같아."

"당연히 진짜가 아니지!"

프랭키가 외치고 거울 쪽을 힐끗 보다가 깜짝 놀라 멍해졌다. 맙소사, 진짜 다이아몬드일 수도 있겠다.

"프랭키……, 너 고급스럽다."

톰이 덧붙이며 거울로 가서 눈썹을 쓰다듬었다.

"그래, 좋아. 내가 좀 더 고급스러워 보이고, 고급스러운 것을 몇 개 가지고 있을지도 몰라. 하지만 난 여전히 그냥 프랭키야. 그 동네 프랭키."

"그 동네 프랭키, 웃기고 있네."

셋이 발코니를 향해 움직이는 동안 톰이 소리 내어 웃었다.

"넌 프랜시야."

"그만해."

프랭키가 대답했다.

"안 그러면 내 경호 팀을 불러서 널 밖으로 내보낼 거야."

그들이 창문에 다다르기 전에 프랭키가 두 사람을 한쪽으로 끌어당겼다.

"쟤 괜찮아?"

프랭키가 앨리스를 향해 고개를 까딱하며 속삭였다.

"여기 온 후로 나한테 거의 한마디도 안 했어."

프리야가 어깨를 으쓱했다.

"괜찮아 보이는데."

톰이 선글라스를 벗어 프랭키에게 건네며 덧붙였다. 톰은 발코니 문을 열고 빠르게 뛰어가서 다섯 살짜리처럼 수영장에 뛰어들었다. 뒤에서 물이 뛰자 앨리스가 비명을 질렀다. 앨리스가 천천히 돌아섰는데, 짙은 갈색 앞머리에서 물이 뚝뚝 떨어져 떡 벌린 입으로 들어갔다.

"톰, 내 머리, 이 멍청아! 이제 머리를 감아야 하잖아!"

앨리스가 소리를 질렀다.

"자, 내가 도와줄게."

톰이 말하고는 한쪽 팔을 뒤로 젖혀 앨리스에게 물을 퍼부었다.

앨리스가 다시 비명을 지른 뒤, 옷을 다 입은 채 물로 뛰어들어 톰의 위로 떨어졌다.

어쩌면 앨리스는 그렇게 딱딱하게 군 게 아닐지도 모른다. 하지만 프랭키는 두 사람 사이가 틀어졌다는 직감을 무시할 수 없었다.

✳

"프랭키, 벨라 하디드*가 발코니 문에서 너를 빤히 보고 있어."

톰이 입이 거의 물에 잠긴 채 조용히 말했다.

천천히 돌아보는 동안 프랭키의 심장이 빠르게 뛰기 시작했다.

고등학교 연극 수업에서 받은 점수 B의 솜씨를 선보일 때야.

"어이!"

프랭키가 발코니 문가에 있는 여자에게 손을 흔들었다. 정말로 벨라 하디드를 많이 닮았다. 프랭키의 목둘레 정도밖에 안 되는 허리에 꽉 두른 짧은 흰색 앞치마 아래로 기다란 갈색 다리가 뻗어 있었다.

"어머, 프랭키."

여자가 숨소리가 섞인 그윽한 목소리로 느리게 말했다.

"안녕! 별일 없죠?"

프랭키가 수영장에서 올라와 타월을 몸에 두르며 말했다. 프랭키는 걷다가 선베드 다리 옆에 놓인 빈 샴페인 병을 넘어뜨렸고, 여자가 쨍그랑 소리를 내며 저편으로 굴러가는 병을 흘끗 보는 것을 알아챘다.

"이크, 미안해요."

사과하고 나서 병을 집으려고 몸을 구부린 프랭키는 볼이 붉어지는

---

* 미국 모델

것을 느꼈다. 왜 부끄러운지 모르겠다. 이곳은 프랭키의 집이다. 프랭키는 내키는 대로 뭐든 할 수 있다. 하지만 여자의 뭔가가 프랭키가 즐기는 광란의 밤이라고 해봤자 콤부차와 허브차를 마시는 것이 전부라는 느낌을 풍겼다.

"별일 없어요."

여자가 가식적이라는 느낌을 주는 미소를 지으며 말했다.

"좋아요, 좋아요."

프랭키가 타월로 몸을 푹 감싸고 다가가며 반복해서 말했다.

"저녁 식사를 언제 하실지 궁금해서요."

여자가 말했다.

니나. 이 여자는 프랭키가 기사에서 언급한 니나이다.

"고마워요, 니나."

프랭키가 말했다.

"지금 몇 시죠?"

"저녁 8시요."

니나가 대답하며 프랭키 뒤의 다른 사람들을 재빨리 흘긋 쳐다봤다.

프랭키가 돌아보니 그들은 수영장 가장자리까지 헤엄쳐 와서 먹이를 기다리는 배고픈 물개들처럼 대화하는 그들을 빤히 보고 있었다.

"저 사람들한테 던져줄 청어 좀 있어요?"

프랭키가 농담했다.

"청어요?"

니나가 물었다.

"생선이요."

프랭키가 방긋 웃으며 대답했다.

"아, 네."

니나의 흠잡을 데 없이 매끈하고 햇빛에 그을린 얼굴에 걱정스러운 표정이 스치며 말했다.

"캘은 청어 이야기를 하지 않았어요. 정말 미안해요. 하지만 코스의 첫 번째 요리로 굴을, 두 번째 요리로 생선회를 준비했어요. 요리 중에 랍스터 구이도 있어요."

캘? 언제부터 캘럼이 자신을 캘이라고 불렀지?

"빌어먹을, 해산물을 엄청나게 좋아하나 봐?"

톰이 중얼거렸다.

"아, 미안해요."

니나가 톰을 흘끗 보고 다시 프랭키에게 시선을 돌렸다.

"캘한테 당신이 다이어트 중이라고 들어서요. 그 음식으로 괜찮으면 좋겠는데요?"

"진짜 맛있겠어요, 니나. 고마워요. 30분 후 괜찮아요?"

프랭키는 자신의 유머가 니나에게 통하지 않아 겸연쩍어하면서 자신이 도대체 어떤 종류의 다이어트 중일까 생각했다.

"그럼요."

니나가 미소 짓고는 발코니 문을 지나 주방으로 사라졌다.

"그 여자가 계속 여기 있었어?"

톰이 물었다.

"모르겠어."

프랭키가 돌아서서 어깨를 으쓱했다.

"이 커다랗고 텅 빈 집에 있으면서 누가 드나드는지 모르는 건 좀 무섭지 않아?"

앨리스가 날카롭게 물었다.

"가끔."

프랭키가 대답했다.

"하지만 캘럼이 여기 있으니까 별로 안 무서워."

"그 사람이? 우리가 전화할 때 캘럼은 항상 여기 없었어."

앨리스가 대꾸했다.

"물론 요즘에는 전화도 자주 안 하지만."

프랭키가 톰과 눈을 마주쳤다. 앨리스와 자신 사이에 문제가 있는 것이 분명했다. 그리고 프랭키는 그 문제를 해결하기로 결심했다. 삶의 중요한 선택이 두 사람의 우정을 방해하게 두기에 앨리스는 너무 소중했다.

✦

네 사람은 촛불을 밝힌 진수성찬 앞에 앉으면서 키득거렸다. 그들의 상태에 비해 너무 고급스러운 음식이라는 느낌이 들었다. 톰은 수영장용 가운을 입고 있고, 앨리스는 타월로 머리를 감싸고 있었다. 프리야는 구부러진 햇빛 차단용 모자를 쓴 채로 마치 베벌리힐스 호텔 수영장 옆에서 맨해튼 칵테일을 너무 많이 마신 대단히 부유하고 늙은 이혼녀처럼 의자에서 몸을 흔들고 있었다.

톰은 첫 번째 굴 껍데기를 벗기려고 애쓰다가 놓쳐 식탁 저편으로 날렸다. 굴은 생선회 접시에 떨어졌다. 그들은 아무 말 없이 굴을 빤히 보다가 미친 듯이 웃기 시작했다. 몇 분 후, 프랭키는 니나가 그들이 음식을 비웃는다고 생각할까 걱정돼서 그들에게 조용히 하라고 말했다. 프랭키는 절대 개인 셰프를 열받게 하고 싶지 않았다.

"그만해!"

프랭키가 쉿 소리를 냈다.

"니나는 우리가 자기를 놀린다고 생각할 거야!"

"니나는 긴장을 좀 풀어야 해."

톰이 발음을 뭉개며 말했다.

"우린 그저 휴가 분위기에 젖어 있을 뿐이라고!"

"니나가 우리 아침 식사를 만들어 줄 거야. 그러니까 네덜란드 소스에 침을 뱉지 않은 에그 베네딕트를 먹고 싶으면 그만하는 게 좋을걸."

프랭키가 웃으며 대답했다.

"이건 정말 말도 안 돼."

앨리스가 말하고는 바로 딸꾹질을 했다.

"매일 밤 이렇게 먹어?"

"야, 도대체 너 누구야, 프랭키 매켄지!"

프리야가 외쳤다. 프리야는 그들이 식탁에 앉은 후 10분 내내 젓가락으로 생선회 한 점을 집으려고 기를 썼다.

"말했잖아, 나는 여전히 나라고!"

프랭키가 외쳤다.

"난 변하지 않았어."

"에이, 참."

프리야가 말했다.

"너 조금 변했어."

"응, 그래. 내가 좀 달라 보이지. 나도 알아. 하지만 LA에 있으니까."

프랭키가 대답했다.

"아니, 부티를 말하는 게 아니야."

프리야가 덧붙였다.

"너를 말하는 거야. 한 사람으로서. 난 그저 네가 걱정되는 것뿐이야. 우린 네가 걱정돼. 난 우리 모두를 대변해서 말하는 거야. 안 그래?"

프리야가 말하며 톰과 앨리스의 방향으로 휙 눈길을 던졌다.

"뭐가 걱정이야?"

프랭키는 진심으로 알고 싶어서 물었다.

"뭐부터 시작하지?"

앨리스가 한숨을 쉬었다.

프랭키가 앨리스를 바라봤다.

"내가 먼저 말할게."

프리야가 생선회 집는 것을 포기하고 젓가락을 접시에 던지며 말했다.

"여기서 대체 뭘 하면서 사는 거야? 오해는 하지 마. 이곳은 믿을 수 없을 정도로 멋져. 하지만 다 캘럼이 지불하는 거야, 맞지? 네 경력은? 넌 「더 리크」를 그만둔 후로 일을 하지 않았는데, 그게 10년이 넘었어. 네가 직접 돈을 번 적 있어? 네 이력서에 커다란 공백이 생길 거야. 난 네가 음식과 돈과 집을 전적으로 다른 사람에게 의지하는 위험을 생각해 봤는지 모르겠어. 너무 과장해서 말해서 미안해, 프랭키. 순전히 내가 너를 사랑하고 보호하고 싶어서 그런 거야."

"무슨 소리를 하는 거야?"

톰이 나섰다.

"잰 대단한 프랭키 매켄지잖아? 캘럼이 재를 찬다면 잰 모든 걸 폭로하는 책을 내서 수백만 파운드를 벌 거야. 오프라 윈프리랑 인터뷰할 거고. 내가 홍보 전문가잖아. 잰 홍보 분야에서 노다지나 마찬가지라고."

"응. 재가 서명한 그 기이한 연애 계약서에 두 사람의 파탄을 이용해 이득을 취하면 안 된다는 조항이 없다면!"

프리야가 프랭키를 향해 두 팔을 휘두르며 덧붙였다.

그들이 프랭키에게 고개를 돌렸다.

"그건 모르겠어."

프랭키가 말했다. 신경이 곤두서기 시작했고, 딱 붙인 엄지손가락과 집게손가락에 너무 힘을 줘서 내일 아침에 작은 멍이 들게 생겼다.

모두가 한숨을 내쉬었다.

"근데."

프랭키가 인터뷰를 떠올리며 말했다.

"리얼리티 쇼에 나갈 예정이고 책도 쓰고 있어. 집 두어 채를 개조해서 팔 거고. 그러니까 사실 아무것도 안 하는 건 아니야. 정말로 상당히 바빠. 나는 돈을 벌고 있어. 난 괜찮을 거야."

"봐, 잰 괜찮을 거라니까!"

톰이 말했다.

"이제 내 차례야."

"네 차례라니 무슨 말이야?"

프랭키가 대답했다.

"아, 미안. 우리가 널 왜 걱정하는지 돌아가면서 말하는 건 줄 알았지."

다른 두 사람이 고개를 끄덕였다. 프랭키는 그들을 보며 상처받았다.

"그게 말이지, 난 네가 우리한테 연락을 거의 안 해서 슬퍼. 우린 왓츠앱 같은 거로 메시지를 주고받는데 넌 한 번도 안 들어오잖아. 넌 전화도 거의 안 해. 그래서 네가 우리 삶에 별로 관심이 없다는 느낌이 들어. 모르겠어. 어쩌면 넌 우리가 이젠 좀 평범하다거나 뭐 그렇게 생각하는 걸 수도."

"톰! 내가 그렇게 생각할 일은 절대 없어!"

프랭키가 외쳤다.

"너희는 아무도 평범하지 않은데, 어떻게 그런 말을 해? 넌 런던 최고의 홍보부장이고, 프리야는 「더 리크」에서 잘나가고, 앨리스는 서리 근방에서 최고의 초등학교 교사야."

프리야가 몸을 앞으로 숙였다.

"내가 어떻다고?"

프랭키가 얼어붙었다. 프리야는 여전히 「더 리크」에 다닌다. 그렇지 않은가? 머릿속에 이런저런 생각이 연달아 떠올랐다. 서로 다른 여러 삶이 프랭키를 혼란스럽게 만들었나 보다. **아냐.** 프랭키는 생각했다. 확실히 현실의 삶에서 프리야는 여전히 「더 리크」에 다녔다. 그들은 케밥 사고가 일어나기 전주에 영업 팀장으로 승진한 프리야를 축하하려고 술을 마시러 갔었다.

"네가 「더 리크」에서 잘나간다고 말했어."

프랭키가 대답했다.

"우와."

톰이 얼굴을 찌푸렸다.

"프랭키, 난 네가 「더 리크」를 그만두고 6개월 후에 그곳을 그만뒀어!"

프리야가 상처 입은 표정으로 소리쳤다.

"그 다사다난했던 일을 어떻게 기억하지 못해? 부서를 축소해서 내 일자리를 잃게 한 사람이 네 남자 친구잖아."

"젠장, 그래. 미안해!"

프랭키가 고개를 흔들었다.

"네가 「더 리크」에 안 다니는 거, 물론 알지."

"하지만."

톰이 덧붙였다.

"프랭키, 알다시피 프리야는 「더 아워」에서 잘나가."

"당연하지."

프랭키가 톰에게 고맙다는 뜻이 담긴 시선을 던지며 말했고, 톰은 프랭키에게 윙크했다.

"내가 한마디 해도 될까?"

그들이 식탁에 앉은 후로 침묵을 지키고 있던 앨리스가 말했다.

"물론이지. 모든 걸 속 시원히 털어놓으면 좋겠어."

프랭키가 말했다.

"프랭키, 우린 아홉 살 때부터 제일 친한 친구였어. 난 너에 대해 모르는 게 없어. 너무 잘 알아서 네가 무슨 말을 할지 정하기도 전에 내가 네 말을 마무리할 수 있을 정도였어. 난 네가 학교 급식으로 뭘 고를지 정확하게 예측할 수 있었어. 늘 빌어먹을 감자 구이랑 콩이랑 치즈여서 예측하기가 그리 어렵진 않았지만."

프랭키가 빙그레 웃었다.

"그래, 넌 〈프리티 우먼Pretty Woman〉에 나오는 동화 같은 삶을 살고 있지만, 그게 정말 너에게 맞아? 난 네가 여기서 혈혈단신으로 있는 게 걱정돼. 주변에 고향 사람 하나 없이, 네가 어디 출신인지 상기시켜 줄 사람 하나 없이. 여기 사람들은 너무 달라. 여기 사람들은 내가 아는 프랭키 같지 않아. 무슨 까닭인지 네가 과거와 단절한 느낌이 드는데, 난 그게 정상이 아닌 것 같아. 넌 프랭키 감자 구이야. 프랭키 푸아그라가 아니라."

"하지만 난 여전히 그 사람이야."

프랭키가 간곡히 말했다.

"겉으로 보기에는 그렇지 않아도."

"잘 모르겠어."

앨리스가 고개를 저었다.

"캘럼이 너와 나 사이를, 너와 영국 사이를 이간질한다는 느낌이 드는 건 어쩔 수 없어. 넌 늘 누군가가 네 삶을 좌지우지하는 걸 얼마나 싫어하는지 말했어. 그런데 넌 여기 있어. 캘럼은 네가 LA에 오게 밀어붙였어. 네가 여기 머무르게 하고 네 생일 파티까지 자기 마음대로 하고 있어."

"그건 부당한 말이야. 이건 깜짝 선물이었다고."

프랭키가 끼어들었다.

"우리가 여기 날아온 걸 말하는 게 아니야."

앨리스가 말했다.

"이 저녁 식사를 말하는 거라고. 너에게 맡겨졌다면 우린 생선회를 먹고 있지 않을 거야. 난 생선회 싫어해."

"여기선 다 그걸 먹어. 내가 거기에 익숙해졌나 봐."

프랭키가 중얼거리며 와인 한 잔을 더 따랐는데, 그것은 적절치 않은 짓이었다.

"그리고「LA 타임스」표지는 또 뭐야?"

앨리스가 말을 이었다.

"넌 주목받는 걸 싫어하는데 이제 신문 1면에 실리고, 촬영진이 네 얼굴에 조명을 비추며 널 따라다닐 거라고 말해. 어쩌면 넌 변하지 않았는지도 모르지. 하지만 그렇다면 더 걱정돼. 네가 아주 불편한 상황에 휘말릴까 봐. 그러다가 어느 날, 넌 잠에서 깨서 세상에 너를 드러낸 것에 대해 극심한 공황 발작을 일으킬 거고, 상황을 되돌리지 못할 거야."

프랭키가 조용히 와인을 홀짝였다.

"우리 말이 모질게 들린다면 미안해, 프랭키."

앨리스가 말했다.

"프리야가 말한 대로 순전히 우리가 너를 사랑하고, 네가 걱정돼서 그런 거야."

"간섭하는 느낌이 드는데!"

프랭키가 낄낄거리다가 그들이 같은 반응을 보이지 않자 황급히 멈췄다.

"약속할게. 난 괜찮아."

프랭키가 그들을 안심시켰다.

"하지만 너희들 말도 맞아. 프리야, 난 공허한 명성이나 캘럼에게 기대지 않는 나만의 제대로 된 직업을 가질 생각을 할 필요가 있어. 그리고 톰, 내가 더 자주 만나러 가겠다고 약속할게. 그렇게 하지 못해서 부끄러워. 내가 댈 수 있는 유일한 변명은 내가 게으른 소라는 거야. 그리고 앨리스, 네가 하는 말이 무슨 뜻인지 알겠어. 어쩌면 내 본모습과 어울리지 않는 삶에 휩쓸리게 내버려뒀는지도 모르겠어. 캘럼이 돌아오면 얘기해 볼게……."

젠장, 프랭키는 캘럼이 어디에 있는지 전혀 모른다.

"……런던에서 돌아오면. 그리고 우리가 상황을 바꿀 수 있는지 궁리해 볼게."

세 사람 사이에 다시 시선이 오갔다.

"캘럼은 런던에 없어."

톰이 말했다.

"뉴욕에 있어."

"왜 캘럼이 어디에 있는지 몰라?"

프리야가 물었다.

"내가 취해서 그래! 캘럼이 뉴욕에 있는 거 알았어!"

프랭키가 말을 번복했지만, 그들은 이해하지 못한 것 같았다.

"캘럼이 어디에 있는지 계속 확인하기 힘들어. 캘럼은 늘 비행기를 타고 어딘가로 이동하니까. 그 사람의 일거수일투족을 감시하는 게 무슨 소용이 있어? 우리가 다시 연락할 때 캘럼은 이미 다른 도시에 가는 중인데."

"네가 주문 제작한 카사데이 블레이드 힐을 신고 이 횅뎅그렁한 곳에서 혼자 지내게 내버려두고."

톰이 빈정거렸다.

니나가 식당에 들어오자 그들은 입을 다물었다.

"깜짝 선불로 녹차, 인삼, 회향으로 만든 디저트를 내왔어요."

니나가 나긋나긋한 팔로 흔들리는 갈색 젤리가 담긴 작은 그릇을 그들 앞에 내려놓으며 말했다.

"깜짝 놀랄 점이 뭐죠?"

톰이 물었다.

"가운데에 바닷말이 들어 있어요."

니나가 방긋 미소 지었다. 프랭키는 그 미소가 약간 악의적이라고 확신했다.

니나가 식당에서 나가자 네 사람은 푸딩을 보며 끙 소리를 냈다.

"내가 마스 초콜릿 바를 튀겨달라고 하면 니나가 어떻게 할까?"

톰이 물었다.

27

2023년 8월 31일 목요일

새벽 5시다. 프랭키는 어젯밤의 대화가 자꾸 흐릿하게 떠올라서 괴로웠다.

프랭키는 마침내 새벽 1시에 침실 위치를 찾아냈을 때, 침대 옆 탁자에서 충전 중인 핸드폰을 발견했다. 미리 보낸 생일 축하 메시지가 몇 개 와 있었다. 프랭키는 부모님에게 답장했다. 축하해 준 나머지 사람들에게 보내는 답장은 미뤄도 된다. 영원히. 지금 당장 신경 쓸 일도 넘쳐났다.

이 프랭키는 자신의 삶에서 가장 중요한 사람들에게 더 관심을 기울여야 한다. 프랭키는 도중에 어딘가에서 길을 잃은 듯한 진짜 프랭키로 돌아갈 길을 찾아야 한다.

프랭키는 정부가 되려고 직장을 그만둘 사람이 아니다. 또 남자 때문에 친구와 가족과 자신을 버려둘 사람도 아니다. 그레그스* 소시지 롤보다 더 못 미더운 캘럼 같은 남자는 말할 것도 없고. 프랭키의 배에서 꼬

---

* 영국 베이커리 체인

르륵 소리가 났다. 니나에게 소시지 롤과 케첩을 달라고 하면 시금치 잎으로 싼 렌즈콩 패티와 토마토 주스를 가져다줄 것이다.

핸드폰에서 메시지 알림음이 울렸다.

> 안녕, 스팽크스.
> 친구들과 즐거운 밤을 보냈기를 바랄게. CM

> 대단했어요. 고마워요.

> 당신이 행복하니 기뻐.

적어도 누군가는 프랭키가 행복하다고 확신했다.

> 오늘 뭐 해요?

프랭키는 5분 동안 화면을 응시하다가 핸드폰을 침대에 던졌다. 프랭키는 예전 습관으로 돌아가기를 거부했다. 캘럼이 답장하기를 기다리고, 진동이 울릴 때마다 꽥 소리를 지르고, 몇 분마다 화면을 엎어놨다가 바로 해놨다가 하면서 메시지가 왔는지 확인하는 것. 오늘은 아니다. 다시는 그러지 않을 것이다. 프랭키는 제멋대로 펼쳐진 이불 위로 몸을 던지고 커다란 침대 끝으로 꼼지락거리며 가다가 멈춰서 숨을 골랐다. 연예인들이 그렇게 몸짱인 것은 당연했다. 그들은 아침에 일어나기도 전에 전신 운동을 한다.

프랭키는 침대 기둥에 걸린 검은색 실크 가운을 입고 욕실 문이라고 짐작한 것을 열었다. 침실보다도 큰 방으로 들어서면서 입이 서서히 벌어졌다. 가장자리에 간접 조명이 장식돼 있고 거울이 달린 유리 화장대가 프랭키 앞 벽면 전체를 가로질러 놓여 있었다. 미용 용품이 깔끔하게 정리된 투명 상자가 층층이 쌓여 있고, 머리를 치장하는 도구가 한쪽에 달린 고리에 쭉 걸려 있었다. 오른쪽 창문 앞에는 적어도 네 명은 들어갈 수 있는, 바다가 내려다보이는 욕조가 있었다. 태양이 막 수평선 위로 떠오르기 시작했고, 하늘은 검푸른 빛이 섞인 주황색과 분홍색 빛줄기로 빛났다.

프랭키가 그리 오래 살지는 않았지만, 이토록 숨 막히게 멋진 광경은 별로 보지 못했다.

열두 살인 프랭키가 가족과 처참한 캠핑 여행을 갔을 때 본 킬천 캐슬의 풍경.

이제 엄마가 된 앨리스를 뺏길 것이라는 부정적인 생각이 모두 사라지게 한 생후 1일 차 엘리의 모습.

엄마가 요가 친구 10명과 함께 벌거벗은 채 산타 모자만 쓰고 바다에 뛰어드는 모습이 담긴 작년 크리스마스 카드.

프랭키가 욕실에서 나가려고 돌아서는 참에 파도에 뛰어드는 돌고래 떼를 발견하고 헉 소리를 냈다.

"톰! 프리야! 앨리스!"

프랭키가 소리치며 욕실에서 뛰어나가 대리석 복도를 달렸다. 가운이 뒤로 휘날려 영화배우가 된 듯한 기분이 들었다.

"야! 조용히 해!"

누군가 아래층에서 말했다.

프랭키가 1층과 2층 사이에서 내다보니 톰이 여과지가 달린 커피 주전자를 든 채 프랭키를 올려다보고 있었다.

"사람들이 자고 있다고, 이 멍청아!"

톰이 웃으며 말했다.

"네 생일이라고 해서 하고 싶은 대로 해도 된다고 생각하지 마!"

"돌고래야!"

프랭키가 바다를 가리키며 힘껏 속삭였다.

톰이 발코니 쪽으로 가서 문을 열고 밖으로 나갔다. 프랭키가 톰이 있는 곳으로 갔지만, 돌고래는 이미 사라졌다.

"아, 프랭키. 네 삶은 정말 굉장해, 어?"

톰이 킥킥거리고 한쪽 팔로 프랭키를 끌어당겼다.

"어젯밤에 우리가 너무 잔인하지 않았길 바랄게. 그리고 생일 축하해."

"아냐."

프랭키가 톰을 꼭 껴안으며 말했다.

"내가 들어야 할 말이었어. 그런데 왜 이렇게 일찍 일어났어?"

"음, 일단 시차 적응이 안 돼서. 그리고 네 기분이 너무 울적하니까 계속 걱정되더라고. 그래서 그리운 옛날처럼 생일 차를 만들어 주려고 내려왔는데, 빌어먹을 주전자를 찾느라고 30분 동안 헤맸어. 이건 아니지?"

"그건 미국인들이 사용하는 커피 주전자 같은데."

프랭키가 주전자를 받아 들며 말했다.

"이게 뭔지 몰라?"

톰이 물었다.

"응, 이게 그거야."

프랭키가 말을 번복했다.

"모르겠어. 써본 적이 없어서."

"오호라, 알겠어. 니나한테 시킨다 그거지?"

톰이 놀렸다.

"아니거든!"

프랭키가 외쳤다.

"좋아. 그럼 주전자가 어디 있는지 알려줘. 차 한 잔 만들어서 해변에서 마시자."

하지만 프랭키도 주전자가 어디 있는지 모르니 톰에게 알려주지 못했다. 프랭키는 물건을 이리저리 옮기는 니나 탓을 했고, 결국 두 사람은 전자레인지로 물을 끓였다.

톰이 그것이 미국인이 차를 만드는 방법이라고 말했기 때문이다. 프랭키는 그 방법을 직접 본 적이 없어서 당황스러웠고, 톰은 혼란스러워 했다.

"내 친구들은 제대로 된 차를 마시지 않아."

프랭키가 바위 계단을 조심스럽게 디디며 해변을 향해 내려가면서 설명했다.

두 사람이 나란히 놓인 선베드에 누워 첫 모금을 마시고 얼굴을 찡그릴 때 불어온 시원한 바람에 프랭키는 소름이 돋았다.

"웩."

톰이 차 맛에 혀를 내밀며 말했다.

"넌 이런 지독한 맛을 참아야 하는데 어떻게 여기서 행복하단 말을 할 수 있어?"

"난…… 잘 모르겠어."

프랭키가 솔직히 대답했다.

"네가 일어나 있어서 다행이야, 프랭클스."

톰이 말했다.

"너랑 따로 이야기하고 싶었거든. 어젯밤처럼 따지려는 건 아니니까 걱정하지 마."

"알았어."

프랭키가 똑바로 앉으며 중얼거렸다.

"네가 자주 연락하지 않아서 걱정하는 게 아니야. 여기에서의 네 행동 때문에 걱정하는 거야. 네가 정말로 여기 사는 것 같지 않은 느낌이……, 어떻게 설명해야 할지 모르겠다. 네가 정말로 혼란스러워하는 것 같아. 모든 것에 대해서. 이곳과 집에서. 넌 이 집의 방 절반이 어디에 있는지 몰라. 네 주전자도 못 찾아. 친구들의 삶에서 아주 중요한 세부 사항을 잊어버렸어. 프리야가 「더 리크」를 그만둔 걸 어떻게 기억하지 못할 수 있어? 네 남자 친구가 누군지 생각해 보면 그건 너희 두 사람 사이에 엄청난 사건이었어. 말이 나와서 하는 말인데, 네가 캘럼이 어디 있는지 혹은 뭘 하는지 모르는 것 같아서 걱정돼. 네가 신경 안 쓰는 것일 수도 있고, 그런 경우라면 괜찮아. 하지만 그런 경우라고는 믿어지지 않아. 난 과거에 캘럼의 행동이 너에게 얼마나 상처를 줬는지 알아. 간단하게 하나만 물어볼게. 술을 너무 많이 마시는 거야?"

"뭐라고?"

프랭키가 어이없는 웃음을 흘렸다.

"네가 술을 많이 마시는 건 아닐까 하는 생각이 들어서 그래. 그게 건

망증, 캘럼에 대한 무관심, 대화 부족의 원인이 아닐까 하는 생각. 네가 뭐 때문에 변했는지 궁리하느라 머리를 쥐어짰는데, 생각나는 논리적인 답은 그것뿐이야. LA가 널 바꿔놓은 것 같진 않아. 넌 그런 부류가 아니야. 너도 알다시피 난 술을 좋아해. 하지만 네가 여기서 외로움 때문에 괴로워하는 게 아닌가 싶어. 네가 그 고통을 잊으려고 술을 이용하는 거라면……, 비난하지 않겠다고 약속할게."

"톰, 정말로 술을 마셔서 혼란스러운 게 아니야."

프랭키가 말했다. 그 모든 문제에 대한 변명을 떠올리느라 마음이 요동쳤다.

"내가 말했듯이, 집 배치가 달라졌어. 그리고 어제 너희들이 도착해서 내가 정신이 없었나 봐. 마음이 어수선했다고. 캘럼이 바람피우는 건, 내가 다 알아서 하고 있어. 캘럼이 돌아오면 이야기해서 소문의 진상을 철저히 밝힐 거야. 그리고 소문이 조금이라도 사실인 것 같으면……."

프랭키가 말을 멈췄다.

소문은 모두 다 사실이다.

"……끝낼 거야. 난 캘럼이 어디 있는지 몰라. 캘럼은 나한테 말하지 않으니까."

"왜 더 화를 내지 않는 거야?"

톰이 비웃었다.

"화가 나! 지독히 화가 난다고. 하지만 우리가 함께 있는 이 소중한 시간을 캘럼 때문에 망치지 않을 거야!"

프랭키의 목소리가 갈라졌다.

"캘럼은 우리의 소중한 시간을 너무 많이 망쳤어!"

그것을 연애라고 부를 수 있다면, 그들의 첫 번째 '연애'가 끝을 향해 치달을 때, 프랭키는 밤에 외출할 때마다 술이 다섯 잔만 들어가면 눈물을 흘렸다.

"좋아."

톰이 말하고 프랭키의 의자로 훌쩍 건너와서 프랭키를 품에 안았다.

"속상하게 했다면 미안해. 하지만 너도 정말로 나를 속상하게 했어. 그러니까 그냥 없던 일로 하자."

"연락 못 해서 미안해. 난 형편없는 친구야."

프랭키가 코를 훌쩍였다.

"넌 정말 최악이야."

프랭키가 피식 웃었다.

"하지만 진심으로 하는 말인데, 넌 내 인생에서 상당히 중요한 사건들을 놓쳤어, 이 작은 망나니야. 네가 내 결혼식에 참석하러 오지 않았다니 믿어지지 않는다. 난 네게 사람들 앞에서 특별한 랩을 부르게 하려고 했단 말이야. 그리고 우리가 로저를 입양했을 때도 넌 옆에 없었어."

톰의 어깨 위에서 프랭키의 눈이 커졌다.

"널 대모로 삼으려고 했는데."

톰이 덧붙였다.

젠장, 톰과 조엘에게 **아이가** 생겼다고?

"한 달에 한 번 로저를 봐달라고 부탁하려고 했지. 우리가 고양이 부모 노릇을 잠시 쉬고 낭만적인 시간을 보낼 수 있게. 정말이지 그건 상당히 힘든 일이거든."

휴.

"미안해. 난 정말 네가 그리워. 안 그런 것처럼 보이겠지만."

프랭키는 톰의 어깨에 머리를 기댔다.

"나도 네가 그리워. 자, 망나니야, 어서 앙금을 다 바닷물에 씻어버리러 가자."

톰이 프랭키의 손을 잡고 잡아당겼다.

"엄청 추울 텐데!"

프랭키는 징징거리며 물로 조금씩 다가갔고, 파도가 발가락에 부딪히며 물거품을 일으키자 움찔했다.

"차가운 물은 몸에 좋아!"

톰이 말하며 성큼성큼 들어가 재빨리 소리를 질렀다.

"얼른! 엔도르핀이 분비된다고! 이 정도면 우린 오늘 뭐든 할 수 있겠어."

프랭키는 끙 소리를 길게 내뱉고 가운을 뒤로 던졌다. 프랭키는 가슴 앞으로 팔짱을 끼고 큰 걸음으로 물에 들어갔다. 수심이 점점 깊어지면서 걸음을 옮길 때마다 팔짱이 조여들었다. 물이 가슴까지 닿자 프랭키는 잠수해서 얼음처럼 차가운 파도가 자신을 씻어내리는 것을 느끼고 얼굴로 흘러내린 머리카락을 뒤로 넘겼다. 프랭키는 물에 젖은 붙임머리가 너무 무거워서 일어서려고 발버둥을 쳤다. 일어서니 바로 기분이 나아졌다. 이어서 프랭키는 기뻐서 마구 소리를 질렀다. 프랭키는 몇 미터 앞에서 물결을 따라 위아래로 움직이는 톰을 향해 헤엄쳤다.

"오늘은 우리만을 위한 날이면 좋겠어, 톰."

프랭키가 머리를 물 위로 내밀고 물속에서 다리를 움직이면서 숨 가쁘게 외쳤다.

"우리 넷만을 위한 날. 오늘을 캘럼 금지의 날로 만들면 안 될까? 캘럼의 이름을 말하는 사람은 원샷 같은 걸 해야 하는 거지."

"자기야."

톰이 프랭키에게 헤엄쳐 와서 말했다.

"아쉽게도 그건 곤란하겠는데."

"왜?"

프랭키가 말하고 나서 파도 밑으로 잠수했다.

프랭키가 다시 위로 올라오자 톰이 집으로 휙 눈길을 돌렸다.

프랭키가 물속에서 빙글 돌자 발코니에 서 있는 캘럼이 보였다.

28

프랭키가 마지막으로 캘럼을 실물로 본 때는 10년 전, 중역 회의실 유리 벽을 통해서였다.

프랭키는 그날 아침, 몇 달 만에 아주 활기차다고 느끼며 사무실에 들어섰다. 프랭키는 파리 사건을 극복하는 데 6개월이 걸렸다. 그리고 모든 남자에 대한 불신을 버리고 데이트를 다시 시작하는 데 또 6개월이 걸렸다.

바로 전날 밤에 잘될 가능성이 있는 남자를 만나기도 했다. 강렬한 끌림보다는 약한 설렘 정도였지만, 프랭키는 두 번째 데이트 신청을 거절하지 않았고, 그것은 진전이었다. 머리카락을 틀어 올린 대신에 곧게 펴서 푼 것도 진전이었다. 사실 그건 틀어 올린 것도 아니고 그냥 화난 것처럼 대충 지저분하게 돌려 묶은 것이었다.

하지만 그날 아침은 아니었다. 그날 아침, 프랭키는 실제로 치장에 공을 들였고, 킹스로드 근처 옥스팜*에서 거저나 마찬가지로 산 새 점퍼드레스에 무릎까지 올라오는 부츠 차림이었다. 승강기에 훌쩍 올라타 거울에 비친 모습을 위아래로 살펴보면서 세상을 다 가진 기분이었다.

---

* 국제 구호 단체이며 기부받은 물건을 판매한 수익금으로 극빈자를 돕는 가게를 운영한다.

하지만 그때, 그 향기가 코를 찔렀고 프랭키의 가슴이 철렁 내려앉았다.

캘럼은 가는 곳마다 진한 베르가못 향을 남겼다. 문이 닫히고 승강기가 올라가기 시작하자 프랭키는 불안에 휩싸였다. 아무도 캘럼이 올 것이라고 경고하지 않았다. 보통은 사장의 방문을 알리는 이메일이 전 직원에게 오고, 모두가 자신의 일에 매달렸다. 왜 아무도 프랭키에게 말하지 않았을까? 핸드폰을 찾아 허둥지둥 핸드백을 뒤지는데 가슴이 마구 두근거렸다. 프리야의 메시지를 보고는 기절할 것 같았다.

> 당황하지 마. 캘럼이 왔어.
> 네 책상에 가지 마. 난 탕비실에 있어.

프랭키는 고개를 푹 숙인 채 사무실 문을 밀치고 들어가 즉시 오른쪽으로 돌았다. 뜀박질해서 괜히 사람들의 관심을 끌고 싶지 않았다. 꾸물거리다가 캘럼과 맞닥뜨릴 위험을 감수하고 싶지도 않았다.

탕비실에 도착해 사무실 저편 끝에 있는 자신의 책상을 응시했다. 책상 위에 커다란 꽃다발과 카드가 있었다.

빌어먹을.

"그만 쳐다봐!"

프리야가 조리대에서 쉿 소리를 냈다.

"세상에, 프리야, 캘럼이 나한테 꽃을 가져왔나 봐. 저게 무슨 의미지?"

프랭키가 헐떡거리며 말했다.

"아, 프랭크스."

프리야가 한숨을 쉬며 들썩거리는 프랭키의 어깨에 한 손을 올렸다.

"아냐, 캘럼이 가져오지 않았어. 미안. 캘럼이 너한테 남자 친구가 있다고 생각하게 하려고 내가 아래층에서 사서 네 책상에 올려놨어. 네가 미련을 버렸다는 걸 저 나쁜 놈한테 보여주려고."

프랭키는 약간 실망하지 않을 수 없었다. 하지만 프리야의 성의가 고마워서 프리야에게 온통 입맞춤하고 싶었다.

"넌 진짜 최고야. 너도 알지?"

프랭키가 말하며 설탕 세 개를 넣은 더블 샷 커피를 들이켰지만, 떨림이 가라앉지 않았다.

캘럼은 온종일 중역 회의실에 있었다. 프랭키는 노트북을 다른 회의실로 가져가서 일할까 생각해 봤지만, 캘럼의 존재가 신경 쓰인다는 것을 드러내고 싶지 않았다.

그래서 프랭키는 캘럼을 완전히 무시하기로 프리야와 전략을 짰다. 프랭키의 책상 위치 때문에 곁눈으로 캘럼이 보이는 것을 피할 수 없지만, 어떤 일이 있어도 (프리야의 명령대로) 고개를 들거나 돌리지 않아야 했다. 프랭키는 온종일 컴퓨터 화면만 똑바로 응시하면서 캘럼의 레이저 같은 눈길에 자신의 왼쪽 관자놀이에 구멍이 뚫리는 듯한 느낌을 받았다. 위경련이 일어나 고통스러웠다. 어느 순간 프랭키는 캘럼이 고개를 다른 방향으로 돌리는 것을 눈치채고 흘끗 돌아봤다가, 책상 건너편에서 죽일 듯이 쏘아보는 프리야를 발견하고 하던 일로 재빨리 시선을 돌렸다. 정신이 너무 산만해서 무슨 일을 하는 중이었는지도 알 수 없었다.

그리고 이곳 말리부의 발코니 벽에 기댄 캘럼을 보자마자 위경련이 돌아왔다. 이번 위경련은 아주 심했다. 뭔가가 속에서 프랭키를 난폭하게 물어뜯는 것 같았다.

"이런, 제기랄."

프랭키가 얼어붙은 입술로 중얼거리며 캘럼에게 손을 흔들었다.

"흠, 남자 친구를 보고 그런 반응이라니, 참 정상적이네."

톰이 지적했다.

프랭키가 톰을 돌아봤다.

"캘럼이 오늘 아침에 돌아온다는 거, 알고 있었어?"

프랭키가 힐난하는 투로 씩씩거렸다.

"전혀 몰랐어."

톰이 프랭키 쪽으로 다가오며 말했다.

"내가 아는 건 앨리스와 프리야가 엄청 짜아아아증을 낼 거라는 거야!"

✦

프랭키는 떨림을 감추려고 타월을 양손으로 움켜잡은 채 발코니 계단 꼭대기에 다다랐다. 그리고 괴로운 존재를 마주 봤다.

10년 동안 캘럼은 변하지 않았다. 새카만 머리에는 여전히 흰머리가 없었다. 남자다움을 부각하도록 섬세하게 손질된 짧은 턱수염을 제외한 창백한 피부는 여전히 말도 안 되게 매끈했다. 하루 중 밤낮으로 두 시간을 차지하는 꼼꼼한 피부 관리의 빛나는 결과다. 일분일초가 대단히 소중한 마당에 어떻게 그런 시간을 내는지 프랭키는 결코 이해하지 못했다. 캘럼이 얼마나 열심히 일했는지에 대해 단조로운 목소리로 계속 말하면 프랭키는 "당신 각질 제거하는 일이요?" 혹은 "당신 치아 미백 관리

하는 일이요?"라며 놀렸다. 캘럼은 그것을 재미있어했다. 캘럼은 여자가
자신을 놀리는 것에 익숙하지 않다고 말했다.

캘럼은 프랭키가 자신의 일반적인 데이트 상대와 다르다는 것과 함께
있기 편한 상대라는 것을 아주 좋아했다. 캘럼의 주변에서 프랭키가 느
긋한 것과 다른 여자들 같지 않음을. 과거의 프랭키는 그것을 기분 좋게
받아들였을 테지만, 이 프랭키는 과거의 프랭키의 뺨을 후려치고 싶었
다. 그리고 **다른 여자들이 아주 근사하다**는 것을 프랭키에게 일깨워 주
고 싶었다.

캘럼이 두 팔을 쭉 뻗어 프랭키를 와락 끌어안고 좌우로 흔들며 정수
리에 입을 맞췄다.

"악, 이거 놔요!"

캘럼이 사립 학교 교육을 받은 사람 특유의 벨벳처럼 부드러운 목소
리로 외쳤다.

"난 지금 완전히 젖었단 말이에요!"

"그건 개가 할 말인데요."

톰이 농담했다.

"날 안은 사람은 당신이잖아요."

프랭키가 중얼거리자 캘럼이 부드럽게 프랭키를 떼어놓고 엉덩이를
찰싹 때린 다음, 옆에 놓인 바구니에서 갓 세탁한 타월을 집어 들었다.

"생일 축하해, 스팽크스."

캘럼이 웃으며 프랭키의 머리카락을 바라봤다.

"물에 들어갔어? 그 머리카락으로?"

"그게 뭐요?"

프랭키가 머리카락을 매만지며 물었다.

"아무것도 아냐. 그저 당신을 위해 머리카락이 너무 곱슬곱슬하게 말리지 않길 바랄게."

캘럼이 말했다.

더 정확하게는 당신을 위해서겠지.

캘럼은 언제나 프랭키의 머리가 곧게 펴져 있는 것을 더 좋아했다.

캘럼이 팔을 뻗어 톰과 악수했다. 충실한 분신 같은 오래된 롤렉스 시계가 햇빛을 받아 빛났다. 캘럼은 첫 번째 데이트 후에 프랭키에게 롤렉스 시계를 사주겠다고 말했지만, 사주지 않았다.

"토미, 내 친구! 오랜만이에요. 여전히 우스갯소리를 잘하는군요."

캘럼이 말할 때 하얀 치아가 반짝였다. 브릭레인에 있는 인도 음식 뷔페에서 마음껏 먹고 나서도 청량한 박하 향이 날 것 같은 치아다. 물론 캘럼은 절대 그런 짓을 하지 않겠지만.

캘럼은 적은 양의 음식에 열광했다. 양이 적을수록 맛있다는 것이 캘럼의 지론이다. 캘럼이 고른 비싼 식당에 가면 (항상 캘럼이 식당을 골랐다) 프랭키는 저녁을 먹어도 배가 차지 않았다. 그린 파크 근처의 한 식당에서 내놓은 접시를 보고 비웃었던 기억이 났다. 그 접시는 인형의 집에나 맞는 크기였고, 위에는 햇볕에 말린 토마토 단 하나가 놓여 있었다. 프랭키는 그것이 탯줄을 자르고 남은 부분이냐고 물었다. 캘럼은 재미없어하며 얼굴을 찌푸렸고, 이탈리아 수도원 지붕에서 시칠리아 수도사들이 햇볕에 말려 그리스의 에-라-원 럭셔리 에디션 올리브유에 저장한 방울토마토에 대해 프랭키를 '교육'했다. 1년에 작은 병으로 10개만 생산된다고 했다.

"음, 천주교회에는 그 돈이 필요 없을 것 같은데요. 안 그래요?"

프랭키가 농담했다.

"한 병에 1,300달러야."

캘럼이 웃음기 없이 대답했다.

캘럼이 항상 진지하지는 않았다. 캘럼은 「더 리크」 운영진을 흉내 내서 프랭키가 눈물이 나도록 웃게 할 수 있었다. 그리고 항상 재미있게 즐길 줄 알았다. 단순한 저녁 식사로만 끝내지는 않았다. 저녁 식사, 술, 춤, 메이페어에 있는 친구의 펜트하우스에서 오밤중까지 열리는 사교 모임이 어우러졌다.

캘럼이 기분이 좋을 때면, 캘럼과 데이트를 하면서 엄청난 모험이 곧 펼쳐질 것 같은 느낌이 들었다. 프랭키 형편으로는 도저히 감당하지 못할 호화로운 호텔에 가거나 연예인 파티에서 할리우드 스타들과 이야기를 나누거나 완전히 다른 도시에서 깨어나곤 했다. 캘럼은 프랭키가 방을 환하게 밝힌다는 느낌이 들게 했다. 캘럼은 친구들에게 프랭키를 '그 프랭키 매켄지'나 '런던의 차세대 거물'이나 '차세대 케이틀린 모런*'이라고 소개했다. 캘럼처럼 카리스마가 있는 사람은 누구와도 사귈 수 있었다. 그런데 캘럼은 프랭키를 선택했다. 그래서 프랭키는 특별한 존재가 된 기분이 들었다.

캘럼이 기분이 나쁠 때면, 프랭키를 포함한 온 세상이 자신과 마찬가지로 음울해지도록 만들었다. 그들은 결국 소파 양 끝에 앉아 위스키를 마시며 아무 말 없이 '포뮬러 원'을 시청했고, 어둡고 폭풍이 몰아치는 캘럼의 푸른 눈은 크리스털 잔 테두리 너머 화면만 뚫어지게 응시했다.

***

* 영국 기자, 작가, 「타임스」 칼럼니스트

캘럼은 프랭키의 친구들을 두어 번밖에 만나지 않았고, 매번 넘치는 매력을 발산했다. 필요하다고 판단될 때는 너그럽고 잘 웃었으며, 우스꽝스러웠고 세심했다. 캘럼은 사람의 성격을 단 몇 초 만에 파악하는 놀라운 능력이 있는데, 그 능력을 이용해서 적절하게 대화를 이끌었다. 캘럼은 몸을 상대방에게 기울이며 질문하고 잡담을 피했다. 빠르게 핵심으로 들어가서 상대방이 자신의 고통과 문제와 기쁨을 공유하고 싶어 한다고 느끼게 했다. 캘럼과 이야기를 나누다 보면 자신이 세상에서 캘럼에게 중요한 유일한 사람이라고 느끼게 됐다.

"톰, 당신에 대해 기억나는 게 있어요."

캘럼이 움푹 들어간 턱을 손가락으로 쓰다듬으며 말했다.

"당신은 시나몬롤을 아주 좋아해요. 맞죠?"

톰이 소리 내어 웃었다.

"내 남편보다 더 좋아하죠. 이건 비밀이에요."

"좋아요, 그럼 이렇게 하죠. 내가 말리부에 있는 끝내주는 빵집에 가서 한 무더기 가져올게요. 하지만 경고하는데, 이 못된 녀석들이 당신을 망쳐놓을 거예요. 다른 시나몬롤과 비교가 안 되거든요."

"여기로 이사 와야겠는데요."

톰이 말했다.

"프랭키가 제일 친한 친구와 여기에서 살 수 있는 데 필요한 게 그뿐이라면, 내가 그 빌어먹을 빵집을 살게요!"

캘럼이 외쳤다.

적어도 캘럼은 기분이 좋다.

기분 이야기를 하자면.

앨리스가 흰색 가운과 슬리퍼 차림으로 뜨거운 뭔가가 담긴 머그잔을 후후 불며 캘럼 뒤 발코니 문가로 나왔다. 김이 올라와 앨리스의 눈을 가리는 것이 차라리 다행이었다. 프랭키가 슬쩍 보니 앨리스의 눈이 냉랭하기 짝이 없었기 때문이다.

"안녕, 캘럼."

앨리스가 억지로 미소를 지으며 말했는데, 너무 가식적인 미소라 프랭키는 마구 웃음을 터뜨리고 싶었다. 프랭키는 언제나 긴장된 분위기에서 마음을 가라앉히지 못하는 것이 문제다.

"안녕하세요, 앨리스. 잘 지내죠?"

캘럼이 부드러운 목소리로 말했다.

"아주 좋아 보이네요. 엘리와 맷은 잘 있어요? 그 애들이…… 이제 열한 살이랑 여덟 살이겠네요? 우와. 저스틴은 어떻게 지내요?"

"잘 지내요. 그 말로는 부족하죠. 사실 저스틴은 대단히 잘 지내요."

"잘됐군요! 사업은 어떻게 되고 있어요?"

앨리스가 어리둥절한 표정을 지었다.

"그 IT 관리 신생 업체요. 그게 뭐더라."

캘럼이 무시하듯 허공에 손을 내저었다.

"저스틴의 사업 계획에 대한 의견을 주지 못한 게 여전히 마음에 걸려요. 내게 시간은 워낙 사치여서요."

"난 그 롤렉스를 보고 그런 짐작도 못 했을 거예요."

톰이 말했다.

"다 지난 일인데요, 뭐. 사실 난 저스틴이 당신한테 그런 부탁을 한 걸까맣게 잊어버렸어요."

앨리스가 어깨를 으쓱하며 말했다.

빙고.

프랭키는 캘럼의 등 뒤에서 앨리스를 빤히 응시했다. 캘럼은 저스틴의 IT 관리 회사 창업 계획을 검토해 보겠다고 약속해 놓고 끝내 약속을 지키지 않았다. 그리고 파리 사건 후로 앨리스는 몇 달 동안 그 일에 집착하며, 캘럼이 프랭키의 친구에게 신경 쓰지 않는 것은 프랭키한테도 신경 쓰지 않는다는 뜻이라고 말했다. 물론 앨리스의 말이 옳았다. 캘럼은 항상 과도하게 약속하고 잘 지키지 않는다. 혹은 애브리 택배처럼 절대 지키지 않는다.

"난 그 사업이 잘되고 있을 거라고 확신해요."

캘럼이 말했다.

"네, 그래요."

앨리스가 대답했다.

"잘됐어요, 잘됐어."

캘럼이 짙은 청색 치노 반바지 주머니에 손을 넣으며 고개를 끄덕였다. 벨트의 C 모양 걸쇠가 아침 햇살에 반짝반짝 빛났다. 프랭키는 캘럼이 여전히 샤넬 벨트를 차는 것을 알아챘다. 캘럼은 그 벨트를 수집했다. 프랭키는 캘럼이 안 볼 때 하나 훔치지 않은 것을 언제나 후회했다. 캘럼은 알아차리지도 못했을 것이다.

앨리스의 주머니에서 메시지 알림음이 울렸다. 앨리스는 핸드폰을 꺼내 피식 웃었다.

"진짜 웃긴다. 프랭키, 이리 와서 엘리 사진 좀 봐."

앨리스가 가까이 오라고 프랭키에게 손짓했다.

프랭키는 눈을 가늘게 뜨고 앨리스의 핸드폰 화면을 봤다.

아무리 프랭키 생일이라도, 난 그 인간이 꺼질 때까지 안 내려갈 거야.

29

"방해할 사람 없어!"

프랭키가 2층을 향해 외쳤다.

몇 초 후, 프리야가 모퉁이에서 고개를 쓱 내밀었다.

"그 사람이 여기 없는 줄 알고 왔단 말이야!"

프리야가 세 사람에게 소리쳤다.

"캘럼이 빨리 돌아올 줄 몰랐어!"

프랭키가 외쳤다.

"와서 커피 마셔."

프리야가 부루퉁한 얼굴로 발걸음마다 쿵쿵거리는 소리를 내며 계단을 내려왔다. 프리야는 모퉁이를 돈 후에 프랭키를 살짝 안고 생일 축하 인사를 웅얼거렸다. 그 후 조용히 주방으로 가서 블랙커피 한 잔을 따르고는 돌아서서 한숨을 쉬었다.

"그 사람을 칭찬하자면, 지금까지는 아주 친절했어."

톰이 어깨를 으쓱하며 말했다.

"아마도 캘럼이 변했나 봐."

"캘럼이 변했을지도 모르지."

프리야가 머그잔을 내려놓았다.

"그렇다고 해서 과거가 변하진 않아. 더럽게 어색할 거야, 너희들! 내가 캘럼에게 한 마지막 말은 '당신은 근시안적인 재수 없는 놈이고 당신 아버지의 사업체를 망하게 하고 있어요'였어. 미안, 프랭키. 내가 그때 술을 좀 많이 마셨어."

프랭키가 어깨를 으쓱했다.

"이봐."

프랭키가 말문을 열었다.

"널 이런 상황에 빠뜨려서 정말 미안해. 좋지 않은 상황인 건 알아. 캘럼이랑 니나가 1시간 뒤에 우리 아침 식사를 가지고 빵집에서 돌아올 거야. 너한테는 두 가지 선택지가 있어. 첫째, 지금 당장 떠나서 택시를 타고 LA 공항에 가면 돼. 캘럼은 네가 여기 있었는지도 모를 거야. 아니면 둘째, 여기 남아서 어떻게 흘러가는지 보는 거야. 톰이 맞아. 캘럼은 변했어. 물론 난 네가 남으면 좋겠어. 하지만 억지로 잡지는 않을게."

프리야가 양쪽 눈썹을 추켜세워 선글라스가 얼굴로 내려오게 했다. 프리야는 커피를 길게 한 모금 마시고 머그잔을 조리대에 올려놓은 다음, 주방 계단을 내려가 열린 발코니 문으로 갔다. 공기가 벌써 따뜻했다. 하늘색 수영장이 햇빛을 받아 빛나고 인피니티 풀의 폭포에서 피어난 안개가 공중에 떠다니고 있어서 유난히 유혹적으로 보였다.

톰과 앨리스와 프랭키가 서로 흘낏 쳐다봤다.

"좋아."

프리야가 마침내 대답했다.

"남을게. 미안해, 프랭크스. 네 앞에서 그 사람한테 심술궂게 굴기 싫어. 그저 그때 해고당해서 더럽게 힘들었는데, 캘럼을 다시 보니까 상처가 되살아나서 그래. 하지만 어쩌면 캘럼이…… 성숙해졌을지도 모르지. 수년 전 일이었으니까. 당시에 나도 무례한 행동을 좀 했어."

마찬가지야. 프랭키가 생각했다.

"자기야, 넌 10분 전에도 무례한 행동을 했어."

톰이 한마디 하고는 뒤에서 프리야를 껴안았다.

"우리 이 기회를 통해서 속내를 터놓고, 마음을 달래고, 과거의 트라우마를 교훈으로 받아들이……."

"닥쳐, 톰."

프리야가 끼어들었다.

톰이 과장되게 헉 소리를 냈다.

"난 정서적 교감을 나누는 중이었다고!"

프리야가 눈을 굴리고 위층으로 올라갔다. 옷을 입으러 가는 모양이다.

"너 안 춥냐?"

톰이 프리야의 뒤에 대고 외쳤다.

"마음이 그렇게 차디찬데?"

프리야가 가운뎃손가락을 들어 올리고 복도 벽 뒤편으로 사라졌다.

프랭키는 겸연쩍게 앨리스를 슬쩍 쳐다봤다. 프랭키는 극적인 상황을 혐오한다. 그런데 이것은 프랭키가 예상할 수 없었고, 몇 시간 안에 바로잡을 수도 없는 극적인 상황이었다. 프랭키는 시계를 흘끗 봤다. 이제 아침 9시이고, 여기에서 정말로 무슨 일이 일어나고 있는지 밝힐 시간이 다섯 시간 남았다. 캘럼이 가장 친한 친구 중 하나를 해고했는데도 프랭키는 왜 캘럼의 곁에 머물렀을까? 한 사람에게 충실한 것은 캘럼에게 전혀 맞지 않는데도 왜 캘럼은 그 오랜 세월 프랭키의 곁에 머물렀을까? 이런 질문은 성인의 대화로 풀어야 했다. 다 터놓고 캘럼과 솔직하게 이야기하려고 노력해야 한다는 생각에 심장이 철렁 내려앉았다. 프랭키는 과거에 몇 번 노력했지만, 캘럼은 마음을 터놓고 하는 대화를 불가능하게 했다. 대부분 캘럼은 화제를 바꾸거나 술을 한 잔 더 주문하거나 옆 테이블에 앉은 사람과 대화를 시작하는 식으로 주의를 다른 데로 돌리는 전술을 썼다. 그 전술이 먹히지 않으면 회유하는 전술을 썼다. 캘럼은 프랭키가 문제 삼는 일에 동의하거나, 듣고 싶은 말을 하거나, 상황이 달라질 것이라며 안심시켰다. 캘럼은 지키지도 않을 약속을 하고 나서 약속을 어기면 거짓 눈물을 흘렸다. 돌이켜 생각해 보면 프랭키가 정말 화나는 것은 결국 캘럼에게 연민을 느꼈다는 것이다. 프랭키는 심지어 캘럼을 속상하게 한 것에 대해 사과하기까지 했다.

하지만 오늘은 아니다. 프랭키는 캘럼이 생각하는 그 프랭키가 아니다. 프랭키는 지난 10년 동안 여기에서 무슨 일이 벌어졌는지 자세히 따져서 밝힐 것이다. 캘럼이 변했을 가능성이 있다. 물론 그 가능성은 희박하다. 게다가 「LA 타임스」 기사를 고려하면 그런 가능성은 없어 보였다. 하지만 프랭키는 이 삶이 자신의 장기적인 행복을 위해 최고의 선택인지 아닌지 알아내야 할 의무가 있다. 프랭키는 캘럼이 무엇을 하고 있는지, 캘럼의 이메일에 답장했다면 프랭키가 무엇을 하고 있을지 자주 궁금했다. 프랭키는 앞으로 1년 후에 정확히 같은 위치에 있을 것이라고 늘 말했다. 8,000킬로미터나 떨어진 곳에 있을지는 상상도 못 했다.

프랭키가 옷을 갈아입고 내려오자 수영장 선베드에 누워 있는 앨리스와 톰이 보였다. 프랭키는 아주 얇고 가벼운 분홍색 짐머만* 비치 드레스를 입고 있었다. 프랭키는 색깔별로 정리된 커다란 옷장에 걸려 있는 그 드레스를 보자마자 침을 흘렸고, 입으니 백만장자가 된 기분이 들었다.

"이봐요, 메이블."

프랭키가 거울 앞에서 빙글빙글 돌며 속삭였다.

"이 옷을 가져도 될까요?"

프랭키는 살짝 열린 발코니 문으로 다가가다가 앨리스와 톰이 낮은 목소리로 이야기하는 것을 우연히 들었다.

프랭키는 한 손을 유리에 올린 채 멈췄다.

"앨, 그 일에 죄책감을 느껴봤자 소용없어."

톰이 웅얼거렸다.

"그건 결국 프리야의 선택이었어. 넌 강요하지 않았잖아. 누구도 프리야가 뭔가를 하게 강요할 수 없을 거야."

"내가 안 그랬다고? 나는 프리야가 엄청난 죄책감을 느끼게 했어. 프랭키에게 우리가 필요한 것 같다고 말했단 말이야."

앨리스가 앓는 소리를 냈다.

"물론 프리야의 반응은 '그럼 나한테 프랭키가 필요할 때 걔는 어디 있었는데?'였어."

"그건 10년 전이었고, 지금은 잊었겠지. 게다가 내가 분명히 아는데 프랭키는 다른 방법을 고려하도록 캘럼을 설득하려고 할 수 있는 걸 다 했어. 그건 사적인 감정이 아니라 사업적인 결정이었어. 그걸 사적인 일로

---

* 오스트레일리아 명품 브랜드

만든 건 프리야였어. 프리야도 그 입장이었다면, 그런 짓을 하고도 남을 사람이라고 봐. 프리야도 피도 눈물도 없는 사람이야. 난 프랭키가 그 일로 비난받아야 할 이유가 없다고 생각해. 걔가 어떻게 해야 했을까? 캘럼을 차버렸어야 해? 아마 그건 캘럼의 결정도 아니었을걸."

"맞아. 난 캘럼이 회사에서 하는 일이 전혀 없다고 생각해."

앨리스가 대답했다.

"내 생각에는 캘럼이 회사에서 모두와 자고 다니는 것 같은데."

톰이 덧붙이며 비웃었다.

"조용히 해!"

앨리스가 쉿 소리를 내고 키득거렸다.

"미안해. 너무 심했다. 난 그저 우리가 보는 것을 프랭키도 볼 수 있으면 좋겠어. 걔는 이곳의 불빛에 눈이 멀어버린 것 같아. 복도에 있는 그 샹들리에는 우주에서도 보일 거야."

뜻밖에도 프랭키는 캘럼을 두둔하고 싶어지고 분노가 치미는 것을 느꼈다. 프랭키의 친구들은 분명히 캘럼에게 불만이 있지만, 캘럼이 제공하는 온갖 혜택에는 불만이 없는 듯했다. 개인 제트기, 인피니티 풀, 공짜 술이 있는 바, 개인 셰프. 그들이 그곳에 누워 일광욕을 하면서 캘럼을 험담하는 동안, 캘럼은 밖에서 그들의 아침밥을 사고 있다. 그것도 톰이 좋아하는 음식으로. 그리고 그들이 캘럼을 업신여긴다면, 프랭키에 대한 평가도 그렇게 낮을 것이다. 프랭키는 바보가 된 느낌이 들었다.

"그래도 칭찬할 건 칭찬해야지."

프랭키가 막 문을 열려는 참에 톰이 계속 말했다.

"뭐?"

앨리스가 말했다.

"캘럼은 내가 좋아하는 페이스트리를 기억했어. 그리고 그걸 가지러 갔어. 다정하잖아. 빌어먹을, 돌아오고도 남을 시간이지만. 배고파 죽겠어!"

"아주 다정하지. 프랭키를 다이어트를 시키다니, 참 사려가 깊기도 해."

앨리스가 웅얼거렸다.

"LA 교통 체증."

프랭키가 그들의 이야기에 끼어들면서 앨리스를 무시했다.

"지독하기로 악명이 높아."

프랭키가 그걸 아는 이유는 「더 리크」의 다른 기자가 운전하는 연예인을 보여주는 '교통 체증에 갇히다'라는 제목의 칼럼을 제안했기 때문이다. 편집부 사람들이 파파라치가 운전하는 사람을 쫓아다니며 사진을 찍는 것이 위험하다는 사실을 깨달으면서 그 기획은 채택되지 못했다.

앨리스와 톰이 목을 돌렸다.

"어이, 어디 있었어?"

톰이 말했다.

"드레스 귀엽다!"

앨리스가 외쳤다.

칭찬으로 무마하는 거야?

"통화 중이었어."

프랭키가 말했다.

"네 에이전시랑?"

톰이 물었다.

"아니."

프랭키가 미소 지었다.

"크리스 제너*랑?"

"아니."

프랭키가 같은 말을 반복했다.

"리사 밴더펌프**랑?"

"그래! 지금 강아지들이랑 오고 있대."

프랭키가 대답했다.

"내 마음을 가지고 그렇게 장난치지 마."

톰이 한숨을 내쉬었다.

"나 오줌 마려워."

앨리스가 일어서며 말했다.

"윽, 우리 아이들한테 부대끼지 않고 오줌 누는 기쁨. 난 LA를 사랑해!"

캘럼이 나간 지 1시간이 넘었다. 겨우 빵집 한 곳에 들르려고 대단한 노력을 기울이는 것 같기는 하다. 프랭키는 캘럼이 약속대로 빵을 가지고 돌아오기를 간절히 바랐다. 프랭키는 친구들이 틀렸다는 것을 캘럼이 증명해 주길 원했다. 아마도 프랭키의 일부는 캘럼이 자신도 틀렸다는 것을 증명해 주기를 원하는 것 같았다.

프랭키는 쾅 하고 현관문 닫히는 소리가 들리자 발코니 유리문으로 내다봤다. 캘럼과 니나가 돌아왔고, 높게 쌓인 페이스트리 상자와 주스 상자를 들고 있었다. 프랭키의 가슴에 고마움이 파도처럼 밀려들었다. 캘럼은 시간 투자에 인색했는지 모르지만, 손님 대접에는 절대 인색하지

---

*   카다시안가 어머니로 유명한 미국 방송인이자 사업가
** 영국 방송인이자 사업가

않았다. 프랭키는 캘럼과 니나가 식당 테이블에 페이스트리를 차리는 것을 지켜보면서 그 사람 안의 뭔가가 정말로 변했을까 하는 궁금증이 일었다. 어쩌면 그것은 궁금증이 아니라 그저 희망일 것이다.

"프랭키의 생일날 아침 식사가 준비됐습니다, 신사 숙녀 여러분!"

캘럼이 식당에서 외쳤다.

"안녕."

프랭키가 캘럼에게 방긋 웃었다.

"식사가 근사한데요."

"아니."

캘럼이 프랭키를 위아래로 훑어보며 프랭키의 가슴을 두근거리게 했다.

"당신이 근사해. 드레스가 아주 잘 어울리는데."

"고마워요."

프랭키가 활짝 웃으며 캘럼을 향해 걸어가서 입술에 긴 키스를 했다.

"캘."

니나가 끼어들어 키스를 중단시켰다.

캘럼이 키스를 멈추고 두 팔을 프랭키의 허리에서 거둬들이며 니나를 돌아봤다.

"보충제 지금 드실래요?"

니나가 물었다.

"응, 부탁해."

캘럼이 말했다.

"알려줘서 고마워. 당신 없이 우리가 뭘 하겠어, 니나?"

니나가 수줍게 미소 지으며 돌아서서 주방으로 들어갔다.

"우와, 이거 엄청난데요."

톰이 의자에 앉으며 말했다.

"고마워요, 친구."

"천만에요, 친구. 마음껏 먹어요!"

캘럼이 대답했다.

"고마워요. 배고파 죽겠어요."

톰이 대답하고 시나몬롤을 집어 한쪽을 덥석 베어 물었다. 톰은 입에 음식을 가득 넣은 채 잠시 멈칫하더니 캘럼을 올려다보고 불쑥 내뱉었다.

"빌어먹을, 끝내주네!"

캘럼이 힘차게 고개를 끄덕이며 외쳤다.

"그러니까요. 내가 뭐랬어요? 육두구 덕분인 것 같아요. 아니면 고추 덕분일 수도 있고."

앨리스가 캘럼 뒤로 다시 나타나서 프랭키에게 해석할 수 없는 이상한 눈짓을 했다. 그러고 나서 천천히 접시와 페이스트리를 집어 들었다.

"이거 고마워요."

앨리스가 싸늘하게 말했다.

맙소사, 그 사람 좀 너그럽게 봐줘라, 응?

"마음에 들면 좋겠어요."

캘럼이 열성적으로 대답했다.

"이봐요, 프리야는 어디 있어요? 프리야도 왔죠, 그렇죠?"

세 사람은 주스 컵 너머로 서로 흘긋거렸다.

"옷 입는 중이에요."

톰이 재빨리 대답했다.

"휴. 순간 프리야가 못 온 줄 알았어요. 예전 일 때문에요. 진심으로 프리야와 오해를 풀고 싶어요. 난 여전히 그 일이 안타까워요. 프랭키도 그렇고. 프랭키가 나를 용서하기까지 오랜 시간이 걸렸죠. 하지만 알다시피 내가 거의 손쓸 수 없는 결정이었어요."

"안녕, 캘럼."

프리야가 계단 밑에서 쌀쌀맞게 말했다.

"프리야!"

캘럼이 외쳤다.

"아주 좋아 보이네요. 어떻게 지냈어요?"

"뭐, 잘 지냈어요."

프리야가 대답했다.

분위기가 숨 막히게 험악했다.

"「더 리크」에서 벌어진 일로 내 마음이 얼마나 불편했는지 다른 사람들한테 이야기하던 중이었어요. 당신에게 터놓고 당시에 프랭키에게 한 말을 그대로 하고 싶어요. 개인적인 감정으로 벌인 일이 아니었고, 내 결정도 아니었어요. 이사회 결정이었어요.「더 리크」를 유지하려면 임금이 가장 높은 직원의 4분의 1을 잘라야 했어요. 진심으로 안타까운 일이지만 어찌 보면 당신이 그곳에서 일을 대단히 잘했다는 증거예요."

"그럼 내가 일을 잘해서 벌을 받았군요?"

프리야가 소리 내어 웃었다.

"그래요. 말했듯이 안타까운 일이에요. 난 당신을 해고하고 싶지 않았어요, 프리야. 우리 집안이 「더 리크」를 소유했다고 해서 직접 운영한다는 뜻은 아니에요. 프랭키한테도 이 말을 한 기억이 나는데요. 어떤 면에서는 당신이 일자리를 잃은 것이 그다지 아쉽지 않아요."

"뭐라고요?"

프리야가 팔짱을 끼며 말했다.

"당신이 워낙 재능이 많으니까요! 난 당신이 괜찮을 줄 알았어요. 괜찮은 것 이상이죠. 당신이 「더 리크」에서 나가는 즉시 다른 곳에서 당신을 낚아채 갈 줄 알았어요. 승진도 시켜주고요."

맙소사, 캘럼은 말재간이 좋다.

프리야의 얼굴이 부드러워졌다.

"그렇게 됐어요?"

캘럼이 물었다.

"사실 맞아요."

프리야가 대답했다.

"정말 잘됐네요. 결국 어디로 옮겼어요?"

캘럼이 물었다.

"「더 아워」요."

프리야가 테이블과 캘럼 사이로 눈길을 던지며 말했다.

"난 해외 영업 책임자예요. 역대 최연소죠."

"세상에, 상당히 힘든 일이겠어요."

캘럼이 커피를 한 모금 마시며 대답했다.

"하지만 그런 일을 할 수 있는 사람은 당신뿐이죠. 그럼, 일이 잘 풀렸네요? 들어보니 잘 풀렸다는 말로는 부족하겠는데요."

네 사람은 프리야를 빤히 보며 프리야가 긴장을 풀기를 바랐다. 그래야 그들도 긴장을 풀 수 있었다.

"네, 만사형통이에요, 캘럼."

프리야가 빙그레 웃으며 말했다.

"솔직히, 괜찮아요. 과거 일이잖아요. 이제 잊을 때도 됐죠."

"지금은「더 아워」가 잘나가잖아요."

캘럼이 커피를 마시며 중얼거렸다.

"우리가 인수해야겠어요. 당신 일에 얼마나 애착이 강해요, 프리야?"

프리야가 엉덩이에 한 손을 올리고 캘럼을 향해 고개를 갸우뚱했다.

"농담이에요!"

캘럼이 소리 내어 웃었다.

프리야도 웃기 시작했다. 이제 나머지 사람들도 웃어도 된다는 허락을 받은 셈이다.

이 정도면 괜찮겠어. 프랭키는 캘럼을 향해 오랫동안 느끼지 못한 온정을 느꼈다.

✦

아침 식사 후, 캘럼은 그들이 어떻게 하루를 보낼지 몇 가지 아이디어를 냈다. 하지만 모두가 해변에 누워 있길 원했다. 프랭키는 기뻤다. 여기에 머물 시간이 얼마 남지 않았다. 프랭키가 비키니로 가득한 서랍을 뒤적이는데 핸드폰이 울렸다.

> 내 방으로 와줄래? 급한 일이야.

30

프랭키가 앨리스의 침실에 들어섰을 때, 앨리스는 창가에서 정신없이 서성거리고 있었다.

"문 닫아!"

앨리스가 불안한 기색으로 속삭이며 손가락에 감은 갈색 머리카락 한 올을 풀었다.

프랭키는 시키는 대로 하고 문에 등을 기댔다.

"괜찮아? 무슨 일이야? 애들 때문에 그래? 집에 무슨 일 생겼어?"

두 손을 맞잡고 비틀면서 방 안을 계속 돌아다니는 앨리스를 지켜보며 프랭키의 눈이 휘둥그레져서 물었다.

앨리스가 우뚝 멈추고 프랭키를 향해 돌아서서 숨을 내쉬며 어깨를 축 늘어뜨렸다. 순서가 정해진 그 동작을 보고 있자니 앨리스가 저스틴이 창업 자금으로 쓰려고 그들의 통장에서 뭉칫돈을 찾아갔다는 사실을 발견했을 때가 생각났다. 앨리스는 그 일로 너무 화가 나서 프랭키를 만나려고 다음 기차를 잡아타고 런던에 왔었다. 저스틴에게 따지기 전에 화를 삭이려는 것이었다. 앨리스는 저스틴과의 대화가 싸움으로 번지는 것을 원치 않았기에 프랭키를 상대로 먼저 연습했다.

"무섭게 왜 그래."

프랭키가 말했다.

"집은 괜찮아. 문제는 여기에 있어."

앨리스가 이를 악물고 말했다.

"심호흡 해."

프랭키가 차분하게 말하며 침대에 앉았다.

캘럼은 도착한 순간부터 줄곧 매력적인 모습만 보였다. 캘럼이 한 말이나 행동 때문일 리 없다. 프랭키가 문제일까? 앨리스가 마침내 지난 24시간 동안 마음을 짓누르던 고민을 드러내기로 한 걸까?

"저기, 내가 뭔가 잘못했다면……."

프랭키가 말을 시작했다.

"너 때문이 아니야, 프랭키! 네가 언제나 다 네 잘못이라고 생각해서 난 정말 속상해."

앨리스가 조용히 외쳤다.

"다른 사람들이 너한테서 보는 걸 한 번이라도 네가 볼 수 있으면 좋겠어. 네가 문제가 아니야. 캘럼이 문제야."

"그으으래."

프랭키가 한숨을 쉬었다. 프랭키는 여기에 온 지 하루밖에 안 됐지만, 캘럼을 두둔하느라 이미 지쳤다.

"캘럼이 이번에는 무슨 짓을 했는데?"

"캘럼이 니나랑 놀아나고 있어."

앨리스가 불쑥 말했다.

"뭐라고?"

프랭키가 소리 내어 웃었다.

"내가 두 사람을 봤어, 프랭키. 그들이 빵집에 갔다 왔을 때 난 화장실에 있었어. 현관문 바로 옆이야. 키득거리는 소리가 들려서 문을 살짝 열어보니까 캘럼이 니나에게 뭔가 속삭이고 있더라. 캘럼이 무슨 말을 했는지 모르겠지만, 그 말에 니나가 소리 내어 웃었어. 너무 스스럼없는 태도였어."

프랭키가 천천히 일어나서 두 손을 드레스 주머니에 깊이 찔러넣고 창가로 걸어갔다. 프랭키는 웃음을 터뜨리며 앨리스 쪽으로 돌아섰다.

"대체 뭐가 그렇게 웃겨?"

앨리스가 물었다. 앨리스의 얼굴이 순식간에 더 격분한 표정으로 바뀌었다.

"**당연히** 캘럼은 니나랑 놀아나고 있으니까."

프랭키가 쓸쓸하게 말했다.

"니나는 생기가 넘쳐. 안 그래?"

프랭키는 터져 나오는 웃음을 어쩔 수 없었다.

능글맞은 미소가 앨리스의 얼굴에 번졌다.

"그건 잘 모르겠어. 니나가 안드로이드라는 의심이 강하게 들어."

"캘럼이 자기 성기가 얼마나 큰지 말하도록 니나를 프로그램해 놨는지 궁금하네."

프랭키가 농담했다.

"당신은. 성기가. 큽니다. 성기를. 삽입하세요. 지금."

앨리스가 로봇처럼 말했다.

두 사람은 코웃음을 쳤다.

"오르가슴. 작동."

프랭키가 어깨를 휙 뒤틀며 덧붙였다.

두 사람이 키득거리며 웃다가 정신을 차린 앨리스가 프랭키에게 다가와서 품에 껴안았다.

"넌 바보야. 그리고 나는 너를 사랑해."

앨리스가 프랭키의 귀에 속삭였다.

앨리스가 몸을 뒤로 젖히고 프랭키의 손을 잡았다.

"왜 속상해하지 않아? 아니, 내 말은, 네가 아무렇지도 않아서 다행이라고. 네가 칼에 찔린 풍선처럼 바람이 빠져서 바닥에 무너져 내릴 줄 알았거든. 전에 캘럼이 바람피웠을 때 네가 그랬던 것처럼."

프랭키는 이 모든 것이 현실이 아니라 커다란 가상의 무대라는 진실을 말할 수 없었다.

"내가 거기에 무뎌졌나 봐. 캘럼이 나한테 너무 많은 상처를 줘서 온 감각이 다 없어졌어."

프랭키가 어깨를 으쓱했다.

"그럼 왜 아직도 여기 있어?"

앨리스가 격분한 투로 물었다.

"솔직히, 잘 모르겠어."

프랭키가 사실대로 대답했다.

프랭키는 머릿속으로 잘못된 대상을 향한 자신의 충성심에 대해 몇 가지 이론을 내세웠다.

첫 번째 이론은 이 생활 방식에 익숙해져서 혹은 중독돼서 계속 여기

머문다는 것이다. 하지만 그것은 말이 되지 않는다. 프랭키는 엄청난 부자가 되는 것에 그렇게 관심을 가진 적이 없었다. 프랭키는 월말에 신용카드가 사용되는 것에 놀라지 않도록 언제나 돈을 충분히 갖기를 원했다. 하지만 프랭키는 분명히 돈을 위해 행복과 자긍심을 희생하는 부류가 아니다.

두 번째 이론은 캘럼이 프랭키의 약점을 쥐고 있다는 것이다. 섹스 테이프가 있어서 캘럼이 그것으로 프랭키를 협박하는 것일까? 아니면 프랭키가 캘럼만 아는 불법적인 일을 저지른 것일까? 프랭키는 고개를 저었다. 말도 안 된다. 하지만 프랭키의 옷장도 말이 안 되긴 마찬가지다.

세 번째 이론이 가장 그럴듯하다. 프랭키는 캘럼과 재결합할 정도로 자신이 바보였다는 것을 인정하기가 너무 수치스러웠다. 기가 죽은 채 런던으로 돌아가 사람들이 무언으로 **"그러게 내가 뭐랬어!"**라고 말하는 것을 듣기에는 너무 자존심이 강했다. 사람들에게 그들이 줄곧 옳았다고 이야기하기에는 너무 고집이 셌다. 이쪽이 더 자신이 아는 프랭키 같았다.

"묻고 싶은 게 있어."

프랭키가 침대에 벌렁 누워 천장을 올려다보며 말했다.

"말해봐."

앨리스가 거울로 제왕 절개 흉터를 살펴보며 말했다.

"캘럼은 왜 여전히 나와 사귈까? 여기서 매일 밤 다른 여자와 즐길 수 있는 마당에 나를 옆에 두는 게 무슨 소용이 있을까? 어쩌면 내가 잘 때 진짜로 다른 여자와 즐기는지도 모르지. 난 그저 구운 콩을 먹고 〈에그헤즈Eggheads〉*를 보는 서리 출신의 평범한 여자야. 난 흥미진진하거나 매력

---

* 2003년부터 방송한 영국 퀴즈 쇼

적이지 않잖아?"

"일어나."

앨리스가 단호하게 말했다.

"뭐?"

프랭키가 고개를 들었다.

"일어나라고!"

앨리스가 소리치고 프랭키의 두 팔을 잡아당겨 거울로 끌고 갔다.

"뭐가 보여?"

앨리스가 거울에 비친 프랭키를 가리키며 물었다.

"나를 약간 닮은 서른여섯 살의 금발 여자가 보여."

프랭키가 중얼거렸다.

"나한테는 뭐가 보이는지 알아? 아름답고 영리하고 대단히 재미있는 여자가 보여. 너그럽고 성실하고 친절한 여자가 보여. 강하고 유능하고 굳센 여자가 보여. 프랭키, 당연히 캘럼은 너와 함께하고 싶어 해. 네가 캘럼보다 훨씬 낫다는 걸 모두 알아. 캘럼은 네가 여전히 여기 있어서 다행이라고 여겨야 해. 난 여기 도착해서 복도에 있는 사진을 봤을 때 충격을 받았어. 나체 사진이 나를 맞아서가 아니라, 사진 속 여자가 아주 자신만만해서야. 난 한동안 기뻤어. '드디어! 프랭키가 자신을 사랑해'라고 생각했지. 네 자신감이 흔들릴 때마다 그 사진 속 프랭키를 불러내면 좋겠어. 자신만만하고, 맹렬하고, 네 얼굴을 내 치아로 이 사과처럼 찢어버릴 거라고 말하는 프랭키를."

"으르렁."

프랭키가 조용히 말했다.

338

"더 크게."

앨리스가 말했다.

"으르렁."

프랭키가 조금 더 크게 말하고 키득거리기 시작했다.

"아래층에 있는 멍청이한테도 들리게 더 크게!"

앨리스가 외쳤다.

"으으으으르렁!"

프랭키가 손톱을 올려 할퀴는 시늉을 하며 소리쳤다.

"오오오 섹시한데!"

앨리스가 소리 내어 웃었다.

"좋았어. 자, 이제 내 다음 비법이야. 네가 캘럼을 떠받드는 그 받침대 알지?"

앨리스가 한 손을 손바닥이 위를 향하도록 들어 올렸다.

"캘럼을 튕겨버려."

프랭키가 거울을 보며 곁눈질했다.

"어서!"

앨리스가 말했다.

프랭키가 천천히 한 손을 올려 앨리스의 손바닥 위 허공에 손가락을 튕겼다.

"펑!"

앨리스가 폭탄 터지는 소리를 냈다.

"이제 거기에 그 사람 대신 너를 올려놔."

프랭키가 얼굴을 찌푸렸다.

"시간 없다고!"

앨리스가 소리쳤다.

프랭키는 혼란스러워하며 발끝으로 서서 목을 쭉 빼고는 앨리스의 손바닥에 턱을 올렸다.

"이렇게?"

"음, 난 네가 흉내 낼 거로 생각했는데. 이를테면 상상의 작은 프랭키를 네 어깨에서 내려서 여기 놓는 거지."

"이제 네 손바닥에서 내 턱 들어도 돼?"

프랭키가 이를 악물고 말했다.

"응, 제발 그래라. 너 완전히 불편하겠어."

앨리스가 키득거리며 손을 내렸다.

"하지만 내 말뜻을 알아차렸지? 넌 캘럼을 만난 날부터 이렇게 말도 안 되게 캘럼을 받들었어. 캘럼이 자신의 권력이나 롤렉스로 널 눈멀게 했을지도 모르지. 아니면 캘럼의……."

"눈으로."

프랭키가 말했다.

"그러든지 말든지. 네가 보기엔 캘럼이 세련됐겠지만, 내 눈에는 어떻게 보이는지 알아? 비열하고 건방지고 위선적이야. 미안해, 프랭키. 가혹하지만 그게 진실이야. 네가 보기엔 재미있겠지만, 내가 보기엔 가식적이야. 네가 보기엔 매력적이겠지만, 내가 보기엔 평범하기 그지없어. 네가 보기엔 성공한 사람이지만, 내가 보기엔……."

"죽은 사람?"

캘럼의 부드러운 목소리가 끼어들었다.

프랭키의 등이 오싹해지고 거울에 비친 눈이 휘둥그레졌다. 프랭키가 고개를 돌리니 커피잔 두 개를 들고 문틀에 기댄 캘럼이 보였다.

"두 사람에게 이걸 가져다주려고요."

캘럼이 문 옆 탁자에 커피잔을 내려놓으며 말했다.

캘럼이 들었을까?

"그나저나 여자분들이 누구 험담을 하고 있었을까요? 내가 아는 사람인가요?"

캘럼이 미소 지었다.

"채닝 테이텀*이요."

앨리스가 말했다.

"채닝 테이텀이 평범하기 그지없다고요?"

캘럼이 소리 내어 웃었다.

"우와, 앨리스. 남자 보는 눈이 그렇게 까다로운지 몰랐네요."

"그렇지 않아요. 좋은 남자를 알아볼 줄 아는 것뿐이에요."

앨리스가 쌀쌀맞게 말하며 거울을 보고 마스카라를 칠했다.

"우리 둘이 이야기 좀 할까?"

캘럼이 프랭키에게 눈길을 돌리며 말했다.

"무슨 일 있어요?"

프랭키가 천연덕스럽게 높은 목소리로 물었다.

"아무 일 없어."

캘럼이 대답했다.

"내가 돌아온 후로 당신과 단둘이 있은 적이 없어서. 생일을 맞은 아가

---

* 미국 배우

341

씨를 잠시 독차지하고 싶기도 하고."

"10년이면 충분하지 않나요?"

프랭키가 문을 닫을 때, 앨리스가 나지막이 말했다.

31

프랭키는 캘럼을 따라 침실로 들어가다가 침대 위에 「LA 타임스」인 터뷰 페이지가 펼쳐져 있는 것을 발견했다. 프랭키는 신문이 있는 곳으로 가서 그것을 집어 들고 캘럼에게 미소 지었다.

"내가 「LA 타임스」에 나오다니, 믿어지지 않아요! 정말 멋져요."

프랭키가 기사를 보고 활짝 웃으며 말했다.

"나도 마찬가지야."

캘럼이 창밖을 내다보며 대답했다.

"내가 자랑스러워요?"

프랭키가 빙그레 웃으며 침대에 앉았다.

"대체 무슨 생각으로 그랬어, 프랭키?"

캘럼이 돌아서서 프랭키를 노려봤다.

"뭐라고요? 화났어요?"

프랭키가 비웃었다. 과거의 프랭키는 흐느껴 울었겠지만, 이 프랭키는 캘럼의 반응에 전혀 신경 쓰지 않는다.

"당신이 계획 중인 리얼리티 쇼에 대해 나한테 말은 할 거였어? 미안한데, 할 일 없는 절박하고 지루한 주부처럼 촬영진을 불러들여 당신을 쫓아다니게 할 작정이라면, 나도 알 권리가 있어. 내 삶이기도 해."

"어차피 당신은 여기에 없잖아요, 캘럼."

프랭키가 왔다 갔다 하며 몇 초마다 머리를 쓸어넘기는 캘럼을 무표정한 얼굴로 빤히 보며 말했다.

"그 책은 뭐지? 난 처음 듣는데. 거기에 뭘 쓸 거야? 내 이야기? 당신은 그럴 권리가 없어. 불공평해. 난 당신에게 모든 걸 줬어, 프랭키. 모든 걸! 집, 자동차, 호화로운 휴가. 그게 아직도 부족해? 내가 아직도 당신한테 부족한가?"

아, 또 죄책감 유발 전술이다. 언제나 캘럼은 프랭키가 자신의 감정을 상하게 하려고 작정한 버릇없는 인간처럼 보이도록 상황을 반전시킬 방법을 찾아냈다. 흐음, 이번에는 그 전술이 먹히지 않을 거야, 친구.

"캘럼, 당신이 날 조금이라도 안다면, 내가 그 모든 것에 신경 쓰지 않는다는 걸 알 거예요. 난 푸아그라가 아니라 구운 콩이에요. 당신은 나한테 돈보다 시간이 더 중요하다는 걸 알 거예요. 그리고 당신은 나한테 쓸 시간이 부족한 것 같군요."

프랭키도 캘럼을 노려보며 말했다.

"이봐, 난 화나지 않았어. 그냥 속상한 거야. 당신은 나한테 사생활이 얼마나 중요한지 알면서도 우리가 닫힌 문 뒤에서 뭘 하는지 온 세상 사람들에게 말하려고 하잖아."

"난 이 기사에서 당신을 거의 언급하지 않았어요!"

프랭키가 외쳤다.

"바로 그거야!"

캘럼이 쏘아붙였다.

"주목받아야 하는 사람은 나야, 당신이 아니라!"

"그래서 이러는 거예요? 나한테 쏟아지는 관심을…… 질투해서?"

프랭키가 조용히 말했다.

"주목받기 싫다고 대놓고 말하는 사람치고 당신은 지금 관심을 마음껏 즐기고 있어, 안 그래? 그리고 난 질투하는 게 아니라 혼란스러운 거야. 당신은 남의 이목이 쏠리는 걸 싫어해. 뭐 때문에 변했지? 아니…… 누구 때문에 변했냐고 물어야 하나?"

왜곡 전술은 프랭키가 처음 접하는 것이다. 프랭키는 피가 부글부글 끓어오르는 것을 느꼈다. 프랭키는 당장이라도 두 손을 뻗어 캘럼의 목을 감쌀지 모른다는 두려움에 가슴 앞으로 단단히 팔짱을 꼈다.

"진심이에요?"

캘럼의 뻔뻔함이 어이없었다. 그리고 애초에 자신이 캘럼과 데이트했다는 것 자체가 어이없었다. 프랭키의 시력은 서른 살 때보다 조금 떨어졌을지 모르지만, 지금 프랭키는 높은 집중력으로 캘럼의 실체를 볼 수 있었다.

"그들 때문이야?"

캘럼이 문 쪽으로 고개를 까딱하며 물었다.

"당신 친구들이 나에 대해 쑥덕거렸어? 앨리스가 나를 보는 시선 말이야, 누가 보면 내가 악취 나는 똥을 뒤집어쓰기라도 한 줄 알겠더군. 왜 그런지 모르겠어. 난 앨리스에게 내내 친절했을 뿐인데."

"아마 당신이 니나랑 놀아나고 있어서겠죠?"

프랭키가 어깨를 으쓱하며 대답했다.

캘럼이 걸음을 멈추고 프랭키를 돌아보며 주머니에 손을 넣었다. 이어서 예전에 프랭키가 대단히 유혹적으로 느낀 그대로 한쪽 입꼬리를 올렸다.

"뭐라고?"

캘럼이 눈을 빠르게 깜빡이며 황급히 내뱉었다.

"아, 세상에, 캘럼. 그냥 인정해요!"

프랭키가 두 손을 머리 위로 쭉 뻗으며 외쳤다.

"당신과 니나가 빵집에 갔다 왔을 때 서로 속삭이면서 키득거리는 걸 앨리스가 봤어요."

프랭키는 캘럼의 이런 면을 본 적이 없었다. 캘럼은 언제나 아주 자신만만하고 침착했다. 프랭키는 캘럼을 침착한 맥스테드라고 불러야 한다고 농담하기도 했었다. 하지만 이 캘럼은 프랭키가 아는 캘럼과 완전히 다르다. 캘럼이 동요하는 것 같았다. 두 사람 사이에 주도권이 바뀐 것을 느꼈기 때문인가 보다.

프랭키는 과거에 항상 캘럼의 행실을 눈감아줬다. 캘럼은 고양이었고, 프랭키는 쥐였다. 하지만 이 쥐는 발밑에 자동 소총, 수류탄, 탱크를 두고 있다. 프랭키는 잔뜩 화가 나서 한바탕 싸울 준비가 돼 있었다. 프랭키는 캘럼이 자신의 감정 분출에 조바심치며 조용히 전략을 짜는 모습을 지켜봤다. 변명, 타당한 이유, 적절한 반응을 궁리하는 모습. 캘럼은 이 상황에서 어떻게 빠져나갈까?

"앨리스가 눈이 멀었거나 술에 취했거나 거짓말을 하는 거야. 앨리스는 아무것도 보지 못했으니까."

마침내 캘럼이 말했다.

"니나와 난 오랫동안 친구였어. 당신이 언제나 톰과 속삭이고 키득거려도 난 당신이 톰과 놀아난다고 비난하지 않잖아."

"톰은 동성애자예요. 그리고 우리 둘 다 앨리스가 눈이 멀거나 술에 취하지 않았다는 걸 알아요. 앨리스는 분명 거짓말쟁이가 아니에요."

프랭키가 대답했다.

"그럼 당신 말은, 나는 거짓말쟁이다?"

캘럼이 말했다.

"그래요!"

"당신은 나보다 앨리스를 더 믿고?"

"그래요!"

"당신은 변했어. 내가 여기 없는 사이에 무슨 일이 있었어. 앨리스가 당신이 내게 반감을 갖게 했거나, 다른 뭔가가 있다는 생각만 드는군. 다른 사람이 생겼나, 프랭키?"

"젠장, 무슨 말이에요, 캘럼? 당신한테서 관심을 돌리려고 하지 말아요! 질문에 대답해요. 니나랑 놀아나고 있나요?"

"아니, 니나랑 놀아나지 않아. 됐어?"

"왜 앨리스가 그걸 봤다고 거짓말을 하겠어요? 대체 걔가 거짓말해서 얻는 게 뭐라고?"

"당신! 프랭키! 당신을 얻잖아! 앨리스는 나를 질투하고 내가 당신을 빼앗았다고 생각해. 그리고 당신이 돌아오길 원해. 그래서 이러는 거야. 이제야 완전히 이해가 되는군. 내가 두 사람을 찢어놨다고 생각하고 당신을 되찾으러 여기 온 거야. 당신이 나를 더 사랑할수록 앨리스를 덜 사랑하니까. 그리고 앨리스는 둘 중 하나는 당신을 포기해야 한다는 걸 알아."

"개소리."

프랭키가 말했다.

"앨리스가 여기 온 지 하루밖에 안 됐는데, 당신이 예전의 프랭키로 돌아갔다는 게 참 재미있군."

캘럼이 비웃었다.

"그게 무슨 뜻이죠?"

"최근에 거울 본 적 있어?"

프랭키가 옆으로 한 발짝 움직여 벽장 옆에 있는 긴 거울을 봤다. 제멋대로 곱슬거리는 머리로 돌아왔다. 프랭키는 눈을 굴리고 시선을 돌렸다.

"정말로 내가 그 억측을 믿을 거라고 기대해요? 앨리스가 복수하려고 여기까지 날아와서 당신과 니나에 대한 이야기를 지어냈다는 억측을? 예전엔 당신을 존경했어요, 캘럼. 이젠 그냥 당신이 안쓰러워요. 당신은 한심해요. 그거 알아요?"

"그렇게…… 말하지…… 마."

캘럼이 프랭키를 향해 돌아서서 허리를 곧게 펴며 말했다.

프랭키가 캘럼을 노려봤다.

"우리 아버지가 평생 나한테 한심하다고 한 거 알잖아. 어떻게 그리 잔인할 수 있어?"

캘럼이 프랭키를 노려봤다.

하지만 그 말은 프랭키를 움직이지 못했다. 그리고 프랭키가 대답하지 않자 캘럼은 더 호전적으로 변했다.

"세상에, 프랭키, 무슨 일이 있었던 거야? 내가 지난주에 떠날 때 당신은 친절하고 따뜻하고 부드러운 아가씨였는데, 갑자기 중성적인 정장 차림으로 신문 1면에 나온, 이렇게 분노하고 차갑고 적의에 찬 여자가 됐어. 어떻게 겨우 일주일 만에 이리도 많이 변할 수 있지?"

"나한테 초점 돌리는 거, 그만둬요."

프랭키가 한숨을 쉬었다.

"우린 계속 제자리걸음만 하고 있어요. 속내를 털어놓고 원하는 걸 솔직히 이야기하기로 해요. 내가 먼저 시작해도 되죠?"

캘럼이 어깨를 으쓱했다.

"난 당신이 다른 여자들과 바람피우는 걸 그만두면 좋겠어요."

캘럼이 항의하려 했지만, 프랭키가 입을 다물라는 뜻으로 입술에 손가락을 댔다.

"직업을 갖고 싶어요. 그리고 가족과 친구들을 더 자주 보고 싶어요. 1년에 몇 번씩 그들을 여기로 부르고 싶고, 나도 거기에 가고 싶어요. 당신이 니나를 해고하면 좋겠어요. 니나의 음식이 역겹고, 태도는 고약하니까요. 그리고 당신이 방금 앨리스에 대해 한 말을 취소해주면 좋겠어요. 취소하지 않으면 절대 당신을 용서하지 않을 거예요."

캘럼이 깊게 숨을 들이쉬고 양쪽 눈썹을 치켜세우며 말했다.

"그렇게 할게."

프랭키가 기대하던 자백은 아니다. 하지만 프랭키가 떠나기 전에 캘럼에게 얻어낼 수 있는 최선일 것이다.

"내가 원하는 게 뭔지 알아?"

캘럼이 말했다.

"난 다시 시작하고 싶어. 과거를 잊고 새출발을 하는 거야. 당신 친구들이 떠나면, 우리 함께 세인트 제임스에 있는 별장으로 날아가서 두어

주 지내면서 서로를 다시 알아가는 시간을 갖자. 서로를 다시 사랑하는 법을 배우자. 내가 자주 떠나 있었고, 우리 사이가 너무 멀어졌다는 거 알아. 당신을 아주 많이 사랑해, 프랭키. 당신을 잃고 싶지 않아. 그 어떤 것에도."

직장에도, 가족에게도, 친구들에게도 잃고 싶지 않다는 거겠지. 이 관계는 잘될 수 없다.

"왜 날 사랑해요, 캘럼?"

프랭키가 물었다.

"당신을 사랑하지 않을 이유가 뭐야? 당신은 매력적이고 재미있고 친절해. 그리고 당신은 입꼬리를 이렇게 올리잖아. 비밀스러운 미소 같아. 그 모습을 생각할 때마다 흥분돼."

캘럼이 천천히 프랭키에게 다가와 한 손을 잡고 손가락에 입을 맞추기 시작했다. 섹스하기 전 캘럼이 보이는 전형적인 행동은 변하지 않았다. 프랭키는 다른 사람이 그런다면 구역질이 났겠지만, 프랭키가 당장 상의를 벗고 싶게 하는 캘럼 특유의 방식이 있었다. 캘럼의 입술이 프랭키의 손에서 손목 안쪽으로 올라왔고, 부드러운 입맞춤에 프랭키의 팔까지 소름이 번졌다. 캘럼은 몸을 숙이고 프랭키의 목 옆에 입을 맞추기 시작했다. 혀를 사용하지 않은 부드러운 키스. 딱 프랭키가 좋아하는 방식이다. 프랭키는 목을 뒤로 젖히고 누군가 자신에게 이런 식으로 접촉한 지 얼마나 오래됐는지 생각했다.

그 생각이 프랭키의 마음속에 슬픔의 파도를 일으켰고, 프랭키는 갑자기 자세를 바로 했다.

"무슨 일이야?"

캘럼이 걱정이 가득한 얼굴로 말했다.

"난…… 화장실에 가야겠어요."

프랭키가 말하며 빠르게 일어났다.

세인트 제임스, 캘럼의 카리브해 별장으로 초대. 두 사람이 사귈 때 프랭키가 원한 것은 그것뿐이었다. 음, 물론 그것만은 아니었다. 문자를 보내면 바로 답장하고, 런던 아파트에서 같이 지내자고 하고, 캘럼의 친구를 만나자고 했으면 좋았을 것이다. 캘럼에게 친구가 그다지 많지는 않았지만. 그래, 지인이라고 하면 되겠다. 하지만 그들은 대체로 사업 동료나 직원이었다. 캘럼에게는 캘럼을 자신보다 더 잘 아는, 앨리스 같은 사람이 없었다. 혹은 목숨을 걸고 옹호해 줄 프리야 같은 사람이 없었다. 혹은 우울할 때 포복절도하게 해줄 톰 같은 사람이 없었다. 프랭키가 캘럼에게 친구에 관해 물으면 캘럼은 그들이 전 세계에 흩어져 있다고 말했다. 크지만 얕은 풀. 캘럼은 런던과 뉴욕과 제네바 등지로 자주 옮겨다닌 부모를 탓했다. 캘럼은 한 학교를 2년 이상 다닌 적이 없었고, 당시에는 연락을 유지할 수 있는 SNS가 없었다.

캘럼이 세인트 제임스에서 휴가를 보냈을 때 찍은 사진을 보여준 적이 있었다. 프랭키는 다른 사람의 휴가 사진을 보고 으레 그렇듯이 흥미진진한 척했다. 프랭키가 몇 번 "나도 가고 싶어!"라고 말하며 낚싯대를 던졌지만, 캘럼은 결코 미끼를 물지 않았다.

하지만 이제 프랭키에게 기회가 왔다. 카리브해 섬에서의 휴식은 딱 프랭키에게 필요한 원기 충전제 같다. 동행자가 그렇게 위험하지만 않다면.

프랭키는 욕실 문가에서 캘럼을 돌아봤다. 캘럼은 머리 뒤로 손깍지를 끼고 특유의 삐딱한 미소를 지으며 침대에 누워 있었다. 그때 침대 위에 걸린 뭔가가 눈길을 끌었다. 시계다. 1시 59분이다.

프랭키는 캘럼을 향해 웃고 문을 닫은 후, 눈을 감고 자신을 안전한 곳으로 돌려보내는 승강기의 움직임을 느꼈다.

32

"참 극적이었네요!"

사무실 책상 앞에 앉은 메이블이 몸을 숙여 턱을 손에 괴면서 외쳤다.

"정말 그랬어요."

프랭키가 대답하고 가쁜 숨을 내쉬며 의자에 등을 기댔다.

"유명인의 삶을 원하던 마음이 바뀌었나요?"

메이블이 빙그레 미소 지었다.

"유명인의 삶을 원하지 않는다는 것은 100퍼센트 확실해졌어요."

프랭키가 말했다.

"그렇지만 내 직업을 더 싫어하게 되네요. 난 「더 리크」에서 일하면서 악순환을 부추겨요. 안 그래요? 적어도 내가 실린 건 인터뷰였고, 이야기를 주도했어요. 아침에 일어났는데 별것도 아닌 일로 당신 사진이 모든 뉴스에 도배된 걸 발견했다고 상상해 봐요. 난 작년에 침대보를 드라이클리닝 하러 가는 제니 잭슨의 사진을 실었어요. 제목은 '제니 잭슨, 디러운 세탁물을 사람들 앞에 내보이다'였고 기사에서 독자들에게 전날 밤에 그 침대보를 더럽힌 사람이 누군지 추측해 보라고 객관식 퀴즈를 냈죠."

"네, 치사한 짓이었네요."

메이블이 지적했다.

"하지만, 이봐요. 인정하는 게 첫걸음이죠!"

프랭키가 동의하며 고개를 끄덕였다.

"자, 모두 다 이야기해 봐요. '캘럼과 재결합했다면 어떻게 됐을까?'에 대한 당신의 대답이 당신을 말리부 맨션에서의 삶으로 이끌었어요. 스타의 반열에 오르기 직전이고……."

"……늘 집을 비우고 바람을 피우는 남자 친구와 살면서 우정에 필사적으로 매달리고, 내 몸과 마음이 내 것이 아닌 것처럼 느껴지고."

프랭키가 메이블의 말을 마무리했다.

"장점이 단점보다 많은지 따져봐야 할 것 같네요."

메이블이 말했다.

"그 생활 방식에 감탄하지 않은 척은 못 하겠네요."

프랭키가 말했다.

"LA 집의 욕조가 내 런던 아파트보다 큰 것 같아요. 세상에, 사람이 들어갈 만큼 큰 옷장은 또 어떻고요. 말리부 맨션을 멕시코 해변에 옮겨놓을 수 있을까요? 캘럼을 라파엘로 바꾸고 내 친구들을 다 코수멜섬으로 데려갈 수 있을까요? 그런 선택도 할 수 있나요? 여기서는 뭐든지 가능할 것 같아서요."

"안타깝게도."

메이블이 천천히 말했다.

"안 돼요. 당신의 갈림길 중 어떤 것도 당신을 그런 삶으로 이끌지 않아요. 하지만 당신이 살아볼 삶이 아직 두 개 더 남았어요."

"돈으로 행복을 살 수 없다는 걸 알지만, 여러모로 마음의 평안을 얻을 순 있죠. 내가 예순 살 때 종이 상자 속에서 지내면서 빵 부스러기나 먹고 살게 되진 않는지 알고 싶어요."

메이블이 프랭키를 빤히 응시했다.

"이 여러 삶 중 하나에서 나한테 그런 일이 벌어지나요?"

프랭키가 소리 높여 말했다.

"아니요."

메이블이 웃었다.

"하지만 돈이야 벌기도 하고 잃기도 하고 그런 거죠, 프랭키. 이 삶에서 (혹은 이 삶들에서) 무엇도 장담할 수 없어요."

"참 도움이 되네요. 고마워요."

프랭키가 말했다.

"내가 전에 뭐랬어요? 너무 앞서 생각하지 말고, 미래를 계획하는 걸 그만둬요."

메이블이 대답했다.

"바보가 된 기분이에요."

프랭키가 한숨을 내쉬었다.

"캘럼의 곁에서 그렇게 오래 버텼다니 믿어지지 않아요. 10년 동안 정부 노릇을 하면서 거짓말을 듣고 바람피우는 걸 보고. 대체 내가 어떤 사람이 된 건지 모르겠어요. 그게 누구였든 난 그 여자를 알아보지 못하겠어요. 내가 아는 나라면 수년 전에 그 호화로운 배를 버렸을 거예요. 내가 뭐 때문에 거기 계속 묶여 있었는지 이해할 수 없어요. 캘럼과 재결합

하는 실수를 저질렀다는 걸 인정하고 싶지 않았나 하고 짐작할 뿐이에요. 우리 관계가 끝났을 때, 난 너무 망가졌고 내 친구들은 나를 예전 상태로 되돌리려고 엄청나게 노력했어요. 앨리스는 나를 혼자 둘 수 없다며 우리 집에서 지냈어요. 톰은 일주일 동안 장을 봐와서 저녁을 만들어 줬어요. 프리야는 직장에 휴가를 냈어요. 절대로 휴가를 안 내는 사람인데도요. 그리고 날 스파에 데려갔죠. 난 캘럼과 재결합해 놓고 겨우 몇 달 만에 다시 헤어지는 게 친구들에게 못 할 짓이라고 생각했을 거예요."

"듣자 하니, 당신이 불행한 걸 보는 것보다 예전 상태로 되돌리려고 다시 노력할 친구들 같은데요."

메이블이 의견을 내놓았다.

"정말 그런 친구들이에요."

프랭키가 대답했다.

"하지만 참는 것도 한계가 있잖아요."

"맞아요."

메이블이 대답했다.

"캘럼은 제쳐두더라도, 정부라는 신분이 나를 더 괴롭혔을 거예요. 내가 「더 리크」에서 하는 일을 싫어하기는 하지만, 뭐가 됐든 일을 계속하고 싶어요. 그런데 내가 여기에서 매일 하는 게 뭐죠? 일어나고 싶을 때 일어나서 남이 해준 아침을 먹고, 개인 소유의 해변을 산책하고, 수영장 옆에 누워 있고, 책을 읽고……, 잠깐만요……."

프랭키는 자신이 낙원을 묘사하고 있다는 것을 깨닫고 말을 멈췄다.

"글쎄, 그다지 나쁘지 않게 들리는데요……."

메이블이 덧붙였다.

"좋아요. 상당히 환상적으로 들리네요. 하지만 매일매일 그런다고 상상해 봐요. 앞으로 남은 인생 내내 변함없이 계속 반복되는 느낌이 들지 않을까요? 난 나 자신을 알아요. 지루해서 죽을 지경일 거예요. 리얼리티 쇼에 출연할 생각을 한 게 당연해요. 난 주목받는 걸 싫어하지만, 적어도 뭔가를 하게 될 테니까요. 적어도 촬영진이 나와 함께 있어 줄 테니까요."

"LA에 친구들이 있다는 걸 잊은 것 같군요, 프랭키."

메이블이 지적했다.

"친구들이 있어요?"

프랭키가 대답했다.

"그래요. 그들이 당신 생일에 메시지를 보냈잖아요. 당신이 안 읽은 것뿐이죠."

메이블이 덧붙이며 컴퓨터에 뭔가를 입력하기 시작했다.

"좋아요. 원래는 이런 걸 알려주면 안 되는데."

메이블이 계속 말했다.

"하지만 당신은 일주일에 한 번씩 이웃 여자 세 명과 복식 경기를 하네요."

프랭키가 키득거리기 시작했다.

"내가요? 내가 이 삶에서 테니스를 해요?"

"네."

메이블이 코 위로 안경을 올리며 말했다.

"아, 진짜, 메이블."

프랭키가 말했다.

"내가 유일하게 테니스 라켓을 사용한 건 6년 전 콘월에 캠핑을 가서 파리를 때려잡을 때였어요."

메이블이 고개를 돌려 다시 컴퓨터 화면을 보더니 소리 내어 웃기 시작했다.

"스크랩북 만들기 클럽 회원이기도 해요. 매주 목요일 오후에 모이네요."

메이블이 실눈을 뜨고 화면을 보면서 말했다.

"알았어요. 우와, 얼마나 지루하면 그럴까요?"

프랭키가 대답하고 볼을 잔뜩 부풀리며 숨을 내쉬었다.

"아, 아니에요."

메이블이 눈을 가늘게 뜨고 화면을 보다가 프랭키에게 고개를 돌리며 말했다.

"뭐가요?"

메이블이 컴퓨터를 돌려 프랭키에게 화면에 뜬 것을 보여줬다. 프랭키의 친구, 가족, 클래펌의 아파트 건물, 프렛의 베이컨 롤빵, 윈드밀 술집 노천 탁자의 사진으로 가득한 스크랩북이었다.

"그게 내 스크랩북이에요?"

프랭키가 목소리를 높여 물었다.

메이블이 고개를 끄덕였다.

"지금까지 내가 본 것 중에 제일 슬프네요."

프랭키가 속삭였다.

프랭키는 런던에서 외로움을 느낀 적이 많았다. 프리야가 오기에는 너무 멀고 늦었을 때. 톰과 조엘이 둘만 연인의 밤을 보내거나 낭만적인 주말여행을 떠났을 때. 앨리스가 아이를 아이 친구와의 약속에 데리고 가거나, 집에서 아픈 아이를 돌보거나, 그 두 가지를 동시에 하려고 애썼을 때. 프랭키는 그들이 자신처럼 자유롭지 않다는 사실을 이해하려고 노력했다. 어쩌면 그들은 밤 외출, 연주회, 시골 여행을 즉흥적으로 계획할 수 있는 프랭키를 부러워했을지도 모른다. 하지만 소외감을 느끼지 않기가 어려웠다. 프랭키는 캘럼과 함께하면서 외로워질 거라고는 상상도 못 했다. 프랭키는 이 '만약에' 시나리오를 그려봤을 때, 일주일에 몇 번씩 캘럼과 함께 먹는 멋진 저녁 식사, 토요일마다 가는 록스타 파티, 주말에 떠나는 낭만적인 온천 여행을 상상했다. 캘럼의 수행원들 없이 단둘이. 때로 프랭키의 상상은 도를 넘었다. 하지만 자신이 예전 삶을 그토록 간절히 그리워할 줄은 전혀 예상하지 못했다.

스크랩북이 슬펐지만, 그건 프랭키가 여기에서 예전 삶을 그리워한다는 증거였다. 예전 삶이 당시에 프랭키가 생각한 것보다 가치 있었다는 증거다.

"다음으로 넘어갈까요?"

메이블이 말했다.

"아직 안 끝났어요?"

프랭키가 끙 소리를 냈다.

"기억나는 모든 갈림길에 다 다녀온 것 같은데요. 편도 비행기, 청혼, 재산. 또 뭐가 있나요?"

"명성이요."

메이블이 말했다.

"명성이요?"

프랭키가 어리둥절해서 반복했다.

"「인 딥In Deep」, 뭐 떠오르는 거 없어요?"

프랭키가 고개를 숙여 두 손에 얼굴을 묻었다.

Take #6

네 번째 시나리오, 자수성가의 아이콘

순 방문자 2,000만 명 사이트의 설립자 프랭키,

공황 발작을 일으키다

33

캘럼이 중역 회의실에서 꼬박 6시간 동안 프랭키를 빤히 지켜보던 날은 프랭키가 「더 리크」를 그만두기로 확실히 결심한 날이었다. 파리 사건 후 1년에 걸친 연락 두절이 프랭키의 마음을 아프게 했다. 유리창을 통해 뚫어져라 보는 캘럼의 시선이 프랭키의 머리에 구멍을 냈다. 정기적으로 캘럼과 우연히 마주칠 위험을 견디기 힘들었다. 프랭키는 미련을 버렸다고 생각했지만, 캘럼의 방문이 일으킨 순간적인 공황 상태는 이별 후의 트라우마가 아직 치유되지 않았다는 증거였다. 프랭키가 트라우마를 일으키는 존재를 계속 맞닥뜨려야 한다면 치유되지 않을 터였다. 캘럼은 노출 치료로 극복할 수 있는 대상이 아니라 신속하게 탈출해야 할 대상이었다.

다른 세상에서라면 프랭키는 남자 때문에 직장을 그만둘 수밖에 없다고 느낄 때 불같이 화가 났을 것이다. 하지만 어차피 프랭키가 좋아한 직장도 아니었다. 프랭키의 곤란한 상황은 프랭키가 직장을 그만두고 뭔가 새로운 것을 시도해야 한다는 것을 일깨웠다. 깊이 있는 글을 쓰고 싶다는 열정을 되살리고, 자신도 모르게 그리고 마지못해 빠져든 가십 칼럼의 덫에서 벗어나 직업을 바꾸어야 했다. 캘럼은 재앙이었지만 전화위복이기도 했다. 캘럼은 기폭제였다.

캘럼이 이메일을 보내고 2주 후에 프랭키는 이력서를 다듬었고, 자신을 극찬하는 링크드인 프로필 후기를 직접 써서 프리아에게 게시를 부탁했다. 프랭키는 긴 단발머리로 자르면서 스트레이트파마를 했고, 감청색 바지 정장을 샀으며, 포장해 온 피자 한 판과 테스코 파이니스트 와인 한 병을 톰에게 주고 함께 면접 대비 연습을 했다. 면접 연습은 어김없이 '어느 쪽이 나으세요?' 놀이로 끝났다. 톰은 얼굴을 숙이고 안경 너머로 프랭키를 응시하면서 심각하게 "발가락 대신 코를 잃는 거랑 코 대신 발가락을 잃는 것 중에 어느 쪽이 나으세요?" 혹은 "블루치즈 냄새와 상한 달걀 냄새 중에 어느 쪽이 나으세요?"라고 말했다. 그들은 키득거리며 웃음을 터뜨렸고, 동네 구멍가게에 가서 두 번째 와인 한 병과 프렌치 팬시스* 한 상자를 사 올 사람을 동전 던지기로 정했다.

그 면접은 사람들이 긴 형식의 기사를 다시 좋아하게 만드는 것을 목적으로 문을 연 흥미진진한 신생 잡지 회사 「인 딥」의 기자를 채용하는 자리였다. 이름에서 분명히 드러나듯이 우주 탐험, 기후 변화, 양성평등, 사회 정의 같은 알찬 주제를 깊이 있게 취재했다. 그런 주제는 프랭키가 대학 시절에 쓰고 싶었던 글이었지만, 프랭키의 포트폴리오에 있는 최신 기사 '스타 퀴즈 : 연예인 발목을 알아맞히고 발가락 반지를 받으세요'와 완전히 동떨어져 있었다. 그런 기사로는 존경을 받을 수 없었다.

"이걸 다시 체험하지 않는 게 낫겠어요."

---

* 초콜릿 당의, 핑크 당의, 레몬 당의를 씌운 황금빛 스펀지케이크

프랭키가 한숨을 쉬며 말했다.

"왜죠?"

메이블이 물었다.

"애초에 지원하지 않았어야 해요. 내가 왜 그 회사에서 나 같은 사람한테 관심을 가질 거라고 생각했는지 모르겠어요."

프랭키가 「인 딥」 면접 날 호명되기를 기다리며 다리를 씰룩거리고 있을 때, 나이 든 여자가 와서 옆자리에 앉았다. 프랭키의 눈길이 여자의 무릎에 놓인 서류를 향해 움직였다.

「선데이 타임스 The Sunday Times」, 「내셔널 지오그래픽 National Geographic」, 「스펙테이터 The Spectator」에 실린 기사들로 가득 차 있었다. 프랭키는 「더 리크」의 흔적을 감추려고 자신의 서류를 가슴에 딱 붙였다.

"내 옆에 앉은 여자가 있었어요. 그 여자의 포트폴리오를 보고 내가 그곳에 취직할 가능성이 0퍼센트이고, 제대로 된 기자들로 구성된 면접관들 앞에서 완전히 웃음거리가 될 가능성이 100퍼센트라는 걸 깨달았어요."

몇 분 후, 프랭키는 자리에서 일어나 옆에 앉은 여자를 돌아보고 입 모양으로만 "행운을 빌어요"라고 말한 뒤, 유리 회전문으로 직진했다. 프랭키는 밖으로 나와 소호 거리에서 두 눈을 감은 채 신선한 공기를 크게 들이마시며 열을 식히고 마음을 진정시켰다. 이어서 핸드폰을 꺼내 들고 문자를 하나 보낸 다음, 모퉁이 술집을 향해 종종걸음 치다가 발견한 재활용품 함에 한심한 포트폴리오를 떨어뜨렸다.

"무슨 일이 있었는데요?"

메이블이 물었다.

"난 호명되기도 전에 나왔어요."

프랭키가 말했다.

"굴욕을 마주할 자신이 없었어요. 대신에 프리야를 만나 술을 마시러 갔어요. 프리야가 경영진이 구조 조정되고 캘럼이 미국 매체들을 관리하기 위해 LA로 이동한다는 소문을 들었다고 말했어요. 그래서 다시는 캘럼을 보지 않을 가능성이 컸죠."

"계속 구직을 했나요?"

"아니요."

프랭키가 말했다.

"그게 내 유일한 면접이었어요."

"면접관들이 당신에게서 어떤 면을 봤을지도 모르죠. 당시에 당신이 볼 수 없었던 면을."

메이블이 넌지시 말했다.

"장담컨대 그 사람들은 날 놀리려고 부른 거예요."

프랭키가 말했다.

"난 기자들이 얼마나 잔인한지 알아요."

"프랭키."

메이블이 한숨을 쉬고 화면을 끈 다음, 빙 돌아 프랭키를 마주 봤다.

"당신은 당신 삶의 통제권을 잃어버릴까 봐 두렵다는 말을 많이 하는데요. 두려움 자체가 당신을 통제하고 있다는 생각을 해봤어요? 당신은 낮은 자존감 때문에 좋은 기회를 놓치고 있어요. 그 면접은 기회였어요. 당신이 몹시 싫어하는 직업에서 벗어날 기회였지만, 시도도 하기 전에 포기했어요. 당신이 그 면접을 봤다면 무슨 일이 생겼을지 누가 알겠어요? 대신에 당신은 바꾸고 싶어 하던 바로 그 삶으로 돌아갔어요."

"그만해요!"

프랭키가 외쳤다.

"부탁인데, 그냥…… 멈춰요. 그렇게 알고 싶다면 말할게요. 난 그 면접을 안 보고 달아난 걸 후회해요. 아주 괴롭다고요. 대체 왜 이 이야기를 끄집어내는 거예요? 내가 여기 있는 것은 '만약에'라는 질문에 답하기 위해서인 줄 알았는데요? 당신은 나한테 그 이상을 요구하고 있어요. 설상가상으로 내 앞에 놓인 각 선택지가 다음 차례의 삶보다 더 나빠 보여요. 멕시코에서 파산한 삶 살기, 토비와 지루한 삶 살기, LA에서 외로운 삶 살기. 하, 선택지가 너무 많아서 고르기가 어려워요! 마치 초콜릿 종합 선물 세트 상자를 열었는데 안에 바운티 초콜릿만 가득한 것 같아요."

프랭키가 빈정거리듯 양쪽 엄지손가락을 올렸다.

"무례하군요. 바운티 초콜릿에 무슨 문제가 있다고."

메이블이 중얼거렸다.

"저기요, 나가고 싶어요."

프랭키가 한숨을 쉬고 의자를 뒤로 밀며 일어났다.

"더는 이걸 하고 싶지 않아요."

"왜 그 면접이 그렇게 당신 신경을 건드리죠?"

메이블이 물었다.

"그다음에 무슨 일이 벌어지는지 전혀 모르잖아요."

"그다음에 무슨 일이 벌어지는지 정확히 알아요. 난 면접을 보러 가서 비웃음을 받으며 쫓겨나고, 그 소식이 「더 리크」 편집장에게 알려질 거예요. 기자들은 마피아 같으니까요. 난 해고를 당할 테고, 결국 아빠 차고에서 제트랑 살면서 「월간 하수도」의 이상한 기사나 쓰게 되겠죠."

"그보다 더 안 풀릴 수도 있죠."

메이블이 어깨를 으쓱했다.

"어떻게요?"

"음……, 「주간 하수도」의 기사를 쓸 수도 있죠."

프랭키가 정색했다.

"'냄새 풍기는 프랭키 되기'라는 제목의 칼럼을 쓸 수도 있잖아요?"

메이블이 말했다.

"아주 재밌네요."

프랭키가 의자를 밀어 넣으며 말했다.

"그 칼럼이 끝장날 수도 있죠. 아, 미안해요. 대박 날 수도 있다는 뜻이었어요."

메이블이 히죽 웃었다.

프랭키가 문으로 성큼성큼 걸어가서 손잡이를 잡았다.

"이런, 프랭키, 앉아요."

메이블이 간청했다.

"내가 지금 나가면, 나를 되돌려 보내는 게 아니라 종착지로 보낸다고 해도 상관없어요. 마음을 정리했어요. 난 지금까지 나온 세 가지 선택지 중에서 하나를 고를 수 없고, 앞으로 나올 두 가지 중에서 하나를 고를 수 있을지도 의문이에요. 그러니까 여기까지 하죠. 날 보내줘요."

"당신 친구와 가족은요?"

메이블이 물었다.

"그들은 괜찮을 거예요. 자기 삶을 사느라 바쁜 사람들이니까요. 친구와 가족이 많은 것도 아니고요. 내 죽음은 아주 적은 사람들에게 영향을 미칠 거예요. 물론 그들은 속상해하겠지만, 사람들은 가까운 사람을 매일 잃잖아요. 난 특별하지 않아요. 젠장, 심지어 어떤 사람들은 남몰래 기뻐할지도 모르죠. '프랭키 되기'가 끝나는 걸 보고 안도할 유명인의 이름을 적어도 10명은 댈 수 있어요."

"아, 프랭키."

메이블이 쯧 소리를 내고 고개를 절레절레 저었다.

"당신 문제가 뭔지 알아요? 당신이 중요하지 않다고 생각하는 거예요."

프랭키가 어깨를 으쓱했다.

"내가 중요해요?"

"좋아요. 원래는 이러면 안 되는데."

메이블이 일어나며 말했다.

"날 따라와요."

프랭키는 메이블의 뒤를 따라 문을 나섰다. 겁에 질린 사람들을 헤치고 처음에 타고 온 승강기로 향하는 동안 메이블의 뒤에 딱 붙었다.

34

프랭키가 밀색으로 칠해진 벽과 나무로 된 바닥이 있는 복도로 들어서자 파촐리 디퓨저 향기가 프랭키를 둘러쌌다. 프랭키는 4층 주민들을 위해 매달 디퓨저를 교체했다. 12년 동안 해온 일이다.

프랭키가 집에 왔다.

"여기에요? 날 보내줄 거예요?"

프랭키가 희색이 가득한 얼굴로 메이블을 돌아봤다.

"우리가 만난 후로 당신 얼굴이 가장 행복해 보인다는 게 참 우습네요."

메이블이 창틀에 놓인 디퓨저 병을 돌려놓고 양손을 주머니에 넣었다.

그들은 뒤에서 문이 열리자 돌아봤다.

"어떻게 된 거예요?"

프랭키는 자기 집 문에서 자신이 나오는 것을 보고 속삭였다.

프랭키는 마지막 날과 같은 옷을 입고 있었다. 흰색 시폰 상의에는 얼룩 하나 없고, 곱슬거리는 머리는 부스스하지 않고, 그 새 부츠를 신고 있었다. 그 부츠가 일으킬 사태를 모른 채 더없이 행복하게.

진짜 프랭키가 눈길도 주지 않고 그들을 지나쳤다.

"가요."

메이블이 고개를 끄덕였고 그들은 진짜 프랭키와 함께 승강기에 올라탔다.

프랭키는 자신의 뒤통수를 뚫어지게 쳐다봤다. 자신을 이 각도로 보는 것은 흔치 않은 일이다. 프랭키는 몸을 앞으로 숙였다. 프랭키가 매달 자신에게 베푸는 작은 사치 중 하나인 케라스타즈 샴푸 향기에 마음이 편해졌다.

1층에서 승강기 문이 열리자 메이블이 프랭키를 잡아당겼다. 두 사람은 진짜 프랭키의 뒤를 따라 복도를 가로지르고, 프랭키가 현관문 밖에서 멈추는 것을 지켜봤다. 프랭키는 「타임스」를 집어 들고 그레이엄 씨네 문 앞으로 돌아가서 매트 위에 조심스럽게 떨어뜨렸다. 이어서 건물 밖으로 나가 핸드백에서 물병을 꺼낸 후, 30초 동안 현관 계단 위 화분에 물을 줬다.

"생일 축하해, 프랭키!"

그들 뒤에서 문을 쾅 닫는 소리에 이어 누군가 외치는 소리가 들려왔다. 그레이엄 씨다. 그레이엄 씨가 집에서 프랭키에게 손을 흔들었다.

"고마워요, 그레이엄 씨!"

진짜 프랭키가 방긋 웃었다.

"날씨가 참 좋지?"

그레이엄 씨가 소리쳤다.

"아주 좋아요."

프랭키가 대답했다.

"이따가 뭐 필요한 거 있어요? 집에 오는 길에 가게에 들러서 몇 가지 살 게 있거든요."

"괜찮다면 평소처럼 부탁해도 될까?"

"터키쉬 딜라이트랑 환타요?"

진짜 프랭키가 웃었다.

"집에 오면 문간에 둘게요. 근데 좀 늦을지 몰라요. 데이트가 있거든요!"

"오오, 데이트! 운이 좋은 남자군."

그레이엄 씨가 대답했다.

"자네가 시간을 낼 가치가 있는 남자이길 바라네."

"저도 그래요."

프랭키가 겉으로만 씩 웃었다.

프랭키는 그 표정을 알아봤다. 가망이 없다는 표정이다.

진짜 프랭키가 화분에 물을 다 뿌리자 그들은 클래펌 사우스사이드로 내려가 지하철역으로 향하는 프랭키를 따라갔다.

진짜 프랭키는 마리아라는 젊은 폴란드 여자가 운영하는 커피 차 앞에서 멈춰 섰다. 프랭키는 마리아가 코미디언 지망생이라는 것을 최근에 알게 됐다. 커피 차가 처음 그곳에 주차했을 때부터 몇 달 동안 그들이 매일같이 반복하는 루틴이 있었다. 프랭키는 가게 이름이 '바퀴 달린 맛있는 커피'인 것을 보고 첫 주문을 하면서 "어디서 커피를 굴리다가 이제야 나타났어요?" 하고 농담했고, 그 말에 마리아가 키득거렸다. 그때부터 두 사람은 언제나 커피를 이용한 말장난으로 인사했다. 오늘 아침은 마리아 차례였다.

"프랭키! 오늘 아침은 왜 이렇게 라테*해요?"

마리아가 웃었다.

프랭키도 소리 내어 웃고 대답했다.

"라테라도** 아예 안 오는 것보다 낫죠!"

프랭키가 휴대용 컵을 계산대 너머로 건네면서 커피 차 모퉁이 뒤쪽을 유심히 봤다.

거리에서 트럼펫 공연을 하는 사람이 다시 왔다.

"오늘 아침은 두 잔 살게요, 마리아. 고마워요."

프랭키가 말했다.

프랭키는 클래펌 커먼 지하철역으로 들어가면서 두 번째 커피를 트럼펫 연주자 옆에 놓았다. 늘 그렇듯이 연주자는 프랭키가 지나갈 때 연주를 멈추고 팡파르를 불었다. 프랭키는 지하로 내려가면서 싱긋 웃었고, 메이블과 프랭키가 그 뒤를 바짝 붙어 따라갔다.

✳

혼잡한 출근 시간대에 미저리 라인을 타고 올드 스트리트로 가면서 프랭키는 삶의 선택지들을 다시 고심하기 시작했다. 이 출근길은 런던에서 별 계획 없이 하루하루 살아가는 생활이 어땠는지 분명히 상기시켰다. 물론 프랭키는 마리아나 트럼펫 소년과의 교류를 즐겼지만, 정말 앞으로 남은 직장 생활 내내 날마다 이렇게 다니고 싶을까? 프랭키는 옆

---

* 'late' 대신 'latte'를 쓴 말장난으로 '늦었어요?'라는 뜻으로 쓰였다.

** 늦더라도

사람의 눅눅한 옷소매를 피해 목을 길게 빼면서 지금부터 예순다섯 살까지 이 출퇴근길에서 보낼 시간을 계산해 보려고 했다. 프랭키는 머릿속으로 계산하다가 5초 만에 포기했다.

진짜 프랭키는 사무실로 들어가면서 주머니에서 손을 빼 졸리 재닌에게 흔들었다. 재닌이 확 밝아진 얼굴로 열심히 손을 흔들었다. 프랭키는 진짜 프랭키의 뒤를 따라가면서 다른 사람들은 모두 재닌의 방향으로 고개만 까딱하고 접수처를 곧장 지나친다는 것을 처음으로 알아차렸다. 졸리 재닌은 그다지 즐겁지 않을 것 같았다. 말 상대 하나 없이 온종일 아래층에 혼자 있어야 하니 외로울 것이다.

프랭키는 책상 앞 의자에 털썩 앉아 외투를 벗은 뒤 대충 걸쳐놓았다.

"차 마실래요, 프랭키?"

인턴인 아트가 말했다.

"내가 탈 차례 같은데, 안 그래?"

프랭키가 의자를 빙 돌리며 말했다. 오늘은 마감일이지만 몇 분 정도는 시간을 낼 수 있다. 프랭키는 아트를 좋아했다.

"내가 해도 돼요."

아트가 말했다.

"프랭키 생일이잖아요!"

"응. 근데 마감일이기도 하잖아. 그래서 제목 뽑는 데 아트의 도움이 좀 필요할 거야."

프랭키가 대답했다.

"정말요?"

아트가 눈을 크게 뜨며 외쳤다.

아트는 옥스퍼드대학교 영문학과를 최우수로 졸업했다. 아트는 영리하고 열정적이지만, 풋내기라서 아무도 아트를 믿고 소중한 기사를 맡기지 않았다. 하지만 기회가 없는데 어떻게 배우겠는가? 아트에게는 안타까운 일이지만 프랭키의 취재는 D급 연예인의 SNS 계정을 샅샅이 뒤져야 하는 일이다. 프랭키는 아트에게 일을 줄 때마다 죄책감을 느꼈다. 프랭키가 처음 여기 근무했을 때 빠진 것과 같은 덫으로 아트를 이끄는 느낌이 들었다.

"이번 주 칼럼 초고를 읽고 제목을 뽑아볼래?"

프랭키가 말했다.

"편집 규칙도 잊지 말고. 독자의 눈길을 끄는 문구를 찾아. 다급해 보이게 해. 열 자를 넘기지 말고."

"고마워요, 프랭키!"

아트가 활짝 웃었다.

"최선을 다할게요."

"그럴 거라는 거 알아."

프랭키가 말했다.

"이제 내가 기자의 연료를 한 잔 타다 줄게."

프랭키와 메이블은 지나치는 동료들에게 미소를 보내며 탕비실로 가는 진짜 프랭키를 따라갔다. 아트가 멀어지는 프랭키를 볼을 발그레하게 물들인 채 응시했다. 제대로 된 업무를 받아서 매우 기뻐 보였다.

"이런데도 당신이 주변 사람들에게 아무 영향을 끼치지 않는다고 생각하는 거예요?"

메이블이 말했다.

"프랭키, 당신은 자신이 그들에게 중요하지 않다고 생각할지 모르지만, 그들은 당신이 중요하다는 걸 알아요."

프랭키는 가족 같은 동료들이 있는 사무실을 쭉 훑어보면서 그들을 (그리고 자신을) 완전히 새로운 시각으로 바라봤다.

"프랭키 매켄지!"

회사 창립자 중 하나인 편집자 폴 뒤 투아가 우렁차게 외쳤다. 폴은 특유의 트위드 블레이저를 입고 자홍색 크라바트를 맨 차림으로 탕비실에서 블랙커피를 젓고 있었다.

"별나라에 새로운 소식 좀 있나?"

"늘 똑같죠."

프랭키가 웃으며 폴의 옆 찬장에서 머그잔 두 개를 꺼냈다.

"나이트클럽에서 비틀거리고, 스타벅스에 뛰어가고, 트위터에서 입씨름하고. 전 에밀리 마이틀리스* 다음으로 최고예요, 폴."

"어째 비꼬는 말 같은데?"

폴이 티스푼으로 컵을 쳐 쨍그랑 소리를 내며 말했다.

"자네 칼럼이 일관되게 제일 인기 있는 거 알잖나. 자네 칼럼이 〈뉴스나이트Newsnight〉**는 아니지만, 많은 사람에게 가벼운 기분 전환 거리라네."

"유명인들도 그렇게 생각할지 모르겠네요."

"이런, 그런 말 말아."

폴이 한 손을 흔들었다.

"자네는 그들의 가치를 높이고 있어."

---

* 전 BBC 뉴스 진행자
** BBC 뉴스 프로그램

"고마워요, 폴."

프랭키가 미소 지었다.

"이번 주 기사 끝내주네요, 프랭키!"

프랭키가 서둘러 주간 광고 영업 회의에 갈 때 마리안 그레인저가 말했다.

"진홍색 매니큐어로 눈길을 끌다니? 기발해요. 그 밑에 에씨* 광고를 넣을 거예요."

"저기 봐요."

메이블이 속삭였다.

"또 다른 프랭키 팬이에요."

프랭키는 자신의 아무 생각 없는 칼럼이 제일 인기 있다는 것을 알고 있다. 덕분에 회사에서 해고될 걱정은 없겠지만, 개인적인 자부심을 올리는 데는 아무런 도움이 되지 않았다. 하지만 프랭키의 가장 큰 문제는 학자연하는 속물근성일 것이다. 독자 수천 명이 매달 프랭키의 칼럼을 클릭했다. 프랭키는 그들이 모두 아무 생각 없다고 여기는가? 프랭키는 「더 리크」 독자들에게 그들이 원하는 것을 줬다. 정치 스캔들, 세계 위기, 비관적인 경제에서 도피할 탈출구. 프랭키는 자신의 칼럼이 언제나 너무 가혹할 수밖에 없다는 것이 싫었다. 몇 년 전에는 유명인의 성공이나 기쁨의 순간을 축하하는 내용으로 칼럼의 방향을 바꾸려고 했다. 하지만 클릭 수가 빠르게 떨어졌다.

"사람들은 고통과 괴로움을 다룬 글을 읽고 싶어 해, 프랭키."

폴이 말했다.

---

* 미국 매니큐어 제조 회사

"그렇지만 왜요? 두어 주 동안 긍정적인 이야기를 올리고 클릭에 미치는 영향을 지켜보면 안 될까요?"

프랭키가 간청했다.

"그런 이야기는 그들의 고통과 괴로움에서 주의를 돌리게 하니까! 사람들은 자신이 홀로 고통받는 게 아니라는 걸 알고 싶어 해. 자신들처럼 유명인들에게도 부끄러운 순간, 인간관계 문제, 의상 사고, 체중 문제가 있다는 걸."

"스타, 그들도 우리와 똑같아요."

프랭키가 한숨을 쉬었다.

"바로 그거야. 자, 이제 가서 로레인*이 치질에 걸렸다거나 뭐 그런 기삿거리를 찾아보게."

폴이 결론을 내리고 쾌활하게 손가락으로 자기 사무실 문을 가리켰다.

"사실 로레인은 안 돼!"

폴이 소리쳤다.

"로레인은 국보급 인물이야. 맷 행콕**에 대한 추문을 좀 더 캐보게."

✦

"아, 이런. 어디든 괜찮지만 여긴 안 돼요."

그들은 데이트 나이트 밖에 서 있었다. 프랭키가 그곳으로 들어가는 진짜 프랭키를 지켜보며 말했다. 온종일 그 빌어먹을 부츠를 신은 진짜

---

* 영국 아침 방송 프로그램 〈로레인Lorraine〉의 진행자
** 영국 보건부 장관을 역임한 정치인

프랭키는 벌써 다리를 절뚝거렸다.

"자, 어서요."

메이블이 프랭키의 팔을 붙잡으며 말했다.

"난 정말 가고 싶지 않아요. 너무 창피하단 말이에요."

프랭키가 다른 방향으로 팔을 당기며 말했다.

"5분만요."

메이블이 말했다.

"난 당신이 데이트할 때 어떤지 보고 싶어요. 그리고 그건 정말 중요해요, 프랭키. 당신은 자신이 형편없다고 생각하니까요. 당신은 데이트 상대들이 그곳에 있기 싫어한다고, 당신이 데이트 상대들의 시간과 자신의 시간을 낭비하고 있다고 생각해요."

"대체로 정말 그런단 말이에요!"

프랭키가 메이블 뒤에서 신발 굽을 질질 끌고 문을 지나가면서 외쳤다.

"당신은 데이트 상대들이 당신에 대해서 어떻게 생각할까 걱정하는 시간을 줄이고, 당신이 진짜로 그들을 좋아하는지 알아내는 시간을 늘려야 할 것 같네요."

메이블이 고개를 절레절레 흔들었다.

올리 사르퐁은 프랭키의 기억보다 귀여웠다. 보조개가 깊게 파인 다정한 얼굴, 프랭키가 말하는 동안 눈을 응시하는 부드러운 시선. 프랭키는 올리가 그렇게 자신을 바라본 것이 기억나지 않았다. 이어서 프랭키가 자신을 유심히 살펴보니 올리가 아닌 다른 곳을 보고 있었다. 사실 프랭키는 올리의 시선을 적극적으로 피하면서 사방으로 눈길을 휙휙 돌렸다. 프랭키가 손으로 돌리고 있는 빈 맥주잔과 그들 뒤 서로에게 푹 빠진 연인, 그들 옆 피아노 연주자에게. 올리가 프랭키의 눈을 들여다보듯 프랭키가 올리의 눈을 잠깐이라도 들여다봤다면 이 데이트에 조금 더 자신감을 가졌을 것이다. 하지만 프랭키는 올리와 만나기도 전에 그를 포기했다. 데이트에 성공하면 남자 친구가 생기고 남자 친구가 생기면 고통과 수치가 생긴다는 것을 지난 경험에서 배웠다. 어쩌면 그것은 지난 경험에서 배운 것이 아니다. 아마 그건 캘럼에게서 배운 것이다.

올리가 테이블 건너에서 프랭키에게 이야기하고 있는데, 프랭키는 자신의 표정에서 집중해서 듣고 있지 않다는 것을 알아챘다. 프랭키는 올리 뒤의 연인을 응시하고 있었다.

"그래서 내 조카와 조카 친구들에게 코딩을 가르치기 시작했어요. 많은 사람이 아이들은 밖에 나가서 노는 게 낫다고 생각하지만, 난 균형을 잡는 게 좋다고 생각해요. 난 아이들에게 기초를 가르쳐요. 그런데 알다시피 아이들은 스펀지 같아요. 아주 빠르게 배우죠. 레미는 벌써 코딩으로 게임을 만들었어요. 게임 이름이 뭔지 알아요? 닭과 달걀이에요! 닭이랑 달걀이 서로 경주해야 하는 게임이죠. 레미는 아주 똑똑해요."

올리가 소리 내어 웃었다.

"그으으래요?"

진짜 프랭키가 캐슈너트에 손을 뻗으며 대답했다.

"맙소사, 난 진짜 지독한 바보예요."

프랭키가 눈을 질끈 감으며 말했다. 프랭키는 이런 자신을 보기가 힘들었다.

"당신이 내가 자신감을 느끼기를 바란다면, 이건 효과가 없어요."

"그래요. 이건 당신의 좀 바보 같은 순간 중 하나예요."

메이블이 말했다.

"당신이 집중해서 듣지 않은 이유가 스스로를 너무 과소평가했기 때문이라는 사실은 여전히 변치 않아요. 어차피 데이트가 성공할 리 없으니 상대방 말을 들어봤자 소용없다고 생각했으니까요."

"그래도 상당히 이기적이에요."

프랭키가 말했다.

"올리는 좋은 사람이에요. 난 아니고요."

"아니, 당신은 좋은 사람이에요. 좋은 사람은 잘못하면 인정해요. 나쁜 사람은 그렇지 않죠."

메이블이 말했다.

잠시 후, 프랭키는 진짜 프랭키가 정문을 향해 서둘러 가는 것을 곁눈으로 바라봤다. 프랭키는 피아노 연주자를 향해 박수를 보내는 올리를 돌아봤다.

"여기서 나가도 될까요?"

프랭키가 메이블에게 애원했다.

✦

"자, 도착했어요."

메이블이 말했다. 케밥 팰리스 간판 주위의 밝은 빛이 메이블의 얼굴을 선명한 푸른색으로 물들였다.

프랭키는 안에서 핸드폰을 귀에 대고 키득거리며 톰과 통화하는 진짜 프랭키를 봤다. 진짜 프랭키가 웃음을 터뜨리고 머리를 뒤로 젖힌 채 화면이 그대로 정지했다.

프랭키가 얼굴을 찌푸리며 메이블을 돌아봤다.

"당신이 원한다면 계속 진행할게요."

메이블이 말했다.

"당신이 사고를 당한 후의 상황을 볼 수 있어요. 하지만 권하고 싶지 않군요. 지켜보기가 몹시 힘들 거예요."

프랭키는 그렁그렁 눈물이 고이는 눈으로 유리창 너머 자신을 다시 바라봤다. 바로 그 순간에 프랭키는 아주 행복해 보였다. 물론 프랭키를 짓누르는 문제가 잔뜩 있었다. 또다시 실패한 데이트, 또다시 친구들의 SNS 게시물을 친구 삼아 침대에서 홀로 보내는 밤. 하지만 프랭키 앞에 펼쳐진 삶이 있기도 했다. 자신을 불행하게 하는 것을 바꿀 기회. 프랭키는 그 모든 것을 잃기 직전이라는 것을 전혀 몰랐다.

"돌아가요."

프랭키가 갈라진 목소리로 말했다.

"다음 갈림길에 가고 싶어요."

"아주 좋아요."

메이블이 말했다.

"당신이 면접을 봤다면 어떻게 됐을지 알아보죠."

35

프랭키는 눈을 떴을 때, 커다란 유리로 된 사무실에 있었다. 벽돌이 드러난 한쪽 벽에는 흑백 사진이 걸려 있었다. 그리고 유리 건너편에는 사무원들로 가득 찬 사무실이 있었다. 일부는 헤드폰을 끼고 컴퓨터 화면을 열심히 들여다보고 있었고, 일부는 옹기종기 모여 활기차게 이야기를 나누고 있었다. 또 일부는 책상 사이 통로로 서둘러 움직이고 있었고, 프랭키는 그 모습을 보며 마감일의 자신이 떠올랐다. 프랭키가 언젠가 일하고 싶다고 상상했던 매력적인 사무실의 모습이다. 딱 〈더 볼드 타입^{The} Bold Type〉*의 배경 같은. 프랭키가 뉴욕에 있는 것일까? 프랭키는 쪽마루가 깔린 바닥을 가로질러 유리 벽을 지나 커다란 창문을 향해 가면서 유리에 비친 흰색 하이 톱 운동화와 헐렁하고 긴 파란색 정장의 찰랑거림에 감탄했다. 이 삶의 프랭키는 상당히 멋져 보였다. 지난 몇 년 동안 프랭키는 유행을 따라가지 못했다. 나이 많은 밀레니얼 세대인 프랭키는

---

* 유명한 여성 잡지사에서 일하는 세 여자의 삶을 다룬 드라마

스키니 진과 플랫 슈즈를 포기하길 꺼렸고, 여전히 2000년대 후반의 과거에 갇혀 있었다. 그리고 프랭키는 자라에서 파는 몇몇 옷들이 너무 난해해서 자칫 소매에 다리를 넣을까 봐 무서워 아예 입어볼 엄두를 내지 못했다.

프랭키는 창밖을 내다보다가 멀리 보이는 스피탈필즈 마켓[*]을 발견했다. 빨간 버스가 씽씽 지나가는 광경이 프랭키의 마음을 편하게 했다. 뉴욕은 흥미진진한 곳이겠지만, LA에서 정서적 혼란을 겪은 후라 프랭키에게 필요한 것은 평온함이었다. 프랭키는 운동화를 신은 발을 돌려 사진이 가득 걸린 맞은편 벽을 마주하고 눈을 가늘게 뜨며 사진을 유심히 살펴봤다.

"세상에."

프랭키가 속삭였다.

한 사진에서 프랭키가 아리아나 허핑턴^{**}과 악수를 하고 있었다.

프랭키는 몇 걸음 앞으로 가면서 눈을 더 가늘게 떴다.

"세상에."

프랭키가 이번에는 더 크게 말했다.

다른 사진에서 프랭키는 제이디 스미스^{***}와 메리언 키스^{****} 사이에 서서 그들과 포옹하고 있었다.

프랭키는 순식간에 침착함을 잃고 서둘러 벽으로 다가갔다.

"세상에!"

---

*   런던의 대표적인 재래시장
**   인터넷 신문 허핑턴포스트 공동 설립자
***   뉴욕대학교 교수이자 베스트셀러 소설가
****   소설가이자 라디오 진행자

프랭키가 공들여 차린 만찬 자리에서 셰어 옆에 앉아 있는 자신의 사진을 보고 외쳤다.

유리문을 두드리는 소리가 휘몰아치는 생각을 방해했다. 돌아보니 이십 대 정도의 작은 남자가 걱정스러운 눈빛으로 프랭키를 보고 있었다.

"사장님, 괜찮으세요?"

남자가 묻고 나서 자기 이마를 찰싹 때렸다.

"앗, 그게 아니라 프랭키요. 죄송해요. 사장님이라고 부르지 말라고 하셨는데 또 이러네요."

"괜찮아……."

프랭키가 몇 초 동안 정보를 받아들일 시간을 가진 후에 대답했다.

"무슨 일이야?"

"안녕, 벤지! 안녕, 프랭키!"

한 여자가 벤지의 뒤를 지나가다가 사무실을 향해 외쳤다.

"안녕, 니브."

벤지가 대답했다.

"안녕!"

프랭키가 재빨리 손을 살짝 흔들며 덧붙였다.

"오전 9시예요. 오늘 일정을 알려드리려고요."

벤지가 고개를 숙이고 손에 든 태블릿을 톡톡 두드리며 말했다. 벤지가 사무실로 들어와서 문을 닫았다.

"물론이지. 시작해."

프랭키가 침착하게 대답하며 책상으로 가서 녹색 벨벳 의자에 앉았다.

"중요한 것부터 먼저요."

벤지가 고개를 들고 귀엽게 웃으며 태블릿을 가슴에 더 바짝 안아 들었다.

"전 내일 출근 안 하거든요. 그래서 별거 아니지만, 이거 받으세요. 걱정하지 마세요. 아무한테도 말 안 했어요!"

벤지가 뒤에서 프렌치 팬시스 한 상자를 꺼내 책상에 올려놓았다.

"그게 프랭키의 길티 플레지라는 걸 알아요."

"정말 친절하네. 고마워."

프랭키가 프렌치 팬시스 상자를 받아 한쪽을 뜯으면서 말했다.

"어떻게 알았어?"

"프랭키의 쓰레기통에 빈 상자들이 있으니까 눈치챘죠."

벤지가 키득거렸다.

"음, 그렇겠네."

프랭키가 한쪽을 마저 열어젖히며 얼굴을 붉혔다.

"아, 지금 하나 드시려고요?"

벤지가 물었다.

"그러면 안 될까?"

프랭키가 상자에 한 손을 넣은 채 대답했다.

"음, 20분 후에 '더 빅 파이브' 기자랑 만나실 거라서요."

"아, 그렇지. 잘 알려줬어."

프랭키가 고개를 끄덕이며 손을 빼고 상자를 닫아 책상 위 검은 머그잔 옆에 놓았다. 머그잔 한쪽에 적힌 '못된 사장 놈'이라는 문구가 프랭키의 얼굴을 찌푸리게 했다.

"그러고 나서 10시에 미디어몹과 회의가 있고, 11시에 크리스마스 특집 관련 편집 회의가 있습니다. 12시에 록시릭스와 점심 약속이 있고, 다음 달의 틱톡 협업 이야기를 나누실 겁니다. 그나저나 그 일이 아주 기대돼요. 어젯밤에 그분 영상 보셨어요? 그 여자는 천재예요. 2시에 WW 여성상 시상식에 참가하러 도체스터에 가셔야 하고, 거기에서 나이츠브리지에 있는 노부로 바로 가서 7시에 에밀리와 저녁 식사를 하시면 돼요."

"에밀리?"

프랭키가 물었다.

"마이틀리스요?"

벤지가 말했다.

프랭키는 프렌치 팬시스를 책상에 떨어뜨리고 의자 팔걸이를 움켜쥐며 입을 쩍 벌렸다.

"그 대단한 에밀리 마이틀리스?"

프랭키가 소리쳤다.

"매달 그분과 저녁 식사를 하시면서 왜 그렇게 놀라세요?"

벤지가 물었다.

프랭키는 제정신인 사람의 표정으로 재빨리 바꾸고 중얼거렸다.

"안 놀랐어. 그저…… 다음 주인 줄 알았던 것뿐이야."

벤지가 프랭키를 빤히 쳐다봤다.

"음, 상당히 바쁜 하루가 되겠네. 정신 차리게 해줄 게 필요하겠어! 커피 한 잔 가져다줄래?"

프랭키가 벤지에게 부탁했다.

"카페인을 끊으신 줄 알았는데요?"

벤지가 말했다.

"맙소사, 대체 내가 왜 카페인을 끊겠어?"

프랭키가 소리 내어 웃었다.

"그게…… 지난주 일 때문에요?"

벤지가 대답했다.

"별일 없으시죠, 사장…… 아니, 프랭키? 마음이 좀 어수선해 보이는데요?"

"괜찮아, 그냥…… 흥분했어. 중요한 날을 앞두고 있잖아. 귀리 우유라테로 부탁할게."

벤지가 눈썹을 추켜세우고 한숨을 쉬다가 어깨를 으쓱했다.

"물론이죠. 알겠습니다."

프랭키는 벤지가 나가면서 사무실 문을 닫자마자 컴퓨터 화면에 사용자 이름과 암호를 입력하고 이메일을 열어 자신의 이메일 서명에서 실마리를 찾았다.

프랭키 매켄지. 나는 '더 쇼(The Show)'를 운영한다.

프랭키는 '더 쇼' 링크를 클릭하고 눈이 커졌다.

그 사이트는 허프포스트*의 더 밝고 화려한 버전 같았다. 프랭키는 화면에 나오는 여성 정치인, 사업가, 게이머, 스포츠 스타, 인플루언서에 대한 여성적인 공통점을 담은 무수한 기사를 스크롤하며 쭉 훑어봤다. 프랭키는 소개란을 클릭했다.

---

* 2005년 설립한 미국의 진보적인 뉴스 웹사이트 허핑턴포스트가 2017년 허프포스트로 개칭했다.

더 쇼

강한 여성에게 스포트라이트를 비추다.

'더 쇼'는 여성이 각자의 분야에서 겪은 고투, 사연, 성공 비결을 공유하는 여성을 위한 플랫폼이다. '더 쇼'는 여성의 경험을 전면에 내세워, 모든 계층의 여성이 배우고 이끌고 인내하며 나아가도록 영감을 주는 것을 목표로 삼는다.

설립자, 프랭키 매켄지

프랭키는 셰필드대학교에서 언론학을 전공할 때 '더 쇼'에 대한 아이디어를 처음으로 떠올렸다. 그때는 2000년대 중반이었고, 남성 콘텐츠가 인터넷을 지배했다. 프랭키는 그 격차를 줄이고 여성 중심의 이야기를 할 수 있는 온라인 공간을 되찾고 싶었다. 하지만 실제 미디어 분야에서 몇 년 동안 경험을 쌓아야만 그 일을 시작할 수 있는 지식을 얻을 수 있었다. 프랭키는 「더 리크」에서 인기 많은 대중문화 칼럼 '프랭키 되기'를 6년 동안 쓴 후, 「인 딥」으로 옮겨 2년 동안 영향력 있는 인물의 단평을 쓰다가 고정적으로 게재되는 특집 인터뷰 '세상을 바꾸는 여성'을 담당했다. '#세바여'는 프랭키가 국제적인 여성 지도자들과 교류할 기회를 주었고, 그중 많은 여성이 '더 쇼'를 시작하는 데 필요한 조언, 자금, 영감을 제공하며 프랭키를 도왔다.

프랭키는 컴퓨터 화면 뒤에서 시비조로 목을 가다듬는 소리가 들리자 놀라서 헉 소리를 냈다. 고개를 쑥 내밀고 구석을 보니 익숙한 얼굴이 몇 미터 앞에 있었다.

"여긴 웬일이야?"

프랭키가 턱뼈가 빠질 정도로 활짝 웃으며 신나서 말했다.

"여긴 웬일이냐니, 대체 무슨 소리야? 너 바보 멍청이야?"

프리야가 목을 뒤로 젖히며 말하고는 스민트*를 입에 털어 넣었다. 프리야는 꾸짖듯 프랭키를 빤히 응시하며 사탕을 삼켰다.

"9시 15분이야. 난 이 시간에 늘 여기 있어."

"알아, 알아."

프랭키가 대답했다.

"농담한 거야. '와, 여기서 널 만나다니!' 그런 느낌으로 한 말이지."

"너 이상해."

프리야가 대답했다.

"어, 알아."

프랭키는 동의할 수밖에 없었다.

"자, 그럼."

프리야가 가슴 앞으로 단단히 팔짱을 끼며 말했다.

"어젯밤 일을 이야기해 볼까?"

프랭키가 한숨을 쉬었다.

맙소사, 이번엔 또 뭐야.

---

* 입 냄새를 없애는 무설탕 사탕

36

"2시간이야, 프랭키!"

프리야가 소리쳤다.

"쉿."

프랭키가 사무실 밖에서 사람들이 고개를 돌리는 것을 흘끗거리며 말했다.

"우린 새벽 1시에 2시간 동안 통화했어. 대체 여태 여기서 뭐 하는 거야? 넌 정신 나간 야근을 이제 그만하겠다고 맹세했어. 너 그렇게 밤새워 일하다가는 곧 자폭해. 난 정말 그 뒷수습을 하고 싶지 않아. 그래, 물론 하긴 할 거야. 난 널 사랑하니까. 하지만 그럴 일이 없게 해줘. 어쨌든 지금은 안 돼. 지금 해야 할 일이 산더미야. 이번 주에 광고 영업 팀에 신입 둘이 들어왔는데, 아무도 그들을 챙길 시간이 없어. 너 당장이라도 무너질 것 같은데, 그거 1달 정도만이라도 미뤄줄래?"

"무슨 말이야? 난 멀쩡해!"

프랭키가 외쳤다.

"멀쩡한 정도가 아니라 끝내준다고. 이게 다 믿어져?"

프랭키가 사무실을 둘러보며 말했다.

프리야가 프랭키의 시선을 따라가다가 한쪽 눈썹을 추켜세운 채 천천히 프랭키에게 고개를 돌렸다.

"너 취했어?"

"안 취했어. 그냥 우리가 여기서 하는 일에 새삼 감탄하는 거야. 정말 엄청나지 않아? 이건, 우와. 오늘 아침에 '더 빅 파이브'랑 인터뷰하는 거 알아? '더 빅 파이브'라고, 프리야!"

"으응."

프리야가 천천히 말했다.

"프랭키, 그 매체는 벌써 너를 세 번 정도 인터뷰했어. 대단해. 네가 자랑스러워. 하지만…… 새로울 게 없잖아? 게다가 오늘 아침의 넌 누구야? 어젯밤에는 울고불고 엉망진창이더니 오늘 아침에는 아주 기운이 넘치는 재수탱이 사내네."

"기운이 넘치는 재수탱이 아낙이라는 뜻이겠지."

프랭키가 대답했다.

"우리 잠시라도 진지하게 이야기하면 안 될까?"

프리야가 의자를 책상에 가깝게 당기고 목소리를 낮추어 말했다.

"정말로 네가 걱정돼, 프랭키. 그런 전화를 또 받고 싶지 않아. 너 때문에 진짜 겁났다고. 넌 멕시코행 편도 비행기 예약 버튼을 클릭하기 직전이라고 말했어. 그래, 이해해. 넌 네가 상상하던 것보다 큰 사업체를 일 궜고, 무지막지하게 스트레스를 받고 있어. 하지만 우리 모두 이 일을 함께하고 있어, 프랭키. '더 쇼'라는 짐을 너 혼자 짊어질 필요는 없어. 물론 네가 이 일을 시작했어. 하지만 주위를 둘러봐. 네가 받는 온갖 지원을 봐. 이 안에서, 저 밖에서. 네가 회사를 세웠고, 그들이 왔어. 그들을 이용해. 세세한 운영까지 관여하는 걸 그만둬. 넌 친구와 만나거나 데이트하고 엄마에게 방문할 시간이 너무 없다고 걱정해. 하지만 네가 내려놓는 법을 배우면 시간을 낼 수 있어. 네가 통제권을 잃는 느낌을 싫어하는 거 알지만, 우리가 알아서 하잖아. 여기 일은 우리가 처리하게 해줘. 단 일주일만이라도. 고아에 가서 어머님이랑 징 명상을 해. 아니면 서리에서 아버님이랑 완두콩을 심든지. 넌 재충전이 필요해. 지금 넌 배터리 5퍼센트로 움직이고 있으니까. 난 네 배터리가 곧 바닥날까 봐 걱정돼. 우릴 실망시키지 마. 떠나서 마음을 가다듬어. 그리고 머리 좀 정리하고 돌아와."

"회의가 줄줄이 잡혀 있는데 어떻게 그래?"

프랭키가 대답했다.

"넌 사장이야. 벤지가 네 일정을 조율할 거야."

프리야가 말했다.

"그리고 장담하는데, 회의는 다른 사람이 참석하면 돼."

"어떻게 다른 사람이 '더 빅 파이브'랑 인터뷰를 할 수 있어?"

프랭키가 눈썹을 추켜세웠다.

"벤지한테 가발 씌워."

프리야가 빙그레 웃으며 일어나서 프랭키의 책상 뒤로 걸어왔다. 그후 몸을 숙여 마우스를 잡고는 캘린더를 열었다.

"좋아. 인터뷰는 해."

프리야가 중얼거렸다.

"하지만 미디어몹 회의는 샐리가 참석하면 돼. 크리스마스 특집은 네가 편집팀에게 맡기려고 말 그대로 막 채용한 그 지나치게 열정적인 편집장이 담당하면 돼. 애초에 그 회의는 네 일정에 안 넣었어야 해. 록시릭스 협업이라……, 대체 록시릭스가 누구야?"

"틱톡 영상 만드는 사람."

프랭키가 아는 것처럼 대답했다.

"그 일은 동업자들이 맡으면 돼."

프리야가 화면을 내리며 말했다.

"WW 여성상……, 에밀리……, 저녁 식사……."

프리야가 스크롤을 멈추고 일어섰다.

"좋아. 사무실에 하루만 더 있어. 하지만 이번 주 나머지 일정은 취소해. 내일 아침에 여기서 네 얼굴을 안 보고 싶어."

"넌 사장도 아니면서 사장 행세를 하네."

프랭키가 조용히 지적했다. 프리야가 주제넘게 나서서 불쾌해졌다.

"그리고 넌 사장 행세를 안 해."

프리야가 대답했다.

"이봐, 넌 네 쇼의 주인이야. 네가 그 쇼가 비극이 되길 원한다면, 난 널 막을 수 없어. 하지만 난 아무것도 안 하고 가만히 앉아서 두고 볼 수도 없어. 어젯밤 이후로는. 우리 대화를 절반이라도 기억해? 그래, 네가 지난주에 일으킨 공황 발작 때문에 요즘엔 술을 안 마시는 건 알지만, 너 좀 정신이 나간 것 같았어."

공황 발작? 처음 있는 일이다. 아무래도 그래서 프랭키가 카페인과 술을 끊었나 보다.

"희미하게 기억해. 그렇지만 자세하게 이야기해 줘. 녹초가 된 기분이었어."

프랭키가 더 많은 정보를 끌어내려고 대답했다.

"우리 다 그렇지 않았나? 뭐 떠오르는 거 없어? 넌 네 사직을 전 직원에게 알리는 메일을 썼다고 말했어. 그리고 멕시코행 편도 비행기를 예약하려 했어. 네 말을 그대로 옮기자면, 네가 몇 년 전에 해야 했을 일이니까. 넌 토비가 같이 가고 싶은지 알아보려고 토비에게 메시지를 보내려 했어. 토비를 놓친 게 너무 아깝다고 결론을 내렸으니까."

"뭐라고? 난 토비를 놓친 게 너무 아깝다고 생각하지 않아!"

프랭키가 소리 내어 웃었다. 그렇지만 이 삶은 프랭키가 그렇게 생각하게 했을지도 모른다.

"최악은 그게 아니야."

프리야가 프랭키의 책상에 엉덩이를 걸치며 말했다.

"넌 맥스티드 주식회사가 '더 쇼'를 인수할 건지 알아보려고 캘럼과 회의를 잡을 거라고 말했어."

"맙소사! 내 눈에 흙이 들어가기 전에는 안 돼!"

프랭키가 소리쳤다.

"그래, 네 눈에 흙이 들어가기 전에는 안 되지!"

프리야가 소리쳤다.

"그런 일이 생기기 전에 내가 널 죽일 거니까."

"망한 쇼가 될 거야."

프랭키가 소곤소곤 대답했다.

"그게 바로 어젯밤에 네가 한 농담이야."

프리야가 말했다.

"넌 좀 지야 해, 친구야."

"아니요. 그렇지 않아요!"

벤지가 새된 목소리로 말하며 태블릿으로 유리문을 가볍게 두드렸다.

"베로카* 한 알을 물에 타서 마시고 빵긋 웃으면 돼요. 어쨌든 30분 동안요. '더 빅 파이브'의 보니가 10분 후에 온라인 인터뷰를 할 준비가 될 거예요."

"쇼는 계속……."

프랭키가 말을 시작했다.

"하지 마……."

프리야가 말했다.

"……돼야 해."

프랭키가 빙그레 웃었다.

"못 살아. 넌 정말 괴짜야."

프리야가 싱긋 웃고 고개를 저으며 문을 향해 갔다.

"내가 한 말 생각해 봐. 너를 위해, 그리고 우리를 위해."

✦

'더 빅 파이브'는 매주 5명을 인터뷰하면서 5분 동안 도발적이고 개인적인 질문 다섯 개를 던지는 팟캐스트다. 기본적인 인터넷 소식지로 출발해서 빠르게 압도적인 인기를 얻었는데, 다운로드 횟수가 1달에 최소 100만 회는 될 것이다. '더 빅 파이브'에 소개된다는 것은 거물이라는 뜻

---

* 발포 비타민

이다. 프랭키는 5년 전에 휘트니 울프 허드*를 다룬 첫 번째 에피소드가 나온 후로 이 팟캐스트에 푹 빠졌다.

프랭키가 어떻게 설립자인 보니 브라운과 인터뷰를 하고 팟캐스트에 소개되었는지는 알 수 없다. 프랭키가 어떻게 벽에 걸린 사진 속 질리언 앤더슨**과 노래방에서 어울리게 됐는지도 마찬가지다. 보니가 연결되기를 기다리면서 프랭키의 가슴이 두근거렸다. 프랭키는 상체를 앞으로 숙이고 밝은 조명 아래에서 두드러진 눈 밑 짙은 다크서클을 발견했다. 프랭키는 다크서클을 가라앉히려는 막판 시도로 그곳을 손가락으로 톡톡 두드렸다.

"안녕하세요?"

프랭키는 앞 화면에 보니의 얼굴이 뜨는 것을 보고 상체를 젖혀 한쪽 이어폰을 잡으며 말했다. 보니는 머리를 뒤로 넘겨 하나로 묶고 자신의 특징인 꽃무늬 머리띠를 했다.

프랭키가 벤지를 흘끗 올려다보니 벤지가 유리벽 뒤에서 왜 그러냐는 듯이 양손 엄지손가락을 들어 올렸다. 프랭키가 고개를 끄덕이고 똑같이 양손 엄지손가락을 들어 올렸다.

"프랭키! 어떻게 지냈어요, 친구? 당신을 쇼에 다시 모시게 돼서 영광이에요!"

보니가 친숙한 번리 억양으로 말했다.

그 말에 프랭키는 순식간에 당황했다. 이것을 할 수 없다. 프랭키는 살면서 인터뷰 대상이 된 적이 없었고, 흥미로운 이야깃거리도 없었다. 보

---

* 데이트 앱 범블 설립자
** 〈엑스파일The X-Files〉에서 스컬리 역을 맡은 영화배우

니가 사업에 관해 물어보면 어떻게 해야 하나? 프랭키는 여기 온 지 1시간밖에 안 됐다. 프랭키는 통증이 느껴질 때까지 손톱을 책상에 꽉 눌렀다.

"프랭키, 듣고 있어요?"

보니가 카메라를 들여다보며 물었다.

"출연하게 돼서 기뻐요, 보니!"

프랭키가 대답하고 나서 그렇게 상투적인 말로 대답하지 말았어야 했다고 바로 후회했다.

"미안해요. 오디오가 좀 끊겼어요. 이제 다 해결됐어요."

"아주 좋아요."

보니가 말했다.

"사실 공식 녹음은 아직 시작하지 않았어요. 하지만 인터뷰 중에 기술 문제가 발생하더라도 걱정하지 말아요. 후반 작업에서 수정하면 돼요. 당황할 것 없어요. 그런데 이미 알잖아요? 우리 쇼에 몇 번 출연했더라? 이게 네 번째인 것 같은데, 안 그래요?"

"맞아요!"

프랭키는 전혀 모르면서도 맞장구를 쳤다.

"아, 아니다. 잠깐만요. 프로듀서가 방금 말했는데, 이게 세 번째래요."

보니가 두 사람의 실수를 바로잡았다.

"아무래도 프랭키는 너무 바빠서 일일이 기억하기가 어려운가 봐요. 그런 의미에서, 오늘 시간을 내줘서 정말 고마워요."

"오히려 내가 기쁜걸요, 보니."

프랭키가 또다시 판에 박힌 민망한 말로 대답했다.

"음, 알다시피 5분짜리 인터뷰니까 시간을 많이 뺏지는 않을 거예요! 그 이상 시간을 뺏고 싶지는 않으니까, 첫 번째 질문을 바로 시작해 볼까요? 빠르게 소개만 하고 들어갈게요. 준비됐어요?"

"항상 준비돼 있죠!"

죽겠네.

아, 잠깐, 프랭키는 이미 죽었다.

프랭키는 볼이 화끈거렸다. 이것이 화상 인터뷰가 아니라 팟캐스트라서 다행이었다.

"팟캐스트와 영상은 다음 달에 올라갈 거예요."

보니가 말했다.

"영상이요?"

프랭키가 대답했다.

"네. 사람들이 더 많은 영상 콘텐츠를 원해서, 우리 사이트에 영상을 업로드하기 시작했어요. 괜찮죠?"

"물론이죠!"

프랭키가 이마에 흘러내린 머리카락을 쓸어올리며 대답했다.

"걱정하지 말아요. 늘 그렇듯이 아주 멋져요."

보니가 미소 지었다.

이어서 보니는 재빨리 마이크에 대고 속도를 내서 말하기 시작했다.

"여러분, '더 빅 파이브'에 다시 오신 것을 환영합니다. 오늘 여러분을 위해 아주 흥미진진한 쇼를 준비했습니다. 첫 번째 손님은 잘 알려진 분이고, 엄청나게 성공을 거둔 뉴스 사이트 '더 쇼'의 설립자입니다. 여성이 각자의 분야에서 겪은 고투, 사연, 성공 비결을 공유하는 사이트죠. 한 도시에서 그녀의 예전 동료들 사이에서 돌려보는 작은 사이트로 시작한 '더 쇼'는 이제 전 세계 순 방문자가 한 달에 2,000만 명이 넘고 런던, LA, 시드니, 최근에는 도쿄에 지사가 생겼습니다. 프랭키 매켄지입니다. 안녕하세요, 프랭키! 어떻게 지냈어요?"

순 방문자 2,000만 명이라니. 도대체 어떻게 된 거야.

갑자기 입 안에 숨이 가득 찬 느낌이 들었다. 기침이 걷잡을 수 없이 터져 나오려 했다. 바로 지금. 앞에 있는 물병을 집어 들고 크게 한 모금 마셨는데, 물을 잘못 삼키는 바람에 사레가 들려 캑캑거리기 시작했다. 물을 삼키려고 했지만 상황을 악화시킬 뿐이었고, 곧 기침이 온몸을 장악했다. 프랭키는 손가락으로 음 소거 버튼을 누르고 화면에 안 나오게 몸을 돌려서 당황한 얼굴과 떨리는 어깨, 눈물이 그렁그렁한 눈과 헐떡거리는 폐를 감췄다.

"아, 이런, 프랭키? 괜찮아요?"

보니가 말했다.

"미……."

프랭키는 사과하려고 했지만 숨이 가빠 말이 나오지 않았다. 음 소거를 해놓은 것이 기억났다. 따라서 보니에게 보이는 것은 프랭키의 뒤통수와 마구 흔들리는 팔뿐이다.

프랭키는 이런 일을 할 준비가 돼 있지 않았다. 프랭키는 항상 준비된 사람이 아니었다. 프리야의 말을 들었어야 했고, 벤지에게 이 일을 맡겼어야 했다. 망신스러웠다. 소개 시간마저 제대로 넘기지 못하는 판국에 실제 질문에는 어떻게 대답한단 말인가? 첫 번째 질문을 받으면 기절하지는 않을까? 1시간처럼 길게 느껴진 순간이 지난 후, 프랭키는 몸을 돌려 책상에서 꺼낸 티슈로 눈 밑을 토닥거리고 소리를 켰다.

"아, 세상에. 미안해요, 보니!"

프랭키가 갈라진 목소리로 외쳤다.

"물을 잘못 삼켰어요. 잠시만 시간을 줘요."

"당연하죠. 천천히 해요."

"괜찮아요. 아무렇지 않아요."

프랭키가 이번에는 조심스럽게 물을 한 모금 더 마시면서 대답했다.

"좋아요. 그럼 인사말을 다시 시작할게요. 프랭키 매켄지입니다. 안녕하세요, 프랭키! 어떻게 지냈어요?"

"굉장히 잘 지냈어요. 고마워요, 보니."

프랭키가 말했다. 프랭키의 목소리가 정상으로 돌아왔다.

"다음 호에 나갈 굉장한 크리스마스 특집을 준비 중이에요……."

굉장하다는 말을 두 번이나 했잖아.

"우린 그 특집을 정말 기대하고 있어요. 굉장할 거예요."

제발 그만 좀 해.

"음, 굉장히 반가운 소식이군요!"

보니가 키득거렸다.

"자, 그럼 시작해 보죠. 당신이 거침없이 할 말을 하는 페미니스트이고, '더 쇼'가 여성의 권리를 주장하기 위해 많은 일을 했다는 것을 모두 아는데요. 하지만 '더 쇼'를 만들기 전에 당신은 「더 리크」에서 '프랭키 되기'라는 칼럼을 게재했어요. 당시에 그 칼럼은 여성 유명인을 대하는 방식 때문에 마땅한 비판을 받았죠. 내 질문은 이겁니다. 그 일을 후회하나요?"

프랭키는 심호흡을 했다. 최근에 '프랭키 되기' 댓글 창을 관리하는 것이 커뮤니티 담당자의 주된 업무가 됐다. 답변은 언제나 같았다. 의견을 줘서 고맙고, 다음 편집 회의에서 그 의견을 반영하겠다는 것이었다. 물론 한 번도 그런 적은 없었다. 그들은 클릭 수만 올라가면 신경 쓰지 않았다.

"난 '프랭키 되기'가 여성 유명인의 험담이나 흉을 적는 글이 되게 할 의도가 결코 없었어요, 보니. 처음 시작했을 때 목표는 남녀 유명인의 활동에 대한 솔직한 의견을 공유하자는 것이었어요. 하지만 이 디지털 시대에 우리 작업은 끊임없이 감시받고 평가돼요. 「더 리크」에는 전 팀원이 실시간으로 웹사이트 방문자 수를 측정하고, 특정 주제에 대해 소셜 미디어에서 정보를 수집하고, 어떤 제목이 더 인기가 많은지 시험하는 일만 담당하는 팀이 있었죠. 독자의 관심을 사로잡으려는 경쟁이 그 어느 때보다도 치열해졌어요. 그래서 그 팀이 클릭 수가 많은 기사(변함없이 여성 유명인과 패션을 다룬 기사였죠)를 파악하고 나서 그렇게 반응이 좋은 기사를 더 쓰라고 나한테 알려줬어요. 그게 「더 리크」독자가 원하는 것이었죠. 결국 그 칼럼은 내가 편집장에게 제안한 원래의 기획과 아주 달라졌어요. 내 이름이 칼럼에 들어가는 게 부끄러웠어요. 하지만 후회하냐고요? 아니요. 그건 아닌 것 같아요. 난 '프랭키 되기'를 쓴 경험이 '더 쇼'를 성공시키도록 힘을 북돋아 줬다고 생각해요. 당시에 그 칼럼을 쓸 수밖에 없어서 느낀 분한 감정이 이 모든 것을 시작하는 데 필요한 분노의 에너지를 일으켰어요. 그 경험 없이도 동기가 부여됐을지 누가 알겠어요? 그리고 그건 내가 언론계에서 맡은 첫 일이었어요. 난 엄청난 기회와 매우 유용한 인생의 교훈을 준 뛰어난 사람들에게 둘러싸여 있었어요. 그리고 난 이곳의 젊은 팀에게도 같은 걸 해주고 싶어요."

"우선 이렇게 말해도 될지 모르겠지만, 〈퀸카로 살아남는 법Mean Girls〉

을 환상적으로 인용했네요, 프랭키."

보니가 소리 내어 웃었다.

"아주 흥미로운 대답이에요. 당신이 무슨 말을 하려는지 알겠……."

프랭키는 어깨가 내려가고 호흡이 느려지는 것을 느꼈다. 자신이 보기에도 괜찮은 대답이었다. 겁먹고 허둥지둥할 필요 없다. 프랭키는 이 인터뷰를 할 수 있다. 프랭키는 대단한 프랭키 매켄지이다. 프랭키는 이 빌어먹을 쇼를 끌고 간다.

하지만 일주일 동안 집에서 지내라는 프리야의 제안은 새겨들었다. 프랭키는 진짜로 아빠가 보고 싶었다. 하지만 남은 시간은 22시간뿐이다.

37

프랭크는 헤이스팅스 클로스 4번지 앞에 섰다. 서비튼과 뉴 몰든 사이에 있는 이곳은 한쪽 벽면이 옆집과 붙어 있는 주택으로, 아빠가 이혼 후에 이사 온 곳이다. 프랭키는 깔끔한 앞뜰에 뭔가 바뀐 것이 있는지 훑어봤다. 하지만 변함없이 예전 그대로였고, 프랭키는 그 모습에 마음이 편해졌다. 현관문으로 이어지는 벽돌 길 가장자리에는 가지치기한 낮은 산울타리가 있었고, 그 뒤에는 아빠의 자부심이자 기쁨이 자리 잡고 있었다. 꼭대기에 천사 조각상이 있는 수반 모양의 석조 분수대다. 아빠는 천사에게 요정 모자를 씌워놓고 그 바보짓이 재미있어서 부드럽게 웃곤 했다.

"좋은 아침이야, 베티. 좋은 아침이야, 밥."

프랭키는 현관 계단 옆에 놓인 정원 장식용 요정 석상을 향해 속삭이고 초인종을 눌렀다. 익숙한 〈프렌즈Friends〉 주제곡 초인종 소리가 울리고 이어서 레슬리의 까칠한 치와와들이 으르렁거리며 짖는 불협화음이 들렸다.

"레스! 개들 좀!"

프랭키는 아빠가 커다랗게 힘껏 외치는 소리를 들었다.

"피비! 레이철! 챈들러! 이리 와, 온실로!"

레슬리의 목소리가 뒤편에서 들렸다.

문이 열리고 아빠의 발그레한 얼굴이 보이자 프랭키는 그의 품으로 뛰어들어 가슴에 얼굴을 묻었다. 프랭키는 자신도 놀랄 정도로 울컥했고, 그것이 아빠에게도 충격으로 다가올 것이라고 확신했다. 보통 두 사람은 볼에 빠르게 입을 맞추고 한쪽 팔을 어깨에 두르는 가벼운 포옹으로 인사했다.

"안녕, 아가!"

아빠가 프랭키의 등을 부드럽게 토닥거리며 말했다.

"아니, 이게 다 무슨 일이냐?"

"아, 아무것도 아니에요."

프랭키가 재빨리 정신을 가다듬고 몸을 빼며 말했다.

"그냥 아빠를 본 지 너무 오래된 것 같아서요."

"넌 열심히 일하잖냐, 아가. 괜찮아. 우린 네가 아주 자랑스럽단다."

아빠가 프랭키의 어깨를 빠르게 쥐었다가 놓고 프랭키가 외투를 벗는 것을 도왔다.

프랭키는 동시에 양쪽 신발을 벗고 가방을 바닥에 내려놓은 다음, 앞에 걸린 커다란 액자 속 개 사진을 응시했다. 개마다 다른 가발을 쓰고 있었다. 한 마리는 노란색, 한 마리는 검은색, 한 마리는 앞에 독특한 층이 진 모래색. 천재가 아니라도 각 개의 이름이 뭔지 쉽게 추측할 수 있었다. 〈프렌즈〉 로고처럼 'F.U.R.I.E.N.D.S*'가 사진 꼭대기에 적혀 있었다.

---

* 반려동물을 뜻하는 'furry friends'의 줄임말

"와, 이것 참 반갑구나!"

레슬리가 복도 끝에서 외쳤다.

"마음에 들어?"

레슬리가 사진을 살펴보는 프랭키를 보고 물었다.

"네 아빠가 크리스마스 선물로 사진 촬영권을 줬단다. 내 아기들이 꼭 작은 스타 같지?"

"난 우리도 같이 찍을 줄 알았는데."

아빠가 말했다.

"레슬리는 가끔 나한테도 네 개의 다리와 털이 있으면 좋겠다고 생각하는 것 같아."

"여자가 무슨 상상인들 못 하겠어, 여보."

레슬리가 키득거리며 아빠의 팔을 쓰다듬었다.

"그나저나 딱 좋을 때 왔구나. 점심으로 케이크 한 조각 먹는 거 어때?"

레슬리가 프랭키의 손을 잡고 복도로 이끌며 말했다.

주방 아일랜드 식탁에 당근 케이크가 있었다.

"빨리, 초 가져와, 여보!"

레슬리가 떠들썩하게 말했다.

"그럴 필요 없어요."

프랭키가 방긋 웃었다. 평생 레슬리와 거리를 둔 것에 죄책감이 몰려왔다.

"말도 안 돼! 네 생일이잖아!"

"내일이에요."

프랭키가 덧붙였다.

"음, 그래. 그렇지만 내일은 네 친구들이랑 거창한 파티 계획이 있을 테니까!"

레슬리가 대답했다.

부모님의 이혼은 원만하게 이루어졌지만, 몇 년 후 레슬리가 등장했을 때 프랭키는 여전히 배신감을 느꼈다. 특히 레슬리가 프랭키의 엄마와 딴판이라는 점을 고려하면 더 그랬다. 레슬리는 아주 깔끔한 것을 좋아해서 3인용 크림색 소파에 음료수를 쏟을까 봐 투명 비닐을 씌워놓았다. 레슬리는 변화를 좋아하지 않는다. 레슬리는 막스 앤드 스펜서에서 산, 모양은 같고 색만 다른 무채색 플랫슈즈 세 켤레를 돌려 신는다. 각각 짙은 황갈색, 중간 황갈색, 옅은 황갈색 신발이다. 퇴직한 간호사인 레슬리는 매일 반복되는 엄격한 일정을 지켰는데, 그 일정이 수년 동안 매주 똑같은 내용임에도 주방 달력에 꼬박꼬박 적어놓았다. 레슬리의 생활은 데이비드 로이드 클럽에서 에어로빅하기, 코스타에서 커피 마시기, 코스트코에서 쇼핑하기, 골목 끝 공원에서 개 훈련하기로 구성된다. 제트가 자신의 '미술 작품'을 쌓아놓고 차고에서 얹혀사니 몹시 화가 날 법도 한데, 레슬리가 절대 불평하지 않는다는 점은 칭찬할 만했다. 적어도 프랭키가 아는 한 레슬리는 불평하지 않았다.

"제트 있어요?"

프랭키가 물으며 생일 축하 카드를 열다가 '생일 축하' 노래가 나오자 움찔 놀라 몸을 뒤로 젖혔다.

"미안하구나, 아가. 제트는 제이드네 갔단다. 둘이 새로운 작업을 하고 있어."

아빠가 대답했다.

"둘이 말 그대로 껌딱지처럼 붙어 다녀."

레슬리가 중얼거렸다.

"말 그대로요?"

프랭키가 물었다.

"둘이 지난주에 네 아빠의 초강력 접착제를 통째로 써서 발가벗은 엉덩이를 서로 딱 붙였단다. 그러고 나서 사진을 막 찍어댔어. 나체 사진을! 제이드의 미술 학교 최종 과제로 제출하려고. 세상에, 대체 자신들이 누구라고 생각하는 걸까? 존 레논과 오노 요코?"

아빠가 낄낄거렸다.

"어쨌든 둘은 떼어내느라고 지독히 고생했고, 내가 아세톤을 가지고 가서 도와줘야 했어. 내 가슴에 평생 치유되지 못할 상처가 생겼지 뭐니!"

"맙소사."

프랭키가 소리 내어 웃었다.

"아이들이란."

아빠가 고개를 절레절레 흔들었다.

"그렇지만 걔들은 아이들이 아니야, 에릭. 이제 삼십 대라고! 내 개인적인 생각으로, 걔들은 현실에 부딪혀서 한번 혼쭐나야 해. 하지만 내가 뭐라고 말할 처지가 아니지. 네 아빠가 알아서 해야 해. 내가 보기에 네 아빠는 그 애들을 도와준다고 생각하지만, 사실은 망치는 것 같아."

"알았어, 레스. 그 이야기는 그만하고 케이크를 자르자고. 프랭키, 믿어지냐? 이걸 내가 직접 만들었단다! 내가 키운 당근으로!"

아빠가 케이크 칼을 프랭키에게 건네면서 환한 얼굴로 말했다.

"우와, 아빠. 제빵을 하시는지 몰랐어요!"

프랭키가 대답했다.

"이제 막 시작했어."

아빠가 말했다.

"온갖 종류의 채소로 빵을 굽는 것에 쏙 빠졌단다. 올해 시민 농원에서 수확이 아주 좋아서 구운 당근과 애호박이 우리가 먹고 남을 정도로 많아."

"내 말이."

레슬리가 끼어들었다.

"애호박으로 케이크를 만들 수 있다는 걸 알았니? 정말 대단해."

아빠가 레슬리의 말을 못 들은 척하고 말했다.

"네 아빠가 자기 소명을 찾은 것 같아."

레슬리가 웃으며 아빠의 등을 토닥였다.

"내가 토요 시장에 노점을 차리라고 계속 말하는데, 거절하더라고."

프랭키는 아빠가 그러는 것도 무리가 아니다 싶었다.

아빠는 토요일마다 새벽에 엄마가 예술 노점을 연 경험 때문에 시장에 정이 떨어졌을 것이다.

"시민 농원을 보고 싶어요, 아빠."

프랭키가 당근 케이크를 한 입 베어 물고 기뻐서 콧노래를 불렀다.

아빠의 얼굴이 확 밝아졌다.

"정말이냐?"

"그럼요! 당연하잖아요?"

"음, 전에는 한 번도 관심을 보인 적이 없지 않니."

아빠가 말했다.

"네가 같이 간다면 아빠는 참 기쁠 거야. 보온병에 차를 담아서 슬슬 걸어가 보자꾸나."

✦

시민 농원은 집에서 걸어서 5분 거리에 있었고, 프랭키는 두 사람이 애초에 이곳으로 이사 온 주된 이유가 시민 농원이라고 확신했다. 아빠의 밭은 군계일학이었고, 제대로 관리된 유일한 땅 같았다.

"아빠, 여기서 친구 좀 사귀었어요?"

프랭키는 아빠가 옆에 있는 작은 헛간에서 가져와 펼쳐준 캠핑 의자에 앉으며 물었다.

"아주 많이!"

"정말요?"

프랭키가 놀라며 말했다.

"내 식물이 친구란다. 난 늘 식물에게 이야기해. 그게 말이다, 걔들은 정말로 말을 잘 들어준단다."

프랭키가 싱긋 웃었다. 프랭키가 클래펌에서 화분에 물 주기를 아주 좋아하는 것도 당연했다. 그것은 아빠에게 물려받은 취향이다.

두 사람 사이에 조용하지만 편안한 순간이 지나갔다. 프랭키는 차를 홀짝거리며 아빠가 쭈그리고 앉아 밭에서 마른 잎 몇 개를 뜯어내는 모습을 지켜봤다.

"아빠, 뭐 좀 물어봐도 돼요?"

"물어보렴!"

아빠가 빙긋 웃고는 앞의 식물을 가리키며 뿌듯한 표정을 지었다.

"행복해요?"

"물론이지! 왜 그런 걸 물어보냐?"

아빠가 두 손을 바지에 닦으며 대답했다.

"내가 행복하지 않아 보여?"

"아니요, 아주 행복해 보여요. 그냥 궁금했어요. 생일이 되니까 삶에 중대한 질문들을 생각하게 되나 봐요."

"난 원하던 모든 것을 가졌어. 훌륭한 아이들, 친절한 아내, 살 집."

아빠가 미소 지었다.

"그럼 아빠가 한 선택에 만족하겠네요?"

프랭키가 물었다.

"그래, 난 살아오면서 올바른 선택을 한 것 같구나."

아빠가 고개를 끄덕였다.

"그런데 엄마는요? 엄마랑 함께한 것이 잘못된 선택이라고 생각해요? 시간을 되돌려서 다른 선택을 하고 싶다고 바란 적은 없어요?"

"전혀 없다! 내가 네 엄마와 결혼하지 않았다면 나한테 네가 없었겠지."

아빠가 소리 내어 웃었다.

"네 엄마와 결혼한 게 내가 한 선택 중 최고일 거야."

"이혼도 그리 힘들지 않았겠네요."

프랭키가 말했다.

"음, 힘든 순간이 있었지. 모든 게 다 순조롭지는 않았단다, 아가."

"정말요?"

"우리는 너희들에게 그렇게 보이려고 했어. 너희가 온 세상이 무너지고 있다고 느끼는 거야말로 우리가 절대 원하지 않는 것이었으니까. 그래서 우리는 단결된 모습을 보였고, 우리가 여전히 친구라고 말했단다. 우리 둘 다 결혼 생활이 갈 데까지 갔다는 데 동의했고, 고통스러운 순간이 있었어. 네 엄마는 예나 지금이나 여전히 아주 밝고 활기가 넘치지. 네 엄마가 떠났을 때 모든 것이…… 어둡게 느껴지더라. 그리고 좀 공허했어. 쉬운 선택이었지만, 힘든 작별이었단다. 하지만 결국 빛이 다시 나타났고, 나를 여기로 이끌었어. 그리고 너도 알다시피 의사 생활이 힘든 시기를 겪을 때 만사를 객관적인 관점으로 보는 데 도움이 됐단다. 중환자를 보는 것만큼 정신을 번쩍 차리게 하는 게 없지. 머릿속에 너무 많은 생각이 떠올라서 괴로울 때, 난 그분들을 생각해. 그들은 내가 이 모든 것을 가진 게 정말로 행운이라는 걸 깨닫고 감사하게 여기게 해줘."

프랭키는 아빠가 무슨 일에 대해서든 이렇게 터놓고 이야기하는 것을 들어본 적이 없었다. 엄마는 주목받는 것을 대단히 좋아했고, 아빠는 엄마가 주목받는 것을 즐기는 모습을 항상 구석에서 지켜보며 조용히 즐거워했다.

"프랭키, 괜찮니? 오늘은 너답지 않구나. 심란해 보이는데, 일 때문에 고민이 많은 거냐?"

내 일생의 갈림길에 서서 고민이에요.

"네, 요즘 좀 바빠요."

프랭키가 차를 한 모금 마시며 대답했다.

"네가 걱정되는구나."

아빠가 말했다.

"난 네가 해낸 일이 참 자랑스럽단다. 하지만 그 무게도 염려스럽다는 것을 인정할 수밖에 없구나. 네 친구 프리야가 어제 전화했어."

"프리야가 전화했다고요? 아빠 번호를 어떻게 알았대요?"

프랭키가 물었다.

프리야가 그렇게까지 노력했다니, 프랭키를 심각하게 걱정한 것이 분명하다. 프리야는 프랭키의 가족을 잘 모른다.

"공황 장애 때문이지. 기억 안 나냐? 네가 프리야 핸드폰으로 전화했잖아. 네 핸드폰을 망가뜨렸다고."

아빠가 얼굴을 찌푸리며 대답했다.

"프리야는 네가 일부러 핸드폰을 변기에 넣고 물을 내렸다고 하더구나."

프랭키가 웃음을 터뜨렸다.

"나는 네가 웃을 때마다 늘 행복하단다. 하지만 네가 이 일을 좀 더 진지하게 받아들이면 좋겠구나. 프리야는 네가 아주 불행하다고 말하더라. 프랭키, 직장 생활 때문에 개인적인 행복이 희생돼서는 안 돼. 때로 성공이란 작별을 고한다는 뜻이란다. 네가 모든 일을 쉬기로 결정한다 해도 나는 여전히 네가 자랑스러울 거야. 어쩌면 더 자랑스러울 거야. 너 자신을 돌보고 우선시하는 거니까. 나는 그게 정말로 중요하다고 생각한단다."

"나 자신을 더 잘 돌보겠다고 약속할게요."

프랭키가 대답하고 입술을 오므렸다.

하지만 프랭키가 실제로 살아본 적이 없는 삶이니 진지하게 받아들이기가 어려웠다.

"남자 문제가 있는 거냐?"

"뭐라고요? 아니요, 그렇지 않아요."

프랭키가 재빨리 말했다.

"그런 게 왜 있겠어요?"

"글쎄, 그저 확인차 물어본 거다. 아니라니 다행이구나. 당연히 괜찮은 사람을 만난다면 좋겠지만, 남자 친구를 찾아야 한다는 압박감이 부담을 가중하지 않았으면 했어. 아는지 모르겠지만, 네가 토비와 헤어졌을 때 사실 나는 안심했단다."

"정말요? 하지만 아빠는 항상 토비가 아주 좋은 청년이라고 말했잖아요."

프랭키가 대답했다.

"토비는 아주 좋은 청년이었지. 나무랄 게 없었어. 아니, 꼭 그렇지는 않아. 토비의 옷은 너무 단정했어. 꼭 박물관 같은 데 걸려 있어야 할 것 같았지. 그것 빼고는 괜찮은 사람이었어. 하지만 영원을 약속하기에 넌 너무 어렸어. 영원은 긴 시간이야. 서둘러서 뛰어들 필요가 뭐 있어?"

"난 아빠가 관습에 전적으로 순응하는 사람이라고 생각했는데요."

프랭키가 말했다.

"내가 관습적인 사람처럼 보인다는 건 나도 알아."

아빠가 대답했다.

"하지만 내가 네 엄마와 결혼할 만큼 대담했다는 걸 잊지 말자꾸나. 내가 항상 이렇게 지루한 사람은 아니었단다."

"아, 아빠, 아빠는 지루하지 않아요."

프랭키가 설득력 없이 말했다.

"난 완전히 지루한 사람이야! 그게 자랑스럽단다."

아빠가 피식 웃었다.

"하지만 넌 네 엄마와 나의 장점만 잘 섞였어. 분별 있는 머리와 모험심 말이야."

"제트는 뭘 가졌는데요?"

"캐드버리 핑거스*를 좋아하는 내 취향."

아빠가 눈을 굴렸다.

"농담이야. 때가 되면 그 아이도 세상에서 자기 자리를 찾을 거야. 어떤 사람은 진로를 정하는 데 조금 더 오래 걸리지."

✳

프랭키는 케이크를 한 조각 더 먹고 나서 소풍 도시락을 먹었다. 도시락 중 반은 개들의 차지였다. 이어서 주방 식탁 앞에 앉아 시간을 슬쩍 봤다. 오후 4시다.

17시간 남았다.

"아빠, 잠깐 나갔다 와도 될까요?"

프랭키가 물었다.

"당연하지, 아가! 우리 별다른 계획 없지, 레스?"

레이철의 배에 대고 바람을 불며 장난치던 레슬리가 시선을 들어 고개를 저었다.

"태워다줄까?"

아빠가 물었다.

"고맙지만 괜찮아요. 바람 좀 쐬고 싶어서요. 어차피 걸어서 15분 거리인걸요. 이따가 봐요."

프랭키가 말하고 일어서서 문으로 갔다. 프랭키는 복도에서 우뚝 멈춘 뒤, 후다닥 뛰어와서 아빠를 오랫동안 끌어안았다.

---

* 초콜릿 비스킷

"사랑한다, 프란체스카."

아빠가 프랭키의 머리를 쓰다듬으며 말했다.

"저도 사랑해요, 아빠."

프랭키가 웃으며 마지막으로 한 번 더 힘을 주어 꽉 안았다.

38

앨리스와 저스틴이 킹스턴 외곽에 있는 연립 주택을 처음 샀을 때, 프랭키는 기이할 정도로 성숙한 결정이라고 여겼다. 프랭키는 그들에게 도시에서 계속 살라고 간청했고, 조금 떨어진 곳에 자리한 아파트 웹사이트 링크를 보냈다. 하지만 그들은 널찍한 곳을 원했고, 확실히 2구역보다 이곳에서 더 널찍한 공간을 가질 수 있었다.

프랭키는 발 옆에서 느껴지는 움직임에 깜짝 놀라 길가로 펄쩍 뛰었다. 말도 안 되게 귀여운 푸들이 팽팽하게 늘어진 목줄 때문에 헐떡거리며 혀를 쭉 내밀고 프랭키를 올려다보고 있었다. 귀 사이 북슬북슬한 머리 가운데에 분홍색 리본이 달려 있었다. 이 푸들을 전에 어디선가 본 것 같았다.

"안녕."

프랭키가 몸을 굽혀 푸들의 목 뒤를 쓰다듬었다.

"미안해요!"

길 아래쪽에서 누군가의 목소리와 뛰어오는 발소리가 들렸다.

프랭키가 일어났다. 그리고 올리 사르퐁과 대면했다.

"어! 이봐요!"

프랭키가 말한 뒤 올리는 프랭키가 누구인지 전혀 모른다는 사실을 뒤늦게 기억했다.

"귀여운 개네요!"

올리의 눈이 필요 이상으로 길게 프랭키에게 머물렀고, 프랭키의 심장이 두근거리기 시작했다.

올리는 왜 프랭키를 알아보는 것처럼 행동할까?

"고마워요."

올리가 마침내 말했다.

"치킨은 아직 개인 공간을 침범하면 안 된다는 걸 배우지 못해서요."

올리가 싱긋 웃으며 몸을 숙여 치킨을 들어 올리고 볼에 살짝 입을 맞췄다. 치킨이 올리의 코를 미친 듯이 핥기 시작했고, 열광적으로 입을 맞추는 사랑스러운 모습에 프랭키도 끼고 싶어졌다. 올리는 프랭키의 기억보다 훨씬 섹시하고, 흰 테 안경과 몸에 딱 붙은 검은색 터틀넥 때문에 TED* 강연을 막 마친 멋진 스칸디나비아의 기술 전문가처럼 보였다.

"아, 괜찮아요. 이 개라면 내 개인 공간을 아무 때라도 침범해도 돼요."

프랭키가 진심으로 대답했다.

"네에에에."

올리가 대답했다.

"지금이야 그렇게 말하죠. 당신이 화장실에 갈 때마다 관객이 있으면 뭐라고 할지 봅시다."

프랭키가 소리 내어 웃었다.

---

* 기술, 오락, 디자인 등의 분야와 관련된 강연회. 일종의 재능 기부 형식으로 정기적으로 개최된다.

"날씨가 참 좋죠?"

올리가 고개를 들며 말했다.

"그러게요."

프랭키가 미소 지었다.

"하지만 난 가을이 기대돼요. 상쾌하고 화창한 날에 산책하는 것보다 좋은 건 없죠."

올리가 프랭키에게 활짝 웃고 대답했다.

"내 생각이랑 똑같네요!"

"어, 난 이쪽으로 갈게요."

잠시 대화가 중단된 후 프랭키가 왼쪽 길을 향해 고개를 까딱했다.

"산책 즐겁게 해, 치킨!"

프랭키가 한 손가락으로 개의 코를 쓰다듬었다. 그러자 치킨이 혀를 쏙 내밀었고, 프랭키는 그 모습에 더욱 크게 웃었다.

"안녕."

프랭키가 부드럽게 말하고 모퉁이를 돌며 올리를 향해 웃었다.

"즐거운 하루 보내요."

올리도 웃으며 자신의 넓은 가슴에 편안히 안겨 몸을 둥글게 말고 있는 치킨과 함께 프랭키가 가는 것을 지켜봤다.

몇 분 후, 프랭키가 힐끗 돌아보니 올리가 여전히 자신의 뒤에서 걷고 있었다. 그들은 어색하게 고개를 끄덕였다. 그러고 나서 끔찍한 깨달음이 불현듯 떠올랐다. 올리는 저스틴의 친구다.

올리도 앨리스의 집에 가는 중일까?

프랭키는 마침내 현관에 다다르자 차마 돌아볼 엄두를 못 내고 운동화신은 발을 동동 굴렀다.

"이런 일이 일어날지도 모른다고 생각했어요."

올리가 뒤에서 말했다.

프랭키는 뒤돌아서 올리를 보고 놀란 척했다.

"당신은 프랭키, 맞죠?"

올리가 손가락으로 프랭키를 가리키며 물었다.

"내 이름을 어떻게 알……."

프랭키가 대답하려는데 갑자기 현관문이 활짝 열렸다.

"젠장, 프랭키!"

토비가 입에 음식을 가득 문 채 눈을 동그랗게 뜨고 말했다.

"토비!"

프랭키가 외쳤다. 몇 센티미터 떨어진 곳에 서 있는 토비를 보자 엄청난 충격이 밀려왔다.

"여기서 뭐 해?"

"다른 사람들은 뒤뜰에 있어. 난 그냥…… 주방에 냅킨을 가지러 왔어. 우린 바비큐 파티를 하는 중이야. 수요일 퇴근 후에 즉흥적으로 벌인 판이지. 이렇게 좋은 날씨도 이제 끝이고 해서. 앨리스와 저스틴이 말하지 않았어?"

"아니. 안 했어."

프랭키는 발을 보고 말했다. 쥐구멍에라도 들어가고 싶은 심정이었다.

"그렇구나."

토비가 말했다.

"이, 그게…… 만나서 정말 반가워. 너 좋아 보인다."

"정말 반가워, 아니면 정말 어색해?"

프랭키가 소리 내어 웃었다.

토비의 얼굴이 약간 꿈틀거렸다.

"조금 어색한 것 같아."

토비가 피식 웃었다.

올리가 프랭키의 뒤에서 발을 이리저리 움직였다.

"미안해요, 친구."

토비가 프랭키 뒤로 목을 쭉 빼며 말했다.

"당신이 올리군요?"

"안녕."

올리가 한 손을 가볍게 흔들며 격식을 차리지 않고 대답했다.

"아, 잠깐. 둘이 같이 온 거야?"

토비가 두 사람을 번갈아 보며 혼란스러운 표정으로 물었다.

"그건 아니야."

프랭키가 재빨리 말했다.

"프랭키?"

앨리스가 어리둥절한 표정을 지으며 토비 뒤에서 나타났다.

"여긴 웬일이야? 못 온다고 했잖아?"

프랭키는 자신도 초대받았었다는 것에 안도감을 느끼며 당황한 표정
으로 앨리스를 응시했다. 앨리스도 같은 표정으로 프랭키를 바라봤다.

"아, 올리!"

앨리스가 말했다.

"당신도 일찍 퇴근해서 다행이에요. 들어와요. 들어와. 저스틴은 정원

에 있어요. 당신 맥주까지 챙겨놨죠. 프랭키, 음, 위층에서 너한테 보여줄
게 있어."

프랭키는 토비 옆을 비집고 지나가면서 자신의 마음이 흔들리는지 확
인하기 위해 토비의 이세이 미야케 애프터셰이브 로션 향을 조용히 들
이마셨다. 마음이 흔들리지 않았다. 아마도 24시간 동안 토비와 결혼 생
활을 한 것이 '만약에'라는 의문에 마침내 종지부를 찍은 듯했다.

✴

앨리스가 침실 문을 닫고 등을 기댔다.

"토비를 초대한 건 네가 못 온다고 해서야!"

앨리스가 빠르게 속삭였다.

"왜 갑자기 온 거야? 토비가 **그녀**와 같이 있단 말이야!"

"누구?"

프랭키가 물었다.

"누구라니 무슨 소리야? 그 사람 부인! 프레야!"

"이런, 제기랄."

프랭키가 말했다. 속이 울렁거렸다.

"난 그냥 살짝 빠져나가면 돼."

"지금 살짝 빠져나가면 안 되지. 정말로 이상해 보일 거야. 게다가 우
리가 함께 여기 올라왔으니, 꼭 내가 너한테 가라고 말한 것처럼 보일 거
야. 내가 나쁜 사람으로 보일 거라고."

"음."

프랭키가 말했다.

"그럼 내가 나중에 해명해야겠지. 그냥 인사나 하려고 들렀어. 아빠 집에 머물고 있어서."

"무슨 일 있어?"

앨리스가 걱정스러운 표정으로 침대에 앉으며 말했다.

"왜 아버지 집에 있는데? 공황 장애 때문이야? 프리야가 다 말했어. 통화한 이야기도 했고. 난 내일 너랑 전화로 이야기를 오래 나눌 작정이었어. 상황이 좀 진정된 후에."

"난 괜찮아."

프랭키가 대답했다.

"정말이야. 그냥 일을 내려놓고 숨 좀 돌려야 할 것 같아."

"듣던 중 반가운 소리네. 네가 마지막으로 쉰 게 언젠지 기억도 안 나. 그리고 네가 와서 정말 기뻐. 네가 올 줄 알았다면 어떻게든 토비와 프레야가 오지 못하게 했을 텐데."

프랭키가 고개를 저었다.

"아니야. 난 네가 그러길 바라지 않았을 거야. 토비는 내 과거야. 토비를 거기에 두고 떠날 때가 됐어. 난 괜찮을 거야. 약속해. 그냥 와인 한 잔이 필요할 뿐이야."

"술 마셔도 돼?"

앨리스가 물었다.

"왜 모두 나한테 계속 그걸 묻는 거야?"

프랭키가 외쳤다.

"네가 지난주에 공황 발작을 일으켰으니까."

앨리스가 담담하게 대답했다.

"그래, 알겠어. 하지만 지금은 괜찮아."

프랭키가 말했다.

프랭키는 계단 맨 아래에서 멈춰 서서 앨리스를 돌아봤다.

"저기, 내 뒤로 들어온 남자 말이야. 올리 맞지?"

프랭키가 속삭였다.

"그 남자가 올리인 거 **알잖아,** 프랭키. 내가 수없이 두 사람의 만남을 주선하려고 했다고."

앨리스도 속삭이며 눈을 굴렸다.

"그 남자가 내 이름을 어떻게 알아?"

프랭키가 물었다.

"저스틴이 말해줬지. 내가 작년 내 생일날 찍은 사진을 올린 후로 그 남자가 계속 너에 관해 물었어."

앨리스가 웃으며 과장되게 윙크하고 프랭키의 옆구리를 슬쩍 찔렀다.

술의 힘을 빌려 용기를 내려고 이미 와인 반 잔을 마신 프랭키가 사람들에게 다가가자 치킨이 껑충껑충 뛰어와서 프랭키의 발목을 핥기 시작했다. 상대하기 까다로울 수 있는 사람들 앞에서 그렇게 사랑받는다고 느끼게 해주니 치킨에게 키스라도 하고 싶은 심정이었다.

"프랭키 팬츠! 미리 생일 축하해!"

저스틴이 바비큐 집게와 맥주를 든 두 손을 번쩍 쳐들고 프랭키를 맞이하며 외쳤다.

"앨리스는 네가 못 온다고 했는데!"

"아, 미디어 서커스에서 용케 5분 정도 빠져나왔어."

프랭키가 설명하며 모여 있는 사람들을 빙 둘러보다가 프레야를 발견했다. 프랭키는 저스틴이 임시방편으로 만든 바비큐 통에서 활활 타오르고 있는 불길로 눈을 돌렸다.

"저스트, 애들은 어디 있어?"

"아, 애들은 진짜 부모와 위층에 있어."

저스틴이 농담하고 난 뒤 제대로 말했다.

"아이패드."

"아."

프랭키가 와인을 한 모금 마셨다.

"프랭키는 '더 쇼'를 운영해."

프랭키가 알지 못하는 몇몇 낯선 사람들에게 저스틴이 설명했다.

"여성들을 위한 그 웹사이트?"

파도타기 응원처럼 모두가 차례로 눈썹을 추켜세우고 고개를 프랭키에게 돌렸다.

"어디서 본 얼굴 같더라고요!"

데님 점프 슈트 차림의 임산부가 입이 쩍 벌어져서 말했다.

"난 '더 쇼'를 정말 좋아해요! 최근에 올라온 나이 든 임산부에 대한 글이 대단히 감동적이었어요. 내 검진 기록에 늙은 엄마로 낙인찍히는 것에 대한 불안감이 줄어들었어요."

"당신이? 늙어? 예순 살 이상으로는 보이지 않는데."

저스틴이 놀렸다.

"그러지 마, 저스틴. 난 6개월 후면 예순 살처럼 보일 거야!"

임신한 여자가 앓는 소리를 냈다.

"아, 정말 그렇지 않을 거야."

프레야가 당밀처럼 달콤하고 끈적거리는 목소리로 끼어들었다.

"당신은 사랑이 넘칠 거야. 그 아기가 당신을 젊게 해줄 거야!"

"흐음, 과연 그럴까."

임신한 여자가 대답했다.

"요즘 퍼지고 있는 출산 전후 비교 사진 본 적 있어? 소름 끼쳐."

프레야가 기다란 갈색 단발머리에 둘러싸인 커다랗고 천진난만한 푸른 눈을 프랭키에게 돌렸다.

"아이가 있나요, 프랭키?"

프레야가 물었다.

당연히 없지. 이쯤 되면 모두 눈치챌 때가 되지 않았나?

"아니요. 없어요."

프랭키가 대답하고 와인을 벌컥벌컥 들이켰다.

"생일이라고 점심 식사 때 술을 잔뜩 마셨구나. 맞지, 프랭크스?"

저스틴이 또 다른 지루한 농담을 던졌다.

"그런 농담을 하다니, 아침 식사 후로 계속 맥주를 마셨나 봐?"

올리가 끼어들었다.

왜 사람들은 꼭 아이에 관한 질문을 할까? 아이 돌보기가 온종일 매달려야 하는 일이다 보니, 부모로서 아이라는 주제가 어느 순간에는 나오기 마련이다. 아이가 있는 사람과 이야기해 보면 금방 알게 될 것이다. 프랭키는 '더 쇼' 사이트의 상품 판매란과 관련해 아이디어가 떠올랐다. '아이가 있냐고 묻지 말아요'라고 적힌 티셔츠 혹은 '아뇨, 난 아이가 없어요'라고만 적어도 괜찮을 것이다.

프랭키는 프레야를 똑바로 보지 않으려고 필사적이었지만, 이렇게 질문을 피하기만 할 수는 없었다. 토비는 프랭키가 이상하게 행동한다고 생각할 것이고, 토비가 그렇게 생각하는 것이야말로 프랭키가 절대 원하지 않는 것이었다.

"두 사람은 아이가 둘이죠?"

프랭키가 두 사람을 보며 물었다.

"아, 아직 배가 부르지 않아서 다행이에요."

프레야가 쾌활하게 말했다.

"물론 배가 불러도 상관없지만요. 지금 셋째를 가진 지 6개월 됐어요."

프레야가 배를 쓰다듬으며 활짝 웃었다.

프랭키가 흘긋 내려다보니 약간 부푼 배가 보였다.

"오, 참 기쁜 소식이네요! 축하해요."

프랭키가 말하고 토비를 돌아봤다. 그럴 필요가 없는데도 토비는 당황한 기색이었다.

"정말 잘됐다, 토브스."

"고마워, 프랭크스."

토비가 맥주를 한 모금 마시고 자기 발을 내려다봤다.

"우린 아주 많이 설레. 이번에는 남자아이야!"

"아, 작은 토비!"

프랭키가 소리 내어 웃었다.

"네가 아이 이름을 뭐라고 지을지 추측해 볼게. 프랭키?"

사람들이 킥킥거리고 토비의 얼굴이 빨개졌다.

프랭키는 토비가 잘돼서 기뻤다. 세 아이. 두 사람이 대학에서 처음 대화를 나눴을 때부터 토비는 아이를 갖고 싶다고 이야기했다. 시험관 아기 시술을 계속했다면 프랭키와 아이를 가졌을지도 모를 일이다. 프랭키가 그 삶으로 돌아간다면 여전히 토비의 상대는 프랭키일 것이다.

토비가 프레야에게 시선을 돌려 볼에 입을 맞추고 의자를 가져다줘도 되는지 물었다. 프레야가 고개를 끄덕이며 토비의 볼에 입을 맞춘 후, 토비가 의자를 찾으러 가는 모습을 지켜봤다.

"토비는 좋은 사람이에요."

프랭키가 말했다.

"정말 좋은 사람이에요."

프레야가 미소를 지으며 달콤하게 속삭였다. 연민이 서린 미소였고, 프랭키는 그것이 달갑지 않았다.

"우린 아주 행복해요. 우리 삶은 흥미진진한 당신 삶과는 거리가 멀지만, 우리 둘 다 소박한 것을 좋아해요. 당신은 이곳에서 사는 게 좀 지루하다고 생각할 거예요!"

"사실 그렇지 않아요."

프랭키가 대답했다.

"조용한 삶에도 좋은 점이 많죠. 게다가 아이 셋이라니요? 당신의 삶이 내 삶보다 훨씬 더 모험적일 게 분명해요!"

과연 그럴까?

멕시코에서 살기나 셰어와 저녁 식사 같이하기 같은 겨룰 수 있는 모험이 몇 가지 떠올랐다. 하지만 물론 그런 말을 할 수는 없었다.

"지난주에 당신이 핀란드 총리와 점심을 먹는 사진을 본 것 같은데요?"

지금까지 유심히 듣고 있던 임산부가 끼어들었다.

그랬나?

"네."

프랭키가 대답했다.

"제 말은 핀란드 총리와 함께하는 저녁 식사와 몇 분마다 토하는 갓난 아기 중에서 선택한다면, 내가 뭘 고를지 확실하다는 거죠."

임신한 여자가 소리 내어 웃었다.

"아, 그럼 저스틴 비버와는 저녁 식사를 하지 **말라고** 권하고 싶군요."

프랭키는 그것이 실제로 경험한 일인 양 농담했다. 어쩌면 실제로 경험했을지도?

프랭키는 옆에서 들리는 킥킥거리는 소리에 돌아봤다. 올리다. 올리는 와인병을 들고 있다가 프랭키의 잔에 따라주겠다고 했고, 프랭키는 흔쾌히 승낙했다.

두 사람은 시선을 교환하고 서로에게 미소를 지었다.

"그게 말이죠."

나머지 사람들이 숯이 고기를 구울 준비가 됐는지 토론을 벌이기 시작하자 올리가 프랭키를 보며 말했다.

"내가 종종 '더 쇼'를 클릭한다는 게 다 소문났어요."

올리가 안경을 올리며 말했다.

"솔직히 유명인에게 완전히 빠진 기분이에요. 그래서 아까 당신이 누군지 알았던 거예요."

올리가 목을 가다듬었다. 사소한 선의의 거짓말을 드러내는 명백한 징후였다.

"당신이 페이스북 사진을 보고 저스틴에게 내가 누군지 물어봐서가 아니고요?"

프랭키가 올리를 놀리면서 자신의 대담함에 놀랐다.

올리가 목을 뒤로 젖힌 채 거리낌 없이 웃고 나서 두 손으로 얼굴을 가렸다.

"이런, 부끄럽네요."

올리가 말했다.

"네, 그래요. 당신이 기자라는 걸 잊었네요. 당신 말이 맞아요. 당신이 누군지 저스틴에게 물어봤어요. 내가 곱슬머리를 좋아하거든요. 내가 당신을…… 물건 취급하거나…… 외모로…… 평가한 건 아니……."

"그럴 리 없죠."

프랭키가 난처해하는 올리를 구해줬다.

"휴."

올리가 주위를 둘러보며 말했다.

"치킨은 준비가 다 됐어!"

저스틴이 외치는 소리에 두 사람 다 화들짝 놀랐다.

"앨리스! 치킨 좀 가져와 줘!"

"잠깐만요, 내 치킨 어딨죠?"

올리가 발뒤꿈치에 힘을 주고 몸을 돌려 주변을 훑어봤다.

"치킨?"

올리가 외쳤다.

"치킨!"

저스틴도 외쳤다.

"그래, 알았어!"

앨리스가 미닫이문 옆에서 소리쳤다.

"세상에, 처음 말할 때 들었다고!"

올리는 정말로 걱정스러워 보였다.

"치킨?"

올리가 이번에는 더 조용히 말했다.

프랭키는 올리의 와인 잔을 받아 테이블에 내려놓고 올리의 팔에 손을 올렸다.

"내가 치킨 찾는 걸 도울게요."

"고마워요."

올리가 허둥지둥하며 말했다.

"걔가 너무 작아서 작은 울타리나 구멍으로 쏜살같이 빠져나갈까 봐 항상 겁나요."

"당신은 저쪽으로 가요. 난 이쪽으로 갈게요."

프랭키가 말했다.

그들이 정원에서 연달아 치킨을 부르며 각자 반대 방향으로 걸어갈 때, 프랭키는 올리를 건너다보며 문득 그들의 첫 번째 데이트를 떠올렸다. 프랭키는 그때 올리가 실패로 돌아갈 또 다른 첫 데이트 상대일뿐이고, 자신에게 관심이 없을 것이라고 확신했다.

하지만 오늘은 다르다. 올리는 프랭키가 여기 올지 몰랐다. 올리의 다정함은 연기가 아니다. 올리는 원래 그런 사람이다. 이제 프랭키는 올리가 자신을 좋아하지 않을 것이라는 지레짐작이 너무 성급했다는 확신이 들었다. 올리가 먼저 자신에 관해 물었다는 사실도 그 확신에 한몫했다. 그래서 올리를 놀리는 게 그렇게 편했나 보다. 그 대담함은 그 사람 덕분에 생긴 것이었다.

정원 끝 떡갈나무 뒤에 작은 목재 헛간이 있었다. 프랭키는 다가가면서 문 밑에서 새어 나오는, 코를 킁킁거리는 작은 소리를 들었다. 쭈그리고 앉으니 쑥 내민 치킨의 자그마한 코가 보였다. 프랭키가 미소를 지으며 코를 한 손가락으로 쓰다듬으니 자그마한 혀가 쏙 나왔다. 프랭키가 웃음 짓고는 문을 조심스럽게 열고 안으로 들어가 은은하게 빛나는 전구를 켠 다음 치킨을 들어 올렸다. 그리고 치킨이 꼬리를 흔들며 자신의 목을 핥게 내버려뒀다.

"착하기도 해라!"

프랭키가 흥얼거렸다. 마음이 녹아내렸다. 어쩌면 프랭키의 모든 스트레스에 대한 해결책은 이것일지도 모른다.

"여기 있구나!"

올리가 활짝 웃으며 허리를 굽히고 헛간으로 들어왔다.

"아빠한테 가."

프랭키가 소중한 화물을 건네며 말했다.

"고마워요."

올리가 치킨에게 코를 비빈 다음 바닥에 내려놓고는 정원으로 뛰어가게 했다.

올리가 일어서자 그의 얼굴이 프랭키의 얼굴에서 몇 센티미터 떨어진 곳에 있었고, 입술이 황금빛 조명을 받아 반질거렸다.

"사람들에게 돌아가야겠어요."

프랭키가 올리를 응시하며 말했다. 프랭키의 배 속이 요동쳤다.

"그래요."

올리가 말하며 문을 향해 돌아섰다.

하지만 곧이어 다시 뒤돌아섰다.

"이상한 소리처럼 들리겠지만, 맹세코 우리는 전에 만난 적이 있어요."

올리가 말했다.

"맞아요."

프랭키가 대답했다.

"맞아요?"

올리가 물었다.

하지만 프랭키는 올리에게 솔직히 대답할 수 없다. 프랭키는 올리에게 전혀 대답할 수 없었다. 그래서 프랭키는 속에서 일어나는 충동에 따라 올리의 손가락을 잡았다. 물론 두 사람이 이 삶에서 함께 보낸 시간은 1시간도 안 되지만, 어차피 프랭키는 잃을 것도 없지 않은가? 프랭키는 아침에 떠날 것이다. 이러면 안 될 이유가 없다.

올리도 프랭키의 손가락을 부드럽게 잡았다. 프랭키는 올리에게 기대 입술에 부드럽게 키스했다.

이 삶에서 프랭키는 누구지?

올리는 두 손을 올려 프랭키의 목을 조심스럽게 잡고 조금 더 강하게 키스했다.

"프랭키?"

앨리스가 근처 어딘가에서 소리쳤다.

두 사람 다 입술을 여전히 맞댄 채 눈을 한껏 떴다. 프랭키는 그 순간 이 더 오래가지 못한 것에 실망하며 몸을 뗐다.

"저기로 돌아가는 게 좋겠어요."

프랭키가 올리의 손을 꽉 쥐며 말했다. 올리는 계속 프랭키의 손을 잡은 채 뒤에 있는 헛간 문을 열어 밝은 곳으로 발을 내딛었다. 그 뒤를 프랭키가 바짝 따라갔다.

✴

프랭키가 바비큐 파티장을 떠난 건 자정이었다. 프랭키는 길모퉁이로 다가가다가 올리가 자신의 이름을 부르는 소리를 듣고 기뻐서 위가 꼬이는 것 같았다. 프랭키는 돌아서서 올리와 치킨이 발맞춰 자신의 뒤를 따라오는 모습을 보고 웃음을 터뜨리고 싶었다. 치킨의 귀가 발을 내디딜 때마다 펄럭거렸고, 올리의 안경이 위아래로 흔들렸다.

"기다려요!"

올리가 헐떡거리며 몸을 숙이고 무릎에 손을 올렸다.

"괜찮아요?"

프랭키가 웅크리고 앉아 치킨의 귀 뒤를 어루만지며 말했다.

"흠흠."

올리가 설득력 없이 말했다.

"이번 주에 헬스장에서 좀 무리했어요. 이제 운동에 익숙해지는 것 같아요."

"아, 정말요?"

프랭키가 올리를 올려다보고 히죽 웃으며 고개를 한쪽으로 기울였다.

"네, 내가 해낼 수 있을지 몰랐어요."

올리가 소리 내어 웃었다.

"내가 마지막으로 헬스장에 갔을 때, 모두가 여전히 형광 셸 슈트*를 입었죠."

어쩌면 결국 올리도 그리 완벽하지 않을 수 있다. 올리도 다음 날 출근 해야 하는데 밤늦게 케밥을 먹을지 모른다.

"어디로 가요?"

올리가 물었다.

"실은 아주 가까워요. 걸어서 15분 거리죠. 오늘 밤은 서비튼에 있는 아빠 집에서 머물려고요."

"같이 걸어가도 돼요? 어차피 서비튼에서 기차를 탈 거라서요."

프랭키가 고개를 끄덕였다. 올리와 치킨이 같이 간다니 기뻤다.

함께 걸어가면서 프랭키는 이 기회를 이용해 올리에 대해 조금 더 알 아내기로 작정했다. 프랭키가 첫 데이트에서 올리에게 기회를 줬다면 알 아낼 수 있었을 모든 것을. 그리고 이번에는 열심히 들었다. 올리가 기술 분야에 관심을 가진 조카에 대해 말하자, 프랭키는 올리의 조카가 방학 때 '더 쇼'에 방문해서 팀원들과 시간을 보내면 좋겠다고 제안했다. 그 제안에 올리의 눈이 빛났다.

"다 왔어요."

그들이 철문 앞에 다다르자 프랭키가 말했다. 치킨이 으르렁거리기 시작했다.

"누군가 실망했네요."

프랭키가 소리 내어 웃었다.

"음, 치킨이 실망하는 게 당연하잖아요?"

---

* 1980년대에 힙합과 브레이크댄스를 하는 사람들 사이에서 유행한, 반짝거리고 튀는 색깔의 헐렁한 나일 론 운동복

올리가 웃었다.

으르렁거리던 소리는 아주 작은 몸집치고 놀랍도록 커다랗게 짖어대는 소리로 변했다. 올리가 허리를 숙여 치킨을 안아 들고 귀에 쉿 하고 속삭였다. 효과가 없었다. 치킨은 완전히 흥분 상태가 돼서 올리의 품에서 뛰어내려 목줄을 뒤로 늘어뜨린 채 현관문을 향해 전속력으로 달렸다.

"젠장, 미안해요!"

올리가 치킨을 황급히 따라가면서 말했다.

복도 불이 깜박거리며 켜졌고, 마찬가지로 날카롭게 짖어대는 소리가 건너편에서 들려왔다.

"아이구, 쉿, 너희 셋 다 조용히!"

레슬리가 건너편에서 소리를 질렀다.

"프랭키?"

아빠가 불렀다.

"네, 저예요, 아빠!"

프랭키가 소리쳐 대답하고 현관으로 다가갔다.

"그리고……."

프랭키가 올리를 바라봤다.

"제 친구 올리예요. 올리의 개, 치킨이랑요."

문이 활짝 열리고 네 사람이 서로를 응시하는 동안 털북숭이 개들이 그들의 발치에서 통제 불능 상태로 정신없이 짖어댔다. 아빠와 레슬리는 똑같은 빨간색 벨벳 가운 차림이었다.

"아, 안녕하세요. 이분은 누구시냐?"

아빠가 당혹스러울 정도로 활짝 웃었다.

"안녕하세요. 전 올리입니다."

올리가 한 손을 내밀며 말했다.

"이쪽은 치킨입니다. 너무 늦은 시간에 죄송합니다. 그저 프랭키를 집에 바래다주던 참이었습니다."

"바래다주다니 참 예의 바르네요, 올리."

레슬리가 자신의 발 옆에서 막 치킨에게 올라탄 챈들러만큼이나 노골적으로 프랭키를 뚫어지게 보며 대답했다.

"세상에, 당장 내려와!"

프랭키가 중얼거리며 발로 조심스럽게 챈들러를 밀어 치킨한테서 떨어뜨려 놓았다.

"뭐 좀 마실래요, 올리?"

레슬리가 뒤로 물러서서 주방을 향해 손짓하며 물었다.

"마침 코코아를 만들려던 참이었어요. 커피가 더 좋다면 그걸로 할래요?"

올리가 허락을 바라며 프랭키를 빤히 쳐다봤다. 예전의 프랭키라면 부끄러워서 죽을 것 같았으리라. 하지만 여기에 머물 시간이 9시간도 남지 않은 새로운 프랭키는 그 시간을 최대한 활용하는 것이 낫다고 생각했다.

프랭키가 고개를 살짝 끄덕였다.

"커피로 하겠습니다. 감사합니다."

올리가 미소 지으며 치킨을 들어 올렸다. 그러고는 치킨의 머리 위에서 한쪽으로 기운 나비 리본을 바로잡았다.

프랭키는 주방으로 들어가면서 아일랜드 식탁에 기대선 제트를 봤다.

"제트!"

프랭키가 새된 목소리로 외쳤다.

"누나."

제트가 무심하게 대답하며 고개를 끄덕였다.

"모르는 분."

제트가 올리에게 고개를 끄덕였다.

"여전히 느긋하게 살아?"

프랭키가 웃었다.

"여전히 진지하게 살아?"

제트가 물었다.

"올리, 쟤는 제트예요. 제트, 이쪽은 올리야."

프랭키가 말했다.

제트가 손에 쥔 붓으로 올리에게 경례하고 붓을 코코아에 담가 앞에 놓인 검은색 종이에 칠하기 시작했다.

"뭐 그려요?"

올리가 물었다. 프랭키는 이것이 별일이 아닌 듯 아무렇지도 않게 행동해 주는 올리가 고마웠다.

"내일 참석할 시위에서 쓸 피켓이요."

제트가 말했다.

"뭘 주장하는 시위예요?"

올리가 물었다.

"음식물 낭비 반대요."

제트가 대답했다.

"하지만 지금 그게 음식물을 낭비하고 있는 거 아닌가요?"

올리가 소리 내어 웃으면서 자신이 정신 나간 사람이 아니라는 확신을 얻으려고 방 안에 있는 다른 사람들을 흘긋 쳐다봤다.

"신경 쓰지 말아요, 올리."

레슬리가 올리 앞 아일랜드 식탁에 커피를 놓으며 말했다.

"아무래도…… 풍자하려는 의도겠죠?"

올리가 물었다.

제트가 고개를 홱 들었다.

"고마워요! 마침내, 이해하는 사람이 있네요!"

"더 효과 있게 하려면……."

프랭키가 올리의 팔에 부드럽게 한 손을 올리고 고개를 흔들었다. 올리가 말을 멈췄다.

✳

"자, 정신 나간 내 가족의 절반을 봤군요."

프랭키가 대문 옆에서 어색하게 웃었다.

"언젠가 나머지 절반도 만나볼 수 있겠죠."

올리가 웃으며 프랭키의 손을 잡고 꽉 쥐었다.

"그러려면 비행기 타고 고아로 가야 해요."

프랭키도 올리의 손을 꽉 잡았다.

"난 언제나 인도 고아에 가고 싶었어요……."

올리가 대답한 후 당황해서 움찔했다.

"형편없는 대답이었죠. 안 그래요?"

"늦은 시간이잖아요. 용서할게요."

프랭키가 속삭이고는 올리에게 기대어 입을 맞췄다. 두 사람이 숨을 쉬려고 입을 떼고 길을 내려다보니 치킨이 그들을 빤히 쳐다보고 있었다.

"이런, 치킨이 당신 전화번호를 받을 수 있는지 궁금하대요. 챈들러를 다시 보고 싶다네요."

올리가 미소를 지었다.

39

메이블이 펜을 책상에 톡톡 두드리며 프랭키가 지난밤 입맞춤의 흥분을 가라앉히기를 기다렸다. 그러는 동안에도 메이블의 얼굴에는 다 안다는 듯한 능글맞은 웃음이 그치지 않았다. 그 삶에서 올리를 만난 것은 전혀 예상하지 못했으나 충분히 일어날 수 있는 일이었다. 올리와 저스틴은 친구이니 올리가 그곳에 온 것이 당연했다. 느낌이 완전히 다르기도 했다. 다른 사람들이 주위에 있으니 부담감이 사라졌다. 두 사람에게 집중되는 이목이 없었다. 바비큐 그릴 주변에서 나누는 대화가 프랭키의 머릿속 비판을 잠재웠다. 그 밤의 끝에 대한 기대가 전혀 없었고, 그러다 보니 긴장을 풀 수 있었다. 프랭키는 평소처럼 자연스럽게 행동할 수 있었다.

"자, 사장이 된 삶은 어떻던가요?"

메이블이 말했다.

"혼란스러웠어요."

프랭키가 대답했다.

"다른 모든 삶과 마찬가지로요. 시작할 때는 희망적이었고, 중간에는

문제가 생겼고, 끝에는 가능성이 보였고. 왜 모든 것이 그냥…… 괜찮을
순 없을까요? 골칫거리가 없고, 극적인 사건도 없이, 스트레스로 쓰러지
거나 공황 발작을 일으키는 일 없이 사장이 될 수는 없을까요? 내가 원
하는 것은 그저 평온한 삶이에요. 이 여러 삶 중 어떤 것에도 행복한 결
말이 없는 것 같아요."

"좋아요, 프랭키."

메이블이 한숨을 쉬었다.

"이해를 못 하는군요. 그래서 이제 당신한테 좀 진지하게 얘기할게요."

"알았어요."

프랭키가 기대에 가득 차서 대답했다.

"우리가 이 위에서 당신 삶의 이야기를 쓰지는 않아요. 당신이 직접 한
선택으로 각 챕터를 쓰는 거고, 행복한 결말은 당신 책임이에요. 삶은 당
신에게 변화구를 던지겠지만, 당신은 그저 변화구를 잡고 계속 나아가
야 해요. 당신은 자신이 문제, 골칫거리, 극적인 사건에 보일 반응을 통제
할 힘을 가지고 있어요. 당신은 다른 사람이 뭘 하는지에 집착하는 것을
멈추고, 당신이 뭘 하는지에 집착하기 시작해야 해요. 당신의 우선순위를
정해요. 당신에게 제일 중요한 게 뭐예요? 당신을 제일 행복하게 하는 게
뭐예요? 사랑? 가족? 친구? 여행? 직업적 성과? 내 경험으로는, 자신의
주요 우선순위에 집중하면 나머지는 다 그 뒤에 제자리를 찾아가요."

"어떻게요?"

프랭키가 외쳤다.

"나를 제일 행복하게 하는 게 뭔지 여전히 모르겠어요. 이 일을 다 겪
고 나서도, 난 그걸 알아낼 수가 없어요. 이 모든 과정이 오히려 더 어렵

게 만들었어요. 선택지가 너무 많으니까요! 당신은 처음에 내가 이 놀라운 기회를 고마워해야 한다고 말했지만, 이걸 다 겪고 나니 더 혼란스러워졌어요. 내가 선택을 할 수 없다면 그다음은 어떻게 되죠? 그냥 종착지로 나아가야 할까요? 지금 당장은 그게 제일 쉬운 선택지처럼 느껴지거든요."

"진정해요."

메이블이 말했다.

"내가 도울게요. 약속해요. 이 여러 가지 삶들이 대답보다는 질문을 더 많이 던졌을 거예요. 하지만 아직 결정할 필요는 없어요."

"그리고 올리와 마주친 기이한 삶의 갈림길은 뭐예요? 난 그럴 준비가 안 돼 있었다고요."

프랭키가 중얼거렸다.

"그건 내가 말한 일종의 변화구예요. 보아하니 당신은 상당히 잘 잡았어요."

메이블이 대답했다.

"그건 내가 그 삶을 선택한다면, 우리가 사귄다는 뜻인가요?"

프랭키가 물었다.

"모르겠어요."

"그리고 난 왜 이 삶에서 올리에게 더 반했을까요? 우리가 데이트한 날에 난 올리를 다시는 만나지 않을 지루한 범생이라고 생각했어요. 하지만 이번에는 만난 지 5분 만에 그 지루한 범생이한테 진하게 키스했고, 내 가족 대부분에게 소개할 수 있어서 행복했어요. 전에는 내가 먼저 접근한 적이 한 번도 없었어요. 누구한테도 그런 적이 없었다고요. 이런 자신감이 어디서 나왔을까요?"

프랭키가 궁금해했다.

"아마도 이 모든 삶들이 당신을 더 자신감 있게 만들었나 보네요."

메이블이 넌지시 말했다.

"아니면 그 시간이 곧 끝날 걸 알아서 그랬을지도 모르죠. 잃을 게 없으니까요."

프랭키가 어깨를 으쓱하며 말했다.

"당신의 진짜 삶에서 당신이 잃을 게 뭐가 있는지도 당신 자신에게 물어보는 게 좋겠군요. 하지만 우선, 당신의 마지막 갈림길을 방문할 때가 됐어요. 일어나요."

메이블이 의자를 뒤로 밀고 프랭키에게 승강기를 향해 가라고 손짓하며 말했다.

프랭키는 머릿속으로 자신의 갈림길들을 재빨리 떠올려봤다. 편도 비행기, 청혼, 재산, 명예. 자신의 삶에서 마지막 몇 년을 회상해 보니 특별히 눈에 띄는 것이 없었다.

그 면접 후, 프랭키는 평범한 삶으로 돌아갔다. 하루하루가 똑같았다. 「더 리크」, 아파트, 톰과 보내는 금요일 밤, 혼자 보내는 토요일, 산더미 같은 세탁물과 넷플릭스를 몰아보는 일요일. 킬리만자로산 등반 여행을 예약할 뻔한 적이 있었지만, 장비 가격이 2달 치 집세와 맞먹는다는 것을 깨닫고 웹페이지를 닫았다. 그리고 패들 보딩 클럽에 가입할 뻔했지만, 출발지에 도착했을 때 그냥 지나쳐서 계속 걸어갔다. 기온은 5도였고, 다른 회원들이 추위로 새파래져 떨리는 손으로 하이파이브를 하고 있었다. 그런 순간들이 중요한 갈림길이었을까? 프랭키가 결국 산악 탐험가가 되거나 패들 보더에게 홀딱 반했을까? 두 시나리오 모두 그럴싸하지 않았다. 또, 프랭키가 LA에서 리얼리티 쇼에 출연하게 되리라고 생각이나 했을까? 혹은 에밀리 마이틀리스와 매주 저녁 식사를 함께하게 되리라고? 아니다.

"들어가요."

메이블이 프랭키를 승강기로 안내하며 말했다.

"어디로 가는 거죠?"

승강기 문이 닫힐 때 프랭키가 물었다.

"화장실로요!"

메이블이 외쳤다.

"뭐라고요?"

프랭키가 소리쳤다. 승강기가 아래로 내려가며 어둠 속에 잠기자 속이 울렁거렸다.

승강기 문이 열리자 프랭키는 거울에 비친 자신을 응시했다. 구석에서 뭔가가 프랭키의 시선을 잡아끌었다. 아이라이너로 쓴 작은 그라피티였다.

나는 나에게 일어난 일이 아니라,
내가 어떤 사람이 될지 선택한 결과로 이루어진 사람이다 _ 융

Take #7

다섯 번째 시나리오,
죽지 않았다면 경험했을 삶

생일날 데이트 상대에게 차인 프랭키,

어김없이 케밥을 사러 가다

40

프랭키는 세면대 모서리를 꽉 쥐고 숨을 깊이 들이마시면서 피아노 연주자가 내는 나지막한 연주 소리를 들었다. 연주자는 존 레전드의 「올 오브 미All of Me」를 부르는 것 같았고, 따지고 보면 잘 불렀다. 예전의 프랭키는 지나치게 감상적인 가사에 눈을 굴리며 사람들에게 자기 자신을 포기하라고 강요한다고 비난했을 것이다. 하지만 새로운 프랭키는 새로운 관점을 갖게 됐다. 이 노래는 사람들에게 자신의 정체성을 버리라고 권하는 것이 아니다. 공개적이고 격렬하고 대담하게 사랑하는 기쁨을 누리라고 권하는 것이다. 그것이 프랭키가 배워야 할 점이다. 꼭 상대가 올리 혹은 잠재적인 다른 연애 상대일 필요는 없다. 자기 자신에게 그 노래를 불러주면 되고, 그래도 여전히 뜻이 통할 것이다. 프랭키는 거울에 비친 자신을 응시하며 조용히 노래를 따라 불렀다.

갑자기 문이 활짝 열렸고 프랭키는 입을 다물었다. 창가 테이블에 앉아 있던 젊은 여자가 프랭키를 지나쳤다. 여자의 운동화가 석조 바닥에 닿으며 작게 찍찍 소리를 냈다.

"괜찮아요?"

여자가 빙그레 웃으며 가방을 세면대에 놓고 그 안을 뒤적였다.

"네, 괜찮아요. 고마워요."

프랭키가 머리를 매만지는 척하며 대답했다.

젊은 여자가 립글로스를 바르고는 가방에 던져 넣었다. 그리고 말려 올라간 브래지어를 제자리로 내렸다.

"고백할 게 있어요."

프랭키가 여자에게 고개를 돌렸다.

"뭐라고요?"

여자의 몸이 얼어붙고 눈이 휘둥그레졌다.

"아까 그쪽이랑 그쪽 남자 친구를 잠깐 넋 놓고 봤어요. 두 사람이 서로 눈을 응시할 때요. 정말이지, 엄청나게 사랑스러웠는데, 그쪽을 위해 사진을 찍어놓을 걸 그랬어요."

"세상에, 부끄럽네요."

여자가 가방 속을 내려다보면서 키득거렸다.

"사귄 지 얼마나 됐어요?"

프랭키가 물었다.

"사귀는 거 아니에요."

여자가 휙 올려다보며 고개를 저었다.

"이번이 두 번째 데이트예요."

"설마 그럴 리가요!"

프랭키가 외쳤다.

"갓 약혼했거나, 뭐 그런 사이로 보이는데요."

"아뇨."

여자가 말했다.

"그 사람 중간 이름도 모르는걸요."

"우와."

프랭키가 말했다.

"세 번째 데이트도 할 것 같아요?"

"글쎄요. 아마도요? 난 바로 지금, 여기에 있는 게 행복해요. 내가 신경 쓰는 건 그것뿐이에요. 다음 주에 내 마음이 어떨지 누가 알겠어요! 우리 사이가 잘될지 안 될지 걱정해 봤자 아무짝에도 소용없어요."

"타당한 조언이네요."

프랭키가 말했다.

"즐거운 저녁 보내고 있나요?"

여자가 어깨에 가방을 메며 물었다.

"네, 괜찮은 것 같아요."

프랭키가 대답했다.

"그 남자가 아직 박차고 나가지 않았으니, 그건 좋은 징조겠죠."

여자가 소리 내어 웃었다.

"평소대로 자연스럽게 행동하기만 하면 돼요. 그렇죠? 그걸로 부족하다면 그건 당신 문제가 아니에요."

"고마워요."

프랭키가 대답했다.

"사실 정말로 필요했던 말이에요."

"행운을 빌어요!"

여자가 방긋 웃으며 문밖으로 나갔다.

프랭키는 거울을 보며 앞으로 벌어질 일에 대한 기대감으로 흥분했다. 프랭키는 입술에 닿던 올리의 부드러운 입술과 손가락을 꽉 잡던 손의 감촉을 회상했다. 올리의 눈이 워낙 가까이에서 프랭키의 눈을 응시해서 눈동자의 섬세한 황록색과 황갈색 반점까지 볼 수 있었다. 프랭키는 재킷과 가방을 들고 화장실 문을 활짝 열었다. 발뒤꿈치의 물집이 화끈거렸고, 그 고통은 흥분을 가라앉히라고 일깨워 주었다.

프랭키가 모퉁이를 돌았을 때, 그들의 테이블은 비어 있었다. 프랭키는 혹시 테이블을 잘못 찾아왔나 싶어서 찌푸린 얼굴로 실내를 훑어봤다. 아니다. 여기가 확실히 맞다. 프랭키는 자리에 앉아 재킷을 의자 등받이에 걸치고 바닥에 가방을 내려놓은 다음, 기다렸다. 올리는 화장실에 갔을 것이다. 프랭키는 발로 바닥을 톡톡 치며 입술을 깨물었다. 뭔가가 잘못됐다. 느낌이 왔다. 테이블 아래를 봤다. 올리의 가방이 없었다. 프랭키는 입술을 더 세게 깨물었다.

"아가씨?"

가까이에서 조용히 누군가를 부르는 소리가 들렸다. 프랭키가 올려다보니 휴식 중인 피아노 연주자가 연민이 가득한 얼굴로 프랭키를 바라보고 있었다.

"정말 유감이에요."

연주자가 몸을 앞으로 숙이며 말했다.

"이런 소식을 알리긴 싫지만, 당신과 함께 있던 그 녀석? 5분쯤 전에 달아났어요. 가방이랑 다 가지고."

데이트 중간에 차였다는 수치심이 밀려오면서 심장이 쿵쾅거리기 시작했다. 하지만 프랭키는 큰소리칠 처지가 아니다. 프랭키는 전에 올리에게 똑같은 짓을 했다. 어쩌면 이 모든 일의 교훈은 다른 사람의 감정을 더 고려해야 한다는 것이리라. 정말, 엄청나게 마음이 아프니까. 프랭키는 화장실에서 본 여자를 흘끗 쳐다봤다. 여자는 고개를 까닥하고 건배하자는 뜻으로 잔을 들어 올렸다.

"괜찮아요?"

피아노 연주자가 다정하게 말했다.

"그나저나 그 멍청이가 자기가 먹은 음식값도 안 낸 것 같아요. 그러니까 긍정적으로 보면, 당신이 최악의 상대를 피한 것 같네요."

프랭키가 고개를 끄덕이고 입술을 오므렸다. 곧 눈물이 쏟아질 것 같았다. 이제 나가야 했다. '퍼스트 데이트'라는 식당에 버려진 채 앉아 있는 굴욕을 견딜 자신이 없었다. 다른 연인들에게 둘러싸여 술김에 흐느낄 수는 없었다. 프랭키는 의자에 몸을 기대며 한가로이 대기하고 있는 종업원에게 손을 흔들었다.

"뭐 드릴까요?"

종업원이 물었다.

"계산서 주세요."

프랭키는 종업원에게 눈물을 보이지 않으려고 시선을 피하며 말했다.

"아!"

종업원이 놀라면서 말했다.

"잠시만요."

"빨리 갖다드리라고, 친구."

피아노 연주자가 말했고, 프랭키는 두 사람이 시선을 교환하는 것을 곁눈으로 봤다.

"금방 올게요."

종업원이 말했다.

프랭키가 계산하는 사이에 피아노 연주자가 다시 연주를 시작했다. 이번에는 TLC의 「노 스크럽스No Scrubs」 어쿠스틱 버전이었는데, 프랭키는 그토록 친절한 연주자에게 입이라도 맞출 수 있을 것 같았다. 프랭키는 계속 숙이고 있던 고개를 연주자 방향으로 잠깐 들고 입 모양으로 재빨리 '고맙다'고 말했다. 그러면서 전에 연주자에 대해 품었던 심술궂은 생각에 부끄러움을 느꼈다.

프랭키는 밖으로 나와 인도에 발을 디디고 잠시 멈춰 서서 시뻘겋게 달아오른 뺨을 시원한 바람에 식혔다. 이어서 오른쪽 발꿈치를 부츠에서 빼내 가죽을 구부려 밟고 절뚝거리며 걷기 시작했다. 프랭키가 이 일을 두 번 경험했다는 것을 알고 둘 다 생생하게 기억한다면, 데자뷔일까?

> 너 주말에 나 스파 보내줘야겠어.

> 무슨 일인데??

프랭키는 자세히 설명할 기운이 없었다. 프랭키는 기운을 북돋아 줄 사람을 찾아 핸드폰 화면을 손가락으로 움직였다.

"나 그 사람한테 차였어."

프랭키는 핸드폰 너머로 톰의 목소리가 들리자 말했다.

"어……, 뭐라고?"

톰이 천천히 말했다.

"그 사람이 내가 화장실에 간 사이에 줄행랑쳤어. 계산도 나한테 떠넘기고."

프랭키가 소리 내어 웃었다. 그렇게 웃지 않으면 울음이 터질 것 같았다.

"이런 빌어먹을? 앨리스는 왜 그런 못된 인간을 너한테 소개한 거야? 진짜 화나네!"

톰이 전화기에 대고 소리쳤다.

프랭키는 그들의 마지막 통화를 기억한다. 그 통화에서 톰은 프랭키가 올리를 차버렸다고 해서 나쁜 사람은 아니라고 말했다. 프랭키는 그 사람이 먼저 자신에게 그 짓을 할 줄 알았더라면 그렇게 미안해하지 않았을 것이다. 체면을 잃지 않았을 것이다.

"어, 나도 그래."

프랭키가 비웃었다.

"화난다기보다는 당황스럽다는 게 맞겠다. 누군가가 나를 좋아하지 않는다고 해서 화낼 수는 없잖아?"

"그건 아니지. 작별 인사를 하거나 음식값 절반을 놓고 갈 정도의 예의는 있어야지. 정말 구두쇠네."

톰이 대답했다.

"지금 어디야? 우리 집에 올래?"

"아냐. 난 괜찮아. 스스로를 불쌍해하면서 클래펌 하이 스트리트를 절뚝거리며 걷는 중이야. 내가 너무 불쌍해서 케밥을 사러 가려고. 뭐 사다 줄까?"

"왜 절뚝거리는데?"

톰이 물었다.

"물집이 생겨서."

프랭키가 설명했다.

"아이고. 조엘이 방금 라면 끓였어. 세 명이 충분히 먹을 양이야. 먹고 싶어?"

"괜찮아. 난 기름진 음식이 필요하거든."

프랭키가 말했다.

"알았어, 프랭클스. 집에 도착하면 문자 보내. 재미있게 놀 계획 짜게 내일 전화하고. 우린 헤이워드 갤러리에 새 전시회 보러 가려고. 너도 같이 갈래?"

"그럴게."

프랭키는 자신이 내일 어디에 있을지 알 수 없지만 그렇게 대답했다.

"내일 이야기하자, 티백."

"사아아아랑해."

톰이 정답게 속삭였다.

사실 프랭키는 처음으로 돌아가고 싶었다. 지나온 길을 되짚어 보며 자신이 이런 상황을 예상할 수 있었을지 알아보고 싶었다. 프랭키를 괴롭히는 것은 이것이 중요한 삶의 갈림길이었다는 것이다. 프랭키는 다른 길을 택했다. 테이블로 돌아갔지만, 결국 단 15분 만에 정확히 똑같은 상황에 놓였다. 프랭키가 케밥 팰리스에 도착하니 입구 계단 앞에 몸을 구부리고 있는 에미르가 보였다.

"괜찮아요, 에미르?"

프랭키가 에미르의 어깨 너머를 살펴보며 물었다.

에미르가 프랭키를 올려다보며 고개를 절레절레 흔들었다.

"어떤 멍청이가 여기 케밥을 떨어뜨려 놓고 줍지도 않았네요. 이러면 위험해요. 누가 밟고 미끄러져서 크게 다칠 수 있다고요."

"아니면 경막하 혈종으로 죽을 수도 있죠."

프랭키가 말했다.

에미르가 어리둥절한 표정으로 프랭키를 응시하다가 물었다.

"치킨 시시 케밥에 칠리소스 추가요?"

"바로 그거예요."

프랭키가 빙긋이 웃었다.

✦

프랭키는 머리를 하나도 다치지 않은 채, 여전히 따뜻한 케밥을 팔에 끼고 돌아와 복도에서 부츠를 벗어 던지고 안도의 한숨을 쉬었다. 몸을 숙여 부츠를 들고 천천히 위층으로 올라가면서 항상 그렇듯이 머릿속으로 계단 수를 셌다. 현관 앞에서 열쇠를 꺼내 구멍에 넣고 돌리며 자물쇠가 풀리는 것을 느꼈다.

그때 핸드폰에서 메시지 알림음이 들렸다.

프랭키는 부츠를 떨어뜨렸고, 주머니에서 핸드폰을 꺼냈다.

저기요

프랭키가 여전히 양손에 핸드폰과 케밥을 든 채 한 발로 현관문을 미는 동안, 올리가 문자를 입력하고 있다는 것을 보여주는 점 3개가 깜빡거렸다.

프랭키가 고개를 들자 메이블의 사무실로 돌아와 있었다. 핸드폰이 없다. 케밥이 없다. 문자 답장도 없다.

Take #8

다시 시작하다

프랭키,

마침내 미뤄온 중요한 결정을 내리다

41

메이블의 사무실은 경위가 사건을 해결하기 직전인 형사 드라마의 한 장면 같았다. 사무실에 빙 둘러놓은 화이트보드 5개에 사진과 포스트잇이 붙어 있고, 휘갈겨 쓴 글씨가 있었다. 프랭키는 각 화이트보드를 지나치며 각기 다른 삶들의 증거를 살펴봤다. 다섯 번째 화이트보드는 눈에 띄게 비어 있었다.

"왜 날 이렇게 빨리 불러들였어요?"

프랭키가 첫 번째 화이트보드 옆에 선 메이블을 돌아보며 물었다.

"다른 삶에서는 24시간씩 있었잖아요."

"내가 당신을 빨리 불러들인 게 아니에요."

메이블이 설명했다.

"당신은 현재에 도착했어요."

"하지만 다른 삶에서는 더 오래 머물러 있었어요. 다음 날까지 온종일!"

"그래요, 그 삶들에서는 케밥을 밟고 미끄러지지 않았으니까요."

"하지만 이 삶에서도 미끄러지지 않았어요!"

프랭키가 좌절감을 느끼며 소리쳤다.

"맞아요, 하지만 같은 삶이에요. 난 규칙을 만드는 게 아니라 규칙을 따라야 해요, 프랭키."

메이블이 프랭키에게 말했다.

"적어도 올리가 무슨 말을 하려고 했는지는 아나요?"

프랭키가 물었다.

"아쉽지만, 몰라요."

메이블이 대답했다.

"사과하려고 했겠죠."

프랭키가 한숨을 내쉬었다.

"내가 올리에게 한 짓보다는 성의 있는 행동이네요."

"그걸 알아볼 유일한 방법은 그 삶을 선택하는 거예요."

메이블이 말했다.

"하지만 우리는 너무 앞서가고 있군요."

프랭키가 사무실 의자에 앉아서 첫 번째 화이트보드를 향해 의자를 돌렸다.

프랭키가 멕시코행 편도 비행기를 탔으면 어떻게 됐을까?

코수멜섬에서의 삶은 킹스턴에서의 삶과 딴판이었다. 킹스턴에서의 삶은 계획을 따라가는 것이었고, 코수멜섬에서의 삶은 계획에 개의치 않았다. 멕시코에서 프랭키는 마음 내키는 대로 할 힘을 가졌다고 느꼈다.

프랭키는 눈을 감고 따뜻한 공기와 먼지 가득한 거리의 냄새, 낙원 같은 바다를 내다보며 산책로를 걷는 맨발 아래의 뜨거운 콘크리트를 머릿속으로 되돌려봤다.

물론 돈 때문에 스트레스를 받았지만 해결할 수 있는 문제였다. 맞다.

불확실한 미래 때문에 조금 두려웠지만, 그것이야말로 이 삶의 아주 좋은 면이 아닐까? 그리고 통제 불능인 감이 있었지만, 결혼 생활보다 멕시코 생활에서 더 상황을 통제할 수 있다고 느꼈다.

코수멜섬에서 가장 좋은 점은 너무 오랜 세월 동안 거리감을 느끼던 엄마를 되찾았다는 것이었다. 다시 만났을 뿐 아니라 감정적으로도 다시 연결됐다. 프랭키가 언제나 절실하게 원하던 관계였다.

프랭키가 다른 삶을 선택해도 그와 같은 관계를 맺을 수 있을까? 킹스턴에서 그런 관계를 유지하는 것은 상상이 되지 않는다. 캘리포니아나 런던에서도 마찬가지다. 하지만 프랭키는 멕시코에서 그 어느 때보다도 엄마처럼 살았다. 그래서 기운이 솟았다. 멕시코에서 프랭키는 어느 방향으로든 갈 수 있다고 느꼈다. 그저 자신의 행복만 책임지면 됐다. 프랭키는 자유였다. 사무실에도, 연애에도……, 가족과 친구에게도 얽매이지 않은 자유였다.

그러다가 문득 깨달았다. 여행하는 삶은 가족과 친구가 없는 삶이라는 뜻이다. 경력도 없다는 뜻이다. 집에서 가르칠 자격 요건도 갖추지 못했다. 일한 경험이라고는 「더 리크」를 일주일 동안 다닌 것뿐이니, 처음부터 다시 시작해야 할 판이었다.

"멕시코라, 응? 선뜻 선택하기 어렵죠."

메이블이 화이트보드를 쳐다보며 말했다.

프랭키가 고개를 끄덕였다.

"내 문제는 다 가지고 싶다는 거예요. 여행하고 싶지만, 친구가 가까이 있으면 좋겠어요. 누군가와 사귀고 싶지만, 얽매인 느낌은 싫어요. 내 꿈은 기본적으로 이루기가 불가능해요. 난 어느 정도 포기해야 할 거예요.

나를 가장 행복하게 하는 것을 알아내서 그걸 선택해야 할 거예요. 나머지는 단념해야 한다고 해도요. 선택하고 나면 거기에 몰두해야 해요. 돌아보면 안 돼요."

프랭키는 평생 그렇게 돌아보며 살았다. 과거에 살았다. 단념해야 하는 것에 매달렸다. 삶의 어느 챕터도 끝내고 싶지 않아서였다. 삶의 챕터를 끝낸다는 것은 작별을 의미하고, 영원한 선택을 했다가 자신에게 정해진 삶을 살 기회를 망쳐버릴까 봐 겁났다.

"그래서 멕시코의 삶을 경험하고 나니 어떻게 하고 싶어요?"

메이블이 물었다.

"시간이 더 필요해요. 시간이 있나요?"

"조금이요. 다음으로 넘어가죠."

메이블이 대답했다.

"깔끔한 토비의 청혼을 승낙했다면 어떻게 됐을까요?"

결혼 생활. 킹스턴의 모델하우스 같은 집에서 편하게 살고, 시시하긴 하지만 지역 신문사에서 일하는 것. 물론 부부 상담과 떠날 계획 같은 두드러진 문제는 있었다. 프랭키가 돌아간다면 떠날 계획을 끝까지 밀고 나갈까? 혹은 부부 상담이 효과가 있을까? 프랭키는 시민 농원에서 아빠와 나눈 대화를 떠올렸다. 프랭키는 아빠가 자신의 선택에 얼마나 만족했는지 기억한다. 행복하고 평온하고 만족스러워 보였다. 아빠의 삶에서 유일하게 극적인 것은 〈아처 가족The Archers〉*이었다.

"내가 그 삶을 원하지 않을 리 없잖아요? 토비가 정리에 집착하는 게 거슬리기는 하지만, 완벽한 사람은 없죠. 토비는 친절하고 사려 깊고 잘

---

* BBC 라디오 드라마

생기고······."

"만사를 자기 뜻대로 하고······."

메이블이 덧붙였다.

"네, 그래요. 그게 더 큰 문제겠네요."

"가장 큰 문제를 잊은 것 같군요."

메이블이 펜으로 턱을 톡톡 두드리며 말했다.

"토비를 사랑하지 않아요."

프랭키가 조용히 말했다.

"옳지. 빙고."

"토비를 **친구**로는 사랑해요. 어떤 결혼은 그럴 거예요. 우정으로 사는 거죠. 우리 부모님처럼."

"두 분은 헤어지셨고 지금 더 행복하시죠."

"내 말은, 난 토비를 좋아해요."

프랭키가 말을 이었다.

"토비가 행복하길 바라죠. 다만 토비의 행복을 책임지고 싶지는 않나 봐요. 그건 프레야의 몫이에요."

"당신이 책임질 건 당신의 행복이에요."

메이블이 대답했다.

"그렇게 오랫동안 SNS로 프레야를 몰래 염탐하다가 직접 만나니 어땠어요?"

메이블이 물었다.

"몰래 염탐하지 않았어요!"

"피."

메이블이 눈을 굴렸다.

"네, 맞아요. 약간 했어요. 글쎄요, 이상하게 평온했어요. 만약에 내가 프레야라면 어땠을지 몇 년 동안이나 궁금해한 후에 마침내 종결을 맞은 기분이었어요."

프랭키가 대답했다.

"다음으로 넘어갈까요?"

메이블이 LA의 프랭키가 사과를 베어 문 나체 사진을 벽에서 떼며 물었다.

"그 삶을 어떻게 생각해요? 가만, 톰이 당신을 뭐라고 불렀더라? 프랜시? 프랜시로 사는 건 어땠어요?"

"분명 내 삶에서 가장 이상한 경험이었어요. 아니…… 여러 삶 중에서요."

프랭키가 대답했다.

"매력적인 점이 있었나요?"

메이블이 물었다.

"물론, 돈이요. 돈 걱정 없이 사는 걸 누가 원하지 않겠어요?"

프랭키가 비웃었다.

"스타라는 지위는요?"

"하지만 그걸 뭐로 얻었는데요? 캘럼과 사귀어서요? 부자여서요? 그건 자랑스러울 만한 일이 아니잖아요? '프랭키 되기' 칼럼에 등장하는 사람의 입장이 된다는 생각에 움찔하게 돼요. 난 타블로이드 신문에 실릴 일 없이 편히 나가서 케밥을 살 수 있었으면 좋겠어요."

"프랭키, 팬티스타킹으로 곡선미를 자랑하며 케밥에 칠리소스를 붓다!"

메이블이 한마디 했다.

"제목 뽑는 게 점점 능숙해지네요."

프랭키가 고개를 끄덕였다.

"고마워요. 어쨌든 당신이 말리부에서 아무 일도 하지 않은 건 아니죠. 회고록에 대해 어떻게 생각해요?"

메이블이 말했다.

프랭키가 소리 내어 웃었다.

"회고록을 뭐로 채우겠어요? 내 삶에서 남이 읽을 만큼 가치 있는 일을 해낸 게 하나도 없는걸요. 고통도 없었고, 배운 것도 없었고, 가치 있는 성취도 없었어요. 말도 안 되잖아요?"

"리얼리티 쇼는요?"

메이블이 물었다.

"그 문제는 캘럼이 옳았어요. 주목받기 싫어하는 사람이 그쪽으로 직업을 바꾸는 건 아주아주 이상하죠. 정말 더럽게 할 일이 없었나 봐요."

"내가 전에 말한 걸 잊었네요, 프랭키."

메이블이 일침을 가했다.

"당신은 하나의 삶을 선택해서 변화를 줄 수 있어요. LA로 돌아가서 기자 일을 다시 할 수 있어요. 혹은 당신이 원한다면 다른 가치 있는 일을 할 수도 있고요. 캘럼과 헤어져도 돼요. 당신을 막는 단 하나는⋯⋯ 당신이에요."

"아마도요."

프랭키가 생각에 잠겼다.

"그런데 왜 진즉 그러지 않았을까요?"

"그건 내가 대답할 수 없어요."

메이블이 어깨를 으쓱했다.

"말했듯이, 내 실수를 인정하기에는 너무 교만했나 봐요."

프랭키가 대답했다.

"아니면 늘 그랬듯이 못된 습성이 발동했는지도 모르죠. 변화하기에는 너무 게으른 거요."

LA의 삶으로 돌아가면 유리한 출발을 할 수 있을 것이다. 돈과 명성이 있으니 이미 발판이 마련된 셈이다. 삶을 진정한 목적의식으로 채울 수 있다.

"이봐요."

메이블이 단호하게 말했다.

"당신이 너무 게으르다면 '더 쇼'를 어떻게 성공시켰겠어요?"

메이블이 화이트보드 앞에 서서 앞면을 한 손으로 쾅 쳤다.

"모르겠어요."

프랭키가 말했다.

"나는 알 것 같아요."

메이블이 말했다.

"당신은 「더 리크」에 다니면서 익숙한 환경에 안주했어요. 「인 딥」에 들어가면서 그런 환경에서 멀리 벗어났죠. 하지만 그러면서 당신은 자신이 생각보다 훨씬 능력 있다는 사실을 깨달았어요. 그 면접을 보러 간 건당신 자신을 믿는 데 필요한 첫걸음이었어요. 당신은 게으르지 않아요, 프랭키. 당신에게 익숙한 생활의 안전을 고수하느라 자신감을 잃었을 뿐이죠. 새로운 도전을 하지 않아서요."

"공황 장애와 스트레스는요? 엄청나게 성공한 삶을 누리면서 왜 멕시코행 편도 비행기를 검색했을까요? 분명히 그 삶이 행복하지 않았던 거예요. 내가 어려움에 맞닥뜨릴 때마다 비행기 표를 예약하려고 할까요?"

프랭키가 외쳤다.

"그건 멕시코가 내 답이라는 신호가 아닐까요? 그게 내가 계속 갈망하는 삶이라면, 바로 그게 내가 선택해야 하는 삶일까요?"

"스트레스가 심하면 도망가고 싶은 게 정상이에요."

메이블이 대답했다.

"전에 말했듯이 아무도 당신을 막을 수 없어요. 만약 당신이 이 삶을 선택해서 살다가 불행하다고 느낀다면 박차고 나가서 편도 비행기를 타면 돼요."

"잠깐만요."

프랭키가 눈을 휘둥그레 뜨면서 말했다.

메이블이 고개를 한쪽으로 기울였다.

"갑자기 이 삶들을 모두 선택할 방법이 생각났어요."

프랭키의 눈이 더 커졌다.

"그러니까…… LA로 돌아가는 거예요. 그런 다음에 유명인이라는 지위를 이용해서 '더 쇼'를 시작하는 거죠. 그리고 멕시코로 날아가 그곳에서 웹사이트를 운영하는 거예요! 그러고 나서…… 가족과 친구를 불러서 그곳에 살게 하는 거죠. 가만, 그건 불가능하겠네요."

"올리는요?"

메이블이 물었다.

"올리에게도 기회가 있나요? 당신을 정말로 좋아하는 것 같던데요."

"첫 데이트에서 날 버리고 갔어요!"

"하지만 바비큐 파티에서는 안 그랬죠."

메이블이 대답했다.

"그건 '더 쇼'를 운영하는 '나'라서가 아닐까요?"

프랭키가 대답했다.

"난 성공한 직업에 반한 사람과 사귀고 싶지 않아요. 내 지위가 어떻든 함께할 수 있는 사람을 원해요."

"그 첫 데이트 이야기를 해보죠."

메이블이 앞으로 걸어 나오면서 말했다.

"최악의 데이트를 말하나 보네요."

프랭키가 메이블의 말을 바로잡았다.

"정말로 최악이었나요? 과장이 좀 심한 것 같은데요."

메이블이 물었다.

"그렇지 않아요."

프랭키가 대답했다.

"그러니까, 그 첫 데이트가 파리에서 바람맞고 집에 돌아갈 수도 없었던 그때보다 더 최악이라고요?"

메이블이 물었다.

"상기시켜 줘서 고맙네요."

프랭키가 말했다.

"어쨌든, 그래요. 그게 최악이었어요. 캘럼이 그럴 거라는 건 예상할 수 있는 일이었어요. 하지만 올리가 그러리라고는 예상하지 못했어요. 착한 남자보다 상류층 남자한테 차이는 게 나아요. 유일하게 긍정적인 점은 내가 올리를 찬 것을 더는 미안해할 필요가 없다는 거예요. 올리가 그 자리에 없어서 찰 수도 없었으니까."

"좋아요. 그럼 올리 이야기는 그만하고 이 삶의 나머지 부분을 살펴보죠. 당신이 이 삶을 선택하면 당신이 아는 바로 그 삶으로 돌아가는 거예요. 기분이 어때요?"

"적어도 이 삶에서는 내가 뭘 하는지 알잖아요. 놀랄 일도, 적응하느라 애쓸 일도 없겠죠."

프랭키가 말했다.

"하지만 변화도 없을 거예요."

메이블이 대꾸했다.

프랭키가 어깨를 으쓱했다.

"당신이 변화를 꾀하지 않는다면요."

메이블이 덧붙이고는 눈썹을 추켜세우고 팔짱을 끼며 책상 뒤로 돌아갔다.

프랭키는 메이블이 그러는 동안 의자를 빙그르르 돌렸다.

"올리가 무슨 말을 하려고 했을 것 같아요?"

프랭키가 생각에 잠겨 물었다.

"그걸 알아낼 방법은 딱 하나예요."

메이블이 대답했다.

"그 삶을 선택하는 거죠."

프랭키가 대답했다.

"맞아요."

메이블이 결론을 내렸다.

"문자 내용이 뭔지 알아내려고 삶을 선택하지는 않을 거예요."

프랭키가 비웃었다.

"첫 데이트였을 뿐인걸요."

"그렇게 선택한다면 정신 나간 짓이죠."

메이블이 대답했다.

"그럼 이제 어떻게 되는 거죠?"

프랭키가 물었다.

"이제 당신이 어떤 삶으로 돌아가고 싶은지 선택해야 해요."

메이블이 일어서며 말했다.

"뭐라고요? 지금 당장이요? 시간이 더 필요해요!"

프랭키가 양쪽 의자 팔걸이를 움켜잡으며 외쳤다.

"물론 다른 선택지도 있어요."

메이블이 불길하게 말했다.

"이 삶들을 모두 잊고 나아갈 수도 있어요. 선택을 모조리 회피하고 종착지로 직진하면 돼요."

42

편안함.

자유.

재산.

명성.

혹은 예전과 같은 삶. 올리 사르퐁의 문자에 대한 궁금증이 더해진. 하지만 메이블의 말이 옳다. '저기요'라고 보낸 문자를 바탕으로 나머지 삶을 선택한다면 정신 나간 짓이다.

첫 데이트로 운명을 결정해서도 안 된다. 예전과 같은 삶으로 돌아가기로 선택한다면, 그 첫 데이트가 다른 모든 데이트와 마찬가지인 결말을 맞을 수 있다. 올리는 '도망가서 미안하지만, 불꽃이 안 튀었어요'라고 말하려 했을 것이다. 그렇다면 왜 두 사람은 바비큐 파티에서 그렇게 잘 통했을까?

하지만 올리가 프랭키를 바람맞혔을지라도 프랭키는 그것이 상관없다는 기분이 들었다. 물론 프랭키는 나머지 남자들보다 올리를 더 좋아했다. 프랭키는 이 여러 삶 중 세 곳에서 애인이나 남편이 있었지만, 그

가운데 어떤 관계도 프랭키의 마음을 벅차게 하지 못했다. 그리고 어떤 관계도 멕시코에서 엄마와의 관계나 클래펌에서 톰과의 관계처럼 만족감을 주지 못했다.

토비는 친절했지만, 프랭키는 달아나고 싶었다. 라파엘은 다정했지만, 프랭키는 그를 쫓아버리고 싶었다. 그리고 캘럼은 헌신짝처럼 버리고 싶은, 완전히 쓰레기 같은 인간이었다.

올리는? 프랭키는 올리를 거의 모른다. 올리를 계속 만날 근거는 그가 좋은 사람이라는 직감뿐이다. 올리가 좋은 사람이 아니라고 해도 프랭키가 손해 본 것은 없다. 오히려 이득이다. 피아노 연주자 말대로, 최악의 상대를 피했다.

연애는 삶이라는 커다란 파이의 한 조각일 뿐이다.

프랭키가 예전의 삶으로 돌아간다고 해도, 예전과는 완전히 달라질 것이다. '만약에'라는 의문에 대한 답을 알게 된 덕분에 전보다 더 행복해지는 방법을 깨우쳤기 때문이다. 프랭키는 엄마와 다시 연락해야 한다는 것을 안다. 우정에 감사해야 한다는 것을 안다. 스스로 이룬 이 삶에서 자신이 가진 모든 것에 고마워해야 한다는 것을 안다.

프랭키는 결정을 내리고 메이블의 사무실로 돌아가기 전에 스테이션 로비를 한가로이 돌아다니며 10분 동안 시간을 가졌다. 프랭키는 생각할 시간이 필요하다고 말했는데, 이곳은 생각하러 오기에는 최악의 장소였다.

처음에 그랬듯이 로비는 당황해서 허둥지둥하는 사람들로 꽉 차 있었다. 그들은 정신없이 뛰어다니면서 자신들이 가야 할 사무실을 찾고 있었고, 도대체 이게 무슨 일인지 알아내려고 기를 쓰고 있었다. 프랭키는 지나가는 사람들에게 "괜찮을 거예요"라고 말하고 싶었지만, 그냥 아무 말도 하지 않았다. 처음 이곳에 도착했을 때 느낀 기분이 고스란히 기억났다. 자신 역시 그때 그런 말을 들었더라도 믿지 못했을 것이다.

프랭키는 커피숍을 지나가다가 유리창을 두드리는 소리를 들었다. 돌아서니 유리창 너머에서 손을 흔들 때마다 나풀거리는 낯익은 하얀 곱슬머리가 보였다. 프랭키가 웃으며 안으로 들어갔다.

"아직 여기 있군요!"

위니가 활짝 웃으며 소리쳤다.

"어르신도요!"

프랭키가 소리 내어 웃었다

"하지만 당신은 젊고 건강하잖아요. 그들이 당신에게 제공한 여러 삶 중 하나로 재빨리 내려갔을 줄 알았죠!"

"어떤 삶이 맞을지 결정하지 못하겠어요."

프랭키가 말하고 의자에 앉아 유리창 너머 또래 여자를 응시했다. 여자는 그 혼란의 도가니 속에서 눈을 꼭 감고 불끈 쥔 두 주먹을 양쪽 골반에 댄 채 그 자리에 얼어붙어 있었다.

"좋은 일 아니에요?"

위니가 말했다.

"선택하기가 그렇게 힘들다면 모든 삶이 당신에게 뭔가를 제공할 수 있다는 뜻이잖아요. 그러니까 어떤 삶을 선택하든 당신이 이기는 거네요. 맞죠?"

프랭키는 그런 식으로 생각해 보지 않았다. 프랭키는 깊은 생각에 잠겨 고개를 끄덕였다.

"게다가 당신이 여러 삶 중 하나를 선택해야 한다고 해서 그 하나의 삶에서 영원히 벗어나지 못한다는 뜻은 아니에요."

"하지만 추억과 실수에서 벗어나지 못하게 되지 않을까요? 과거를 바꿀 순 없잖아요."

"못 바꾸죠. 그리고 바꾸고 싶어 해서도 안 돼요. 애초에 당신을 여기에 데리고 온 것이 당신의 과거예요. 당신이 저지른 소위 말하는 모든 실수가 당신에게 행복을 찾을 이 기적적인 기회를 줬어요. 당신의 선택지인 삶들이 뭔지 모르겠지만, 내 조언은 가장 단순한 걸 고르라는 거예요. 인간은 그다지 많은 것이 필요하지 않아요. 내 불교 스승이 말하길 인간이 행복을 느끼는 데 필요한 것은 기본적인 아홉 가지뿐이래요."

"그게 뭔데요?"

프랭키가 똑바로 앉으며 말했다. 드디어 프랭키의 선택에 도움이 되는 실용적인 조언을 듣게 되겠다.

"가만, 어디 보자. 요즘에 내 기억력이 영 흐릿해요. 관심, 공동체의 일원이 되는 것을 의미하죠. 목표, 일상적인 일 같은 간단한 것이라도요. 건강한 몸이 건강한 마음을 만들고…… . 몇 개 말했죠?"

"3개요."

프랭키가 카페 계산대 위에 걸린 시계를 흘긋 보며 말했다. 8분 후에 사무실로 돌아가야 했다.

"잠깐만요. 적어놔야겠어요."

프랭키가 말하며 종업원에게 손짓했다. 프랭키가 메모지와 펜을 빌릴 수 있냐고 묻자 종업원이 가져다줬다.

"좋아, 기다려요."

위니가 속삭였다.

프랭키가 종이에 펜을 댔다.

"관심, 목표, 건강……."

프랭키가 휘갈겨 쓰며 되뇌었다.

"아, 넷째, 더 숭고한 목적."

위니가 말했다.

"세상을 위해 좋은 일을 하는 거죠. 다섯째…… 창조적인 자극. 여섯째……."

"잘하고 계세요, 위니."

프랭키가 말했다.

"여섯째, 안전. 일곱째, 지위. 자기 기술을 인정받을 수 있도록. 여덟째는 친교, 친구나 애인이나 남편을 말하는 거죠. 그리고 마지막은…… 통제예요."

"그럼 관심, 목표, 건강, 목적, 자극, 안전, 지위, 친교, 통제네요."

"물론 마지막은 상황이나 사람을 통제한다는 뜻이 아니에요. 자기가 통제할 수 있는 것을 통제한다는 뜻이죠. 우리가 삶에서 진정으로 통제할 수 있는 것은 자신뿐이에요."

프랭키는 위니에게 입이라도 맞추고 싶었다.

"이루 말할 수 없을 정도로 도움이 돼요, 위니. 고마워요."

프랭키가 빙그레 웃었다.

"전 혼자 결정하는 것을 싫어하거든요."

"그래서 친구가 필요한 게 아니겠어요, 아가씨."

위니가 대답했다.

"어떤 삶이 그 요구 사항을 다 충족하는지 봅시다. 그리고 당신이 승자가 되는 거예요. 설사 그 삶이 아직 그 요구 조건을 다 충족하지 않는다고 해도, 당신이 거기 도착해서 하나하나 이루면 돼요."

"정말 어떻게 감사를 드려야 할지 모르겠어요."

프랭키가 의자를 뒤로 밀며 말했다.

"도울 수 있어서 기뻐요."

위니가 말했다.

"신세를 갚고 싶은데요."

프랭키가 말했다.

"해줄 수 있는 게 하나 있어요."

위니가 조용히 말했다.

"그게 뭔데요?"

"브롬리에 있는 세인트 빈센트 말기 환자 호스피스에 입원한 알프레드 원을 찾아가 줘요. 그리고 위니가 작별 인사를 하지 못해서 미안하다고 전해줘요."

프랭키는 숨이 턱 막히고 눈에 눈물이 가득 고였다.

"위니."

프랭키가 쉰 목소리로 말하며 테이블 위로 몸을 숙이고 겹쳐진 위니의 손에 한 손을 올렸다.

"정말 안타까워요."

"괜찮아요. 난 이제 시간이 아주 많아요."

위니가 대답했다.

"그 일이 일어났을 때, 알프레드를 만나러 가던 길이었어요. 알프레드는 도대체 내가 자기 자파 케이크를 가지고 어디 갔는지 궁금해할 거예요."

"왜 돌아가지 않으세요?"

프랭키가 물었다.

"알프레드가 살날이 얼마 남지 않았거든요. 그래서 여기서 기다리면서 알프레드가 이리로 오는지 보려고요."

위니가 설명했다.

"우리는 언제나 모든 걸 함께 했어요."

"두 분이 결혼하신 지 얼마나 됐어요?"

프랭키가 물었다.

"결혼? 아, 아니에요, 아가씨. 난 결혼한 적 없어요. 결혼은 자유로운 사고방식을 가진 사람에게는 너무 벅찬 일이죠. 알프레드랑 나는 쌍둥이 남매예요."

"무슨 말을 해야 할지 모르겠어요. 오래 기다리시지 않기를 바란다고 말하고 싶지만, 너무 무분별한 소리 같아서요."

"걱정하지 마요. 내가 알던 알프레드는 오래전에 우리를 떠났어요."

위니가 설명했다.

"그리고 우리는 죽음을 두려워하면 안 돼요. 죽음에 대해 더 많이 이야기해야 해요. 우리 모두 죽음을 직면하고 있어요. 죽음은 삶에서 몇 안되는 확실한 것 중 하나죠. 죽음을 우리 운명으로 받아들이는 법을 배우면 우리에게 주어진 하루하루에 감사하게 돼요. 난 저 아래 이승에서 하루하루를 가치 있게 보내려고 열심히 노력했어요."

위니가 소리 내어 웃었다.

프랭키는 테이블을 돌아가 위니를 껴안고 귀에 대고 고맙다고 속삭였다.

몇 분 후, 프랭키는 메이블의 사무실에 들어갔다.

"선택했어요."

프랭키가 큰 소리로 알렸다.

43

스테이션에는 열차 플랫폼이 두 개뿐이다. 하나는 전진이라고 적혀 있고, 다른 하나를 후진이라고 적혀 있다.

프랭키와 메이블이 두 플랫폼 사이에 서 있는 동안 산들바람이 불어와 두 사람의 머리카락을 휘날렸다. 그때 두 열차가 동시에 조용히 역으로 들어왔다. 하얀 객차에 거울 같은 창문이 달린 열차는 프랭키의 마음을 안정시키는 평온한 분위기를 풍겼다. 드문드문 흩어져 있는 안내인들과 고객들이 그들 주위의 플랫폼으로 모여들었다. 커다랗게 쉭 소리를 내면서 두 열차의 문이 동시에 열렸고, 프랭키는 각자의 선택을 내린 다른 사람들을 흥미진진하게 지켜봤다.

"대부분 돌아가는 것을 선택하나요?"

프랭키가 후진 열차 문에서 손을 흔드는 젊은 여자를 응시하며 메이블에게 물었다.

"그래요."

메이블이 말했다.

"앞으로 나아가는 고객은 몇 명밖에 없었어요. 대부분이 돌아가야 할 이유가 많다는 것을 깨닫죠. 이곳에 도착할 때는 그렇게 느끼지 않았지만요. 그런가 하면 그저 종착지에서 무슨 일이 벌어질지 궁금해서 알아내려는 사람들도 있어요. 그들은 겁에 질려 도착해서 신나게 떠나죠."

"난 신나요."

프랭키가 말했다.

"좋아요."

메이블이 프랭키를 흘긋 쳐다봤다.

"내 일을 할 수 있어서 기쁘네요."

"당신 일보다 더 많은 걸 해준 것 같아요."

프랭키가 대답했다.

"당신은 내 삶을 변화시켰어요."

"당신이 당신 삶을 변화시켰어요, 프랭키. 자, 내가 한 말을 명심해요."

"누구한테도 말하지 마라. 아니면 빅 도그가 물 것이다."

"바로 그거예요."

메이블이 대답했다.

"그게 무슨 뜻이에요?"

"기사 제목이 '바보 내부 고발자, 호되게 혼나다'로 나갈 거라고만 해두죠."

"바보, 비밀을 지키며 살겠다고 맹세하다."

프랭키가 대답했다.

"더 낫군요."

메이블이 대답했다.

"바보가 말하다, '여러모로 고마워요. 당신이 정말로 보고 싶을 거예요.'"

"이제 당신은 정말 바보예요. 난 여기서 유지해야 할 평판이 있다고요."

메이블이 주변을 힐끗거리며 말했다.

프랭키가 숨을 깊이 들이쉬고 메이블을 품에 안았다.

"행운을 빌어요, 프랭키."

메이블이 귀에 대고 속삭였다.

프랭키는 포옹을 풀고 열차를 향해 걸어갔다. 프랭키는 숨을 한껏 들이마시고 객차로 들어가서 메이블을 돌아보며 마지막으로 손을 흔들었다.

메이블이 프랭키에게 미친 듯이 손짓했다.

"바보, 열차를 잘못 타서 지옥으로 가다!"

메이블이 외쳤다.

프랭키는 꽥 소리를 지르며 뛰어내렸고, 곧이어 소리 내어 웃는 메이블을 봤다.

"당신은 놀려먹기가 정말 쉬워요!"

"당신이 바보예요."

프랭키가 소리치고 다시 열차에 올라탔다.

"잘 가요."

열차의 시동이 걸릴 때 메이블이 입 모양으로 말했다.

프랭키는 문 근처 좌석에 앉았다. 의사용 수술복을 입은 젊은 여자의 옆자리다. 두 사람은 시선을 주고받았지만 아무 말도 하지 않았고, 그사이 열차가 조용히 출발했다. 창문 밖 풍경이 전혀 보이지 않았다. 의사가 머리를 쭉 내밀고 둘러보는 모습이 창문에 비쳤다.

"설레나요?"

의사가 부드럽게 물었다.

프랭키가 고개를 돌리고 잔잔한 미소를 지었다.

"정말 설레요."

프랭키가 말하고 창문을 돌아봤다.

"난 아직도 이게 진짜 일어나는 일인 건지 잘 모르겠어요."

의사가 키득거렸다.

"분명히 혼수상태겠죠?"

"그럴 수도 있죠."

프랭키가 대답했다.

"그래도…… 눈을 뜨게 해주는 경험이었어요."

"행운을 빌어요."

의사가 속삭이는 소리가 들렸다.

"당신도요."

프랭키가 대답하고 열차가 속도를 높이는 것을 느끼며 두 손을 꽉 쥐었다.

오래 걸리지는 않는다. 아마도 5분 정도. 열차가 빠르게 속도를 낮추면서 프랭키의 몸이 앞으로 기울었다. 열차가 완전히 멈춘 다음에 불이 들어왔다. 프랭키는 밝은 불빛에 적응하느라 눈을 몇 번 깜빡인 후, 의사를 돌아봤다. 의사는 가고 없었다.

자리 옆 스피커에서 방송이 나왔다.

프랭키 매켄지, 도착했습니다. 즉시 열차에서 내리세요. 프랭키 매켄지, 도착했습니다. 즉시 열차에서 내리세요. 프랭키 매켄지, 도착했습니다. 즉시 열차에서 내리세요.

프랭키는 일어나 통로를 지나가면서 의자 꼭대기를 꽉 부여잡고 이제

부터 발을 들여놓을 세상에 대비했다. 객차 연결 통로에서 빛나는 녹색 불빛이 보였다. 프랭키가 손을 뻗어 그 버튼을 누르자 문이 열리면서 휙 불어온 바람에 머리카락이 날렸다.

44

프랭키는 아파트 앞에 서 있었다. 프랭키는 주머니에서 열쇠를 찾아 문에 꽂았다. 한쪽 팔 아래 케밥을 끼고 다른 손에는 핸드폰을 든 채 문을 활짝 열어젖히고 현관으로 들어가 익숙한 장소를 둘러봤다.

일진이 안 좋은 날에는 이 아파트가 싫었다. 하지만 오늘 밤, 프랭키는 새로운 눈으로 아파트를 봤다.

맞다, 작은 집이다. 하지만 지금은 프랭키에게 완벽한 크기이다. 맞다, 어수선한 집이다. 하지만 여기 있는 모든 것이 지금까지 살아온 프랭키의 이야기 조각이다. 모든 것이 프랭키가 무엇을 했고, 어디에 갔고, 누구를 사랑하는지 상기시켰다. 프랭키가 처음 이사 왔을 때 엄마가 뜨개질해 준 누비이불, 프랭키를 행복하게 하는 사람들의 사진으로 만들어 복도 벽에 걸어둔 사진 몽타주. 이비사섬에서 찍은 앨리스의 사진, 작년 크리스마스 파티에서 찍은 프리야의 사진, 몇 년 전 여름에 헤븐 나이트클럽 단상에서 찍은 톰의 사진. 프랭키는 침실 쪽을 흘긋 봤다. 맞다, 프랭키는 천장 구석에 생긴 검은 곰팡이를 어떻게든 해야 했다. 프랭키는 그 곰팡이가 자신을 죽이고 있다고 확신한다. 집주인에게 문자를 보내야 했다.

프랭키가 핸드폰 화면을 돌리자 올리가 보낸 메시지가 보였다.

> 저기요

> ...

프랭키는 핸드폰 화면을 계속 보면서 케밥을 복도 서랍장에 올려놓고
기다렸다.

> 정말 미안해요. 난 지독한 바보예요. 난 당신 발에 붙일 반창고를 사려고
> 길 아래 부츠*에 갔어요. 그런데 품절이라서 멀리 있는 약국에 가야 했어요.
> 얼마나 오래 걸렸는지 미처 몰랐어요!
> #멍청이
> 그러고 나서 돌아오니 피아노 연주자가 당신이 계산하고 갔다고 말했어요.
> 지금 어디 있어요? 전화해도 될까요? 우리 다시 시작할 수 있을까요?
> xxx

웬일인지 프랭키는 전에 한 번도 한 적 없는 행동을 했다. 프랭키는 통
화 버튼을 눌렀다.

그들은 1시간 넘게 통화했다. 테이블을 사이에 두고 마주 앉아 나눴어
야 하는 대화지만, 어쨌든 대화였다. 어떤 면에서는 올리를 보지 않고 있
으니 툭 터놓고 말하기가 더 수월했다. 대화는 잡담에서 깊고 의미 있는

---

* 영국 약국 체인

이야기로 빠르게 바뀌었다. 프랭키는 올리가 질색할 걱정 없이 어느새 일, 가족, 친구에 관한 솔직한 마음을 쏟아냈다. 올리는 과거 연애에 대해서 털어놓았고, 작년 저스틴의 페이스북에서 프랭키의 사진을 본 후로 프랭키를 만나고 싶었다고 인정했다. 두 사람이 작별 인사를 할 때 프랭키는 너무 웃어서 볼이 아플 지경이었다. 프랭키가 수년 동안 한 데이트 중 최고여서만이 아니다. 프랭키가 동화 같은 로맨스의 시작이라고 생각해서가 아니다. 다음 주 수요일에 두 번째 데이트를 하기로 약속해서가 아니다. 프랭키가 활짝 웃는 이유는 내일은 새로운 날이고, 멋진 계획이 있기 때문이다.

45

2023년 9월 1일 금요일

"안녕, 섹시한 아가씨."

부드러운 목소리가 프랭키의 귀에 속삭였다.

프랭키가 투덜거렸다. 프랭키는 8시간 동안 계속 잤고, 출근해야 하지 않는다면 8시간 동안 더 잘 수 있다. 프랭키는 천천히 눈을 뜨고 돌아눕다가, 5센티미터 떨어진 곳에 있는 푸른 눈 한 쌍을 보고 소리를 지르며 재빨리 베개로 올라가서 캥거루 인형 포테이토를 가슴에 안았다.

"생일 축하합니다, 생일 축하합니다!"

톰이 아침 7시에 내기에는 너무 큰 소리로 노래했다.

"아우, 제발!"

프랭키가 소리치며 귀를 가렸다.

"그리고 내 생일은 어제였다고!"

"에이, 그건 아니지, 프랭클스."

톰이 소리 내어 웃으며 프랭키 옆으로 뛰어들어서 이불을 턱까지 올렸다.

"내가 네 생일 주간에 아무것도 안 하기라도 하는 것처럼 새삼스럽게. 더 일찍 일어나지 않은 네 잘못이야."

"내 생일 다음 날 아침이고, 난 마음 내키는 대로 누워 있을 거라고."

프랭키가 중얼거리며 눈을 비볐다.

"하지만 주방에 엄청난 선물을 준비해 놨는걸."

톰이 말했다.

"그리고 난 1시간 후에 출근해야 해. 그러니까 느긋하게 여유 부리는 건 이제 그만."

"알았어, 알았다고."

프랭키가 두 다리를 옆으로 돌려 일어났다.

프랭키는 가운을 몸에 걸치고 발을 질질 끌며 주방으로 가다가 모퉁이에서 고개를 쏙 내밀었다. 프랭키는 아일랜드 식탁 위에 있는 것을 보고 두 손에 머리를 묻었다.

"자, 여러분. 하나, 둘, 셋……, 생일 축하합니다, 생일 축하합니다, 사랑하는 프랭키의 생일 축하합니다……."

그들이 모두 함께 노래했다.

조엘은 주방에 있었다. 카메라를 중심으로 모인 앨리스와 저스틴과 아이들은 프랭키의 아이패드 화면에 나와 있었다. 프리야는 톰의 핸드폰 화면에 나와 있었다. 엄마는 톰의 노트북 화면에 나와 있었고, 엄마 뒤로 화환을 목에 걸고 사롱을 허리에 두른 낯선 사람들이 있었다. 아빠와 레슬리와 제트는 프랭키의 노트북 화면에 나와 있었다.

노래가 끝나자 합창단은 화면에서 사라지고, 톰과 조엘과 프랭키만

남아 벅스 피즈를 마시며 시나몬롤을 먹었다.

"하루 늦어서 미안하지만, 요즘에는 사람들을 다 모으기가 워낙 힘들 잖아. 이게 차선책이었어."

톰이 설명하고 시나몬롤을 뜯어 먹으며 황홀한 듯 눈을 굴렸다.

"생일 주말에 멋진 계획 있어, 프랭키?"

조엘이 묻고 안경을 코 위로 올리며 벅스 피즈를 조심스럽게 한 모금 마셨다. 프랭키는 조엘이 술을 마셔서 놀랐다. 톰은 조엘이 일과 결혼했고, 자신은 조엘의 정부라고 항상 농담했다.

"응, 사실 그래."

프랭키가 말했다.

"이봐! 뭐 할 건데? 난 우리가 평소처럼 금요일 밤을 보낼 줄 알았는데. 프렌치 팬시스에 꽂을 작은 초까지 샀단 말이야!"

톰이 입에 빵을 잔뜩 물고 외쳤다.

✦

편집장인 제레미는 항상 프랭키에게 잘해줬다. 프랭키는 제레미의 사무실 문을 조용히 두드리며 죄책감이 가슴에 차오르는 것을 느꼈다. 문틀 옆으로 고개를 쑥 내미니 제레미가 들어오라고 열렬히 손짓했다. 프랭키가 들어가자 제레미는 앉으라고 손짓했다.

"프랭키!"

제레미가 함박웃음을 지으며 말했다.

"오랜만에 일대일로 만나는군. 누가 그러는데…… 어제가 자네 생일이었다며. 늦었지만 생일 축하하네!"

제레미가 워낙 상냥해서 이 대화가 더 괴로워질 것 같다.

"고맙습니다."

프랭키가 말하며 제레미 앞 의자에 앉아 몸을 조금 꼼지락댔다.

"그래, 별일 없지? 제안할 기획 좀 있나? 생일 축하를 하려고 오늘은 일찍 퇴근하고 싶어? 마감이 끝났으니 그래도 괜찮을 거야."

"아니에요, 괜찮습니다. 아무튼 감사해요."

프랭키가 말문을 뗐다.

제레미가 다음 말을 기대하며 고개를 끄덕였다.

"제즈, 제가 여기 근무한 지 12년이 넘었어요."

프랭키가 본격적으로 이야기를 시작했다.

"아."

의자에 앉은 채 자세를 바로 하는 제레미의 얼굴에서 미소가 사그라들었다.

"12년은 한 직장에 머물기에 긴 시간이지 않나요?"

프랭키가 설명했다.

"이곳이 정말 좋지만, 개인적으로 변화를 좀 겪고 있어서요. 쉬어야겠어요. 좀 오래요."

"얼마나 오래 쉬려고?"

제레미가 궁금한 표정으로 물었다.

"음, 무기한으로요. 사직하려고요. 정말 죄송합니다."

프랭키가 얼굴을 찌푸리며 말했다.

"와."

제레미가 숨을 내쉬며 볼을 부풀렸다.

"내가 자네 마음을 바꿀 방법이 있을까? 돈 때문인가?"

"돈이 아니라 일 때문이에요."

프랭키가 말했다.

"'프랭키 되기'가 갈 데까지 간 것 같아요. 전 그 프랭키에서 벗어나야해요. 몇몇 다른 길을 탐색해 봐야 해요."

"프리랜서로 우리와 일하는 걸 고려해 보겠나? 물론 그 칼럼을 써야할 필요는 없네."

제레미가 물었다.

프랭키가 잠시 생각했다. 부업으로 돈을 좀 버는 것도 나쁘지 않았다.

"그럼요."

프랭키가 말했다.

"제대로 된 기사를 쓰면 기쁠 거예요. 몇 가지 기획을 제안해 볼까요?"

"꼭 듣고 싶군!"

제레미가 신나서 외쳤다.

10분 후, 프랭키는 자신의 책상에서 'theshow.co.uk' 도메인 구매를 완료했다.

프랭키는 책상을 두드리는 소리에 깜짝 놀라서 웹페이지를 닫았다. 재닌이 커다란 택배 상자를 손에 들고 책상 옆에서 서성이고 있었다.

"프랭키한테 온 거예요."

재닌이 웃으며 상자를 책상에 놓았다.

"고마워요."

프랭키가 재닌에게 미소 지으며 말했다.

프랭키는 상자를 들어서 열고는 얼굴을 찌푸렸다. 상자 안에는 온갖 잡화와 세면도구가 무작위로 들어 있었다. 얼룩 제거제, 빨간색 매니큐어, 박하사탕, 작은 샴푸와 린스. 프랭키는 웃으며 카드를 열었다.

(늦었지만) 생일 축하해요!

사실은 당신 주려고 반창고만 산 게 아니에요.

생일 선물도 샀어요. 정확히 말하면 서른여섯 가지요. 그래서 그렇게 오래 걸린 거예요.

생일 주말을 즐겁게 보내길 바랄게요.

그리고 다음 주 두 번째 데이트를 위해 만날 날을 고대할게요. x

P. S. 선물이 형편없다고 흉보지 말아요! 부츠는 셀프리지 백화점과 차원이 달라서요.

하지만 기내용 압박 양말이 필요 없는 사람이 누가 있겠어요?

_xxx

마지막 줄은 확실히 프랭키가 다음에 하려는 것에 맞는 말이었다.

"우리 딸!"

엄마가 핸드폰 화면에 얼굴을 딱 대고 소리쳤다.

"안녕, 엄마."

프랭키가 활짝 웃었다.

"생일 다음 날 아침 식사는 마음에 들었어? 여기 친구들이 대단히 신나게 참여했단다. 난 늘 네 이야기를 하거든. 그 사람들은 네가 자기네 딸이라고 느끼는 것 같아!"

"침묵 요가 수련이라면서 그래도 돼요?"

프랭키가 소리 내어 웃었다.

"음, 겪어보니 침묵은 나한테 잘 맞지 않더라고. 그래서 여기로 옮겼어. 거기서 해변 하나를 지나 내려오면 있는 웃음 요가 수련장이야. 여기가 훨씬 낫단다."

"와, 잘됐네요."

프랭키가 말했다.

"엄마를 보러 가려고 방금 비행기 표를 예약했거든요!"

엄마의 입이 쩍 벌어졌다.

"브라이언! 브라이언!"

엄마가 어딘지 모를 방을 가로질러 가며 꽥 소리를 냈다.

"프랭키가 우리 보러 온대!"

프랭키는 멀리서 터져 나오는 환호성을 들으며 킥킥거리기 시작했다. 엄마가 다시 핸드폰 화면에 나타나 빠르게 걸었다. 엄마 위로 야자수가 우뚝 솟아 있었다.

"아, 프랭키, 이것 좀 봐."

엄마가 핸드폰을 돌리고 45도 각도로 기울어진 바다를 보여줬다.

"이 경치를 기대하고 와! 이것도!"

엄마가 외치며 핸드폰을 다시 돌려 얼굴을 보였다.

"당연히, 나 말이야! 언제 올 거야?"

"한 달 뒤에 갈 거예요."

프랭키가 소리 내어 웃었다.

"얼마나 머물 거야? 한 달 동안 있어. 아니, 석 e달 동안 있어라!"

엄마가 큰 소리로 말했다.

"봐서요."

프랭키가 말했다.

"요즘 시간 여유가 있거든요."

"나 죽었나 봐, 프랭키! 죽어서 천국에 왔나 봐."

엄마가 소리를 질렀다.

"나도요, 엄마."

프랭키가 대답했다.

✦

저녁 6시다. 프랭키는 사무실 복도에서 런던 하늘이 분홍빛과 복숭아 빛으로 물드는 모습을 바라봤다.

핸드폰에서 앨리스에게서 온 메시지 알림음이 울렸다.

> 수요일에 술 한잔할래?

> 하, 놀리기는.

> 올리랑 다시 데이트한다는 거 왜 말 안 했어???

어젯밤에 잡은 약속이야!

그래서?! 매초 업데이트를 해줘야지.

어, 그보다는 조금 더 천천히 진행할 것 같아.

어쨌든. 오늘 밤에 뭐 해?

그냥 평소처럼 프렌치 금요일이지 뭐.

프렌치 와인에 프렌치 팬시스?
내 금요일은 거칠 거야.
누가 음식 던지는 거 말리고 누구 발이 내 얼굴에 올려진 채 잠들겠지.

저스틴은 언제 철들 거래?

하!

유리문이 열리고 프리야가 외투를 걸치며 씩씩하게 걸어나왔다.
"준비됐어?"
프리야가 말했다.
프랭키가 고개를 끄덕이며 핸드폰을 주머니에 넣었다. 두 사람은 돌아가서 동시에 문을 향해 돌아섰다.

"에구, 서머 프라이데이가 곧 끝나니까 너무 아쉽다."

"내가 책임자가 되면 1년 내내 서머 프라이데이를 실시할 거야."

프랭키가 프리야를 응시하며 말했다.

"네가 책임자가 되면?"

"응."

"잠깐, 너 왜 이렇게 이상하게 굴어?"

프리야가 눈을 가늘게 뜨고 프랭키를 쳐다봤다.

"10초 안에 말해봐. 1층에 도착하면 난 바로 뛰어가야 해. 안 그러면 열차 놓쳐."

"아, 아무것도 아니야. 나 오늘 사직했어."

프랭키가 별일 아니라는 듯 어깨를 으쓱하며 알렸다.

"진짜야?"

프리야가 프랭키를 향해 돌아서서 프랭키의 팔을 움켜잡았다.

"응."

프랭키가 말했다.

"런던에서 가장 신나는 미디어 플랫폼 신생 업체에서 일할 생각 있어? 1년 내내 서머 프라이데이인?"

프리야가 프랭키를 빤히 쳐다봤다.

"에라, 모르겠다. 다음 열차 타지 뭐."

프리야가 말했다.

"하지만 날 역까지 바래다주면서 가는 길에 다 말해줘. 너한테 무슨 일이 있구나 싶더라. 오늘 넌 너답지 않아."

"난 워터루역에 안 가. 빅토리아역에 갈 거야."

프랭키가 소리 내어 웃었다.

"빅토리아역에? 왜?"

프리야가 물었다.

"브롬리에 잠깐 들르려고."

프랭키가 대답했다.

"브롬리에 잠깐 들른다고? 브롬리는 몇 킬로미터나 떨어져 있어! 브롬리에 뭐가 있는데? 브롬리에 누가 있는데?"

"그냥…… 다른 삶에서 알게 된 친구."

프랭키가 대답할 때 돌풍이 루펠 스트리트를 한바탕 휩쓸고 지나갔다. 프랭키는 부들부들 떨며 손을 외투 주머니에 넣고 오른쪽 주머니에 들어 있는 자파 케이크 상자를 보호하듯 손으로 감쌌다. 왼쪽 주머니 속에서는 세인트 빈센트 호스피스의 주소가 적힌 종이를 꽉 움켜쥐었다.

"빌어먹을, 언제 이렇게 추워졌지?"

프리야가 퉁명스럽게 말하고 외투 옷깃을 여몄다.

"잠시 추위에서 벗어나는 거 어떻게 생각해?"

프랭키가 물었다.

"어디 가자고?"

프리야가 퇴근길 사람들을 획획 둘러보며 물었다.

"고아."

프랭키가 대답했다.

"엄마 보러 가려고. 저번에 같이 맨체스터 여행 가려다가 취소됐잖아. 이번에 다시 시도해 보면 좋겠더라고. 톰과 앨리스도 갈 건지 알아보고."

"완벽한데."

프리야가 말했다.

"근데 하나만 약속해 줄래? 이번에는 몽상으로 끝내지 않는다고. 진짜로 실행에 옮겨서 제대로 준비하자."

"완전 동감이야."

프랭키가 대답했다.

"주말에 자세한 내용 보낼게."

"오늘의 프랭키가 마음에 드는걸."

프리야가 웃으며 프랭키의 어깨를 붙잡았다.

"나도."

프랭키가 대답했다.

"오늘의 프랭키는 이것저것 하고, 여기저기 가고 끝내주네."

"맞아."

프랭키가 소리 내어 웃었다.

"자, 다 알고 싶어. 제레미가 뭐라고 하던? 그리고 창업 이야기는 또 뭐야? 몇 년 동안 생각해 온 그 아이디어야? 내가 해보라고 계속 보챘던 그거? 정말 드디어 하려는 거야? 그게 성공할 방법을 내가 몇 개 생각해 봤는데……."

프리야가 신나게 계속 재잘거리는 동안 프랭키는 고개를 숙이고 자갈이 깔린 런던 거리를 밟고 지나가는 믿음직한 낡은 운동화를 지켜봤다. 프랭키의 발은 멕시코 해변의 벨벳처럼 부드러운 모래에 파묻히지 못할 것이다. 프랭키의 발은 프랭키만을 위해 준비한 촛불이 켜진 욕조의 거품 밖으로 튀어나오지 못할 것이다. 프랭키의 발은 1,000달러짜리 구두를 신고 카라라 대리석 위를 활보하지 못할 것이다. 혹은 상을 받으려고 무대를 성큼성큼 가로질러 가지도 못할 것이다.

하지만 프랭키의 발은 마침내 헤어나기 힘든 상황에서 벗어날 것이다. 프랭키는 마침내 오랫동안 미뤄온 중요한 결정을 내리고 있다. 프랭키는 마침내 이 세상에서 주어진 소중하고 한정된 시간을 책임지고 있다. 그리고 다시 시작하는 설렘으로 가슴이 벅차올랐다.

감사의 말

아이 하나를 키우려면 온 마을이 나서야 한다는 말이 있고, 그 말은 이 책에도 적용된다. 내 마을의 지원과 격려가 없었다면 《비긴 어게인》은 오늘 여기에 있지 못할 것이다.

내가 감사하고 싶은 첫 번째 마을 사람은 매들린 밀번의 내 에이전트인 헤일리 스티드와 엘리너 데이비스이다. 헤일리는 내 데뷔작 《더 셸프 The Shelf》를 담당했고, 헬리 액튼 책들이 출판될 수 있게 도와 이 모든 일이 시작되게 한 주역이다. 아쉽게도 나는 아들만 둘이라 우리 두 사람의 이름을 섞은 영광스러운 헤일리 액튼이라는 이름을 지어줄 기회가 날아갔다.

고마운 마음을 전하고 싶은 다음 마을 사람들은 내 편집팀 세라 바워, 해나 본드, 케이티 미건이다. 그들의 창의성, 지식, 유머 덕에 수정 작업이 따분한 일이 아니라 즐거움이 된다. 위의 모든 것에 감사하고 인내심을 가지고 내 초고를 봐준 것에 감사한다. 가끔 그들은 내가 왼쪽 엄지발가락으로 한 번에 한 자씩 친 게 아닐까 생각했을 것이다.

마지막으로 내가 글을 쓸 수 있도록 아이들의 육아를 도와준 마을 사람들에게 감사한다. 내 남편 크리스가 부모의 짐을 항상 분담해 준 것에 감사한다. 우리 부모님 메리와 콜린, 우리 시부모님 알렉스와 토니가 아이들을 돌봐준 것에 감사한다. 우리는 양가 부모님의 도움을 받을 수 있어서 참으로 운이 좋았다. 매우 고맙게 여긴다.

독자에게

나의 세 번째 책 《비긴 어게인》을 선택해 줘서 고맙다.

이 책의 아이디어는 '만약에?'를 끊임없이 궁금해하고 살아오면서 다른 결정을 내렸다면 내 삶이 어떻게 펼쳐졌을지 상상하는 습관에서 나왔다. 나는 이런 상상을 부정적이거나 낙담한 자세로 하지 않는다. 그저 순수한 호기심이다.

내 삶의 이야기는 뚜렷이 구분되는 몇 챕터로 나누어진 것 같다. 이런 챕터는 모두 나를 위한 '비긴 어게인' 순간으로 시작한다. 내가 다른 선택을 했다면 상황이 아주 다르게 흘러갔을 갈림길의 순간이다.

이를테면, 만약에 내가 광고계에 들어가는 대신 법조계에 남아 있기로 선택했다면 어떻게 됐을까? 과연 내가 데뷔 소설 《더 셀프》를 썼을까? 혹은 만약에 내가 스물여섯 살 때 오스트레일리아로 떠나는 대신 런던에 머물기로 선택했다면 어떻게 됐을까? 과연 내 남편 크리스를 만나고 두 아들을 가졌을까?

만약에 내가 비참하게 6개월을 보낸 후 결혼 생활을 그만두는 대신에 첫 남편과 계속 살기로 선택했다면 어떻게 됐을까? 영국에 있는 소중한 가족과 영원히 떨어져서 오스트레일리아에 처박혀 있었을까? 이것은 생각만 해도 견딜 수가 없다. 내가 짐을 싸기로 마음먹은 아침이 아마 나에게 가장 중요한 '비긴 어게인' 순간이었을 것이다. 결정을 내리고 단행할 수 있게 해준 내면의 힘에 대단히 감사한다. 물론 내면의 힘만은 아니었다. 내 가족과 친구의 지지도 내가 떠날 수 있다고 믿는 데 필요한 용기를 줬다.

나에게 또 다른 중요한 '비긴 어게인' 순간은 4년 후에 찾아왔다. 6년 동안 산 시드니를 떠나기로 마음먹은 때였다. 힘든 결정이었다. 내가 사랑한 친구, 생활 방식, 기후를 떠나게 될 터였다. 고향에 있는 가족을 그리워하며 보낸 세월은 지인이 친절하게도 나를 초대해 준 크리스마스 점심 식사에서 정점에 이르렀다. 몇몇 친구에게 둘러싸여 있었지만, 그 중 누구와도 가깝지 않았다. 나는 접시에 감자를 덜다가 문득 깨닫고 동작을 멈췄다. 갑자기 그곳에 있고 싶지 않았다. 나는 점심 식사 자리에서 일찍 나왔고, 그날 밤 편도 비행기 표를 예약했고, 그 주에 직장에 사표를 냈고, 그달에 모든 세간살이를 팔았다. 그리고 6주 후, 비행기에서 아름다운 시드니 항구를 내려다봤다. 작별 인사를 해야 해서 슬펐지만, 곧 런던에 가게 되어 신났다. 내 이름이 붙은 슈트 케이스 하나를 가진 서른 두 살의 독신인 나는 새출발을 할 준비가 돼 있었다.

지난날을 돌아보면 때로 그때의 나란 사람을 알아보지 못한다. 사람은 변하지 않는다는 말이 있지만, 나는 정말로 그럴까 싶다. 내가 예스러운 영국 마을에서 조용한 시골 생활을 하게 될 것이라는 말을 10년 전에 들었다면, 상대방을 비웃으며 좋아하는 본다이 해변 바에서 큰 소리로 테킬라를 한 잔 더 주문했을 것이다. 내가 살면서 겪은 경험(좋든, 나쁘든, 추하든)과 사람은 내가 한 선택에 큰 영향을 줬다. 이런 선택은 나를 현재의 나라는 사람으로 진화하게 했다. 나는 거의 마흔 살이 됐고 완벽함과 거리가 멀지만, 과거의 선택이 나에게 맞는 것이었다고 확신한다.

당신의 삶에서 '비긴 어게인' 순간은 언제인가? 만약에 당신이 그 과정에서 다른 선택을 했다면 어떻게 됐을까?

내 책에 관해 더 폭넓은 대화를 나누고 싶다면 아마존, 굿리즈, 그 외의 인터넷 서점, 당신의 블로그와 소셜 미디어 계정에서 《비긴 어게인》 리뷰를 달거나, 혹은 친구, 가족, 독서 클럽 회원들과 이 책에 관해 이야기를 나눠주기 바란다! 당신의 생각을 공유하면 다른 독자들에게 도움이 될 것이다. 나는 언제나 사람들이 내 글에서 어떤 경험을 했는지 듣는 것을 좋아한다.

좋은 일만 가득하길 바라며.

_헬리 xxx

비 긴 어 게 인

초판 1쇄 인쇄 2024년 1월 15일
초판 1쇄 발행 2024년 1월 22일

지은이 헬리 액튼
옮긴이 신승미

편집인 이기웅
책임편집 이원지
편집 안희주, 주소림, 김혜영, 양수인, 한의진, 오윤나, 이현지
디자인 TOMCAT
책임마케팅 김서연, 김예진, 박시온, 김지원, 류지현, 김찬빈, 김소희, 배성원, 박상은, 이서윤
마케팅 유인철
경영지원 박혜정, 최성민, 박상박
제작 제이오

펴낸이 유귀선
펴낸곳 ㈜바이포엠 스튜디오
출판등록 제2020-000145호(2020년 6월 10일)
주소 서울시 강남구 테헤란로 332, 에이치제이타워 20층
이메일 odr@studioodr.com

ISBN 979-11-93358-58-0 03840
모모는 ㈜바이포엠 스튜디오의 출판브랜드입니다.